이무영 단편선

제1과 제1장

책임 편집 · 전영태
서울대학교 국어교육과와 같은 학교 대학원 국어국문학과 졸업.
현재 중앙대학교 문예창작학과 교수.
저서로는 『현대소설의 이해』 『현대사회와 문학』 『문학과 현실의 인간』 『쾌락의 발견
예술의 발견』 『유혹과 몰입의 기술 낚시』 등이 있음.

한국문학전집 38

제1과 제1장

이무영 단편선

초판 1쇄 발행 2009년 4월 30일
초판 5쇄 발행 2022년 10월 5일

지 은 이   이무영
책임 편집   전영태
펴 낸 이   이광호
펴 낸 곳   ㈜문학과지성사
등록번호   제1993–000098호

주   소   04034 서울 마포구 잔다리로7길 18(서교동 377-20)
전   화   02)338-7224
팩   스   02)323-4180(편집) 02)338-7221(영업)
전자우편   moonji@moonji.com
홈페이지   www.moonji.com

ⓒ ㈜문학과지성사, 2009. Printed in Seoul, Korea

ISBN 978-89-320-1955-0 04810
ISBN 978-89-320-1552-1(세트)

이무영 단편선

제1과 제1장

전영태 책임 편집

문학과지성사 한국문학전집 38

| 차 례 |

1. 이 책에 실린 작품은 이무영이 1934년부터 1957년까지 발표한 작품 중에서 선정한 13편의 단편소설이다. 각 작품의 정확한 출처는 주에 명기되어 있다.
2. 이 책의 맞춤법은 1988년 1월 19일 문교부 고시 '한글 맞춤법'에 따르는 것을 원칙으로 하였다. 단 작품의 분위기에 영향을 준다고 판단되는 방언이나 구어체 표현, 의성어, 의태어 등은 그대로 두었다.

> 예) 계절에 뒤떨어진 <u>매아미</u> 소리
>
> <u>난두</u> 모르오!

3. 원본의 한자는 가급적 한글로 바꾸었으며, 작품 이해에 도움이 될 만한 한자는 그대로 두고 괄호 안에 넣었다. 반복적으로 등장하는 한자어는 최초에만 괄호 안에 한자를 병기하고 후에는 한글로만 표기하였다.
4. 대화를 표시하는 「 」혹은 『 』는 모두 " "로, 대화가 아닌 강조의 경우에는 ' '로 바꾸었다. 책 제목은 『 』로, 노래 제목은 「 」로 표시하였다. 말줄임표 '‥' '‥' '‥‥' 등은 모두 '……'로 통일하였다. 단 원문에서 등장인물의 머릿속 생각을 표시하는 괄호는 작은따옴표(' ')로 바꾸었고, 작가가 편집자적 논평을 붙인 부분은 괄호(( ))안에 표시하였다.
5. 외래어 표기는 1986년 1월 7일 문교부 고시 '외래어 표기법'에 따라 바꾸었다. 단 작품의 분위기에 영향을 준다고 판단되는 경우에는 원본을 그대로 살렸다. 그리고 일본어는 원문대로 표기하고 미주에서 일본어 원문을 표시하였다.

> 예) 낼 <u>간죠</u> 타나 보군요.
>
> (현 표기법은 '간조')

6. 책임 편집자가 부가적으로 설명이나 단어 풀이가 필요하다고 판단한 경우에는 미주로 설명을 붙여놓았다.

제1과 제1장 第一課 第一章

1

    덜크덕 덜크덕, 퍼언한 신작로에 소마차 바퀴 소리가 외로이 울린다. 사양(斜陽)에 키만 멀쑥하니 된 가로수 포플러의 그림자가 느른하니 길을 가로막고 있을 뿐 별로이 행인도 없는 호젓한 신작로다. 동리 앞에는 곰방대를 문 영감님이 발가숭이 손주놈을 데리고 앉아서 돌장난을 시키고 있다. 약삭빠른 계절(季節)에 뒤떨어진 매아미 소리는 마치 남의 나라에 갇힌 공주의 탄식처럼 청승맞다.

    "이러 이 소 쯔쯔!"

    안반짝¹ 같은 소 엉덩이에 철썩 물푸레 회초리가 운다. 소란 놈은 파리를 날려주어 고맙게 여길 정도인지 아무런 반응도 없다. 그저 뚜벅뚜벅 앞만 내다보고 걸을 뿐이다.

소마차가 동리 앞을 지날 때마다 주막집 뜰팡²에 멍석을 깔고 땀을 들이던 일꾼들의 눈이 일시에 마차 짐으로 옮겨진다. 이삿짐을 처음 보아서가 아니라, 그들의 눈에는 이 우차 위에 실려진 가구며 세간이 진기한 모양이다. 항아리니 독이니 메줏덩이 바가지짝──이런 세간은 한 개도 볼 수 없고 농짝은 분명히 농짝이다. 생김생김도 그러려니와 시골서는 볼 수 없는 허들겁스럽게 큰 장이다. 이모저모에 가마니짝을 대어서 전부는 보이지 않으나마 넘어가는 햇빛을 받아 거울이 번쩍한다. 함 대신에 화류 단층장, 버들상자도 큰 것이 네모 번듯하다. 뭣에 쓰이는 것인지 알 길도 없는 혼란스러운 갓이며 검고 붉은 빛이 도는 가죽가방, 면장 나리나 무슨 주임 나리나가 놓고 있는 그런 책상에 걸상도 화려하다.

"뉘 첩 살림인 게군."

키만 멀쑥하니 여덟팔자 노랑 수염이 담숭담숭 난 하릴없이 노름꾼처럼 생긴 한 친구가 이렇게 운을 뗀다.

"토ㅅ자에 ㄱ 했네."

누군지가 이렇게 받자,

"토ㅅ자에 ㄱ이 아냐. 트ㅅ자에 ㄹ일세. 어디루 보나 저게 첩 살림 같은가. 첩 살림이면야 자개장이 번득이면 번득였지 사물상이 당한 겐가. 짐 임자들을 보지!"

이삿짐에서 여남은 간쯤 뒤떨어져서 곤색 저고리에 흰 바지를 받쳐 입은 청년이 하나 따라섰다. 아직 햇살이 따가우련만 모자도 단정히 썼다. 나이는 한 삼십사오 세쯤 되었을까……

청년은 한 손으로 양장을 한 오륙 세 된 계집아이의 손을 잡고 그 옆에는 청년보다는 열 살이나 차이가 있음직한 젊은 여인이 역시 양복을 입힌 머슴애의 손을 잡고 간다. 한 너덧 살 되었음직한 토실토실하게 생긴 아이다. 과자 주머니인지 바른손에는 새빨간 주머니를 늘였다.

"아빠, 아직두 멀었수?"

말소리까지 타박타박하다.

"인저 조곰만 더 가면 된다. 에이 참 우리 철이 착하다."

청년은 담배에 불을 붙여 물고 덤덤히 마차 뒤를 따라간다.

"화신상회만큼 되우?"

어린것은 몹시 지친 모양이다.

"그래, 그만큼 가면 되어"

하고 안타까운 듯이 젊은 여인이 대신 대답을 하자니까 어린것이 고개를 반짝 들구서 항의를 한다.

"뭘 엄만 아나? 엄마두 첨이라면서."

"그래두 난 알아. 그렇지요, 아빠?"

"암, 엄만 알구말구."

청년과 여인은 어린것을 번갈아 업기도 하고 안기도 하다가 몇 걸음 걸려도 보고 몹시 거추장스러우련만 별로이 그런 티도 없다. 소에 끌려가는 이삿짐처럼 그저 묵묵히 끌려가고만 있다.

"거 어디루 가는 이삿짐요?"

동리 앞을 지날 때마다 소보고 묻듯 한다. 마차꾼은 '나는 소 아니오!' 하고 퉁명을 부리듯,

"샌터 짐요!"

하고 돌아다보지도 않고 대답할 뿐이다.

"샌터 뉘 집 짐요?"

"난두 모르오!"

하고는 소 엉덩이에다 매질을 한다.

"이러 이 소! 대꾸하기 귀찮다. 어서 가자."

동리를 빠져나오더니 청년도 여인네도 뒤를 한 번씩 돌아다본다. 무슨 감시의 구역에서 벗어나기나 한 때처럼 여인네는 가벼운 안도의 빛을 얼굴에 나타내기까지 한다.

"인저 내가 좀 물어봐야겠군. 아직두 멀었어요?"

"인저 얼마 안 돼. 전에 다닐 땐 얼마 안 되던 것 같았는데 왜 이리 멀까."

혼잣말에 우차꾼이 받아넘긴다.

"여름이라 길두 늘어나 그렇지요."

얼마 안 가니 조그만 실개천이 흐른다. 청년——수택은 어려서 수수미꾸리 잡던 기억도 새로웠고 땀도 들일 겸 길목 포플러 그늘에서 참을 들이기로 했다. 이 개천을 건너서 한 십 분이면 그의 고향인 샌터에 다다르는 것을 알기 때문이기도 했다.

"영감두 쉬어 같이 갑시다. 자, 담배 한 개 피슈."

"고약두 있으십니까?"

"고약이라께?"

"이런 담밸 피구 입술이 정할 수가 있을라구요."

'이렇게 자미있는 늙은인 줄 알았더면 정거장에서부터 말벗을 해왔더면 오는 줄 모르게 왔을걸……' 하고 수택은 오늘 처음으로 웃었다.

수택은 차를 먼저 가게 하고 천천히 세수도 하고 발도 벗고 씻었다. 아내가 핸드백의 조그만 면경을 꺼내어 화장을 하는 동안에 어린것들도 벗기고 말끔히 씻어주었다. 물에 손을 잠그고 있으려니 어려서 물장난하던 기억이며 그동안 세파와 싸운 삼십 년간의 생활이 추억되어 덜크덕 덜크덕 멀어져가는 이삿짐 소리도 한층 더 서글펐다.

"패배자."

그는 가만히 이렇게 자기를 불러본다. 시냇물은 조약돌이 옹기종기 몰켜 있는 수택의 발밑을 지날 때마다 뭐라고인지 종알대고 흘러간다. 이 물소리를 해득만 한다면 여러 가지 의미가 포함되었으리라. 그러나 지금의 수택으로서는 이 속삭이는 물소리보다도 지난날의 추억보다도 패배자의 짐을 싣고 가는 마차 바퀴 소리만이 과장이 돼서 울리는 것이었다.

'패배자? 어째서 패배자냐? 오랜 동안 동경해오던 이상 생활의 첫출발이지!'

누가 있어 자기를 패배자라고 부르기나 했던 것처럼 그는 분명히 이렇게 반항을 해본다.

2

사실 이번 길은 수택의 일생에 있어서 커다란 분기점이었다. 그것이 희망의 재출발이 될지, 패배가 될지는 그가 타고난 운명(?)에 맡기려니와 현재 그의 가슴에 채워진 감회도 이 둘 중 어느 것인지 그 자신 모르고 있는 터다. 그가 농촌 생활을 꿈꾸고 이른 봄 사아지 안을 두둑하게 넌 춘추복 안주머니에 넣어두었던 사직원이 이중 봉투를 석 장이나 갈가리 피우고 여름을 났을 때는 그래도 '패배자'란 감정이 없을 때였다. 일금 팔십 원의 샐러리라면 그리 적은 봉급도 아니었다. 회사 총무부 주임 말마따나 이런 자리를 노리는 대학 출신의 이력서가 기백 장 서랍 속에서 신음을 하고 있는 터다. 사변으로 해서 갑자기 물가가 고등해진 터라, 이 정도의 수입만 가지고는 도저히 도회에서 생활을 유지하기가 어렵기는 하나 그렇다고 전혀 수입이 없는 것보다 날 것은 주먹구구까지도 필요치 않은 것이었다. 그의 계획을 듣고 친구의 대부분이——아니 거의 전부가 반대를 한 것도 실로 이 단순한 타산에 서였다. 너 굴러든 복바가지를 차버리고 어쩔 테냐는 듯싶은 총무부 주임의 눈치나, 철없이 날뛴다고 가련해하는 눈으로 보는 동료들의 말투가 그의 결심에 되레 기름을 쳐준 것도 사실이기는 하나 수택의 계획은 그네들이 보듯이 그렇게 근거가 적은 것은 아니었다. 그의 계획의 무모함을 충고하는 친구와 동료들의 거의 전부가 생활난에 중점을 둔 것이다. 그러나 일찍이 수택만큼 생활고를 겪어온 사람도 그만한 나쎄[3]로는 드물 것이었다. 열두 살에 고향을 떠나서 중학교를 고학으로 마쳤고 열일곱에 동경으로 가서 C대학 전문부를 마치는 동안도 식당에서 벗겨 내버린 식빵 껍질과 먹고 남아 버리는 밥덩이를 사다 먹고 살아온 그였고, 일정한 직업이 없이 오륙 년 동안 동경서 구르는 동안에도 공중식당일망정 버젓하니 밥 한 끼 사 먹어보지 못한 채 삼십 줄에 접어든 그였다. 조선에 나와서도 지금의 신문사 사회부 기자라는 직업을 얻기까지의 삼 년간은 십 전짜리 상밥⁴으로 연명을 해온 그였고, 직업이라고 얻어서 결혼을 한 후도 고기 한칼 떳떳이 사 먹어보지 못한 그였다. 더욱이 십 개월이란 긴 동안 신문이 정간을 당코 푼전의 수입이 없었을 때도 세 끼나 밥을 못 끓이고 인왕산 중허리 같은 배를 끌어안고 숨까지 가빠하는 아내와 만 하루를 얼굴만 쳐다보고 시간을 보낸 쓰라린 경험도 갖고 있는 그였다.

이 십 개월 동안에 그는 평상시 오고 가던 친구들도 수입이 끊어지는 날로 거래가 끊어지는 것도 경험했고, 쌀말이나 설렁탕한 그릇도 월급봉투가 없이는 대주지 않는 것도 잘 안 터였다.

"인전 널 것도 없지?"

하고 물을 때,

"입은 것밖에—"

하고 대답하던 아내의 우울한 음성도 아직 귀에 새로웠고, 십여 장이나 되는 전당표를 삼 개년 계획으로 찾아내던 쓰라린 경험도 아직 기억에 새로운 터였다. 바로 신문이 해간되던 바로 그 전달이었지만 막역지간이라고 사양해오던 M이라는 친구한테 마침 그날이 월급일이라서, 아니 월급날을 일부러 택한 것이었지만 삼원 돈을 취대하러 갔다가 거절을 당코 분김에 욕을 하고 돌아온 사실을 기록해둔 일기가 아직도 그의 책상 어느 구석에 끼어져 있을 것이었다.

이 수택이가 선선히 사직원을 내놓고 나선 것이니 놀랄 만한 사실임에 틀림은 없었다.

"그래, 갑자기 살 그만두면?"

마지막으로 사직원을 접수한 R씨가 이렇게 말했을 때 그는 금후의 생활 설계를 설명하는 데 조금도 불안을 느끼지 않았던 것이었다. 다행히 고향에 가면 십여 두락⁵의 땅이 있고 생활수준이 얕아질 것이요, 고료 수입도 다소 있을 것이요…… 마치 R씨까지도 유인해서 끌고나 갈 듯이 호기가 있었던 것이었다.

"좀더 신중히 하지?"

호의에서 나온 이런 말에 그는 적의나 있는 듯이,

"그럴 필요 없지요"

하고 그 자리서 내찼던 것이다.

사직 이유는 병이었다. 간부 측에서 "병?" 하고 반문했을 만큼 그는 그렇게 잘못된 병자는 물론 아니다. 병이라면 그것은 생리적인 병보다도 정신적인 병이 더 위기에 가까웠다. 의사들이 폐가 어떠니 늑막이 위험하니 할 때도 한편 겁은 내면서도 또 한편으로는 속짐작이 있기는 했었다. 그와 같이 소설을 써오던 H가 자기와 같은 자신으로 버티다가 쓰러진 그길로 끝을 막은 무서운 사실에 잠시 '아차' 하는 생각도 없지는 않았지마는 그러나 그렇다고 해서 직업을 버릴 만큼 심약한 그도 아니었다. 이른 봄, 그가 아내도 몰래 사직원을 쓰고 도장까지 단정히 눌러 가진 것은 그의 조그만 영웅심에서였다.

수택은 동경서부터 소설을 써왔다. 장방형도 아니요, 삼각형도 아니요, 그렇다고 똑떨어진 원도 아니다. 세상에서는 그를 혹은 스타일리스트라고 불렀고, 한때 경향문학이 성할 때는 혹은 반동 또 혹은 동반자라고 불렀고 또는 허무주의자라고 야유도 했다. 그러나 기실은 그중 어느 것도 아니었다. 그 자신 자기의 특징이 어디 있는지를 모르는 작가였다. 소설가로서 차차 알려질 임시해서—아니 그 덕택이었겠지마는—그는 취직은 했었다. 그것이 그의 작가 생활의 마지막이었다. 저널리즘이란 문학의 매개체를 통해서 그 갓난애 숨길만 한 잔명을 유지해왔다.

첫 월급을 타던 기쁨은 "지난 ×일 밤 자정도 가까워 바야흐로 삼라만상이 잠들려 할 때 ××동 ××번지 근방에서 뜻 아니 한 비명이 주위의 정적을 깨뜨렸다. 이제 탐문한 바에 의하면……" 이런 식의 기사를 쓸 때마다 희미해졌고, 그것이 거듭되기 일 년이 못 돼서 그는 자기가 문학도였다는 의식까지도 완전히 잃어버리고 말았던 것이다. 경찰서를 드나들며, 강·절도, 밀매음, 사기 등속의 사건 전말을 듣는 것이 무슨 문학 수업의 좋은 찬스나 되는 것처럼 생각던 것도 일시적이었고, 악을 폭로해서 써 민중의 좋은 시사가 되게 한다던 의협심도 기실 자기 위안의 좋은 방패이어서 아무것도 아니라는 것을 깨달은 후부터는 그는 완전히 기계였던 것이다. 아침이면 나와서 종일 돌아다니다가 저녁—대개는 밤에 집이라고 찾아든다. 친구에 휩쓸려 술잔도 마시고 회합에서 늦어 이차회가 벌어지고 이러구러 하루가 가고 이틀이 가고 달이 바뀌고 연도가 갈리었다. 그러기를 오 년—그동안에 수택이가 얻은 것은 허영과 태만이다. 그 밖에 얻은 것이 있다면 자기가 아닌 이런 사회에서의 독특한 존재인 이르는바 친구——아니 지인(知人)이다.

그리고 잃은 것은 얻은 것에 비해서 너무나 많았다. 그는 적어도 세 사람의 친구는 가졌던 사람이다. 그러나 그가 한 해, 두 해 지나는 동안에 세 친구도 없어졌고, 문학도로서 쌓았던 조그만 탑도 출판 기념회나 무슨 축하회의 발기인란에서나 겨우 발견하는 그런 존재가 되고 말았다.

동료들이 그달 그달 발표하는 작품을 읽을 때마다 그는 우울했다. 우두머니 맞은편 흰 회벽을 건너다본다. 성급한 전화 종소리도 그를 깨우쳐주지 못할 때가 한두 번이 아니다.

"받잖을 전환 뭣하러 맸나요?"

문득 고개를 들면 천리안(千里眼)이라고 소문난 편집장의 두 줄 시선이 쏟다.

아무것 하나 얻을 것도 없는 회합에서 늦도록 붙잡혔다가 호올로 막차에 앉은 때의 그 공허, 허무감, 그것도 비길 데 없는 것이다. 어떤 때는 그 큰 전찻간에 동그마니 혼자 앉아 갈 때가 있다. 그럴 때면 저도 모르게 눈 속이 뜨끈해지는 일도 있었고 얼근히 술이 취했다가 깰 무렵에 집에 돌아가면 문득 수보가 덮인 책상이 눈에 뜨인다. 펜까지 꽂혀 있는 잉크스탠드, 한 달 가야 한 번 건드려주지도 않는 원고지가 마치 영원히 돌아오지 못할 주인을 기다리고 망망한 대해에 떠 있는 목선처럼 애처로워진다. 다소 술기운이 작용을 했겠지마는 그대로 책상에 엎드려 통곡을 하는 것이었다.

'아니다! 낼부터는 나도 단연 공부를 하리라!'

이렇게 일 년을 별러서 시작한 것이 「소설 못 쓰는 소설가」라는 단편이었다. 한 소설가가 취직을 했다. 박쥐처럼 해를 못 보는 생활이 계속된다. 무서운 정열로 창작욕을 흥분시켜주기는 하나 그 상이 마물러지기도 전에 출근이다. 잡다한 사무에 얽매여 허덕이는 동안에 해가 지고 오뉴월 엿가래처럼 늘어진 몸을 이끌고 회합이다, 이차회다, 야근이다를 계속한다. 이런 슬픈 이야기를 짜던 그는 자기도 모르게 내일 형사들을 녹여내어 재료를 얻어낼 계획이며, 안(案)의 진행 방법 등을 공상하고 있는 자신을 발견한다. 그리고 운다.──그러나 이 소설도 끝끝내 소설이 못 되고 말았다.

그것은 몹시 무더운 날 밤이었다. 그는 소학생처럼 벽에다 좌우명(座右銘)을 써 붙였다. ① 조기할 것. ② 퇴사 즉시로 귀가할 것. ③ 독서, 혹은 창작할 것. ④ 일찍 취침할 것. 그러나 이 좌우명은 이튿날로 권위를 잃고 말았다. 이튿날은 사회부 부회가 밤 아홉 시까지나 계속되었다. 갑론을박의 삼사 시간을 겪은 그는 돌아오는 길로 쓰러져 자고 말았다. 이튿날은 신문사 주최인 축구대회 기사로 야근을 했고, 다음 날은 부득이한 회합이 있어 역시 거기서 다시 이차, 삼차를 거듭해서 집에 돌아온 것은 새벽 세 시였다.

'도대체 나는 뭣 때문에 사는 겔까. 누구를 위해서 사는 겔까. 문화 사업? 흥!'

이러한 반문을 해본다는 것은 벌써 한 전설이 되어 있었다.

이러한 수택은 또 한 가지 위대한 발견을 했다. 그것은 적어도 자기는 신문기자가 아니라는 것이다. 과거나 현재 아닐 뿐만 아니라 영원히 신문기자로서 성공하기 어렵다는 사실을 발견했던 것이다. 아니 신문기자로서의 성공이 곧 문학적으로 그를 파멸시키는 것이라는 것을 그제서야 발견했던 것이었다. 그것은 희극—아니 비극이었다.

3

수택이가 하루 이틀 쉬기 시작한 것도 이때부터다. 그는 하는 일 없이 교외를 빈들빈들 돌아다니었다. 하루는 S라는 동료를 유인해가지고 청량리로 나갔다. 전부는 아니나 그만둘 계획만을 이야기하고 생계로 이야기가 옮아갔을 때다. 그도 처음에는 그것이 무슨 낸지 몰랐었다. 매키한 냄새가 코를 콕 찌른다. 그 냄새는 코를 통해서 심장으로 깊이깊이 기어들어가는 것 같았다.—흙내였다.

그것이 흙내라는 것을 인식한 순간, 일찍이 그가 어렸을 때 듣던 아버지의 음성이 바로 귓전에서 울리는 것을 느끼었다.

'사람은 흙내를 맡아야 산다. 너도 공불 하고 나선 아비와 같이 와서 농사를 짓자.—학문? 학문도 좋긴 하다. 허지만 학문이 짐이 될 때도 있으리라.'

그때 그는 아버지를 비웃었다. 흙에서 헤어나지를 못하면서도 흙에 대한 미련을 버리지 못하는 아버지가 가엾기까지 했었다. 그러나 조소하던 그 말이 지금 그의 마음을 꾹하니 사로잡는 것이다.

'집으로 가자. 흙을 만지자.'

수택의 로맨틱한 계획은 이리하여 세워진 것이었다. 그의 첫 계획은 그동안 장만했던 가구를 전부 팔아버리려 한 것이나 아내가 너무 섭섭해하기도 했지마는 그들이 상상한 것의 절반도 못 되었다.

이백 원도 못 되는 퇴직금이 그들의 유일한 재산이었다.

소꼴지게[6]와 함께 수택의 일행이 싸리 삽짝문에 들어서자 누렁이란 놈이 '컹' 하고 물어박는다. 빈집처럼 찬바람이 휘돈다. 남의 집으로 잘못 들어온 모양이다. 수택은 부리나케 나와 문패를 보나 분명히 자기 집이다.

"짐이 들어왔으니까 마중들을 나가신 모양이군요."

아내가 들어가도 나오도 못하고 있는데,

"오빠!"

소리가 나며 와아들 몰켜든다. 육칠 년 못 본 늙은 아버지도 설명을 듣지 않고는 모를 아이들 속에 끼였었다. 뒤미처 찢어진 고무신짝을 집어든 고모도 왔고, 폭 늙은 어머니도 뒤따라왔다.

"그래, 이 몹쓸 것아, 그렇게두……"

하고 막 어머니의 원망이 나오자 그는 사랑으로 나갔다. 이간 장방은 새에 장지를 질러 윗방은 남에게 세를 주었는지 주판 소리가 댈그락거린다.

"저 밖엣게 너들 짐이냐?"

"네."

"그래? 헌데 갑자기 이게 웬일이냐."

"차차 말씀드리겠습니다."

수택은 안으로 들어왔다.

안채 위쪽으로 달린 골방이 치워졌다. 바람이 잔뜩 든 벽하며, 벽흙을 안고 자빠진 종잇장이며 비워두었던 탓인지 곰팡내가 펄썩한다. 색지를 붙인 궤짝이며 주둥이도 없는 단지, 도깨비라도 나와 멱살을 잡을 듯싶은 방이다. 횃대에 걸린 헌 옷은 흡사 죽은 사람같이 늘어졌다.

수택의 그 아름다운 농촌 생활의 첫 꿈이 깨진 것은 이 방에서였다. 그의 공상에서는 방부터가 이렇게 허무하지는 않았었다.

그날 밤 아버지와 아들은 오래간만에 자리를 마주했다. 윗방에서 주판알을 튀기던 장사치도 갔고 단둘이 호젓이 앉았다. 고향으로 내려오기로 하기는 하면서도 기실 수택은 집안에 대한 지식이 전혀 없다. 자기가 집을 나갈 때는 논이 한 이십여 두락에 밭이 여남은 갈이나 있었다. 그 후 동경서 나와서 들렀을 때는 논 닷 마지기가 줄었고 밭이 하루갈이 남의 손에 넘어갔었다. 그런 지 칠 년, 그동안 거의 딴 남처럼 서신 하나 없이 지내온 아버지와 아들이었다. 물론 이렇다는 원인이 있은 것도 아니다. 의식적으로 그런 것도 물론 아니다. 다만 이 문화인인 아들은 원시인 그대로인 아버지를 경멸했고, 아버지는 또 아버지대로 너무나 문화한 아들을 경이원지했을 뿐이다.

"흙냄새를 싫어하는 게 사람이냐. 그깐 놈 눈만 다락같이 높았지."

그는 이렇게 자기 아들을 조소했다.

아들은 무엇보다도 아버지의 흙투성이가 되어 사는 꼴이 싫다 했다. 흙에서 나서 흙을 만지며 컸고, 흙을 먹고 사는 아버지— 옷에까지 흙투성이가 되어 사는, 흙인지 사람인지 모를 한낱 평범한 농부에게 털끝만 한 존경도 갖지 못했다. 당당한 문화인인 아들은 흙투성이인 김 영감을 "내 아버지로라"고 내세우기조차 꺼려했다. 이러한 아버지를 가졌다는 것은 자기의 큰 치욕이라고까지 생각해온 터다. 결혼을 하면서도 자기 아버지를 청하지 않은 것도 그 자신은 친구나 동료들한테 달리 변명을 했겠지마는 기실 자기 아버지의 그 흙투성이 꼴을 뵈고 싶지 않다는 허영에서였다. 김 영감만 해도 이런 눈치를 못 챌 리는 없었다. 집안에 서고 동리에서 왜 며느리 보는 데 안 가느냐고 해도,

"아, 그 잘난 놈 잔치에 못난 애비가 가? 댕꼴 곽주식이 아들놈처럼 저 애빌 보구 누구냐니까 '우리 집 머슴' 하고 대답하더라는데 그런 놈들이 애빌 보구 행랑아범이라구 하지 말란 법이 있다든가?"

이렇게 격분을 했었다. 또 사실 그때의 수택으로서는 늑중 그렇게 대답했을 것이었다. 그러기가 싫으니까 차라리 못 오게 한 것이었다. 이런 아들이 지금 도시에는 얼마나 많을 건고?……

"사람이란 흙내를 맡아야 하느니라. 대처(도회) 사람들이 암만 고량진미로 음식을 만든대도 시골 음식처럼 구수한 맛이 없느니

라. 마찬가지야. 사람이란 흙내도 맡고 된장 맛도 나고 해야 구수우한 맛이 나는 게지. 음식이나 사람이나 대처 사람들이 맑구 정오(경우)야 밝지! 허지만 사람이란 정오만 가지고 산다드냐! 일테면 말이다. 내가 네 발등을 잘못해 밟았다고 치자꾸나. 그러면 넌 발끈할 게다. 허지만 우리 시골 사람들은 잘못해 밟았나 보다 하군 그만이거든. 정오로 친다면야 남의 발을 밟은 사람이 글치. 그래, 이 많은 인총[7]에 정오만 가지고 살려구 들어?"

수택이가 중학교를 다닐 때 고향에 돌아온 것을 붙잡고 김 영감은 이렇게 자기의 지론을 폈던 것이다. 그때만 해도 도회 물을 먹은 아들은 물론 코웃음을 쳤었다.

몇 핸가 후다. 음력 과세를 한다고 고향에 내려온 일이 있었다. 이십 년래의 혹한이니, 삼십 년래의 추위니 날마다 신문이 떠들어댈 때였다. 그는 겉으로는 하도 오래간만이니 집에 와서 과세를 한다고 꾸몄지만 기실은 근방 읍에까지 출장이 있어서 온 김에 들른 것이었다.

그날 밤 수택의 집에는 도적이 들었다. 벽에서 나는 황토 냄새와 그야말로 된장내처럼 퀴퀴한 냄새로 잠을 못 이루고 있을 때 울안에서 발소리가 난다. 조금 있더니 누군지 밖에서,

"아무것두 없으니 나오! 나오"

하는 애원 소리가 들린다. 아버지의 음성이었다.

수택은 문구멍으로 가만히 내다봤다. 도적이 분명하다. 밖에서는 나오라고 하나 나갈 길을 막아선지라 어쩔 줄을 모르는 모양이었다. 황당해한 도적은 급기야 애원을 하기 시작했다.

"나갈 길을 좀 틔워주서유!"

이때 그는 벌써 부엌을 돌아서 울안에 와 있었다. 손에 흉기 하나 들지 않은 좀도적임을 발견한 그는 '억' 소리와 함께 덮치어 잡아나꾸었다. 그는 학생 시절에 배운 유도로 도적을 메다치고는 제 허리끈으로 두 팔을 꽁꽁 묶었다.

온 집안이 깨고 뒤미처 김 영감도 달려들었다. 영감의 손에는 지겟작대기가 쥐여 있었다. 도적놈도 그랬고 수택이도 그랬고 온 집안사람들도 다 그렇게 생각했다. 몽둥이에 맞을 사람은 그 도적이리라고—.

그러나 아니었다. 지겟작대기에 아랫종아리를 얻어맞은 것은 아들이었다. 수택 자신도 그랬고, 도적도 그랬을 게고 집안사람들도 그렇게 생각했었다——이것은 영감이 흥분한 나머지 잘못 때린 것이라고——그렇게 생각했기 때문에 수택은 얼른 피했었다. 피하고는 안심을 했던 것이다.

그러나 아니었다. 김 노인의 작대기는 재차 아들에게로 향하고 겨누어졌다.

"이 몰인정한 녀석. 내 물건 도적 안 맞았으면 그만이지 사람은 왜 친단 말이냐, 응? 이 치운 겨울에 도적질하는 사람은 여북[8]해 하는 줄 아냐? 우리네 시골 사람은 그런 법이 없다!"

도적은 울고 있었다. 도적의 등에는 쌀 한 말이 짊어지워졌다.

이튿날 수택은 지루할 만큼 긴 설교를 듣지 않으면 안 되었다.

"사람이란 법만 가지구 사는 게 아니니라. 법만 가지고 산다면야 오늘날처럼 법이 밝은 세상이 또 어디 있겠니. 법으루만 산다면야 법에 안 걸릴 놈이 또 어딨단 말이냐. 넌 법에 안 걸리는 일만 하고 사는 상싶지? 그런 게 아니니라. 올 갈에두 면소 뒤 과수원에서 사괄 하나 따먹다가 징역을 갔느니라. 남의 것을 따는 건 나쁘지. 나쁘기야 하지만 그게 징역 갈 죈 아니지. 어젯밤 일을 본다면 넌두 네 과밭의 실괄 따면 징역 보낼 사람이 아니냐. 너 어제 그게 누군 줄 아냐? 모르는 체하긴 했다만 내 저 아버진 잘 안다. 알구 보면 다 알 만한 사람야. 시골서야 서로 모르는 사람이 어딨겠나. 모두 한집안 식구거든…… 사람 사는 이치가 다 그런 게란 말야!"

——이러한 일이란 적어도 도회인의 감정으로는 이해하기 어려운 일이었다.

그러나 수택은 오늘 아버지와 마주 앉아 이야기하는 동안에 막연하나마 이 이르는바 '흙냄새의 감정'이 이해되어지는 것같이 느껴지는 것이었다.

김 영감은 아들의 이 뜻하지 않은 계획을 듣고는 뛸 듯이 기뻐했다. 아들은 논 닷 마지기에 밭 하루갈이만을 요구했음에도 불구하고 물자리 좋은 논으로만 여덟 마지기를 내주었고 집도 한 채 세워주기로 했다. 물론 소작권을 이동받은 것에 불과했었다. 그의 집안에는 논 닷 마지기와 밭 두어 뙈기가 남아 있을 뿐이란 것도 그제서야 알았다.

"피란 무서운 것인가 보구나. 난 네가 아비 옆으로 와서 이렇게 살게 되리라고는 꿈에도 생각을 못 했드니라! 첨엔 답답하겠지마는 차차 농사에도 자밀 붙이구— 허지만 네 처가 이런 구석에서 살려구 허겠느냐?"

"웬걸요. 저보다두 처가 서둘러서 한 노릇이니까 별말 없을 겝니다."

"그래? 그럼 됐구나 뭐. 인저 난두 남들한테 떳떳스럽구—"

버젓이 아들을 둘씩이나 두고도 자식을 거느리고 있지 못한 것이 동리 사람들 보기에 민망타는 것이었다.

하여튼 이리해서 수택의 농촌 생활은 시작이 된 것이었다.

4

집은 조그만 동산 밑 이 동리 면장이 첩집으로 지었던 것을 일백삼십 원에 사기로 했다. 퇴직금이었다. 그 앞으로 수택네 집 소유인 천여 평의 밭도 있어 거기에 심었던 무와 배추도 그대로 수택의 소유로 이전이 되었다.

첩의 집이었던 만큼 회칠도 했고 조그만 반침도 붙어 있었다. 그러나 아무래도 시골집이다. 수택이네 큰 이불장만은 역시 들어가지를 않아서 봉당'에다 반침을 하고 놓기로 했다. 그들 부처는 거기다 마루라도 들였으면 했으나,

"얘들아, 쓸데없는 소리 말아라. 이 물가 비싼 세상에 마룬 들여 뭣한다든. 마루가 없어 밥을 못 먹진 않는다"

하는 바람에 아내는 실쭉해하면서도 대꾸만은 없었다. 김 영감은 아들 내외가 대처 사람인 체하는 것이 마땅치 않았다. 양복때기

를 꿰고 나오는 것도 눈엣가시처럼 대했고 며느리의 트레머리[10]도 못마땅해한다. 그래서 그 처는 쪽을 쪘고 수택은 고의적삼을 장만했다.

"시골 시골 해두 난 이런 시골은 못 봤어요. 산이 하나 변변한가, 물 한 줄기가 시원한가. 이런 곳에 와 살 바에야 만주 벌판에 가서 황무지를 일구어 먹지."

사실 수택이도 이 아내 말에는 동감이었다. 전에는 무심히 보아 그랬던지 자연도 다른 곳에 떨어지지 않는다고 생각했었으나 멀쑥한 포플러와 아카시아 숲이 실개천 가에 하나 있을 뿐. 이렇다는 특징도 없는 산천이다. 장성해서는 가본 일도 없었지만 어렸을 제의 기억대로라면 그 아카시아 숲 앞에는 상당히 깊은 물도 있고 큰 고기도 은비늘을 번득이었고, 숲에서는 매아미며 꾀꼬리도 울었던 것같이 기억이 되었으나 다시 가보니 조그만 웅덩이에는 오금에 차는 물이 괴었고, 가문 탓도 있겠지마는 송사리 떼가 발소리에 놀라서 쩔쩔맬 뿐이다. 숲 속의 원두막 정취도 그지없이 시적인 듯이 기억이 되었으나 막상 가보니 그도 평범하기 짝이 없다. 숲 속은 그나마도 습했다. 월여를 두고 가물었다건만 발을 드놀 때마다 지적지적한다. 꾀꼬리가 울었다고 기억한 것도 그의 착각이었다. 이런 숲에 들어오면 꾀꼬리도 목이 쉬리라 싶었다. 이런 데서도 우는 꾀꼬리가 있다면 필시 청상과부가 된 꾀꼬리라 했다.

'이렇게 보잘것없는 자연이었던가?'

속기나 한 것처럼 허무해서 우두머니 섰으려니까 김 영감이 꼴

26

지게를 지고 나온다.

"옜다, 이건 네 거다. 이런 데 와 살자면 모두 배워야지!"

숫돌물이 뿌옇게 그대로 말라붙은 낫이다. 수택은 아무 말 없이 받아들고 따라가다가 풍경 말을 했다.

"뭐? 경치? 얘, 넌 경치만 먹구 살 작정이야? 여기 경치가 어때? 산이 없냐 물이 없냐. 숲이 있겠다, 십 리만 나가면 수리조합 보가 있겠다……"

"볼 게 뭐 있어요?"

그것이 자기 아버지의 탓이기나 한 것처럼 퉁명스럽게 사방을 훑어보려니까,

"그래, 여기 경치가 서울만 못하단 말이냐"

하기가 무섭게 지게를 벗겨 내던지고는 상스러울 만큼 수택의 목덜미를 잡아 가랑이 속에다 집어넣는다.

"자, 봐라! 먼 산이 보이고 저 숲이며 저 물이며, 이만하면 되잖았느냐."

수택은 아버지가 너무 흥분이 돼서 서두는 통에 어리둥절하고만 있었다. 엄한 독선생을 만난 때처럼 부자유했다.

"그래, 보렴. 세상이란 모두 거꾸루 봐야 하는 게다. 경치 경치 하지만 제대루 볼 땐 보잘것없던 것이 가랑이 밑으로 보니까 희한하잖으냐. 사람 산다는 것두 그러니라. 너들 눈엔 여기 사람들 사는 게 우습지? 허지만 여기 사람들은 상팔자야. 더 촌에 들어가 보면 조밥이구 꽁보리밥이구 간에 하루 한 낄 제대루 못 얻어먹는다. 그런 걸 내려다보면 되나. 거꾸루 봐야지! 너들 눈엔 우리

가 이러구 사는 게 개돼지같이 뵈겠지만서두 알구 보면 신선야, 신선. 너들 월급쟁이에다 대? 그 연기만 자욱한 돌판에서 사는 서울 사람들에다 대? 보렴, 네. 여기 사람들이 어떻든? 너들처럼 얼굴이 새하얗진 않지? 그게 신선이 아니구 뭐냐?"

이 급조(急造)된 '젊은 신선'은 그날 해가 지도록 끌려다니며 왁새에 서뻑서뻑 손을 베며 풀을 베었다. 하면 되리라고 생각한 낫질이 그 좁은 원고지 칸에 글자를 써넣기보다 이렇게 어려우리라고 생각지 못했던 것이었다.

아침에는 새벽같이 끌리어 일어났다. 먼동이 트기가 무섭게 '어험' 소리가 문턱에 난다. 나가보면 김 영감의 삼태기에는 벌써 쇠똥이 그득하게 담겨져 있었다.

"네 봐라. 이놈이 줄 땐 허리가 아파도 논에다 너두면 벼가 그저 시커매지는구나. 그까짓 암모니아에다 대? 그걸 한 가마에 오 원씩 주고 사다 넣느니 이놈을 며칠 주웠으면 돈 벌구 거름 생기구…… 자, 어서 차빌 차려라. 네 댁두 깨우구. 해가 똥구멍까지 치밀었는데 몸이 근지로워 어떻게 질펀히 눴단 말이냐."

수택이 부처는 처음에는 허영이었다. 대학을 마치고 세숫물까지 떠다 바치라던 수택이와 처가 매일처럼 그 드센 일을 한다 해서 동리에서 한 화젯거리가 될 것을 상상만 해도 유쾌한 일이었다. 그리고 사실 수택이가 헌 양복 조각을 입고 밭을 맨다거나 삽을 짚고 물꼬를 보러 간다거나 비틀비틀 꼴지게를 지고 개천을 건너올 때마다 동리 사람들은 경이의 눈으로 그를 맞았던 것이었다. 그의 아내가 물동우[11]를 이고 비탈을 내려가다가 발목을 삐끗

해서 동우를 깨먹었을 때도 그들은 웃는 대신 동정의 눈으로 보아주었고, 호미를 들고 남편 뒤를 따라나서는 것을 보고는 이웃집 달순이며 앞집 봉년이를 큰일이나 난 듯이 불러다 구경을 시키고 했던 것이다. 그들은 동리 사람들의 이런 경이의 시선을 등 뒤에 느끼며 일을 했다. 이런 것이 그들에게 있어서 심지어의 위안이기도 했다. 지금의 그들에게는 잘하는 것이 자랑도 되었지마는 못하는 것도 부끄럼이 되지 않는 유리한 조건이 있었던 것이다.

"얘, 애어마. 너 그렇게 호밀 깊이 묻으면 배추 뿌리에 바람이 들잖겠냐. 요걸 요렇게 다루어가지고 살짝 흙을 일으키고 이쪽 손으로 풀을 집어내야지. 허, 그래두 그러는구나. 옳지, 옳지."

이렇게 새 며느리(실상은 헌 며느리지만)한테 잔소리를 하는가 하면, 어느새 수택의 등 뒤에 와서 서 있는 것이었다.

"에이끼, 미련한 것! 배추밭 매는 걸 밥 먹듯 하는구나. 밥 한술 떠 넣구 반찬 한 가지 집어 먹구— 그 식이 아니냐. 아, 이쪽으룬 흙을 이렇게 일으키면서 왼손으룬 풀을 집어내야지, 그걸 어떻게 따루따루……"

"아직 손에 안 익어 그렇습니다, 아버지."

수택은 이렇게 변명을 하는 도리밖에 없었다.

밤에는 꺼적 한 닢이 등에 지워진다. 물꼬를 지키라는 것이었다.

"네게 준 건 난 모른다. 농사 다 지어논 게니까 걷음새까지 네 손으로 해서 꼭꼭 챙겨놔야 삼동[12]을 나지."

동구를 벗어나오니 약간 일그러진 달이 아카시아 숲에 걸렸다. 말복도 지난 지 오랬건만 아직도 바람은 무더웠다. 천변에는 여기저기 동리 부인네들이 보리밥 먹기에 흘린 땀을 들이고 아이들은 조약돌들을 또닥또닥 뚜드린다. 실개천 물소리도 제법 여물다. 풀 속에서 반딧불이 반짝이고 개구리 소리가 으수이 어울리는 것이 역시 아직도 여름밤이다.

수택은 빨래 자리로 놓은 돌 위에 쪼그리고 앉아서 양치를 쳤다. 아침저녁으로 반죽한 치분으로만 닦아온 이가 물로만 웅얼웅얼해 뱉어도 입안이 환한 것이 이상할 정도다. 그는 삽을 질질 끌고 징검다리를 건너 논길로 들어섰다. 광대 줄 타듯 하던 논두덩도 어느새 평지처럼 평탄해진 것 같고, 아랫종아리에 차이는 이슬이 생기 있는 감촉을 준다. 아스팔트를 거닐다가 상점에서 뿌린 물이 한 방울만 튀어도 시비를 걸던 일이 마치 옛날 꿈 같았다.

"이만하면 나도 농촌 제일과는 마친 셈인가?"

구수한 풀 향기가 코를 통해서 가슴속까지 스며드는 것을 그것이라고 느끼며 수택은 이렇게 혼자 중얼거려본다. 밤이슬에 눅눅하니 젖은 셔츠에서도 차츰차츰 불쾌한 감촉이 없어져간다. 쫄쫄쫄 윗논배미서 아랫논으로 떨어지는 물꼬 소리에 금시 벼폭[13]이 부쩍부쩍 살이 찌는 것같이 느끼어지는 것은 벌써 그의 문학적인 감각 때문만이 아닌 것 같았다.

여남은 다랑이 건너 도독한 밭모퉁이에서 누군지 단소를 처량스러이 불고 있다. 역시 물꼬 보는 사람이리라. 그 맞은편 아카시아가 몇 주 선 둔덕 원두막에서는 젊은이들의 노랫소리가 흘러나온다. 술집 여인들이 놀러 나왔는지 여자들의 웃음소리가 가끔 섞여 나온다.

수택은 물꼬를 삥 한 번 둘러보고 원두막으로 어슬렁어슬렁 올라갔다. 발소리에 노랫소리가 딱 그치며 누군지 소리를 꽥 지른다.

"누구요!"

"나요!"

"어, 서울 서방님이시오? 그래, 요샌 꼴지게가 등에 제법 붙든가?"

꺼르르 웃음이 터진다. 시골 살면 그야말로 말소리에서도 흙내와 된장내가 나는 겐가…… 수택은 원두막 새다리¹⁴를 한층 한층 올라가며 이렇게 생각해보는 것이었다.

'내게선 언제부터나 흙냄새가 나려는고……'

5

분명한 울음소리다. 그도 여자의—. 아니 듣고 있을수록에 그 울음소리에는 귀가 익다. '누굴까?……' 이런 생각 하는 동안에 눈이 아주 뜨였다. 어느 땐지 멀리 물방아 돌아가는 소리가 어렴풋이 들릴 뿐, 어린것들의 숨소리조차 고요하다.

옆을 더듬어보니 어린것들만이 만져지고 응당 그 옆에 누웠어야 할 아내가 없다. 수택은 그대로 죽은 듯이 누워 눈에 정기를 모았다.

또 울음소리다. 그것은 마치 앵금줄을 그리는 듯싶은 애절한 울음소리다—아내였다.

"여보!"

"……"

"여보!"

대답 대신에 울음소리가 한층 높아진다. 그도 일어나서 아내의 옆으로 갔다.

"왜 그러오?"

"말을 해야 알지. 뉘가 뭐라 그럽디까?"

"아뇨."

"그럼 어디가 아프오?"

또 말이 없다.

"말을 해야 알잖소. 왜 그러오?"

"설사가 나요!"

아내는 이 한마디를 하고는 그대로 흑흑 느낀다. 그는 어이가 없어 웃음이 탁 터졌다.

"나이 삼십이 가까운 여자가 설사 난다구 자다 말구 일어나 앉아 운다? 흐흐흐흐."

"설사가 자꾸자꾸 나니까 그렇지요."

울음 반 말 반이다. 그는 또 한 번 커다랗게 웃었다.

"여보, 그래 설사가 나건 약을 사다 먹든지 밥을 한 끼 굶고서……"

하는데 아내는,

"그만둬요. 당신처럼 무심한 이가 어딨어요! 어른이고 아이들이고 오던 날부터 설살 하구 눈이 퀭하니 들어가도 일언반사가 없으니."

"그러기에 약을 사다 먹으랬지. 내야 집에 붙어 있어야 알지."

아내는 또 모를 소리를 한다.

"이렇게 나는 설사에 약이 무슨 소용야요. 밥을 갈아 먹어야지!"

그제야 수택은 설사 나는 원인을 눈치 챘던 것이었다. 그렇게 말을 듣고 생각하니 자기도 오던 이튿날부터 설사가 났다. 갑자기 물을 갈아 먹은 관계려니 했으나 며칠을 두고 설사가 계속되었다. 기실은 아직까지도 소화가 그렇게 좋지는 못한 폭이었다.

"보리 끝이 자꾸 뱃속에 들어가서 장을 꼭꼭 찌르나 봐요. 필년이두 자꾸 배가 아프다구 저녁마두 한바탕씩 울고야 잔대요."

"흥, 창자두 흙내를 맡을 줄 알아야 할까 보구나……"

그는 아무 말도 못 했다. 아직 살림 연모가 갖추어지지도 못했고, 여름에 딴 불을 때느니 밥만은 집에서 함께 먹기로 했던 것이다. 그러자니 시골의 이 철은 꽁보리밥으로 신곡 장을 대는 동안이다. 쌀밥만 먹던 창자에 갑자기 깔깔한 보리쌀만이 들어가니까 문화생활만 해오던 소화기가 태업을 시작한 것이었다.

"그럼 쌀을 좀 두어달라지. 기실 난두 늘 배가 쌀쌀 아팠는데 그걸 난 몰랐구려."

"야단나게요! 아버님이 이번엔 또 창자를 거꾸로 달구 먹으라고 걱정하잖으시겠어요."

가랑이 속으로 경치를 본 이야기를 아내는 생각해낸 모양이었다.

"그만 자우. 내 낼 아버지께 말씀해서 당분간은 쌀을 좀 섞어 먹도록 할 게니까."

그는 어린애를 달래듯 아내를 재웠다. 추수만 끝나면 남편이 자유로운 시간을 가질 수 있다는 데 유일한 희망을 붙이고 있는 줄을 알고 근 이십 일이나 설사를 하면서도 군말 한마디 않았다는데 표시는 안 했지만 여간 감격한 것이 아니었다. 부디 그런 마음을 버리지 말라 했다.

이튿날부터는 쌀이 반은 섞이어졌다. 아버지의 성미를 잘 아는지라, 수택은 용기를 못 내고 필년이란 년을 시켜 할아버지를 조르게 했던 것이다.

"할 수 없구나. 그것들이 창자까지 사람 창잘 못 가졌으니 딱한 노릇이다, 그러시겠지."

딸년은 할아버지의 흉내를 내며 재미나게 웃었다.

그러나 쌀의 분량은 점점 줄어갔다. 그 대신 보리가 늘었고 조가 뛰어들었다. 감자니 기장 같은 잡곡도 간혹 섞였다. 하루바삐 신곡이 나기를 기다리는 것이—지금의 수택 부처와 어른들에게 있어서는 유일한 낙이었다.

이때부터 수택의 창작욕도 척척 늘어갔다. 오래전부터 그의 머릿속에서 매대기[15]를 치던 어떤 역사소설의 상이 거의 가다듬어질 무렵에는 수택이가 물꼬를 내고 이듬매기[16]를 해준 벼도 누렇게 익어갔다. 집 앞 텃밭의 배추도 제법 자리를 잡고 토실토실 살쪄갔다. 사람이란 이렇게 욕심이 많은 겐가 싶었다. 손이라야 몇 번 댄 곡식도 아니건만 야무지게 여문 벼알이며 배추 한 폭에까지 지금까지는 맛보지 못한 그윽한 애정을 느끼는 것이었다. 그것은 그가 일찍이 깨알처럼 씌어진 원고지의 글자를 보는 때의 그 애정, 그 감격과도 같은 것이었다. 일 년 내 피와 땀을 흘려야 벼 한 톨 얻어먹지 못하고 빈손만 털고 일어나는 소작인들의 그 애절해 하던 심정도 지금서야 이해되는 것 같았고 매년 그러리라는 것을 빤안히 내다보면서도 그 농사를 단념하지 못하는 그네들의 심정 도 이해되는 것 같았다. 타작마당에서 벼 한 톨이라도 더 차지할 것을 전제로 한 애정임에는 틀림이 없겠지마는 단지 그러한 이욕 만으로 그처럼이나 벼 한 폭, 배추 한 잎을 사랑할 수가 있을까. 그것은 마치 종이 값도 못 되는 원고료를 전제한 작품이기는 하 지마는 쓰는 동안에는 그러한 관념이 전혀 없이 그저 맹목적인 정열을 글자 한 자에마다 느끼는 것과 무엇이 다르랴 했다. 애정 이란 이해관계를 초월한다는 것을 수택은 또 한 번 생각한다. 이 애정——그것으로 인류는 살아가는 것이요, 이 애정으로 도덕을 삼는 데서만 인류는 행복될 것이다 싶었다. 아버지의 늘 말하던 소위 '흙냄새'와 '된장내'란 결국 이런 애정을 의미한 것이 아닐 까. 그렇게도 생각해본다. '대처 사람'들에게서는 흙냄새가 안 난 다는 그 말은 곧 이 이해를 초월한 애정이 없다는 말이 아닐까. 언젠가 집 안에 도적이 들었을 때 도적을 잡았다고 자기 아버지 는 그를 때렸다. 도적질은 분명히 악이다. 악을 제지하고 악을 미 워하는 것은 선이다. 이것은 사람이 가진, 그리고 가져야 할 위대 한 정신인 동시에 본능이다. 이 선, 이 본능에 대해서 그의 아버 지는 지겟작대기로써 예물했다. 그러면 그의 아버지는 도적질을 악으로서 인정치 않는 것일까 하면 그렇지는 않다. 흙 속에서 나 서 흙과 같이 자라고 흙과 더불어 살아온 그에게는 포근포근한 흙의 감정과 김가고 이가고 정가고 간에 씨만 뿌려주면 길러주는 그러한 흙의 애정 속에서만 살아온 그는 없어서 남의 것을 훔치는 도적놈보다도 흙의 냄새를 맡을 줄 모르고 흙의 애정을 유린한 철두철미 '대처 사람'인 아들에게 보다 더 증오를 느꼈기 때문이었으리라.

수택은 무서운 정열로 자기의 농작물을 사랑했다. 그것은 자기의 작품을 사랑하던 그 정열이었다. 문득 꺼추해진 벼폭을 발견하고는 인쇄된 자기 작품에서 전부 뒤바뀐 구절을 발견할 때와 똑같이 놀랐다. 그것은 그지없이 불쾌한 순간이었다. 수택은 그대로 논으로 뛰어들었다. 아랫동아리부터 벼폭이 노랗게 말라든다. 이삭은 알맹이 한 개 안 든 빈 쭉정이였다. 격한 나머지 그는 벼폭을 잡고 낚았다. 각충이란 놈이 밑 대궁에 진을 치고 보기 좋게 까먹은 것이었다.

그는 삼십여 년의 반생 동안 이처럼 격한 일이 없었다. 이만큼 어떤 물건이나 생물에 대해서 증오를 느껴본 일이 없다고 생각했다. 그리고 또 자기 혈관 속에 이토록이나 잔인한 피가 흐르고 있었다는 것도 오늘서야 처음 발견했던 것이었다. 그는 벼폭을 발기고 일일이 각충을 잡아냈다. 그래서는 돌 위에다 놓고 짓찧고 있는 자신을 발견하는 것이었다. 그는 일생 처음으로 미움다운 미움을 경험했다고 생각하였다.

수택은 처음 고향에 돌아와서 동리 사람들의 시선에서 차디찬 것을 느끼었었다. 말만 고향이지 눈에 익은 얼굴도 거의 없었다.

파도에 밀린 뱃조각처럼 이리 밀리고 저리 쫓기어 태반은 타곳에서 들어온 사람들이다. 그때 그 차디찬 시선에 그는 일종의 반감까지 일으킨 일이 있었으나 지금 가만히 생각하니 그래도 자기 아버지가 아들에게 품고 있던 그 증오보다는 오히려 나은 것이었다 싶었다.

'그렇다. 하루바삐 나도 대처 사람의 탈을 벗고 흙과 친하자. 그래서 흙의 냄새를 맡을 줄 아는 사람이 되자.'

이렇게 자기 자신에게 타이를 때 누군지 귀에다 대고 소리를 꽥 지른다.

'그것은 퇴화다!'

그것은 대처 사람인 또 한 다른 수택이었다. 물방울 한 개만 튀어도 시비를 가리고, 파리 한 마리에 상을 찡그리고 데파아트에서 한 시간씩이나 넥타이를 고르던 도회인의 반역이었다.

'퇴화? 퇴화 좋다!'

'아니 패배이다! 패배자의 역변이다. 도시 생활——문명사회에서 생활 경쟁에 진 패배자의 자위 수단이다. 그것은——'

'아무것이든 좋다!'

그는 이렇게 발악을 했다.

이러한 마음의 투쟁은 날을 거듭할수록에 격렬해갔다. 수택이 자기의 피에는 흙의 전통이 흐르고 있다고 생각한 것은 한 착각이었다. 누르면 누를수록에 문화에 주린 도회인의 반항은 억세 갔다. 포근포근한 흙을 밟는 평범한 감촉보다도 가죽을 통해서 오는 포도(鋪道)의 감촉이 얼마나 현대적인가 했다. 그것은 마치

필 대로 핀 낡은 지폐를 만질 때와 빠작 소리가 그대로 나는 손이
베어질 것 같은 새 지폐를 만질 때의 감촉과의 차이와도 같았다.
사람에게서나 자연에서나 입체적인 선(線)의 미가 그리웠다.

'아니다. 참자. 흙과 친하자!'

수택은 벌떡 일어났다. 참새 떼가 '와아' 하고 풍긴다. 이 젊은
도회인이 도회의 환상에 사로잡힌 동안 참새 떼들은 양양해서 벼
톨을 까먹고 있었던 것이다.

"우여 우이!"

건너 다랑이[17]로 옮겨 앉는 참새를 쫓아서는 두덕[18]을 달리었다.
참새 떼는 적어도 수백 마리는 되는 것 같았다. 한 마리가 한 알
씩만 까먹었대도 수백 톨을 까먹었을 것이다. 그는 달리다 말고
벼 이삭에 눈을 주었다. 누우렇게 익은 벼폭들이 생기가 없다. 그
때 울컥하고 가슴에 치미는 것이 있다. 증오였다. 도시 생활에서
세련이 된 현대인의 증오였다. 이 갖은 정성과 피와 땀으로 가꾼
곡식을 장난하듯 까먹고 다니는 참새에 대한 증오가 현기증이 날
정도로 머리에 찬다.

"우여 우이!"

꼼짝도 않고 참새 떼는 못 견디어하는 이삭에 그대로 조롱조롱
매달렸다. 그는 무서운 정열로 기관총을 사모했다. 전쟁 영화에
서 보듯이 뺑 한번 둘렀으면 톡톡 소리와 함께 소나기처럼 떨어
질 참새 떼를 상상하는 것만으로 이 도회인의 간담은 기분간의
위안을 받는 것이었다.

도적놈을 때릴 때 아버지가 자기에게 느끼던 증오도 이런 것이

었을까?

6

한결 볕이 엷어졌다. 벌레 소리도 훨씬 애조를 띠고, 달빛도 감
상(感傷)을 띠었다. 이집 저집에서 마당질 소리가 나고 밤이면 다
듬이 소리도 여물어갔다.

수택이네 집에서도 새벽부터 타작이 시작되었다. 한모로는 벼
를 져 나르고, 한모에서는 '때려라' 소리를 연발하며 위세를 올렸
다. 한모에서는 도급기(稻扱機)가 '붕붕' 하고 돌아간다. 여인네
들의 치맛자락에서도 바람이 난다.

수택이도 벗어부치고 지게를 졌다. 아직 다리는 허청거리나 그
래도 대여섯 묶음씩 져 날랐다. 인저는 벌써 그의 노동을 신성시
하는 사람도 없었고, 동정하는 사람도 없었다. 그는 명실공히 한
농부였다. 서투른 낫질에 손가락을 두 개나 쳐맸지만 보는 사람
도 그랬고, 그 자신도 그것은 큰 상처로 알지도 않을 정도까지 이
르렀다. 아내 역시 호밋자루에 터진 손바닥이 아물지를 못한 모
양이다. 그렇다고 혼자 일어나 앉아서 밤을 새워가며 울지는 않
았다. 아프니 자시니 했다가 그 말이 시아버지 귀에 들어가면 동
정 대신에 핀잔을 맞을 것을 알기 때문이기도 했을 것이다. 가끔
그에게는 아버지가 남에게만 후하지 자식들한테는 너무 박하다는
불평을 말하는 때도 있었으나 그것은 그가 시인을 하는 정도로써

가라앉았다. 사실 그 자신도 다소 심하지 않은가 하는 불평은 여러 번 품었었다. 손에 익잖은 자식이 서투른 낫질을 하다가 손을 다치어도 먼저 핀잔부터 주었다. 그것은 어떻게 보면 증오와도 같은 것이었다.

그도 부리나케 볏단을 져 날랐다. 이 볏단의 대부분이, 아니 어쩌면 거의 전부가 낡아빠진 맥고모자를 뒤꼭지에 붙인 되바라진 젊은 친구의 손으로 넘어가리라는 것을 잘 알면서도 수택은 그것을 억지로 생각지 않으려 했다.

그의 아버지도 그 위인이 나와서 버티고 선 후로는 분명히 얼굴에 검은빛을 띠었다. 자식에게 그런 눈치를 안 보이려고 비상한 노력을 하는 것이 그것이라고 엿보였다. 수택도 아버지의 이 노력에 협조를 했다.

도합 스물두 마지기에서 사십 석이 났다. 사십 석에서 스물닷 섬이 소작료로 제해졌다. 사십 석에서 스물닷 섬──열닷 섬. 그의 지식은 처음 긴요하게 쓰여졌다.

그러나 이 지식은 정확성을 갖지 못한 것이었다. 거기서 비료대로 한 섬 두 말이 제해졌고, 아내와 계집아이들의 설사를 치료한 쌀값으로 장리변을 쳐서 열두 말이 떼였다. 지세도 작인과 지주가 반분해서 물기로 되어 있었다. 지세로 또 몇 말인지 떼였다. 그는 말질을 하는 되감고가 바로 지주나 되는 것처럼 그의 손목이 미웠다. 우르르 덤비어 되감고의 목덜미를 잡아나꾸고 볏더미 속에다 꾹 처박고 싶은 충동을 이를 악물고 참는 것이었다.

수택은 아버지를 쳐다보았다. 그 옴팡하니 들어간 눈에서는 황혼을 뚫고 무시무시한 살기 띤 빛이 발하는 것이었다. 그는 방공 연습을 할 때의 그 휘황한 몇 줄의 탐조등 광선을 연상하였다. 김 영감은 꼼짝도 않고 한자리에 서 있었다. 볏더미를 보는가 하면 그렇지도 않았다. 사음[19]을 노리는가 하면 그것도 아닌 것 같았다. 영감은 내년 이때까지 살아갈 길을 궁리하는 것이었다.

"자, 짊어져라!"

수택은 깜짝 놀랐다. 남은 벼 여남은 섬이 가마니에 채워졌다. 전혀 자신은 없었으나 벼 이백 근을 못 지겠노란 말도 하기 싫어서 지겟발을 디어밀었다.

"엇차."

옆에서는 벌써 지고 일어나서 성큼성큼 걸어간다. 그도 '엇차' 소리를 쳤다. 땅짐[20]도 않는다.

"자, 들어줄 게니, 엇차."

그는 있는 힘을 다해서 무릎을 세우려 했다. 그러나 오금은 뜨는 둥 마는 둥 하다가 그대로 똑 꺾인다. '안 되겠느니,' '다른 사람이 지라느니' 이론이 분분하다. 그래도 그는 아버지의 명령이 떨어지기까지는 버티었다. 이를 북북 갈며 기를 썼다. 힘을 북 주었다. 오금이 떨어졌다. 그러나 다리가 허청하며 모여 선 사람들의 '저것 저것' 소리를 귓결에 들으며 그대로 픽 한쪽으로 넘어가고 말았다. 넘어간 순간,

"에이끼, 천치 자식"

하는 김 영감의 소리와 함께 빗자루가 눈앞에 획 한다. 머리에 동였던 수건이 벗겨졌다.

"나오게, 내 짐세. 나와"

하는 누군지의 말을 영감의 호통 같은 소리가 삼키었다.

"놔두게! 놔둬! 나이 사십이 된 자식이 벼 한 섬 못 지는가. 져
라 져, 어서 일나!"

그는 이를 악물고 또 힘을 북 주었다. 오금이 번쩍 떴다. 뒤뚝뒤
뚝 몇 걸음 옮겨놓는데 눈과 콧속이 화끈하며 무엇인지가 흘렀
다. 그러나 그는 그것이 무엇인지를 몰랐다.

"저 피! 코필 쏟는군. 나려놓게!"

하는 동리 사람들 소리 끝에,

"놔들 두게! 제 손으로 진 제 곡식을 못 져다 먹는 것이 있단 말
인가! 놔들 두게."

수택은 눈물과 코피를 촤촤 쏟아가면서도 그래도 자꾸 걸었다.
내일은 우리 논 닷 마지기의 타작이다! 그는 이런 생각을 억지로
즐기려 노력을 했다.

흙의 노예奴隷
—속續 제1과 제1장

1

산〔生〕다는 말은 그저 막연히 사는 사람의 생(生)을 의미하고
생활(生活)한다는 말은 그저 막연히 살아 있는 사람이 아니라 그
어떠한 난관이라도 돌파하면서까지 살려고 노력하는 사람의 생을
이름이라고 한다면 수택이의 지금의 생은 이 후자(後者)에 속할
것이다. 사실에 있어서 지금까지의 그는 남이 살아 있듯이 그저
막연히 살아왔던 것이다. 남이 살듯이 살아왔고 보니 남이 죽듯
이 또 죽었어야 할 것이로되 지금까지 살아 있다는 사실은 그가
지금까지 그만큼 살기 위해서 애를 썼다는 증좌가 되는 것이 아
니고 남들이 죽듯이 그런 모진 병에 걸리지 않았었다는 단순한
이유에서였다. ——이렇게 말한다는 것은 수택 자신에게는 적이 미
안한 일일지 모르나 지금까지의 그의 생에 대한 태도란 이런 정

도에서 몇 걸음 벗어나는 것이 아니었다.

물론 그도 하루에 밥 세 끼니를 얻기 위해서는 실로 피비린내 나는 노력을 해왔다 할 것이다. 동경 유학 때는 실로 일곱 끼니의 때를 거르면서도 생명을 유지하기 위해서 동분서주했었고 일금 오십 원의 월급봉투를 위해서는 여름 아침의 그 단잠도 희생을 해왔고 X광선을 비추면 월식하는 달처럼 일부분이 뿌예진 폐를 가지고도 한결같이 오 년이란 긴 세월을 버티어왔다. 그는 먹고 살기 위해서는 젊은 결기로서는 도저히 참기 어려웠을 모든 굴욕 앞에서도 인종(忍從)의 덕을 지켜왔으며 한 때의 찬거리를 사기 위해서 마포에서 광화문까지의 먼 거리를 터덜터덜 걷기도 했었 다. 그러나 이것은 지금 살아 있는 그 누구나가 사는 방법이요 또 살아나갈 방법이다. 좀더 잘 산다——보다 더 값있게 산다. 좀더 깨끗하게 살고 보다 더 건실한 생활자가 된다——이렇게 생각한다 는 것은 한 구원한 이상처럼만 생각해왔었다. 그리고 그것은 위 대한 사람에게만 가능한 일이요 자기와 같은 범인에게는 생각할 수도 없는 지난한 일이라 했었다.

이러한 의미에서 그가 직을 내던지고 농촌으로 기어든 동기가 어떤 것이었다든가, 그 의기(意氣)가 어느 정도의 것이었다든가 하는 것은 막론하고 타기만만한¹ 자기 생의 새로운 국면(局面)을 타개하기 위해서 그야말로, 대학 출신의 이력서가 수십 통씩이나 누룩머리를 앓는 영예로운 직업을 한 푼의 미련도 없이 내던진 데는 우선 경의를 표해둔다 하더라도 농촌으로 돌아온 이후의 생 이 그대로 생활하는 사람의 '생'에 편입이 될 수는 없는 것이었다. 도시를 떠난 후 사 개월간의 농촌 생활이란 그대로 도시 생활의 연장이었다. 변한 것이 있다면 그것은 단순한 형식이었다. 양복에, 모자를 쓰고 구두를 신고 살던 수택이가 머리에는 밀짚모자를 얹고 고의적삼에 고무신짝을 끌고 살았다는 차이뿐이었다. 그의 생활 의지는 여전히 모호한 것이었으며 막연한 것이었다. 생활 의지라기보다는 그것은 차라리 기분이었다.

아니 그것은 도시 생활 시대보다도 한층 더 헐값으로 평가될 허영이었다. 대학을 졸업한(시골 사람들에게는 중등 이상이면 그대로 대학으로 통용이 된다) 당당한 일류 신문기자가 농촌에 와서 땅을 파고, 지게를 지고 오줌장군²을 져 나르며 거름을 친다──이렇게 보아주는 고향 사람들의 경이(驚異)에 홀로 만족하고 우월을 느끼는 허영──이것이 그의 생활 의지(生活意志)였다.

"지금은 너희들과 이렇게 살지마는 그래도 너희와는 구별되어야 한다. 너희들은 이렇게밖에 살 수 없는 운명을 타고났지마는 나의 노동은 그것이 아니다. 같은 노동을 한다드라도 내가 하는 노동에는 더 값이 있다……"

물론 이런 말을 한 적도 없고 자기가 이런 우월감──허영에 들떠 있다고도 생각지는 않았다. 생각지는 않으면서도 역시 수택은 무의식중에 그런 허영에 지배되었다. 서투른 지게질을 할 때나 소를 몰고 갈 때나 동리 여편네들과 노인들이 자기를 비웃기보다도 대견하게──장하게 보아주리라는 막연한 의식에 그는 자기도 모르게 지배가 되었고 열칠팔 세의 아이들이 수월하게 지고 일어나는 볏섬을 땅짐도 못 시키었다는 사실은 분명히 부끄러워했어야 할 사실임에도 불구하고 그것이 마치 교육받은 사람의 특징이기나 한 것처럼 수치는커녕 오히려 자랑처럼 생각한다는 것도 그자신은 의식지 못하나마 사실임에는 틀림이 없었다.

그러나 아무리 대학 출신의 지게질이라도 한두 번 보면 족한 것이다. 그것이 늘 그렇게 신기할 것이 없을 것이며 대견할 것도 없고 장할 건덕지가 못 될 것이다. 해가 지면 달이 뜨고 별이 비치고 하는 것도 처음 보는 사람에게는 적어도 수택이의 지게질보다는 희한한 일이었거니와 그것이 한 상식이 된 후로는 사람은 달이나 별이 뜨지 않는 것에 되레 놀라지 않는가. 그런데 황차[3] 수택이의 지게질에 늘 그렇게 놀라기만 할 리가 만무한 것이다.

그렇건마는 수택에게는 그것이 섭섭했다. 물론 표명을 하는 것도 아니요, 또 그렇게 생각하는 자신을 인식해본 일이 없기는 했지마는 동리 사람들이 벌써 자기를 경이의 눈으로 보아주지 않는 것을 섭섭히 생각한다는 것은 부인할 수 없었다.

수택이는 서울 있는 몇몇 친구한테는 자기의 근황을 알려왔다. 자기의 일을 근심해줄 우정에 대한 보답이기도 했지마는 그는 자기의 생활을 비교적 자세히 보고한 일도 있다. 그럴 때마다 그는 소풀을 베다가 손을 베었다든가 오줌장군을 지다가 깨빡을 쳤다든가 거적을 깔고 앉아서 밤을 새워 물꼬를 지켰다든가…… 이런 이야기까지도 보고를 했던 것이다. 시굴 생활을 보고하는 데는 물론 이런 사실을 뺄 수는 없다 치더라도 그런 편지를 쓰던 때의 그의 심리를 한 번 더 깊이 파볼 때,

'나는 이렇게 초월했다. 나는 문화인 너희들을 불쌍히 여긴

다……'

이러한 의식이 그 어느 구석에든지 잠복해 있었으리라는 것은 상상하기에 족한 일이었다.

이러한 의미에서 그의 순수한 농촌 생활은 추수기가 끝난 직후—다시 말하면 그의 지게질과 서투른 낫질이 벌써 동리 사람들에게 신기한 사건이 못 되게 된 때, 그리고 한여름 동안 밤잠을 못 자고 피땀을 흘린 총수확이 벼 넉 섬이요 이 넉 섬으로 보리때⁴까지 연명을 하지 않으면 안 된다는 엄연한 사실 앞에 직면한 그 순간부터였다.

'저것으로 삼동을 나야 한다!'

이렇게 생각하며 수택은 몇 번이고 뜰팡에 포갬포갬 쌓아놓는 볏섬을 바라보는 것이었다. 내년 보리가 나기까지에는 적어도 반년이나 있었다. 그 오륙 개월을 벼 넉 섬으로 산다?…… 그러나 그뿐이 아니었다. 그 벼 넉 섬으로 양식도 해야 하고 호세⁵도 해야 하고 사람이 병이 나지 말란 법도 없고 보니 영신환⁶ 봉도 사게 될게고 석유며 심지어 성냥 한 갑까지도 저 벼를 내야만 한다. 금년은 볏금⁷이 좋아서 팔 전이다. 이백 근 잡고 십육 원. 넉 섬을 다 낸댔자 육십 원이다. 잡용으로 아무래도 한 섬은 내야 할 판이다. 그렇다면 오십여 원을 가지고 반년을 살아야 한다…… 육칠은 사십이. 수택은 온종일 키질에 저녁술을 놓기가 무섭게 곯아떨어진 아내를 내려다보며 이런 구구를 쳐본다. 어린것이 둘, 자기 내외에 창문이 놈까지 넣으면 알톨 같은 다섯 식구다. 어린것 둘로 어른 한 몫을 친다 해도 네 식구에, 매인당 십 원이다. 창문이의 바지저고리는 뭣으로 해주며 어린것들의 알궁둥이는 뭣으로 가려주어야 할 겐가. 그나 그뿐인가. 아내는 서울서 입던 찌꺽지를 꿰매 입는다 친대도 나만은 바지저고리 두어 벌은 가져야 삼동을 날 게다. 버선을 기워댈 도리가 없을 게니 양말짝이라도 사 신어야 이편이 옳잖은가…… 부지깽이도 살림 값에 간다는데 연모 하나 없이 어떻게 농가에서 부지를 하며 담배는 누가 사준다는가. 아직 식구가 다 죽지는 않았으니 친구고 아내 집으로 통신도 해야 할 겐데 우표는 뭣으로 사며 종잇장 봉투장은 뉘게서 갖다 쓰나……

이런 생각을 곰상곰상 하고 보니 자기의 농촌 생활 설계가 얼마나 무정견한 것이었으며 얼마나 로맨틱한 것이었던가가 새삼스러이 돌아다보여지는 것이었다.

수택은 털퍽하니 문간에 앉아서 턱을 괴었다. 벌써 마고를 두 개째 태우고 저도 모르게 다시 불을 붙이다가 벌떡 일어난다. 테이블 서랍에서 종이와 연필을 꺼내다가 주먹구구로만 따지던 셈수를 일일이 적어가면서 다시 한 번 계산을 한다. 그러나 석유, 성냥, 담배, 우표—이렇게 조목조목 적다 보니 주먹구구로 칠 때는 매인당 팔구 원은 되던 것이 겨우 오 원 부리에서 조금 벗어난다.

'장정 한 사람이 오 원으로 반년을 살란다?'

수택은 그것이 그 어떤 사람의 명령이기나 한 것처럼 저도 모르게 이렇게 분개했다. 꼭 철석같이 믿었던 사람한테 속은 것만 같았다.

그는 다시 담배를 한 개 피워 물고 꼬부리었다. 예산을 좀더 삭감해보잔 것이다. 담뱃값 일 원 오십 전이 일 원으로 감해졌고, 석유 네 사발이 세 사발로, 통신비 삼십 전이 십오 전으로 이렇게 줄일 수 있는 데까지 졸아붙였다. 그러나 이렇게 삭감해도 일인당 한 달 생활비가 일 원 오십 전이 못 된다.

아내는 요새 며칠째 앓는 소리가 버쩍 심하다. 열병처럼 호된 몸살을 닷새나 앓고 일어난 지가 불과 대엿새밖에 안 된다. 대엿새에 한 번씩은 반드시 눕는다. 그렇게 친다면 십오 전짜리 몸살약 첩을 쓴대도 볏섬은 들어갈 게다……

이런 생각을 하다 말고 수택은 계산하던 종잇장을 벅벅 찢고 일어났다. 벌써 십사오 년 전 일이었지마는 대수(代數) 문제 하나를 두어 시간이나 풀다가 노트를 벅벅 찢고 일어나던 기억이 불현듯 머리에 떠오른다. 그때는 이튿날 학교에 가서 선생이 일부러 문제를 잘못 냈다는 것을 알았었거니와 이 풀 수 없는 문제는 누가 잘못 낸 것인가 했다. 사람도 붕어처럼 물을 먹고 살기 전에는 영원히 풀 수 없는 문제였다.

달은 지나치게 밝다. 아직 초저녁이건만 천 명 가까운 인간이 모여 사는 동리는 관 속처럼 괴괴하다. 동구 밖에 있는 물레방아 홈통에 떨어지는 물소리만이 칙칙칙 들려올 뿐 늦은 가을이라건만 다듬이 소리 한마디 안 들린다. 서글프기만 했다. 시적(詩的)이라고만 생각해온 농촌의 달밤이 이렇게 서글프기만 한 것인가 했다. 뽕나무 가지로 얽은 삽짝을 사뿐히 들어 지치고 돌아서려니까 뽑다 둔 채 만 텃밭 모솔기에서 누가 이쪽을 바라보더니 말을 건넨다.

"어디 가려나."

"누구요?"

"나야. 용훈일세."

"아, 똥훈인가."

"망할 사람, 어른을 몰라보고."

똥훈이란 용훈이의 별명이었다.

그는 수택이와 나이도 비슷했고 어렸을 적에는 사립학교에도 같이 다니었다. 부잣집 자식들의 대개가 그렇듯이 용훈이도 이태 가 삼 년을 두고 낙제를 했다. 똥훈이란 별명이 붙은 것도 배꼽까지나 수염이 내려온 한문 선생이 그때만 해도 옛날이어서 이태조가 누구냐고 묻는 말에,

"떡전꺼리 기름집 늙은이유!"

하고 호기 있게 대답을 했다. 지금은 죽은 지도 오래지마는 기름집 영감의 이름이 이태주(李泰柱)였다. 용훈이는 마침 기름집에서 대여섯 집 어긋난 맞은편에 살았던 것이다.

"예이, 똥 같은 녀석! 오늘부턴 용훈이라지 말고 똥훈이라고 그래라!"

똥훈이란 이렇게 생긴 별명이었다.

수택은 원근 어려서 고향을 떠났고 몇 해에 한 번씩 그나마 하루 아니면 이틀, 길대야 사흘, 이렇게 과객처럼 다녀간 터라 같이 주먹코를 씻던 어렸을 적 동무들과도 농담 한번 할 기회도 없이 삼십 고개를 넘기고 말았다. 그래서 이번에는 일부러 농도 걸고

우스운 소리도 하고 해서 어렸을 적의 동무를 여나뭇 찾았다. 똥훈이도 물론 그중의 한 사람이었다. 그러나 똥훈이에게 대한 지식이란 천여 석 하던 재산이 재작년 저의 아버지가 돌아가면서 반으로 줄었고 지난 일 년 동안에 또다시 약 반은 축을 냈다는 것, 그 대부분은 읍에 드나드는 자동차비와 요리 값으로 소비되었다는 것, 서울 다니는 자동차의 여차장을 첩으로 얻었다는 것, 그저 그런 정도에 지나지 않았다.

"뭐, 이러니저러니 할 것 없이 옛날 똥훈이가 나이 삼십이 됐다고만 생각하면 틀림없지."

역시 사립학교 시대의 동무로 지금은 신작로 가에 이발소를 내고 있는 종대가 이렇게 말하던 생각이 나서 수택은 '이태주'를 연상하고 속으로 혼자 웃었다.

"어디 볼일이 있어 가나?"

용훈이가 이쪽으로 다가오면서 묻는다. 아무것도 하는 일은 없으면서도 국방복은 입었다.

"아니, 왜?"

"자네 좀 볼려구 왔던 길인데."

"날? 무슨 소관이 있나?"

"별일이 있는 건 아니지만 우리 오래간만이니 맥주나 한잔씩 나누자구……"

"어디 내 술을 먹던가?"

수택은 좀 야박할 만큼 잡아뗀다. 거의 반년 가까이 도회를 그리우고 산 터다. 맥주란 말만 들어도 반갑기는 했으나 어떤 편이냐면 소위 여덟달반처럼 어리무던한 용훈이의 술을 얻어먹었다는 소문도 나쁘려니와 그 자신 지금 이야기도 통치 않을 용훈이를 상대로 술을 마실 기분이 되어 있지 못했다. 자기 혼자로서는 도저히 풀 수 없는 벼 넉 섬으로 다섯 식구가 반년 동안을 먹고살지 않으면 안 되는 어려운 숙제를 풀지 않으면 안 되는 지금의 그였다. 이런 문제를 푸는 데는 아버지가 나으리라 한 것이다. 나이는 그보다 어려도 농촌에서 자란 스물넷 된 조카도 책상물림인 자기보다는 좀더 이런 문제를 푸는 묘득을 알고 있으리라— 이렇게 생각이 되어 용훈이한테는 후일을 다시 약속하고 중말 자기 원집으로 내려왔다.

2

삽짝은 활짝 열려져 있었다. 사람이 얼른만 해도 지붕이 들썩이도록 짖어대던 흰둥이란 놈도 인저는 낯이 익었는지 '으응—' 한마디 울러보고는 깍지광 옆 사랑 부엌으로 기어들어간다. 수택은 먼저 안을 뻐끔히 들여다보았다. 불은 희미하나 넉가래 같은 짚신짝이며 편리화 한 짝에 고무신 한 짝이 눈에 뜬다. 그는 다시 사랑으로 나왔으나 사랑에서도 역시 마실꾼[8]이 와 있는 모양이다.

문구멍으로 가만히 들여다보려니 아랫말 정택수가 그의 아버지와 마주 앉았다. 방바닥에는 무슨 종이쪽지가 두세 장 펼쳐진 채 있고 그 종이 위에 그가 어렸을 적부터 보아온 산(算)가지가 널려 있다. 정택수는 손바닥 반만 한 장돌뱅이 주판을 들고서 무엇인지 심*을 맞추는 모양이다. 이야기가 중단이 됐는지 끝이 났는지 잠잠하다. 수택은 정택수가 돈놀이(高利貸金)를 해서 형세가 훨씬 폈다는 이야기를 들은 터라 이야기를 좀 엿들어볼까 하다가 궁금한 채 안방으로 들어갔다.

안방에는 그의 어머니와 형수와 고모, 읍으로 출가했다가 바로 몇 달 전 수택이가 고향에 돌아온 지 달포는 되었을 때 이 동리로 이사를 해온 맏누님 외에도 두붓집 과댁, 바로 사랑에 와 있는 정택수의 맏며느리— 이렇게 방 안이 그득하게 모여 앉았다. 다 흉허물 없는 터였다.

"어이쿠, 서울 양반 오시는군."

언제나 너실대는 두붓집이 그 안반만 한 엉덩판을 한쪽으로 옮기며 자리를 내준다. 정택수 며느리는 나이 사십이 가깝건만 아직 피둥피둥한 번화한 얼굴이 희미한 등잔불이라 그런지 더욱 훤해 보인다. 정택수 며느리는 열일곱 수택이가 열두 살 때 혼인 말이 있던 여자다. 그는 시골 내려와서 그런 말을 듣고야 알았지마는 그가 싫다고 내찼던 여자인지라 좀 겸연쩍어했으나 그쪽에서는 그런 것은 다 잊었다는 듯이 말도 걸고 또 늘 놀러도 왔다. 벌써 며느리까지 보았다는 의식이 그 여자로 하여금 그렇게 대범하게 만드는 모양이었다.

거의 전부가 사십 이상의 여인들인지라 앞집 뒷집의 흉보기보다 사는 이야기에 화제가 집중되어 있었다. 거기 모인 중에서는 그래도 정택수 며느리가 제일 나은 모양이었다. 그 무서운 가뭄에도 걷은 것이 이십여 석에 도지[10] 들어온 것이 삼사십 석 되는 모양이었다.

"자네네가 뭔 걱정인가, 올 같은 흉년에도 육십 석이나 됐는데— 제년[11]에는 벼 백이 실하잖았나."

그의 어머니는 이렇게 말하며 한숨을 가만히 쉬어본다. 그가 고향을 떠나기 전만 해도 연사가 좋은 해면, 칠팔십 석은 무난한 그들이었다. 논 이십사오 두락에 가물 타는 논은 단 한 마지기가 없었다. 밭만 해도 사흘갈이가 실했었다. 언제나 잡곡이 십여 석 들어쌓이는 호농(豪農)이었다. 그렇던 집안에 벼 열댓 섬—그나마도 그 태반은 볏값이 나지는 대로 내지 않으면 안 된다는 것이었다. 한숨이 나올밖에 없는 일이다.

수택이가 그런 사실을 안 것도 기실 얼마 안 된 일이다. 그의 아버지는 모처럼 돌아온 자식에게 실망을 주지 않기 위해서—라기보다도 자식을 붙들어두기 위해서 집안 식구의 입을 틀어막았던 것이다. 그에게 땅을 줄 때도,

"부모 자식 사이에도 심은 심대로 해야 하느니라. 더구나 이건 네 형이 장자니까 형은 나가 돌아다니드라도 역시 네 형 살림이거든. 장성한 조카가 있으니까 도지는 도지대로 해야 정오가 옳잖으냐."

이렇게 마치 정말 집의 소유이기나 한 것처럼 푸근하게 말했던 것이다. 수택은 그래서 꼬박이 속았었다. 그러다가 며칠 전에 그것도 아내가 어디서 듣고 와서 귀뜸을 해준 것이다. 타작을 하던 바로 닷새 전인가 엿새 전 일이었다. 그러나 아버지의 심정을 잘

아는 터라, 물론 그런 내색은 하지도 않았다. 모르는 척 지금까지 지내온 것이다.

그러나 언제까지나 그런 비밀을 지니고 있을 수는 없다 싶었다. 자기도 자기려니와 아버지도 그 무슨 타개책을 강구하지 않으면 안 되리라 싶었다.

그가 다시 사랑에 나간 때 정택수는 가고 없었다. 손님이 간 터라 남폿불을 등잔불처럼 낮추고 책상다리를 한 양쪽 무릎에 두 팔꿈치를 세우고 두 손으로는 턱을 받치고 조각(彫刻)처럼 앉아 있다. 담뱃대를 물기는 했으나 빠는 법도 없고 대꼬바리¹²에서 연기가 나는 것도 아니다. 그것은 사람이라기보다 담뱃대를 물고 명상하는 늙은 농부의 궁상이었다.

"헴!"

수택은 일부러 문구멍에서 두어 발짝 멀찌감치서 인기척을 하고 방문을 열었다.

"접니다."

"오, 너 내려왔느냐."

아까의 궁상은 간데없이,

"아이들은 자든?"

"네."

수택은 남포 심지를 훨씬 돋우고 오늘쯤은 무슨 이야기가 나옴 직해서 윗목에 도사리고 앉았었다.

"네, 네 형 있다는 데 편지 좀 해봤느냐?"

"했더니 돌아왔습니다."

"허, 미친 자식이로군."

그의 형 근택은 십 년래의 방랑아였다. 한때 전 동양을 풍미하던 사상에 휩쓸려들더니 십 년 전에 홀연 집을 떠나서 돌아오지 않았다. 교육도 별로 받은 것은 없으면서도 그는 자기에게 필요한 지식만은 충분히 얻고 있었다. 최근에는 만주 방면에 있는 것만은 분명했으나 무엇을 하고 다니는지는 의연 확실치 않았다. 상해가 중심이기는 한 모양이나 일 년에 몇 번씩 오는 편지의 주소가 매번 변하는 것으로 보아 아직도 자리를 잡지 못한 것은 상상할 수 있었다.

수택이는 어떻게든지 오늘만은 아버지의 숨김없는 이야기가 듣고 싶었다. 땅이라는 것이 도시 대엿 마지기에 밭 두어 뙈기밖에 남지 못했다는 것은 이미 들어 안 터이지마는 그 밖에 채무 관계는 어떻게 돼 있으며 금년 과동 준비와 보릿고개를 넘길 성산이 어떻게 서 있는가도 알고 싶었고 장차 살림을 어떻게 꾸려가려는가도 듣는대야 별 뾰족한 수는 없다 해도 알고만은 있어야 하겠다고 생각하는 것이다. 아니 그보다도 수택이는 그 독실하고 부지런하고, 면과 군의 농업 기수(農業技手)까지가 농작물에 대한 그의 의견을 참작한다는 이 훌륭한 농부가 삼십여 두락에 가까운 자기 재산을 탕진하기까지의 경로가 알고 싶었다. 그가 얼마나 부지런한 농부인가는 군에서 두 번, 도에서 한 번 그를 표창했다는 것만으로도 족히 짐작할 수 있는 일이었다. 물론 그는 단 한 번도 그 상장을 타러 읍에는 고사하고 가까운 면에까지 '출두'하기를 거절했지마는— 이렇듯 부지런하고 이렇듯 노농(老農)이며 거기에다가 술 한잔 입에 대는 법이 없고, 여자라고는 일평생 자기 아내밖에 모른 채 육십을 넘긴 한 자작농(自作農)이 불과 십 년 동안에 맨주먹만 쥐고 나앉았다는 사실은 벼 넉 섬을 가지고 다섯 식구가 반년을 살아야만 한다는 어려운 수학 문제와도 비슷했던 것이다. 그것은 조그만 일인 동시에 또한 큰일이었다.

"아버지, 이번 연사가 어떻게 된 셈입니까"

하고 참다못해서 수택은 자기가 먼저 말을 꺼냈다.

"지금 집에 있는 것만으로 과동은 할 만합니까?"

"암, 그야 되구말구!"

이렇게 응당 대답했어야 할 그의 아버지는 웬일인지 아들을 물끄러미 바라다보고만 앉았다. 그것은 실로 상상하지 못한 일이었다. 그리고 또 그 침묵은 예상보다도 긴 것이었다. 침묵이 계속되는 동안 알톨같이 여문 귀뚜라미 소리만이 쟁쟁하다.

급기야 침묵은 깨지고야 말았다. 그것도 수택이가 전혀 예상하지 못한 방법에 의해서였다. 그는 자기의 귀를 의심했다. 그리고 야마리[13] 없을 만큼 늙은 아버지의 고생에 찌든 주름 잡힌 얼굴을 빤히 쳐다보고 있었다. 눈자위는 폭하니 꺼졌다. 흉할 만큼 긴 겉눈썹이 신경질로 움직인다. 수택이가 집을 떠나던 열두 살 때까지 아버지 눈이 무서워서 바로 쳐다보지도 못하던 동자도 인저는 늙고 지친 토끼 눈처럼 충혈이 되어 보인다. 몇 해 전 그가 신문사 일로 근읍에까지 왔다가 하룻밤을 자고 가던 때만 해도 그의 아버지는 늙기는 했을망정 단 두 주먹으로 육십 년간 생활과 싸워온 악지[14]와 강단이 그 눈과 코와 입 언저리에 차차분하니 들어박혀 있었다. 육십 년간에는 살인 광선과도 같은 폭염(暴炎)도 있었을 것이며 살점이 에이는 추위도 있었을 것이지만, 그 더위에도 추위에도 굴치 않고, 하루돌이로 태풍처럼 더치는 토구질에도 잘 견디어 생명을 유지했던 것만으로도 징하다 하겠거늘, 그는 그 세대(世代)와 싸워서 이기었고 또 자기의 생활을 찾았었다― 그 김 영감이 지금 자기 아들 앞에서 한숨을 내쉬었고 주먹으로 눈물을 닦는 것이다.

"수택아."

늙은 아버지는 목멘 소리로 아들을 불러놓고 다시 오랜 침묵에 잠긴다. 수택은 자기 아버지에게서 늙은이라는 인상을 받은 것은 이번이 처음이었다. 그것은 김 영감 자신에게도 그랬을 것이었다.

"너 혹 누구한테서든지 우리 집안 이야기를 듣지 못했더냐?"

"들었습니다."

"들었어?"

순간 영감은 깜짝 놀라는 눈치더니,

"잘됐다. 애비 입으로 그런 이야길 한 것보다는 잘됐다. 어차피 한 번은 알고야 말 일인 게고…… 그래, 인전 그럼 넌 어떡헐 작정이지?"

"어떡하다니요?"

수택은 무슨 의민지 몰랐다.

"장차 말이다. 그래도 여기서 살아볼 작정이냐?"

"아버지 생존해 계실 때까진 여기서 살아볼까 합니다."

"나 살아 있을 때까지? 뭐 내가 살 날이 며칠 남았드냐?"

아직 십 년 하나는 염려 없다고 수택은 거의 확신했다.

"수택아, 내가 이렇게 자식 앞에서라도 궁상을 떨기는 육십 평생에 오늘이 처음이다. 아니지, 나 혼자서도 이래본 적이 없다. 허지만 인저는 나로서도 할 수가 없구나. 아마 내 팔자는 인저 딴 길을 접어든 모양이다."

이렇게 김 영감은 장황한 이야기를 시작했다. 그것은 그가 일찍이 들어보지도 못하던 어떤 가난한 농부의 일대기(一代記)였다.

김 영감은 일곱 살에 고아가 되었다. 고아는 부모의 유산을 많이 타고났어도 고생을 하도록 운명 지어진 존재다. 그러나 그는 바지저고리 한 벌에 삼베 행전 한 켤레만을 타고난 고아였다. 그는 고아의 누구나가 밟는 길을 밟아서 동에서 서로 남에서 북으로, 혹은 엿목판도 졌고, 또 어떤 때는 장돌림의 봇짐을 지고 따라다니기도 했다. 오늘은 이가의 집에서 밥을 먹었으면 내일은 또 박가의 집이다. 이렇게 그는 컸고 장성했다.

그러나 김 영감이 고생을 하도록 운명 지어진 또 한 가지 원인이 있었다. 첫째의 불행은 고아가 된 것이었고 둘째의 불행은 정직이었다. 이 불우의 소년에게는 맘만 따로 먹으면 살 도리가 나설 여러 번의 좋은 기회가 주어졌던 것이다. 그러나 그는 불행히 남을 속일 줄을 몰랐다. 그것은 남을 위해서 목숨까지도 바친 자기 아버지의 피를 받았기 때문이었으리라. 이 강직한 고아는 엿목판을 베고 논두렁에서도 잤고 손을 호호 불며 다리 밑에서 긴 겨울밤을 새우기도 했다. 찬 돌을 어머니의 팔인 양 베고 하염없는 공상의 나라를 헤매기도 했고, 흐르기가 무섭게 쩍쩍 얼어붙는 눈물을 손등으로 닦아가며 동리에서 동리로, 혹은 내를 건너고 혹은 산모퉁이를 돌아서 살 곳을 찾아 헤매었다.

'열다섯만 되어라.'

그의 희망은 오직 이것이었다. 열다섯만 되면 금시발복[15]을 하고 비단옷에 고량진미를 마음껏 먹는 그런 팔자가 되는 것이 아니라, 남의 집 머슴살이를 할 수 있게 되겠기 때문이었다.

열다섯이 되었다. 그는 소원대로 반 새경[16]을 받고 머슴으로 들어갔다. 뜨끈한 밥, 쩔쩔 끓는 방, 그는 이것으로 족했다. 십 년간의 긴 머슴살이가 끝난 때 그의 수중에는 엽전 삼백 냥이 꾸려졌다. 송아지도 한 마리 생겼다. 그는 그제서야 아내도 맞았다. 자식도 났다. 그러나 그는 여전히 동에서 서로 서에서 동으로 헤매는 고달픈 몸이었다. 장돌뱅이가 된 것이다.

세상이 한 번 뒤바뀌었다. 정부에서는 국유지를 일반 백성들에게 연부[17]로 불하하는 새 법령을 냈다. 김 영감이 한 섬지기의 땅을 장만한 것도 그때였다.

"그 후 내가 얼마나 지독하게 일을 했으며 얼마나 규모 있게 살림을 했는지는 너도 어려서 보았으니까 잘 알 바라. 나는 일 년 가야 술 한 잔, 인절미 한 개 사 먹은 일이 없다. 언젠가 내 일 년간 용돈이 한 냥(십 전)을 못 넘는다니까 너는 곧이듣기지 않는 모양이드라마는 백중날 아이들 떡 풀어치 사주는 게 내 용돈이다. 이렇게 난 오늘날까지 한결같이 해왔다."

김 영감은 이렇게 긴 이야기를 막음했다. 그것은 무슨 고대 소설과도 같았다. 고대 소설과 다른 것은 그보다도 더 실감이 있다는 것뿐이다.

이 긴 이야기를 듣는 동안에도 몇 번이나 머리를 들고 일어나던 의문이 또 생긴다. 그렇게 정직하고 그렇게 부지런하고 그렇게 알뜰한 자기 아버지는 어째서 좀더 부유하게 못 되고 땅마지기 지니었던 것까지 놓아버리게 되었을까?……

수택은 조심조심 물어보았던 것이다. 이것을 알지 못하고는 농촌에 있어서의 금후의 생활을 설계할 자격도 없다 싶었다.

"어떻게 돼서 그랬느냐고? 그건 나두 모른다. 나뿐이 아니지. 누가 알겠니? 하느님이 아실 뿐이지."

이렇게 딴전을 쓰고는,

"세상이 변한 탓이지, 옛날에야 먹을 것과 입을 것과 그리고 예의범절만 있으면 살았느니라. 그러든 것이 이 근년에 와서는 짚신이 없어지고 고무신이 생기고, 감발이 없어지고 지까다비가 나왔지. 물가(物價)는 고등하지, 학교는 보내야지, 학교 다니구 나니 농산 싫지, 듣구 보았으니 양복때기라두 걸쳐야지. 화차, 자동차가 생겼으니 어디 갈 땐 타야 배기지? 네 생각해봐라. 읍내까지 오십 리로구나, 부지런히 서둘면 점심 한 끼만 사 먹으면 다녀올 데를 지금은 소불하 일 원 오십 전은 가져야 하는구나. 갈 적 올 적 차비만 해두 일 원 삼십 전이지, 점심 한 끼만 사 먹구 마느냐? 그래노니까 몸은 점점 약해질밖에…… 더위도 더 타지 치위도 더 타지. 젊은 애들두 털내복을 입어야 견디지, 편할라구만 하니 먹는 게 나리냐? 체하지. 소금 한 줌만 먹음 될 게라두 영신환 사야지. 옛날 사람들이 지금처럼 약값이 많구야 살았겠느냐?"

"그 대신 소출이 그전보다 많이 나잖습니까?"

몰라서 물은 것이 아니었다. 소득과 지출의 비례를 좀더 정확하니 알고 싶었다.

"너 되루 주고 말루 받아야지 말루 주고 되루 받아서 소용 있겠냐?"

풀쑥 이런 말을 하고는,

"결국은 기계가 사람을 죽이느니라. 사람이 기계를 부리는 게 아니라 기계가 사람을 부려먹는 세상야. 그야 산미증산 산미증산 해서 소출이야 더 나지. 허지만 그 대신 대두박[18]이니 암모니아니 거름 값이 더 들지. 전엔 모두 찬밥 한술만 떠먹으면 손으로 해치우던 걸 인전 기계 아니면 못 하는 줄 알잖니? 우리네 농군이 일 년 내 피땀을 흘려서 대처〔都會〕 사람 좋은 일만 시키느니라. 모두 그리 가져가지. 농군한테 지까다비가 하상관야? 몸뚱이가 튼튼하면야 쇠를 먹어도 색이지, 병원이 뭔 소관이구? 움찔하면 똥이라더니 이건 움찔하면 돈이로구나……"

수택은 일생 처음으로 긴 이야기를 들었다. 그는 지금까지 무조건하고 자기 아버지를 경멸해왔었다. 그러나 이야기를 듣는 동안에 김 영감은 훌륭한 세대에의 반역자였다. 허다한 신진 사상가(思想家)들의 기계 파괴론(機械破壞論)을 보다 더 알기 쉽게 설명을 하고 있지 않은가. 표현은 다를지언정 김 영감은 훌륭한 사상가였다. 인간은 지금 기계의 노예가 되어 있다. 그러나 결국은 인간은 기계에게 멸망을 당하고 다시 흙으로 돌아온다는 것이다. 지금의 사람들은 흙의 고마움을 모른다. 그러나 한번 사람들이

다시 흙으로 돌아올 때 흙은 언제나 다름없는 관대(寬大)와 애정으로 인간을 맞아준다는 것이다. 이 흙의 관대를 인간은 모른다. 모르는 데 그치지만 않고 경멸하기까지 한다.

김 영감은 다시,

"너 정택수란 어른 알잖니?"

하면서 그가 흙을 배반한 좋은 표본이라고 한다.

"너 오기 바루 전에두 다녀갔다마는 땅마지기 있는 걸 톡톡 팔아서 장살 했느니라. 다 털어올렸지. 그러다가 몇 푼 남은 것으루 돈놀이를 했느니라. 돈냥이나 좀 잡았지. 허지만 사람이 돈만 가지면 사는 줄 아냐? 의리도 있어야 하구 인정두 쓸덴 써야 하구 어수룩할 땐 또 어수룩해야지. 사람이 돈에 녹이 나면 못쓰느니라. 돈을 만지면 사람이 이악해져 어떻게 생각을 했는지 다시 돈을 땅에 묻더라. 지금 모두 치면 벼 백이 되지. 그러더니만 제년부터 또 돈이 탐이 나서 요샌 금광을 하지. 그래서 남의 산수 밑을 모두 파제끼구 야단이구나. 법이야 어떻건 법만 가지구 사람이 산다든? 그래, 낮잠 자는 것을 깨워두 열 가지 악(惡)의 하나라는데 돈 벌자구 흙 속에 묻혀 곤히 잠든 남의 조상에다 남포질[19]을 하구 야단이야! 우리 농군네겐 그런 법이 없거든!"

그러나 이 긴 이야기보다도 수택이를 가장 흥분시킨 사실은 수택이가 부치기로 한 여덟 마지기의 소작권이 내년부터는 떨어진다는 것이었다. 아버지가 부치는 소작답 열한 마지기도 똑같은 운명에 놓여 있었다.

김 영감은 이 사실을 이야기해야 옳을지 어떨지를 퍽 주저한 모양이었다. 열한 시나 되어서 인사를 하고 일어날 때까지도 무슨 말을 할 듯 말 듯하더니만 그가 문고리를 잡은 때서야,

"잠깐만 더 좀 앉거라."

하다가 일어난 길에 안에 들어가 뭐 먹을 것 좀 뜨뜻하게 해 내오라고 이르고는 돌아온 후에도 다시 얼마를 망설인다. 그러다가 비로소 그런 슬픈 사실을 이야기하는 것이었다.

"그럼 그게 뉘 땅입니까?"

그도 맥이 탁 풀리었다.

"뉘 땅은 뉘 땅. 원래야 우리 땅이었지. 그렇든 것이 야곰야곰 빚을 지게 되어 재작년에 닷 마지기만 남기고 통 지금 말하던 정택수한테로 넘어갔지. 재작년엔 연사두 좋았구 곡가두 그럴듯해서 웬만하면 이자라두 끄구 어떻게 해보잔 것이…… 너만 들으라마는 네 조카놈이 어떻게 못된 놈들하구 섭쓸리더니[20] 또 읍에 가서 돈냥이나 좋이 털어올리고 오잖았느냐."

"상태가요?"

"그랬느니라."

순간 수택은 지금까지 들어온 이야기는 간데없이 자기 집이 망한 원인이 상태란 놈의 난봉으로 인한 것처럼 가슴이 뭉클해지는 것이었다.

그러나 물론 그런 내색은 않았다. 그 자신 또 그렇게 생각하는 것도 아니었다. 메밀묵에 고춧가루를 얼근히 쳐서 먹었건만 땀한 점 안 난다. 땅마지기를 믿고 내려온 것은 아니었지마는 믿었던 줄이 탁 끊긴 것처럼 맥이 풀린다. 누가 샀는지는 모르나 정택

수를 찾아가서 소작권을 이어받을까 짧은 순간 그런 생각도 해보는 것이다. 그렇게 할 수 있을 바에야 아버지가 솔선해서 그런 도리를 차리지 않았으랴 싶으면서도 그것을 다져보지 않고는 견딜 수가 없었다.

대답은 역시 그의 예기한 바와 같았다. 매주는 읍내 사는 '기다하라'라는 철물상인데 중간에 든 사람이 작권을 얻기로 하고 구문까지 포기했다는 것이었다.

수택은 자정이 넘어서야 집으로 올라왔다. 그의 너무나 어두운 마음을 비웃기나 하는 듯이 달은 차도록 밝다. 물방아 물레 돌아가는 소리가 한결 더 바쁘다.

서리가 오려는지 밤도 찼다.

3

지금 수택의 머릿속을 점령하고 있는 생각은 오직 한 가지뿐이었다. 그것은 대신문의 사회부 기자요 일금 팔십 원의 문화생활자인 그를 이 궁벽한 농촌에까지 끌고 내려온 것은 진실한 문학생활도 아니었으며 논마지기나 부치고 채마나 심어서 처자와 함께 안락한 가정생활을 영위(營爲)하자는 것도 아니었다. 내려가서 해보다가 안되면 다시 기어올라오지—서울을 떠날 무렵에 생각하던 이런 소극적인 태도도 아니었다. 끝장이야 뭣이 되든 고향 땅을 물고 뜯어보잔 것이다. 그러기 위해서는 그 어떤 굴욕이라도 달게 받으리라 했다.

처음 그가 이 결심을 하기까지에는 상당히 방황했다. 첫째는 비록 소작일망정 모 한 폭 꽂을 땅 한 조각도 없다는 것이 가장 그를 방황시킨 무엇보다도 큰 원인이었고, 둘째는 설사 남의 소작을 한다고 친대도 그것은 처음부터 잘못 낸 대수 문제와도 같아서 영원히 풀 길이 없다는 것을 일 년 농사의 경험으로 알았기 때문이었고, 셋째의 원인은 역시 그들의 건강이었다. 어느 편이냐면 수택 자신은 시골 온 후로 훨씬 건강이 나아진 편이었다. 꾹꾹 누르면 두어 술밖에 안 되는 밥을 먹고도 그것을 못 삭여서 꼴깍꼴깍하던 그는 벌써 아니었다. 혈색도 벌써 창백한 기는 가시었고 책상 한 개를 드다루는²¹ 데도, 엄두를 못 내서 쩔쩔매던 그런 수택도 아니었다.

그러나 처와 어린것들은 못 견디어했다. 아이들은 되레 손바닥만 한 하늘만 쳐다보고 살다가 활짝 트인 벌판을 내안기니까 먹는 것은 부실해도 노는 맛에 끽소리 없으나 처는 그렇지 못했다. 외양으로는 건실해 보이면서도 그의 아내는 두부살²²이었다. 끽소리 없이 하기는 하나 밤이면 몹시 못 견디어했다.

그러나 그는 고향에서 영주하기로 결심했다. 낯이 설기는 하나마 그대로 아버지가 살아 있는 동안에는 뉘 땅을 얻어 부치더라도 대엿 마지기 얻을 상도 싶었고, 그것으로써 생계가 안 설 것은 빤한 일이나 그가 지금 생각하고 있는 농촌소설을 쓰자면 그만 경험쯤은 얻어둘 필요가 있었다. 그리고 정 부족한 것은 허섭스레기 원고장을 쓴다든가 신문에 발표한 채로 있는 어떤 장편소설의 출판을 재쳐서 양미를 보태리라 했다.

수택은 이렇게 결심을 하고 걸핏하면 어디로 뺑소니를 치려는 상태를 달래었다. 그러나 상태로 본다면 농촌 생활은 도저히 수지가 안 맞아서 그렇잖아도 자리를 떠볼까 하던 터에 마침 수택이가 돌아온 터라 그 결심을 버리지 못한다. 알아듣도록 이야기를 해도 그때뿐이다. 한 귀로 듣고 한 귀로는 흘려버린다.

언제든지 한 번은 도회에 가서 살아봐야 할 아이라고 수택은 옆에서 눈치만 본다.

그럼에도 불구하고 수택으로 하여금 용기를 내게 한 것은 사내자식의 의기였다. 농촌을 잘 알았든 못 알았든 처자까지 데리고 솔가해 온 이상 다시 엉금엉금 서울로 기어올라갈 수는 없다 했다. 여러 친구들이 회비까지 모아서 송별연까지 베풀어준 터가 아닌가. 그들 앞에 반년도 못 되어서 다시 무슨 낯으로 나설 수가 있을까?

'우리 가족의 뼈는 고향에다 묻자!'

그는 이렇게 센티한——그러나 비장한 결심까지 했다.

일단 이렇게 결심을 하고 나니 무서울 것이 없었다.

수택은 이렇게 마음을 작정하는 길로 용훈이를 찾기로 하고 집을 나섰다. 아직 달은 뜨지 않았으나 동쪽 하늘이 벌겋게 상기된 것이 미구에 달이 뜰 모양이다.

중말 술회사 앞을 돌아서 일부러 샛길로 접어들었다. 용훈네 집은 어렸을 적에도 늘 놀러 다닌 집이나 대문도 돌려 내고 앞채는 상점 방으로 꾸미어져 있었다.

용훈이는 마침 저녁을 먹고 나가고 없었다. 그러나 용훈이를 찾기는 그리 힘든 일이 아니다. 이발소 아니면 묵장사를 하는 복순네 집이나 면소 숙직실, 거기 없으면 중말 병아리 갈봇집이었다.

예측한 대로 그는 복순네 집 윗방에서 복순 아주머니와 팔뚝 맞기 화투를 치고 있었다.

"아, 이거 별일이네그려. 자네가 다 나 같은 사람을 찾아다니구."

용훈이는 고동색 세루 두루마기 자락을 걷어치우며,

"들어오게, 우리 좌수 볼기 치기보다는 날 게니 이 색시허구 팔뚝 맞기 화투나 한번 치세그려."

"그래볼까……"

어쩔까 했으나 사람이란 모가 나서는 못쓴다고 그가 내려오던 이튿날부터 그의 아버지가 주장질하던[23] 생각이 나서 수택은 대엿 번이나 화투를 쳤다. 한 번은 이기고 내리 졌다.

"수택이, 우리 마작 한 케 하러 갈려나?"

하며 용훈이가 화투에 진이 떨어진 틈을 타서 수택은 그를 끌고 집으로 왔다. 똑똑한 편도 못 되는 용훈이 같은 사람을 데리고 그런 이야기를 하는 것은 떳떳지 못한 것 같은 느낌도 없지는 않았으나 이발소 종대 말대로 계집한테만 어리무던하지 친구들 간에는 '능구리처럼 음흉'하다고 한다면 사양할 것도 없었다. 아니 그보다도 지금의 수택에게는 그런 말을 할 만한 사람은 역시 용훈을 내놓고는 없었다.

"자네 맥주는 내가 낼 게니 나 땅 한 자리 주어야겠네."

이렇게 처음부터 툭 털어놓고 자기의 계획을 설명했다. 물론 어려운 이론은 캐지도 않았지마는 고향에 와서 어렸을 적 동무들과 앞집 뒷집을 정하고 살고 싶다는 그의 계획에는 다소 감동된 것도 같았다. 그러면서도 역시 대학까지 졸업하고 그 큰 신문사에 다니던 그가 이런 궁촌에 와서 농사를 짓고 살겠다는 그 심경은 이해하기가 어려운 눈치였다. 한편 장한 생각 같기도 했고 못생긴 짓 같기도 했다.

'뭘 잘못하구 쫓겨나니까 갑자기 어쩔 수도 없고 해서 그런 생각을 한 것이려니……'

이렇게도 생각했다.

"글쎄, 내가 거저 주는 것두 아니겠구 대엿 마지기 떼는 것이야 어렵진 않지만, 어디 지금 세상엔 논인들 맘대루 뗄 수가 있어야 말이지. 농지령 때문에 작권두 모두 계약을 하게 돼놔서……"

이야기를 듣고 보니 그도 그럴듯했다.

"그러니까 내 말은 지금 소작하는 땅을 떼어달라는 건 아닐세. 나 살자고 남한테 못 할 노릇을 시키고 싶진 않네. 내 말은 자네네가 삼십여 마지기나 광작[24]을 한다니까 자네네는 대엿 마지기 더 지으나 덜 지으나 대찬 없을 것 같구, 해서 말하자면 자네 부치는 걸 좀 떼달란 말일세. 안 되겠는가."

"난처한데……"

용훈은 좋이 입맛이 쓴 표정이다.

"그렇게 함으로 해서 자네가 받는 타격이 크다면 난두 굳이 그렇게 해서까지……"

"아냐, 뭐 타격이랄 건 없지만…… 글쎄, 어디 보세. 오늘낼 작정해야만 할 것두 아니겠구……"

그만큼 하고 수택은 용훈을 데리고 먼저 갔던 복순네 집에 가서 제육을 구워놓고 약주를 몇 잔씩 나누었다. 헤어질 무렵에,

"자네 술만 먹어서 되겠나, 내 술도 한잔해야지"

하며 끄는 바람에 수택은 고향에 온 지 처음으로 술집에를 끌려갔다.

그들이 간 집은 역시 병아리집이었다. 얼굴이 병아리처럼 생겨서가 아니라 아랫말에서 역시 술장사를 하는 이복동생의 얼굴이 달걀처럼 생기었다고 해서 먼저 난 형이 병아리가 된 것이다. 병아리는 용훈이와도 범연한 사이가 아닌 듯싶어 한 되들이 금천대(金千代) 병을 안고 육자배기를 하면서도 연상 눈짓들을 하고 희영수[25]가 어우러졌다.

"송 주사, 요샌 아주 막 뽐내십디다그려."

"뭘."

"술 한잔을 자셔두 고향 사람들 술을 팔아주는 게 아니구 꼭 읍내루만 행찰 하시구……"

말은 술 이야기를 하나 술 강짜치고는 심각한 표정이다. 병아리는 분명히 술만의 강샘을 일으키는 것은 아닌 성싶었다. 그래도 용훈이가 통 받아주지를 않으니까 병아리는 찍어 누르는 소리로 "석탄 백탄 타는데……"를 제 성에 못 이겨서 부르고 있었다.

병아리집을 일어선 때도 과음(過飮)이었는데, 그들은 다시 한 집을 들렀다. 물론 병아리의 동생 달걀집이었다. 달걀집은 부풀

었다. 병아리보다 훨씬 젊기도 했거니와 얼굴도 시골 주모로는 깨인 편이었다. 소학교는 다녔는지 '도죠'[26]니, '고엔료나구'[27]니, 하는 말도 툭툭 던졌고 어서 귀동냥을 한 것인지 '플리이스'니, 가는 손보고는 '굿나잇' 하고 주척도 댄다. 술은 맥주를 청했으나, 맥주는 두 병밖에 없어서 여기서도 제육을 굽고 너비를 몇 점 구워만 놓고는 강술로 서너 홉씩을 말리었다. 일어선 때는 용훈이도 수택이도 까부라지게 취했었다.

어디선지 용훈이와 헤어진 것은 자정이 가까웠었다. 면소 앞 신작로를 건너서 역시 술집 뒤를 돌아가려니까 술꾼들의 싸우는 소리가 요란하다. 뜻밖에 그 맞욕질을 하는 싸움 소리 속에서 조카인 상태의 목소리를 발견하고는 물론 취중이었지마는,

'이 녀석이 그래도 정신을 못 차리고 술집에를 다녀?'

하는 괘씸한 생각이 불컥 나서 그대로 뛰어들어갔다. 상태와 면서기 김용승이가 싸우고 있었다. 꼬단은 알 수 없었다. 또 캘 필요도 없었다. 그는 싸움의 시비를 가리러 들어갔던 터가 아니었으므로 군중을 헤치고 들이닿는 길로 상태의 뺨을 정신이 나게 한 번 붙이었다.

"이리 나와!"

상태는 고분고분히 끌리어 나왔다.

상태한테서도 술기운이 마주 확 풍긴다. 그 술내에 그는 자기도 모르게 불끈했었다. 무슨 감정의 관련이었던지는 몰랐어도 상태입에서 술내가 확 풍긴 그 순간 그는 집안을 들어먹은 것은 상태라는 착각이 일었던 것이다. 그것은 무서운 착각이었다. 논 이십

두락을 털어먹은 것은 김 영감이 아닌 것과 마찬가지로 상태도 아니었다. 그러나 무서운 착각인 반면에 그것은 또 무서운 증오였다. 송곳 한 개 꽂을 땅이라도 물고 떨어야 할 처지에 요릿집에다 전 재산을 털어올려…… ─그는 거의 발작적으로 상태를 무수히 난타했다.

상태는 끽소리 없이 맞았다. 봇둑에 선 포플러를 의지하고 한 번 말대꾸도 없이 맞으며 울고 섰다. 수택이도 얼만지 조카를 때리다가 자기도 모르는 사이에 울고 있었다. 무엇이라고 형언할 수도 없는 설움이 걷잡을 수도 없이 내장 저 아래에서 부걱부걱 기어올라온다. 나중에 생각하면 우습기 짝이 없는 일이었으나 수택은 얼마 후에는 역시 상태가 기대인 포플러나무에 얼굴을 틀어박고 흑흑 느끼어 울었었다.

상태가 먼저 울음을 그치었다. 그러나 수택이의 울음은 좀처럼 그쳐지지 않았다. 상태는 맞은 설움이었으나 수택의 울음은 때린 설움─그나마도 일시의 착각으로 감정에 격한 경솔을 뉘우치는 울음이었다. 형도 자기도 없는 동안 어린 나이로 그 크나큰 살림을 도맡아 본 상태한테 무슨 죄가 있었으랴?……

"작은아버지, 그만 돌아가시지요. 제가 요릿집에 다니느라고 땅을 팔아먹었다는 건 작은아버지 오해십니다. 몇 번 가긴 갔었지만 그건 마름이라도 하나 얻어 살림을 벌여볼까 했던 것인데……"

하다 말고 그대로 다시 울어버린다.

"안다, 안다. 그만둬라."

이렇게 말하며 수택은 조카의 손을 잡았다.

여자는 섧지 않은 때도 곧잘 우는 수가 있다. 그러나 남자는 절통할 때라야만 운다——두 사나이가 맞잡고 우는 정경——그것은 정말 옆에서 보기에도 딱한 정경이었다.

4

농한기(農閑期)라는 삼동(三冬)은 그러나 수택에게 있어서는 조금도 한가로운 기간이 아니었다. 퇴직금 끄트러기가 몇 푼 남기는 했으나 실상 지나보니 그의 예산과는 달랐다. 이제 열댓 된 창문이의 손으로만은 부엌 나무도 댈 길이 없었다. 더욱이 보림령(保林令)은 낙엽 긁는 것까지도 제한이 되어 있어서 그나마도 긁게 되지 않아 '나무도 못 긁어 댈 바에야——' 하고 창문이도 내보내고 말았다.

본의는 아니나마 그는 몇 개의 잡문도 써야 했고 소설도 몇 편 마련해야 할 계제다. 아직 반년도 못 되는 경험으로서는 손을 대서는 안 된다고 생각하면서 『노농』이란 장편소설의 제1부만이라도 마물러야 얼마간의 모갯돈[28]이 들어올 것 같다. 다행히 신문사에서도 완편만 되면 검열에 지장이 없는 한 고료를 선불해줄 수도 있다는 회답도 받은 터라 공연히 마음만 바빴다.

수택은 매일 농군들 봉놋방[29]에 가서 살았다. 소설을 쓰기 위해서도 그랬거니와 인저부터는 생활 방편을 위해서라도 그들과 같이 살고 그들과 같이 호흡을 하지 않으면 안 되었다. 맷방석을 들여 펴고 밤나무 장작윷[30]도 놀았고 일찍이 중학에 들어가서 ABC를 배우던 정열과 또 그만 못지않은 노력으로 투전 글자를 배우기도 했다. 그들을 위해서 서울 이야기로 밤도 새우지 않으면 안 되었고 어떤 때는 막걸리 내기 화투도 치지 않으면 안 되었다. 남대문(南大門)에 써 붙인 큰 대(大) 자가 아래로 처졌더냐 위로 올라붙었더냐――이런 토론으로 욕지거리를 해가며 싸우는 머슴들한테 끌리어가서 남대문이라고 씌어 있지 않다는 것을 증명해주기도 했다.

"거들 봐라. 남대문이라고 안 쓰였드라구 그렇게 일러줘두 빡빡 우겨대드니!"

건달 덕문이가 기염을 토한다.

"이 자식아, 그래 네가 보면 안단 말야!"

하고 득만이도 지지 않고 대든다. 큰 대 자가 내리붙었다고 고집하던 친구였다.

"네깟 놈이나 내나 남대문이라고 썼는지 북대문이라고 썼는지 보면 알 택이 뭐야! 사칠팔(四七八) 가보라구 쓰진 않았든, 왜?"

"저놈이 글쎄, 양반 행세 한답시구 우리 아버진 포두청이라고 한 놈이라니께!"

방 안이 떠들썩하게 웃음이 터졌다.

매양 방 안에는 열 명 이상의 농군들이 모였다. 어떤 때는 이십 명 가까운 사람이 들구끓은 때도 있었다. 마치 상자 속에 과자를 주워 담은 것처럼 포갬포갬 앉는 수도 많았다. 한쪽에서는 코를 드르렁드르렁 골면 한쪽에서는 「조웅전(趙雄傳)」이니 「추월색(秋月色)」 같은 이야기책을 보고 이 모퉁이에서는 계집 이야기를 하면 저 구석에는 먹는 이야기다. 그러나 매양 화제가 집중되는 데는 역시 음식 타령이었다. 모두가 장정들이요, 모두가 일 년에 한두 번밖에 허리끈을 끌러놔보지 못하는 그런 축들이다. 놀음 이야기, 나무하다 산감한테 경친 이야기, 읍내 이야기, 이렇게 어수선하던 화제도 어떤 구석 누구 입에서든지 음식 이야기가 한번 나면 그대로 좌중의 귀가 다 그쪽으로 기울어진다.

"난 이러니저러니 해두 검정 밤콩을 드문드문 논 마구설기가 좋더라."

칠성이가 무슨 결론이나 짓듯이 이렇게 말하자 아까부터 칠성이와 토작이던 돌이가 왼새끼를 꼰다.

"저 자식이, 그래, 저게 입이야. 떡엔 콩을 노면 겉물이 돌아서 못써! 백설기라야지."

"그래, 저 자식이 왜 아까부터 남의 말이면 쌍지팽이를 짚구 나서는 게야! 그래, 이 자식아, 똥구멍으로 먹지 않는 바에야 씹는 맛이 좀 있어야지."

"허, 방구가 잦으면 똥이 나오는 법이야"

하고 아랫목에서 주의를 시켰음에도 칠성이와 돌이는 기어이 쌈이 되고야 말았다.

"에이끼, 똥물에 튀해 죽일 자식. 저걸 낳구두 그래 횃대 밑에서 먹국을 먹었을 테지!"

칠성이가 결을 버쩍 세우는데,

"그만두세, 인저. 그렇잖어두 우리 어머닌 날 낳구 조당죽[31]이나 마 옆집에 가서 얻어다 먹었다네!"

하고 비장한 소리를 해서 웃는 사람, 언짢아하는 사람, 별 표정이 다 나타났다.

수택이가 여럿한테 인사를 하고 막 문을 닫고 나오려니까 희만 노인이,

"낼 순경 차례니 사람 얻어 보내유"

하고 소리를 친다.

"네— 그럽죠."

그도 길게 대답을 하고 봇둑을 타고 올라갔다.

밤사이에 된내기[32]가 하얗게 내렸다. 뜰팡에 떠놓았던 자배기물에 살얼음이 잡히었다. 간밤은 장편의 첫 장면을 찾지 못해서 거의 밤을 밝히듯시피 했건만 아침은 여전히 일찍 깨었다. 머리가 별로이 무겁지도 않다. 울안 우물에 가서 세수를 하고 헌 바구니를 들고 동저고릿바람으로 천변에 나갔다. 아삭아삭 서리 기둥을 밟는 발의 감촉이 무어라 말할 수 없이 좋다. 그는 그의 아버지가 하는 대로 가며 오며 소똥 개똥 같은 것을 들고 간 바구니에 담아 들고 들어왔다.

"아빠, 또 개똥 주웠수."

필년이란 년의 말소리도 인저는 제법이다.

"그래, 너두 낼부터 아침 일찍 일어나서 아빠하구 개똥 주러 가, 가지?"

"응. 엄마, 나두 낼부터 아빠하구 개똥 주러 가우!"

"오냐."

아내가 어린것을 업고 부엌에서 나오면서 대답을 한다.

"좀 쓰셨수?"

"웬걸."

아침을 치우고 다시 책상 앞에 앉아보았다. 오랫동안 머리를 쓰지 않아서 그대로 굳어지기나 한 것처럼, 통 풀리지를 않는다. 수택은 다시 천변을 한 바퀴 돌아서 다시 책상 앞에 앉았다. 역시 두서가 풀리지 않는다.

"수택이 있나?"

용훈이가 읍내를 또 가는지 국방복도 벗어던지고 자르르 흐르는 능견 두루막에 중절모자를 바드름하니 쓰고 들어왔다.

"또 어디 가는가?"

"아, 읍에 좀."

"들어오게나그려."

"아냐, 첫차루 가얄 겐데. 거 말야. 요전에 말하던 거, 거 그렇게 하기루 했네. 자넨 서투른 솜씨구 해서 물길 존 논으루 엿 마지길 뗐네."

"고마워."

한 가지만이라도 낙착이 되고 보니 갑자기 딴 힘이 생긴다. 수택은 그길로 내려가서 아버지한테 용훈이가 말하던 논이 어떤가고 물어보았다.

"모이 앞의 엿 마지기? 좋─지, 좋은 논이구말구. 거 그 사람 큰 심 썼다. 그래, 도진 얼마라든?"

"그건 아직 못 물어봤습니다."

"저런 사람 봐. 농군이 먼저 그걸 알아봐야지. 암만 논이 좋으면 뭐하나. 도지가 호되면 천수답만두 못한걸."

"설마 턱없이야 매기겠어요."

김 영감은 새끼 꼬던 손을 쉬고 쌈지에서 가루가 된 희연을 손바닥에 쏟아놓더니,

"담배라구 예전처럼 잎새가 있어야지. 이건 하루만 넣구 다니면 바짝 말라서 가루가 돼버리니—"

하면서 침을 퉤퉤 뱉어 곰방대에 담아 문다. 담배를 피우며 새끼를 꼬며 또 이야기까지 하자니까 침은 줄줄 흘러 떨어진다.

"거, 뭐하실 겁니까?"

"집을 이어야잖니, 금년에 마초(馬草)³³를 하기 때문에 지붕을 잇재도 허갈 내야 한대서 면장한테 신청을 했는데 모르겠다, 온. 이 집이야 금년쯤 걸러가지고는 별일 없겠다만서두 너 집은 샐게다. 어리라두 좀 해둬야지."

수택이도 짚 몇 오리를 맞동여서 발 새에다 끼고 새끼를 꼬기 시작했다. 다른 일은 대강 흉내는 내나 새끼를 꼬는 것은 이번이 처음이다. 마치 매 맞은 구렁이 몸처럼 고르지가 못하면서도 손바닥은 얼얼하다. 그래도 한 이십 발은 실하게 꼬고서야 일어났다.

"왜, 그만 갈 테나?"

"네, 올라가서 뭣 좀 써봐야겠습니다."

수택은 일어나서 안에도 들러보았다. 어머니도 형수도 없다. 뉘 집 아이들인지 조무래기만 서넛이 집을 보고 있다.

집에 올라오니 어머니는 수택의 집에 와 있었다. 형수는 벌써 사흘째 담배 조리(調理)를 다닌다는 것이다. 이 고장은 전 조선에서 제일가는 담배 소산지다. 백여 호 되는 동리에 담배 찌는 곳간이 다섯 채나 있다. 누렇게 된 담배를 새끼에 꿰어서 난방 장치가 되어 있는 곳간에다 매어달고 불을 땐다. 그래서 누렇게 마른 담뱃잎을 상엽, 중엽, 막치기—이렇게 세 종류로 나누어서 짝 편다. 편 것을 다시 한 춤씩 되게 담뱃잎으로 대궁을 싸서 흡사 총채처럼 만든다. 이것을 조리한다고 하는 것이다.

수택이도 어렸을 적에는 매년 여름이면 담배를 엮었다. 다섯 발가량 되는 새끼에 한 잎은 엎고 한 잎은 젖혀서 어금막기로 엮어간다. 열 발에 삼 전인가 삼 전 오 린가 되었으나, 담배를 엮는 기간이 마침 여름 방학인 때라 웬만한 집 아이들은 다 머리를 싸들고 덤빈다.

"하루 사십 전씩인데 아이들은 내 봐줄 게니 아이 어미도 좀 해보잖으련?"

어머니는 아내와 그의 눈치를 번갈아 보면서,

"그걸루 큰 보탬이 될 건 아니지만두 잔용³⁴은 뜯어 쓰느니라."

"가볼까?"

아내는 그의 눈치를 본다. "그까짓 것" 하고 내찰 줄 알았던 터라, 그는 적지 않이 의아했다.

"정말 해볼려우."

"해볼 테유—"

아내는 이 지방 사투리로 '유우'를 길게 잡아 늘인다.

"해볼 템 해보구려. 동무들두 사귈 겸."

"그래라. 그래서 어떡허든지 끈을 잡아가지구 살아야지. 너 아버진 아주 너희들 때문에 잠두 통 못 주무신다."

"왜요?"

"그렇잖겠니? 모처럼 자식이 부모를 바라구 왔는데 땅뙈기나마다 팔아먹구 집 한 칸 못 장만해주니 어째 너 아버진들 맘이 졸리가 있겠니. 요샌 아주 죽을 지경이다. 전에야 참 하늘이 무너진대도 눈 한번 깜짝 않던 양반이 어떻게 맘이 여려졌는지 그저 한숨만 휴휴 내쉬시는구나."

"그렇게 걱정을 끼칠 줄 알았더면 오지 않을 건데 괜히 왔나 봐요. 어머님, 그래두 필년 애비는 우리가 가기만 하면 아버지 어머닌 여간 좋아하시지 않는다구!"

"그야 좋지, 좋지 않을 거야 뭐 있니, 단지 살도록 마련을 못 해주니까 그렇지."

"뭘요. 언젠 아버님께 얻어먹을랴고 했나요. 그럭저럭 살게 되겠지요."

"암만해두 너 아버지두 몇 해 더 못 살려나 부다. 가만히 보니 망령이 나는가 봐."

"벌써 뭘"

하고 수택이가 웃으니까,

"벌써가 뭐냐. 네 좀 봐라. 요샌 이슥하도록 좀이 다 먹은 문서 보따리만 끌러놓구 앉으셨구나."

"문서 보따리가 무슨?"

"땅문서지 뭐냐. 죽은 자식 나이 헤어보기지. 그건 왜 궁상맞게 들여다보구 앉았담. 이동두 다 해 간 빈 문서를 신주 위하듯 하시는구나, 글쎄."

어머니의 이런 이야기는 수택에게 이상한 충동을 주었다. 그것은 아직까지도 수택이가 자기 아버지에게서 발견하지 못한 성격의 일면이었기 때문이었다.

수택에게는 만주에서 방랑하는 형 위로 또 한 형이 있었다. 물론 수택이가 나기 전 이야기라 얼굴도 본 일은 없었으나, 번화하게 생겼던 모양이었다. 말하자면 그 형이 사고무친한 김 영감의 첫아들이었다. 그러나 불행히 그는 네 살 때 죽고 말았다. 그때도 그는,

"인명은 재천이라는데, 죽은 걸 생각하면 살아나나."

단 한 마디 했을 뿐. 일평생을 두고 다시는 죽은 자식의 말은 입 밖에 내지 않았다. 그는 매사에 그랬다. 한번 단념하면 단념한 순간이 완전히 과거가 되는 것이었다.

그 아버지가, 이미 남의 소유가 된 휴지 조각을 밤마다 들여다보고 앉았다는 것이다……

"여기다!"

하고 수택은 그길로 책상 앞에 다시 앉았다.

한 자작농이던 늙은 농부가 밤을 낮 삼아 일을 했건만 한 마지기 두 마지기 남의 손으로 넘어가고 그의 수중에 남은 것은 이미 완전한 휴지가 된 서류뿐이다. 늙은 농부는 지금 희미한 등잔불에 그 '휴지'를 비춰 보고 있다. 커다란 도장이 꽉꽉 찍힌 그 종이

에는 분명히 자기 이름이 씌어져 있다. 그는 마른바가지 속처럼 된 자기 손등을 내려다본다. 그 손에는 무수한 흉터가 있고 핏기 없는 굵다란 힘줄만이 기운 없이 서리었다. 손은 거칠 대로 거칠 어 종이를 만질 때마다 버석버석 소리가 난다. 그는 언제까지나 자기 이름 석 자를 응시하고 있다. 그러는 동안에 한숨이 후유 나 오고 고생에 찌든 늙은 얼굴에 눈물이 천천히 흐른다.

"나의 육십 평생은 이 종잇장을 위해서 살아온 것이다. 이 종잇 장을 위해서는 단잠도 못 잤고 허리끈도 졸라매었고 피와 땀도 흘렸다. 남이 쌀밥을 먹을 때는 조밥을 먹었고, 남이 조밥을 먹을 때는 나는 조당죽을 멀거니 끓여 먹었다. 이렇듯 육십 년 동안 정 성을 바쳐온 이 종잇장이 아무 짝에두 쓸 수 없는 휴지가 돼버렸 다?…… 그럴 수도 있는 걸까?……"

이렇게 한탄할 때 눈물방울이 땅문서에 뚝뚝 떨어진다.

——이런 데서 장편 『노농』의 첫 장면을 시작하리라 한 것이 었다.

그러기 위해서는 그의 아버지를 통해서 그의 어렸을 때와 젊었 을 때의 사회 기구며 풍습, 인정세태(人情世態), 물가, 이런 것에 대한 충분한 지식을 얻을 필요가 있었다. 그래서 그는 오동나무 로 싼 길이 두 자에 폭이 한 자, 높이가 반 자가량 되는 궤짝 속을 뒤지지 않으면 안 되었다.

그 장방형의 궤짝에서는 수택이가 일찍이 보지 못하던 여러 가 지가 튀어나왔다. 아버지가 장사를 그만두던 해 마지막 쓰던 치 부책도 한 권 나왔다. 그것은 장사를 마감하면서 외상값을 받던

82

것이다. 그가 놀란 것은 기역(ㄱ) 자를 씌우지 않은 것이 거의 태반은 되었다.

"이런 건 어떻게 그대로 있습니까?"

수택은 책장을 뒤적이며 이렇게 물었다.

"그건 다 못 받은 게다. 예나 지금이나 하던 장사를 떨어엎으면 어디 주더냐. 송살(訟事) 하면 받기야 받지. 허지만 그때만 해두 난 내 일평생 밥은 끓여 먹을 게 되느니라 싶었으니까 그만둔 게지."

"그땐 여유가 좀 있으셨든가요?"

"어디 그런 건 아니지. 허지만 그때만 해두 논이 이십여 마지기만 있으면 살 때다. 재물이란 탐을 낼 필요가 없는 게거든. 난 지금두 그렇게 생각한다. 재물이란 덜퍽 있어두 되려 액이니라. 그저 밥이나 굶잖으면 그게 상팔자지. 상태(조카)보군 늘 그렇게 일러왔느니라마는 너두 하루 세 끼 밥거리 이윈 아예 바라지를 말아! 먹구 입구 남는 게 있으면 물욕이 자꾸 생기는 법이니라. 먹구 입구 하는 건 한정이 있지만 여유에는 한정이 없거든. 돈이 많아서 못 쓰는 법은 없지만 먹구 입구 하는 덴 조금씩 차인 있으리라두 한정이 있는 법이다. 남은 먹두 입두 못하는데 어떻게 낭비하기 위해서 욕심 낼까 부냐. 그렇잖으냐, 사람 사는 이치란 게?"

아버지의 이런 이야기에서 수택은 십오륙 년 전 자기의 중학 시대를 회상하는 것이었다.

그의 고향은 지리적으로나 산물(産物)로나 도시와는 인연이 먼 농촌이었다. 읍에까지는 문전에서 자동차가 다니기는 하나 오

십 리나 되었고 서울을 가재도 자동차 길밖에 없었다. 노정은 삼
백 리 정도였으나 차임은 십 원 각수[35]나 되어 웬만한 사람은 서울
가볼 엄두도 내지 못했다. 기계 문명이 한창 기세를 올리던 현대
에 살면서도 백 호나 되는 동민 중에는 기차나 전차를 본 사람은
불과 몇이 못 되었다. 경성 유학생이래야 그와 거기서 한 십 리
떨어진 화석리(化石里)라는 촌에서 한 사람, 전 면을 통해서 삼사
인밖에 없었다. 기차를 타자면 조치원까지 나가지 않으면 안 되
었으나 조치원까지는 이백삼사십 리나 되는 터라 부득이 경성을
갈 사람도 직로인 자동차를 이용하는 것이 보통이었다. 그래서
서울을 가본 사람도 기차를 타보지 못한 채 죽은 사람도 많았다.
그래서 읍이나 서울 갔다 오는 사람들이 조금 이상한 물건 한 개
만 사가지고 와도 그것이 그대로 굉장한 뉴스가 되어 온 동리에
퍼졌다. 지금 사람들은 상상도 못 할 일이나 어떻게 굴렀던지 기
름집 손자가 대판으로 건너가서 메리야쓰 공장에 다니다가 어떤
해 여름 자기 집에 돌아왔었다. 그는 팔뚝시계를 찼었고 안경을
쓰고 구두를 신었었다. 이것이 그대로 동리 청년들의 좋은 선망
이 되었고, 동리 처녀들의 동경이 되었다. 그러나 무엇보다도 그
를 유명하게 한 것은 그가 가진 '희한한 불' 회중전등이었다. 바
람이 불어도 꺼지지도 않고 물에 넣어도 여전히 켜져 있다. 이 회
중전등에 아깝게도 희생이 된 처녀가 둘이나 있었고 뒤이어 예쁘
기로 이름이 있던 달롱이 댁이 이 희한한 불을 가진 청년과 자취
를 감추었다.

　──이렇듯 문화와는 인연이 먼 샌터였으니, 그때 전 조선을 휩

쓸던 사상은 회중전등보다도 먼저 이 동리에 들어와 있었다. 동경 가서 유학을 하던 면장의 사위가 이 동리로 들어온 것이었다. '신화청년회(新和靑年會)'가 생긴 것도 그때였고 노동 야학, 부인 야학이 생긴 것도 그즈음이었다.

수택은 그때 중학 이년이었다. 그는 여름 방학에 돌아왔다가 자기 또래의 소년들이 '평등'이니, '계급'이니, '무산자'니 하는 말을 쓰는 것을 보고서 어린 마음에도 자기가 뒤진 것을 깨달았었다. 그가 박 선생의 총애를 받는 소년이 된 것은 그 다음 해 역시 여름 방학부터다. 박 선생은 근동 청년들의 선망의 적(的)이었다. 그러나 겨우 언문 글밖에 못 하고 두더지처럼 오십 평생을 두고 흙만 파온 그의 아버지는 이 박 선생을 더 업수이 여겼다. 말 잘하는 사람일수록에 행함이 적다는 것이 그의 지론이었고, 처음 사귄 사람을 길래 사귀지 못하는 것이 그의 둘째 결점이었고, 정말 없는 사람의 '편'이 되자면 먼저 저 자신이 그런 처지에 놓여봐야 한다는 것이었다.

"맘과 몸뚱이가 한 뭉치가 되어야지, 맘이 암만 그렇다 해도 제 몸뚱이가 말을 안 들으면 소용 있나. 너들 두구 보렴. 그 사람은 변호사나 하라면 잘할지 몰라두 저러다가 마느니라……"

이 무지한 농부의 예언이 오 년도 못 가서 들어맞았던 것이다. 박 선생은 그가 일찍이 옳다 하고, 아름답다 하고, 의(義)라고 말하던 것과는 정반대의 길을 걷고 있는 것이었다.

이런 사람의 말로가 대개 그렇듯이 그는 그가 일찍이 욕하던 직업을 가졌었고 한번 그런 데로 길을 트기가 무섭게 머리가 좋았더니만큼 눈부신 발전을 했다. 그러나 김 영감의 말따라 그는 처음 사귄 친구를 길래 사귀지 못하는 사람이듯이 한번 가졌던 생각도 늘 변하는 사람이었다. 말만은 많이 하고 또 잘하나 일평생을 두고 참말을 몇 마디도 못 하고 죽는다는 변호사에다 그를 비교한 자기 아버지의 예언이 근 이십 년 후인 오늘날 와서 그와 비슷한 직업인 브로커로서 나타난 것이었다.

점심때는 되어서 수택은 좀이 먹은 그 오동나무 궤짝째 가지고 일어섰다. 김 영감은 무슨 큰 보물이나 되는 듯싶게 잘 간수하라고 당부당부하는 것이었다.

"거긲는 건 단 한 장이라두 없애지 말아라. 땅은 다 남의 것이 됐다만 그것조차 없어진다면······"

하다가 갑자기 말이 뚝 끊어진다.

그가 문을 열다 말고 돌아다봤을 때 김 영감은 그 궤짝이 자기의 사랑하던 땅이요 그 땅이 지금 자기 손으로부터 영원히 남의 손으로 넘어가기나 하는 듯이 언짢아하는 것이었다.

수택도 아주 마음이 좋지 않아서 집으로 올라왔다.

맥이 하나 없이 논둑 지름길을 건너서 삽짝 앞에 이르니까 제 동생을 데리고 흙장난을 하던 필년이란 년이 며칠 못 봤던 듯이 달려들어 안기는 것도 아는 체 만 체하고 안마당으로 들어서려니까,

"엄마, 아빠 오셨수— 인저 닭국 먹을 테야!"

하고 필년이가 쫓아 들어온다.

"오오냐, 상현이하구 와서 손 씻구."

"닭이 웬 닭이오!"

그의 말소리가 퉁명스러웠던 것은 아버지의 상심하는 양을 본 때문만도 아니다. 씨 한다고 닭 한 마리 남겨둔 것을 잡았나 싶었기 때문이었다.

"그게 뭐예요? 무슨 굉장한 보물 궤짝 같구려"

하다가 남편의 눈치가 좋지 않은 것을 보더니 냉큼 묻던 말에 대답을 한다.

"옆집에서 가져왔어요. 간밤에 닭 풍기는 소리가 나구 법석을 하더니 삵쾡이란 놈이 암탉 두 마리를 모조리 물어박질렀다는군요."

그래도 남편의 얼굴이 펴지지 않으니까, 그는 마치 무슨 죄나진 듯이 어리둥절하고 섰다가, 조심조심 또 말을 붙인다.

"벌써 메칠 전부터 닭이장을 뱅뱅 돌더래요. 그래 새루 문을 해달구 야단을 했더니 지붕을 뚫구 들어갔다는군요."

"애들하구 당신이나 먹우."

수택은 제 방으로 들어가는 길로 번듯이 자빠졌다. 아내가 근심이 되어 바로 뒤따라 들어와서 머리맡에 앉는 것을 알고도 그는 언제까지나 눈을 딱 감고 움직이지 않았다.

5

구력 그믐께까지에는 수택의 장편도 거의 절반까지나 진척이 되어 있었다. 낮에는 산감의 눈을 피해서 가까운 산에 가서 낙엽을 긁어 오기도 하고 봉놋방에서 농군들과 잡담을 하기도 하며 보내는 날도 많았다. 처음에는 마치 자기네를 감시하러 오는 사람처럼 서먹해하던 농군들도 인저는 무관한 동무처럼 만나면,

"밥 잡섰이유"

하고 인사를 했고 원고를 쓰느라고 종일 나가지를 않으면 지나는 길에 찾아와보기도 한다. 선생님이라고 부르던 대명사도 인저는 없어지고 딸년의 이름을 붙여서 '필년 아버지'가 되었다.

"모두 보령산으루 산나무들을 간다는데 한번 안 가보실래유?"

이렇게 일부러 찾아와서 귀띔을 해주기도 한다.

"보령산이라니, 저 까맣게 쳐다보이는 산?"

"야—"

보기만 해도 엄두가 안 났다. 그러나 가보기로 하고, 그날 밤은 여느 때보다 좀 일찍 잤다. 여섯 시에 일어난 때는 아내는 어느 틈에 일어났는지 벌써 밥을 잦혀놓고 있었다. 김칫국에 고춧가루를 얼근히 풀어서 푹푹 퍼먹고 있는 옆에서 아내는,

"너무 욕심 내지 마시구 조금만 해 지셔요. 모두들 그러는데 여간 험한 산이 아니래요"

하고 그만뒀으면 하는 눈치다.

"뭘, 아이들만큼야 못해 질라구."

이렇게 말하면서도 물론 자신은 없었다.

요기를 하고 양말을 버쩍 추키어 감발 대신을 하고 솔버선에 '지까다비'를 신고는 곰방대에 담배를 한 대 피워 물었다. 아내가

담배 조리를 다닐 때(아내는 보름 남짓하게 하고 말았지마는) 황색 엽초(葉草) 부스러기를 두어 뭉치 얻어 왔었다. 그러나 그것만은 수택에게는 독했다. 그래서 장수연을 사서 섞어 피운다. 곰방대에 담배를 피워 문 것도 인저는 그리 어색하지도 않은지 아내는 보고 웃지도 않는다. 이 보령산 나무 덕에 수택이는 이틀이나 앓았으나 그래도 배운 것은 많았다. 그가 먼산나무[36]에 용기를 냈던 것은 소위 하이킹을 한 경험이 있기 때문이었던 것이었으나, 그러한 기술은 먼산나무에는 조금도 이용이 안 된다는 것을 깨닫고 일찍이 학창에서 배운 모든 학문이 실생활에서는 그다지 응용이 되지 못한다는 것을 처음 발견하던 때처럼 우울한 심정을 경험하는 것이었다.

두번째 수택이에게 순경 차례가 돌아온 것은 금년 겨울 접어들면서 첫추위가 시작된 지 사흘 만인가 나흘째 되던 날이다. 마침 그날은 아들놈 상현이의 생일날이라고 어머니가 인절미를 해왔다. 그래서 수택은 신문지에다 여남은 개를 싸들고 언 별만이 가상할 만큼 떠는 하늘을 쳐다보며 순경 방인 구장 집 사랑으로 내려갔다.

"저녁 진지 잡수셨어유?"

마침 구장 집 일꾼 천보가 평북 어떤 철산(鐵山)에 가 있는 자기 형한테 편지를 쓰려고 기다리고 있는 길이었다. 그는 지금까지에도 벌써 무려 이삼십 통의 편지를 쓰지 않으면은 안 되었다. 출생 신고도 몇 장 썼고 사망 신고도 몇 장 썼다.

"안부하시구유, 요전 말한 일은 어떻게나 됐느냐구 알아보시구유, 난 잘 있으나 흉년이 들어서 곤란이라구 쓰시구유."

천보가 이렇게 사연을 부르는 대로 그는 받아썼다. 요전 말하던
일이란 천보가 그쪽으로 가고 싶다는 것이었다.

편지를 써주고 잠시 잡담을 하다가 그날 당번인 네 사람은 둘씩
갈라서서 한 패는 윗말로 또 한 패는 아랫말로 각각 몽둥이를 짚
고 나섰다. 수택이는 득만이라는 그의 집에서 넷째 집 떨어진, 벌
써 이태째 중씨름에 광목을 탔다는 장정과 한패가 되었다. 처음
그들은 윗말이었으나 다음번에는 아랫말로 섞바뀐다. 순경 패를
달래기에는 아직 이른 시각이었지마는 득만이는 장난삼아서 집집
마다,

"패 주—"

소리를 친다. 매일 한 번씩 구장은 순경 패를 어떤 집에다 감춘
다. 그래서 패를 맡은 집에서는 두 홰 닭이 울어야만 패를 내주도
록 마련이었다.

"어젯밤엔 꿈을 잘 꾸었으니까 어쩌문 오늘은 한 놈 앙겨들 상
두 싶구면서두."

득만이가 작대기를 질질 끌면서 혼잣말처럼 한다.

"한 놈 앙겨들다니?"

"도적놈 말이죠. 한 놈만 붙들면 수가 나는 판이지요. 돈이 댓
냥씩 생기죠. 밤참에 막걸리가 한 사발이니 배 뚜들겨가며 먹잖
어유?"

하고 들었던 작대기로 삽짝 기둥을 뚜드리며 고함을 친다.

"몽둥이 가지구 왔으니 패 주—"

수택은 문득 어느 해 겨울 자기 집에서 도적을 잡던 생각을 하고 있었다. 용감하고 재치 있게 도적을 잡은 그의 무용담(武勇談)은 헛되이 아버지의 격분을 샀을 뿐이었다. 장하다는 칭찬 대신에 지겟작대기로 아랫종아리를 얻어맞은 후 수택은 얼마를 두고 해석에 괴로웠었다. 그러나 오래 두고두고 생각할수록에 자기 아버지에게는 그만큼 위대한 일면이 있다고 생각되었다.

이날 밤 수택은 뜻하지 아니한 것을 발견했다. 두번째는 아랫말 차례라 잠깐 몸을 녹였다가 득만이와 같이 또 나갔다.

별빛도 눈발에 애여서" 촌보를 요량할 수 없을 만큼 어두운 밤이었다. 그때 수택은,

'만일 도적을 잡는다면 어떻게 처리할 것인가.'

이런 생각을 하며 걷고 있었다. 득만이는 돈 오십 전과 막걸리 한 사발을 위해서 그를 주재소에 넘길 것이다. 물론 자기가 오십 전을 내고 술 한 사발을 사주는 한이 있더라도 그것을 제지할 자신은 있었다. 그러나 자기 아버지가 자기를 때리듯이 그만큼 이 득만이를 미워할 수가 있을까?

그런 자신은 역시 그에게는 없었다. 그것을 그는 진심으로 슬퍼했다.

그런 생각을 하면서 득만이의 뒤를 따라가려니까 득만이가,

"필년 아버지, 야학당 구경하구 가세유—"

한다.

"야학당?"

"야."

"지금두 야학이 있어?"

수택은 실로 의외였다. 이 동리에 야학을 처음 개설한 것은 역시 박 선생이었고 야학이 성황을 이룬 것도 역시 그가 이 동리에 머물러 있던 동안이었다. 그 후 청년회는 동 소유가 되어 무슨 회나 공동 판매 같은 데 쓰게 되었고 야학도 자취를 감춘 줄로만 그는 생각하고 있던 터이었다. 여름 방학이면 그도 야학 선생의 한 사람이었었다.

"전엔 청년회를 빌려서 하다가 지금은 못 쓰게 하니까 겨울 동안만 남의 집 사랑방을 빌려서 한대유."

"그래, 선생은 누구구?"

"김 선달 집 둘째 아들이지유."

"걔가!"

그는 놀랐다. 김 선달 둘째 아들이라면 작년에 농업학교에 다니다가 학비 관계로 이 학년에서 퇴학하고 왔다는 빈혈증인 왜소한 소년이었다.

교실이란 두 칸 장방이었다. 아랫목으로 칠이 다 벗겨진 칠판이 걸렸고 그래도 명색의 난로까지 놓았다. 한가운데를 한 줄 비워 놓고 사십 명이나 되는 조무래기들이 혹은 쓰고 혹은 책을 보고 있다. 칠판 한복판에 칸이 막힌 것을 보면 두 반인 것이 분명했다. 한쪽 칠판에는 1·2·3·4가 씌어 있고 딴 쪽에는 가감 문제가 네 개 붙었다.

수택은 거의 이십 분 동안이나 김 소년의 교수를 구경하고 있었다. 그러나 그는 김 소년의 교수를 들은 것도 아니었고 쓰고 책을

보고 하는 학생들을 구경한 것도 아니다. 석유 궤짝에 대패질을
해서 먹칠을 한 칠판과 그 앞에서 선 빈혈증의 소년, 그리고 한
자라도 더 눈여겨두려고 늘어앉은 어린아이들——이것을 한 번 본
것으로 족했던 것이다. 수택은 이 초라한 교실에서 이십 년 가까
운 옛날을 연상한 것이었다.

모든 것이 이십 년 전 그대로였다. 칠판도, 사람도, 아이들도,
변한 것은 오직 자기뿐이다. 그때의 그 정열을 잃었고, 그만큼 약
해졌고 공리적으로 변한 자기가 있을 뿐이었다. 가르치는 사람의
생각과 배우는 사람의 생각도, 이십 년 전 그때와 추호도 다른 게
없을 게며 또 달라질 수도 없을 것이었다. 한 자라도 더, 그리고
잘 가르치자. 한 자라도 더, 그리고 또 빨리 배우자——이 진리에
연대가 하관[38]이며 시대 변천이 하관이랴! 오직 거기에는 배우려
는 정열과 가르치려는 정열이 있을 따름이었다.

사실 수택 등이 어려서 심심파적으로 한 '교육 사업'이 그 후 그
들의 실생활을 얼마나 윤택하게 했던가를 이십 년 후 지금서야
발견했던 것이다. 지금도 수택은 그때의 야학생들에게서 몇 번이
나 이런 말을 들어오던 터이었다.

"참, 그때 그나마 안 배웠더라면 지금쯤은 얘기책 한 권 못 볼
뻔했어유. 그때 중간에서 그만둔 사람들은 지금두 앉으면 한을
하는데유."

지금 생각해도 좋은 일을 했다 싶었다. 그러나 지금 세대에 누
가 그런 생각을 하랴 했었다. 첫째 그 자신에게 그런 용기가 없다
는 것을 발견하고 있는 터였었다.

그 후로는 김 소년과도 자주 만났다. 석유만은 아이들이 매달 삼 전씩 보태서 사나, 분필과 기타는 김 소년 자신이 부담하고 있다는 것을 알고는 그것만은 자기가 떠안았다. 가르치고 싶은 정열에서가 아니라 그런 용기를 잃어버린 자기 자신에게 대한 서글픈 동정에서였다.

"그 밖에라두 뭣이구 군색한 게 있거든 와 말을 하렴. 큰돈 드는 게야 낸들 어쩔 도리가 없지만……"

"뭘요, 기름하구 백분만 있으면 겨울은 나유. 나무는 저희들이 날마다 삭정이를 한 개피씩 들구 오니까요. 그보다두 아이들이 통 굶어서요──하루 죽 한 끼두 못 먹는 아이들이 파다한걸요, 뭐. 선생님 댁 바루 옆집 정 서방네 아이들도 요샌 통 굶구 다니나 봐요."

김 소년은 이런 말을 하며 소년답지도 않게 우울한 표정을 짓는 것이었다.

정 서방 집이란 늦은 가을에 닭 두 마리를 살쾡이한테 죽이고 닭국을 가져오던 바로 그의 옆집이었다. 그 송아지처럼 위하던 닭을 두 마리나 잡아 죽인 살쾡이를 못 잡아서 겨우내 애를 박박 쓰는 심정을 지금까지 모르고 있은 것은 아니지마는 김 소년에게 그런 말을 듣고 나니 더욱 마음에 사무쳤다. 뻔히 굶으면서도 여전히 책보를 끼고 늦도록 그 찬 방바닥에 앉아서 한 자라도 더 배우겠노라고 눈이 발개서 덤비는 정상이 딱하다 못해서 되레 밉기까지 했다. '그걸 배우면 뭐 그리 잘된다고 그렇게까지들 하는 겐고?……' 이런 생각도 드는 것이었다.

'그 가상한 닭을 얻어먹고도 시치미를 떼었나 보다.'

이런 생각이 불현듯 들어서 수택은 집에 돌아오는 길로 정 서방을 불러서 쌀 한 말을 퍼 주었다.

"아니, 뭘 이렇게 많이요…… 인저 낼부턴 구제 공사가 시작이 되니까 벌면 팔아 먹을걸요."

정 서방이 굳이 사양하는 것을 수택은,

"사양두 두 번 이상 하면 변덕이란다우. 받어두슈. 그리구 그놈의 살쾡이 잡을 궁리나 차리시구려."

이렇게 웃음엣말을 해서 말문을 막는다는 것이 정 서방의 상처를 건드린 모양이다. 그는 살쾡이 소리를 듣기가 무섭게 이를 북갈며,

"염려 마시유. 내 어떻게 하든지 그놈의 살쾡이를 살려둘 줄 아시유…… 한 마리만 그랬어두 내 참아요. 저두 오죽 먹구 싶어야 초가을부터 눈독을 들였겠어유. 허지만…… 안 되지유. 제 목숨에 못 죽을걸유! 못 죽지!"

──수택은 여러 친구들로부터 그의 소설은 언제나 뼈가 너무 앙상하니 드러나는 것이 무엇보다도 큰 결점이라는 평을 들어온 터라 그는 이번 장편에서만은 동리에서 생긴 이런 삽화도 될 수 있는 대로 많이 끌어다가 살을 붙이는 것도 잊지 않았다.

6

봄비치고는 철이 좀 이른 것 같아서 또다시 으르르 얼어붙으면 보리마저 바닥 다 본다고 밤새도록 걱정들을 했던 것이 다행히 비가 개면서 그대로 날이 확 풀리고 말았다. 구름 한 점 없는 맑은 하늘에는 어디서고 종달새의 소리가 들려오기나 할 것처럼 다정한 맛이 느껴진다.

"이대로만 간다면 보리는 먹겠군."

동리 사람들은 만나면 인사가 이것이다. 그들에게는 세상이 뒤집히든 세대가 바뀌든 간에 벼가 잘되고 보리가 얼어 죽지만 않으면 그만이었다. 사람이 기어다니거나 날아다니거나 그런 것도 그들에게는 인연이 없는 이야기다. 오직 배불리 먹고 추운 때는 따뜻하게 더운 때는 시원하게 입으면 그만인 것이다.

양지바른 밭둑에 냉이 잎이 파아랗게 돋아나고 솜옷 입은 등떠리³⁹에 소물소물 땀이 솟기 시작할 때는 춘경(春耕) 준비도 하지 않으면 안 되었다. 겨우내 외양간에서만 웅숭그리고 앉았다 섰다 우기우기 반추(反芻)만을 일삼던 소가 마당으로 끌리어 나간다. 농부들은 몽당 싸리비를 들고 겨울 털빛이 변해 보이도록 쌓인 소 등의 먼지를 쓰윽쓰윽 쓸어준다. 그러면 소란 놈은 생기가 난다는 듯이 꼬리로 제 엉덩판을 치며 혀끝으로 콧구멍을 쓱쓱 핥아낸다. 흙을 파제키는 닭의 발도 한창 바쁘고 흰둥이란 놈이 번듯이 누워서 양지받이를 하던 울타리 밑 풍경도 한결 한가로워

보인다.

이런 즈음이면 반드시 앞집에고 뒷집에서,

"꼬댁 꼬댁 꼬댁댁……"

하고 알 낳이하는 암탉의 환성이 나른한 춘곤(春困)을 깨뜨려준다.

"봄이군!"

하고 수택이도 거의 다 끝나가는 소설을 쓰는 마음도 바빠진다. 이제 한 삼사십 매만 더 쓰면 손을 떼겠건만 그동안이 더없이 안타까웠다.

"나도 빨리 논갈이두 하구 김장밭두 부치구, 밭이랑도 세워놔야지!"

그는 제법 의젓한 농군처럼 이렇게 중얼거려보는 것이었다.

사실에 있어서 수택에게는 이 봄이 더없이 즐거웠다. 일평생 처음으로 내 손으로 흙을 파고 씨를 뿌리고 하는 기쁨으로 봄철이 마치 그 무슨 절대의 행복이기나 한 것처럼 은근히 기다려졌던 것이다. 몸이 우둔할 만큼 껴입었던 내복이며, 솜바지저고리를 훌훌 벗어 내던지고 사랑하는 처녀의 손길처럼 포근한 양광(陽光)의 애무를 받아가며 무한한 생명력과 신비가 감추어진 흙을 척척 갈아붙이는 기쁨, 삼십 년간 가죽에 싸여져서 흙과 접촉해 보지 못하던 맨발로 징검징검 고랑을 타넘으며 씨를 뿌리는 행복— 이런 것을 상상만 하여도 가슴이 뛰는 것이었다.

아니 일생의 절반을 돌 위에서 살아온 이 도시의 청년은 춘경이라는 두 글자에서만도 형언치 못하는 매력과 환희를 느끼는 것이었다.

그러나 그것은 그럴 필요가 조금도 없는 인간층이 싫건 좋건 간에 노동을 하지 않으면 안 되도록 운명 지어진 사람들에게 즐기어 사용하는 '노동의 신성'에서 오는 기쁨도 아니었고, 일찍이 그가 품고 있던 도시 생활에 대한 압박에서 해방된 기쁨도 아니었다. 그것은 사람들이 자기의 농터가 아니요, 자기 손으로 가꾼 곡식이 아니건만 누우렇게 익은 곡식을 보고는 푸근해하는 심정과도 비슷한 그런 무조건의 기쁨이었고 환희였다.

이러한 그의 기쁨은 두 푼 정방형의 좁은 칸살이 빽빽하니 들어박힌 원고지에서 해방되던 날 그 최고 절정에 달했었다. 저녁에 이웃집 정 서방과 일을 맞추어놓고 돌아와서도 그는 늦도록 잠을 못 이루었다. 어렸을 때의 섣달 그믐날 밤과도 같은 흥분이었다. 무한한 행복이 그대로 쏟아질 아침을 기다리는 초조다.

"여보, 당신두 우리 같이 나갑시다. 나는 갈아붙이고 당신은 흙을 고르고 나는 씨를 뿌리면 당신은 덮고……"

그는 마치 사랑하는 시구(詩句)나 외듯 이렇게 말하고는,

"필년아, 너두 낼 아빠하구 엄마 따라서 씨 뿌리러 간다구?"

필년이는 바느질을 한다고 꿰매는 시늉을 하던 손을 쉬고 빠안히 아버지를 쳐다보다가,

"쪼꼬레트 사줌 가지."

"쪼꼬레트?"

"응."

"허, 농군의 딸 입에 쪼꼬렛이 당한 게냐. 엿 사주지, 엿. 깨엿 말야, 응."

"나 엿."

자는 줄만 알았던 상현이란 놈도 발딱 일어났다.

수택 부처는 어린것들이 잠이 든 후에도 늦도록 생활 설계를 했다. 약속대로 신문사에서 원고료를 선불해준다면 사백 원의 모갯돈이 들어온다. 거기에 장편을 쓰는 여가에 마련한 단편 두 편과 편지 형식으로 된 잡문이 한 편, 모두 합치면 그럭저럭 오백 원은 될 것이었다. 그 오백 원으로 마땅한 것이 나면 논을 서너 마지기 사든가 밭을 몇 뙈기 사기로 했다.

"참, 내 벌써부터 이야기한다면서……"

그의 처는 갑자기 생각이 난 듯이,

"저기요, 우리 장 말이오, 양복장하구 이불장 말야, 팔아버릴까?"

"건, 왜 갑자기, 누구 소설대로 다 팔아가지구 서울루 달아나려우."

"그럴 용기나 있다면 오죽 좋겠수"

하며 아내는 웃는다. 수택은 언제나 자기 처의 웃는 입이 예쁘다고 생각했지만 희미한 불 속에서 그 흰 이를 내다보이며 나긋이 웃고 보니 더한층 아름다웠다.

"당신은 웃으면 참 이뻐."

이렇게 웃음엣소리를 하고 나서,

"왜 누가 사잡디까?"

"심구영 씨 소실이 여간 탐을 내잖어요. 접때 일부러 양복장을 살랴고 읍에까지 갔더라나. 그랬더니 모두 너절해서 그냥 왔대.

두 개 몰아서 일백오십 원 주겠다니 팔아버릴까?"

"걸 팔아치우면……"

그는 일백오십 원이란 말에 구미도 당기기는 했지만 이렇게 말했다. 사 년 전에 두 개에 팔십 원을 준 것이었다.

"그까짓 거, 있으나 없으나…… 난 이렇겠으믄 좋겠어요. 기왕 시골 와서 농사질랴믄 정말 농군처럼 그런 세간 다 팔아치우구, 이 집두 이삼십 원은 더 받겠다니 남한테 넘기군 아버님네하구 합소를 하지. 골방을 우리가 쓰구 당신은 사랑 윗방을 내라구 해서 쓰시구려. 말만 세간이지 뭐 들여놀 데가 있나, 봉당에다 놔두는 거, 개 발에 편자지."

아내 말을 듣고 보니 그도 그랬다. 이제 농사철 접어들었으니 어느 하가에 책상 앞에 앉아보랴 싶기도 했고 집이고 뭐고 다 쓸어 팔면 그럭저럭 팔구백 원 돈이 되는 셈이니 그것으로 땅뙈기나 마련하는 것이 상책일 것도 같았다.

"그까짓 거 테이블이구 의자구 다 쓸어가라지. 농군 녀석이 회전의잔 있어 뭐하겠수."

"그렇잖어두 심구영 씨 소실은 찻종하며 다 탐을 낸다우! 심 씨가 지금 첩한테 홀딱 반해서 그러니까 그런 동안에 살림이라두 장만하잔 수작이지 뭐유."

심구영이란 포목, 잡화로 이 동리서 푼돈이나 모은 오십객[40]이었다.

그런 거추장스러운 세간을 처리하는 데 수택이는 물론 이의가 없었다. 그렇게 말을 하기는 하나 그래도 여자 마음을 생각해서 찬장이니 얌전한 그릇 같은 것은 남기고 거추장스러운 것만을 넘겨주기로 하고 잠을 든 것은 자정도 훨씬 지나서다. 그러나 눈을 붙인 지 얼마가 못 돼서 그는 또 깨었다.

"필년 아버지, 주무셔유"

하고 정 서방이 울타리 밖에서 소리를 친다. 수택은 몸 재게 허리 골춤을 움켜쥔 채 뛰어나갔다. 며칠 달인지 뜨느라고 동편 하늘이 막 훤하다.

"정 서방요?"

"야. 이거 주무시는 줄 알았더면 안 올 걸 그랬어유."

"웬걸요. 아직—"

하며 삽짝을 열고 나가려니까,

"이것 좀 보셔유! 이눔 좀"

하고 뭣인지 시커먼 놈을 눈앞에다 풀쑥 디민다. 수택은 덧없이 주춤하고 물러섰다.

"게 뭐요?"

"뭔가 봅쇼! ㅎㅎㅎㅎ"

하고 좋아서 웃는다.

"거, 괭이가?"

"ㅎㅎㅎㅎ…… 고양이요? 천만에요, 아주 어젓한 살쾡이올씨다유!"

하면서 살쾡이를 다시 한 번 번쩍 들고 아래위를 쓱 훑어보며,

"이눔! 네가 내 닭을 잡아 죽이구 무사할 줄 알았드냐! 이눔, ㅎㅎㅎㅎ……"

허들겁스럽게 한참을 웃어붙이고는,

"어렴풋이 잠이 들었는데 털컥합디다유! 그래 잠결에두 뛰어나와 봤더니, 아, 이런 놈 좀 봐유, 모가지가 요렇게 덫에다 치어가지곤 '캐캐' 하겠지유! 그래, '네 요놈, 잘 만났구나' 하군 지겟작대기루 해골을 한 번 후려갈겼더니 그저 외마디 소릴 '캥―'하구 질르곤 발버둥을 칩디다유! 그래……"

정 서방은 이렇게 한참이나 늘어놓고야,

"주무시는데 이거 참……"

하고는 살쾡이를 추썩대며 자기 집으로 돌아갔다.

이러구러 잠이 든 것은 첫닭이 울고도 한참이나 있어서였으나 깰 때는 몸도 그리 무겁지 않았다. 여자들이 생명같이 여기는 방세간[41]을 자진해서 처리해버린 일이며 정 서방이 겨우내 치를 떨며 통분해하던 살쾡이한테 복수를 한 일이며 그에게는 다 유쾌한 일이었다.

그리고 또 한 가지 유쾌한 일은 일평생 처음으로 씨를 뿌리러 가는 그날 아침은 또한 금년 접어들고서는 가장 맑고 따뜻한 날이었다.

정 서방은 새벽같이 달려왔다. 그는 그래도 이야기가 다 끝이 못 났는지 간밤의 이야기를 밥을 먹으면서도 하고 하고 한다.

"그간 놈의 닭 몇 마리가 아깝다느니보다도 그놈의 소위가 괘씸하단 말이거든요!"

"하여튼 분풀이는 잘했쉬다. 그간 살쾡이란 놈한테까지 분풀일 못 한다면 억울해 살겠소."

수택이도 이렇게 맞장구를 쳤다.

수택은 집으로 내려가서 상태도 끌고 왔다.

상태는 요새 갑자기 고향을 뜰 채비를 차리고 있었다. 도회 생활의 환멸을 아무리 이야기해도 그의 신념은 변하지 않았다. 달래도 보았고 을러도 보았다. 그러나 농촌에서 생활 유지가 안 된다는 것은 그보다도 상태 자신이 더 잘 알고 있을 것이다. 상태는 고향에 돌아온 수택이를 은근히 비웃고 있는 눈치다. 그는 다시 그길로 해서 구장 집에 가서 소를 얻어 몰고 큰집에 들러서 쟁기도 소 등에 얹었다. 그의 아버지는 자리에 누워 있었다. 벌써 며칠째 몸살로 누워 있는 터였다. 웬만한 병에는 꿈하니 드러누워 있지 못하는 김 영감의 성미에 더욱이 오늘은 수택이가 처음 씨뿌리는 날이고 보니 웬만만 하면 툭툭 털고 일어서련만,

"정 서방더러 잘 알아서 하라구 그래라."

이불을 벗기지도 않고 한마디 할 뿐이다.

"네."

수택은 병들어 누운 아버지를 본 일이 없던 터라 우울했다. 그러나 그는 오늘만은 그런 생각을 않으리라고 박 주부 약국에 가서 약을 지어다 달이도록 상태한테 일러만 두고 부리나케 동리 뒤 개울의 징검다리를 뛰어 건넜다.

상태가 박 주부를 데리고 진맥을 하려 했을 때 김 영감은 웬일인지,

"아니다, 약이 무슨 약, 내가 어디 몸이 아퍼 그런다더냐!"

이렇게 한마디 했을 뿐 이불을 푹 뒤집어쓰고는 손도 못 대게

하는 것이었다. 의원뿐이 아니었다. 손자고 며느리고 아내고 일체 방에도 들어오지 못하게 안으로 문을 걸어 잠그고는 불러도 대답조차 없다. 온 집안이 겁을 집어먹고 수선을 피우니까,

"왜 이렇게 수선들을 대느냐. 잠 좀 자게 내버려둬라"

하고 고함을 치는 것이다.

문밖에서 서성대던 가족들은 모두 안으로 들어갔다.

그러나 김 영감은 자는 것도 아니요 그렇다고 기동을 못 할 만큼 병이 난 것도 아니었다. 삼사일 동안 별로 먹은 것이 없어서 오직 매적지근할 뿐이었다.

아무도 김 영감의 병 원인을 아는 사람은 없다. 그는 해동이 되면서부터 하루에도 몇 번씩 어슬렁어슬렁 집을 나간다.

동구를 빠져서 대장간 앞을 왼쪽으로 꼬부라지면 천변으로 나선다. 개울을 건너서면 조그만 아카시아 숲이 있다. 그는 하루에도 몇 번씩 아무도 모르게 이 숲 속으로 들어간다. 숲 속에는 잔솔 여남은 개가 섰고 사람 하나 숨겨줄 만한 반송도 한 개 섰다.— 이 반송 밑이 그가 매일 시간을 보내는 자리였다.

먼저 그는 숲 속에 들어서면 이 반송 밑으로 온다. 대개는 반송 밑에 두 무릎을 세우고 무릎을 끌어안아서 깍지를 낀다. 그러고는 우두머니— 무엇을 보는 것도 아니요 그렇다고 조는가 하면 조는 것도 아닌 자세로 언제까지나 한곳만 내다보고 있는 것이었다. 어떻게 보면 그 얼굴은 지극히도 행복스럽던 옛 꿈을 더듬는 것같이도 보이었고 또 어떻게 보면 그는 최후를 장식하는 자기만의 추억에 잠겨 있는 것같이도 보인다. 웃는 것도 아니요, 그렇다

고 우는 것도 아니다. 격하는 일도 없었고 그렇다고 마음의 평온을 얻은 사람의 표정도 아닌——그런 때가 많았다.

그는 오직 앉았을 따름이요 앞을 내다볼 뿐이다.

그는 별로 동리 사람들의 눈에 띄지 않았다. 그는 무엇보다도 그것을 꺼리었다.

어쩌다 누가 그리 지나다가,

"어째 치운데 거 와 그러구 계시유?"

하고 물을라치면 그는 이렇게 대답하는 것이다.

"누구 말이 이 숲 속이 집터가 좋대서 보고 있는 길이지요."

그러나 그것은 거짓말이었다. 거짓말을 하기 싫으니까 그는 자기가 거기 와 있는 것을 아무에게도 보이려 하지 않는 것이다.

이 아카시아 숲에서 두 다랑이 건너에 이미 완전히 한 장의 휴지가 되어버린 그의 사랑하던 땅이 있는 것이다. 그의 반생——아니 육십 평생을 완전히 바친 논과 밭——그러나 그것은 이미 남의 수중으로 넘어간 지 오래였다. 소유권이 이전된 데만 그치지 않고 소작권까지도 이미 남의 손으로 넘어가고 만 것이다.

"저 논다랑이와 뽕나무가 둘러선 밭은 확실히 내 땅이었다. 그것은 이 동리 사람들이 다 잘 안다. 그러나 지금부터는 나는 손을 대어도 안 되고 씨를 뿌려도 안 된다…… 황차, 이 땅에 심은 곡식이랴……"

이렇게 단념하지 않으면 안 되는 지금의 김 영감이었다. 더욱이 이번 비로 해서 논바닥에는 물이 흥건하니 괴어 있었다. 작년 같은 가뭄에도 평작은 된 논이었다. 꺼뭇꺼뭇한 땅, 흥건한 논물,

가래를 지르기만 해도 기름이 지르르 흐르는 바닥 흙이 철컥철컥 나자빠질 것 같다. 발을 들여놓을 때마다 아랫종아리에 흙과 물이 뙬 때의 그 감촉, 띄엄띄엄 소가 발을 드놓을 때마다 철벅거리는 물소리…… 흙에서 나서 흙을 만지며 늙은 이 농부에게는 논과 밭 가는 사람의 팔자는 그대로 신선이었다.

이런 농부에게 있어서는 흙—땅은 그대로 희망이었고 기쁨이었다. 그것은 그대로 종교였다.

이 늙은 농부의 손으로부터 땅은 멀리 떠나갔고 인저는 자기 땅이던 이 기름진 흙덩이를 만지는 자유까지도 박탈된 것이었다—

지금 그에게 주어진 특권은 오직 자기 땅에 자기 아닌 딴 사람이 씨를 뿌리고 김매이를 하고 이듬을 매고 물을 대고 대궁이 척척 휘도록 여문 벼를 베어가는 것을 멀리서 바라볼 수만은 있다는 데서 그치는 것이었다.

김 영감은 마침 오늘 신작인(新作人)인 춘성네가 논갈이를 한다는 말을 들었던 것이었다……

'내 땅에 딴 놈이 들어선 꼴은 안 보리라!'

김 영감이 이렇게 결심을 한 데는 조그마한 부자연도 없을 것이었다.

—그러나 김 영감은 역시 흙의 아들이었다. 아니 그는 비열할 만큼 충실한 '흙의 노예'였다. 제 땅을 남의 쟁기가 들어가 파제키는 것을 옆에서 바라보고만 있지 않으면 안 되는 농부에게는 참을 수 없는 그 굴욕도 며칠을 굶어가며 이를 악문 그 결심도 멀리 풍기어오는 구수한 흙내만은 어쩔 도리도 없었다. 흙에서 받

는 굴욕보다도 흙에서 풍기는 그 향훈이 몇백 배 그에게는 즐거운 것인지 몰랐다.

—흙의 완전한 포로가 되어 있는 이 늙은 농부는 모든 굴욕감을 물리치고 오직 흙내를 더듬어 헌청거리는 다리를 이끌고 다시금 아카시아 숲 속에 나타나고야 말았던 것이었다.

맑고 따뜻한 봄날이었다. 몸과 마음이 함께 힘든 그에게도 햇살은 오히려 따뜻했다.

그는 언제나 앉는 그 자리에 등을 소나무에 기대고 벌을 향하고 앉았다.

사방 십 리라는 샌골 벌은 농부들로 찼다. 소 모는 소리와 방울 소리와 철벅이는 물소리가 멀리서 혹은 가까이서 들려온다. 겨우 알아볼 만한 위치에 수택이네도 보였다.

수택이는 머리에다 수건을 질끈 동이고 쟁기질을 하고 있고 정 서방은 밭둑에서 담배를 피우고 있다. 밭머리에는 자기 아내가 상현이 남매를 데리고 놀고 있고 서울 며느리는 얼굴도 잘 안 보일 만큼 수건을 푹 내려쓰고 고무래로 흙덩이를 바수고 있었다.

수택의 처는 그래도 어울리는 편이었다. 그러나 수택의 쟁기질에는 소도 어처구니가 없는지 가끔 우두머니 서서 쟁기가 바로 대어지기를 기다린다. 그것은 마치 어린아이들이 억지로 그린 자유화(自由畵)와도 같은 것이다. 쟁기가 빗가면 정 서방이 담뱃대를 문 채로 이러구저러구 가르치는 모양이다.

바로 그의 앞에는 일찍이 자기의 땅이던 논에 춘성네 부자가 신이 나서 거름을 지르고 있었다. 그들은 자기가 지금 거기 있는 것을 보고 일부러 뽐내느라고 더 떠들고 퉁탕거리는 것만 같이 보여지는 것이었다.

그의 눈에는 이 춘성네 부자가 더없이 얄미웠다. 미운 대로 한다면 당장 뛰어들어가서 아비와 자식을 논구럭에다 거꾸로 처박고 짓밟아주고 싶기까지 했다.

"흥, 되잖은 놈들! 그놈들 아주 제 땅이나 되는 상싶은가베! 아니꼽살스런 놈들 같으니루!"

무엇이 되잖은지 무엇이 아니꼬운지 모른다. 그러나 김 영감한테는 그렇게밖에 보여지지 않는 것이었다.

그때였다. 수택이가 뭐라고인지 외마디 소리를 쳤다. 영감은 깜짝 놀라서 그쪽을 건너다보았다. 소도 쟁기질꾼을 업수이 여기는지 아무리 소리를 쳐도 자국도 안 떼놓는다. 정 서방과 수택의 처는 옆에서 깔깔대고 있다. 정 서방이 쟁기를 내라고 그러는 모양이나 수택은 고집을 세고 소만 몰구친다.

겨우 소는 움직였다. 그러나 소는 또다시 딱 섰다. 쟁기는 쟁기대로 놀고 소는 소대로 가고 사람은 사람대로 갈팡질팡하는 것이었다. 그것은 마치 쟁기가 사람을 끌고 가는 형상이었다.

이런 꼴을 얼마 동안 바라다보고만 있던 김 영감은 이상한 마음의 충동을 받아서 벌떡 일어났다. 그는 자기가 벌써 며칠째 변변히 먹지도 않고 누워 있던——그나마도 환갑이 지난 늙은이라는 것은 까마득히 잊어버리고 있었다. 지금 그는 벌써 병자도 아니요, 굶은 사람도 아니요, 늙은이도 아니었다.

그는 오직 농부였다. 비열할 만큼 충실한 '흙의 노예'였다——

그는 허위단심 쫓아가서 아들의 손에서 쟁기를 뺏어들고는 신이 나서 흙에 충성을 다하는 것이었다.

"자, 봐라. 쟁기 날을 이렇게 대고는 사람은 여기 서야지. 그래야만 소가 힘을 제대루 쓰지. 사람이 한쪽으루 기울어져노면 소가 한쪽에만 힘을 써야잖느냐. 정 서방, 자넨 골을 치게. 얘, 아가. 고무랜 또 없느냐!"

지금의 그에게는 굴욕도 없었고 흙에 대한 원한도 없었다. 오직 기뻤고 즐거웠다.

육십 평생을 두고 한결같은 충성을 다해왔건만 또 한결같이 육십 년을 두고 모욕하고 혹사(酷使)해온 나머지 핏기 하나 없는 늙은 병든 육체만을 그에게 떠안긴 흙이건마는 그 흙에 대해서 억제할 수 없는 감격을 느끼고 있는 것이었다.

그는 지난 육십 평생에 땅을 치며 울기도 했었다. 원망도 해왔고 저주도 해왔다. 그 극진한 충성에 비해서 너무도 가혹한, 너무도 알아주지 않는 흙의 마음에 걷잡을 수 없는 격분도 느껴왔었다.

그러나 지금 그의 가슴에 넘쳐흐르고 있는 감정은 오직 흙에 대한 감사였다.

그는 그만큼 흙을 사랑했다.

아니 그만큼 그는 흙의 너무나 충실한 노예였다.

7

한식(寒食)이 지난 이후의 농군들에게 있어서 된내기가 올 때까지의 팔구 개월 동안은 터진 모래 제방(堤防)을 막는 것과도 같이 눈코 뜰 사이 없는 그날그날을 보낸다.

봄보리밭에 호미질을 하기가 무섭게 논갈이에 이어 거름내기가 시작되고 연달아서 못자리를 붓는 한편 밭을 일구어야 하고 밭곡의 파종이 끝나기도 전에 벌모 내기가 시작된다.

"박 서방, 낼 어디 일 마쳤지유?"

그들은 해만 지면 이렇게 일꾼 얻기에 바쁘다. 일꾼을 얻어야 하고 일꾼을 얻어노면 이집 저집 다니며 쌀, 보리를 꾸어야 한다. 일 년에 한두 번밖에 없는 기쁜 날이니 하다못해 북어 꽁댕이 하나라도 찢어 놓아야 하는 것이 그들의 예의요 또 관습이다.

그들의 농사란 생나무 휘어잡기다. 억지 춘향으로 끌어내고 꾸어대고 휘어잡고——마치 아닌 밤중에 물난리나 치르듯이 모심이를 끝내노면 또 딴 쪽 일꼬가 터진다. 채소밭도 손질을 해야 하고 기장이나 수수밭도 매주어야 하고 논에 물도 끌어야 한다. 철 맞추어 참외 폭도 심어야 하며, 밭골에 강낭콩도 새새 묻어두어야 한다. 논둑의 그루콩은 누가 심어주며 엉터리로 끌어다 댄 일꾼은 누가 앗아주나. 파 한 뿌리, 마늘 한 쪽까지도 자기 손으로 심어야 하고 매주어야 하고 가꾸어야 한다. 심지어 옥수수, 깨, 아주까리 같은 일용품까지도 제철에 손을 못 대면 알톨 같은 벼를 주고 바꾸어 들여야 한다.

이 무섭게 많은 일거리가 한 집에 하나 아니면 둘밖에 없는 농군의 손을 거쳐야 하는 터라 마치 손을 떼기도 전에 일꼬가 터져 공연히 마음만 바쁜 때다.

'봄이면 씨를 뿌리고 가을이면 걷어 챙겨놓고 추운 삼동은 뜨끈하니 불을 때고 드러누우리라.'

이렇게만 단순히 생각해온 수택이는 세상이 어떻게 돌아가는지 날짜가 어떻게 가는지도 모르고 봄을 지냈다.

물론 농촌 생활이라고 그렇게 단순한 것이 아니라는 것쯤은 생각 못 한 바는 아니었다. 그러나 단순하게 생각한 것은 사실이었다.

씨를 뿌리고 한두 번 매주고 그리고 거둬들이면…… 그만이라고 했던 것이다.

그러나 수택 부처는 당해보고서야 알았다. 돈만 있으면 가지고 나가서 쌀도 사고 기름도 사고, 고기·파·마늘, 무엇이고 사오분이면 광주리에 담아 들고 들어오던 도시 생활의 고마움을 그들은 새삼스러이 깨달았다. 그러나 자급자족을 하지 않으면 안 되는 농촌에서는 그 허다한 생활품을 입으로 말하는 것이 아니고 자기 손으로 심어야 했고, 가꾸어야 했고, 거둬들여야 했다. 그러나 거둬들인 그대로 먹는 것도 아니다. 말려야 했고 찧어야 했고 까불러야 했다.

그러나 무엇보다도 그들에게 불리한 조건은 모든 일에 서투른 점이었다. 그만큼 애도 더 키었고 노력도 더 들었으며 시간도 더 요구되었다.

이렇듯 일에 치여서 경황이 없는 그들에게 또 한 가지 일이 덮쳐 있었던 것이었다──봄내 개량개량하던 김 영감이 모내기를 한 길로 그대로 싸매고 눕고 말았던 것이다. 수택 부처는 아침저녁은 물론 논이나 밭에 나갔다가도 몇 차례씩 들어가보지 않으면 안 되었던 것이다.

그때는 수택이네도 딴집 살림을 계획대로 걷어치우고 합소를 하고 있었다. 신문사에 교섭 중이던 소설도 달포째 실리는 중이었고 고료도 반만은 손에 들어와 있었고 집이 예상 외로 일백구십 원이나 평가가 되어 그의 수중에는 이럭저럭 팔백 원 돈이 있던 터라 쓸 만큼 약도 써보기는 했으나 김 영감의 병은 시약(施藥)으로만 완치될 병은 아니었다. 김 영감은 생리적으로보다도 정신적으로 더 큰 병을 얻고 있었다. 그 사랑하던 땅에 대한 억제할 길 없는 미련이 그의 마음을 약하게 했고 괴롭게 했고 드디어 생리적으로까지 이상을 일으킨 것이었다.

수택이는 김 영감이 눕는 그길로 이것을 발견했다. 그는 아들의 시약을 완강히 거부하고 있었다. "내 병은 약으로는 안 된다." ── 입버릇처럼 이렇게 말했다. 그래도 처음에는 아들의 돈을 없애주는 것이 딱해서 그러는 줄로만 알았었다. 또 그의 성격으로 보아 그렇기도 했다. 그러나 며칠 지난 때 거의 정신은 못 차리면서도 김 영감은 논 구경을 간다고 온종일 애를 먹었다.

"수택아, 자, 날 좀 일으켜라. 내 병엔 약보다도 그게 더 낫다. 구수한 흙내, 퍼언한 들, 익어가는 보리……"

이렇게 말하는가 하면 이번에는,

"얘들아, 모싹이 어떻든? 자꾸 돌아봐라. 곡식이란 갓난애와 같으니라. 갓난앤 울기나 하지. 얼마 안 있어서 강충이가 생긴다. 고놈 참 귀신같이 파먹느니라. 이번 맬 땐 암모니알 푹 질러둬라, 응?"

하고 딴소리를 한다.

아픈 곳도 어딘지 통 집중을 못 하는 모양이었다. 어떤 때는 허리가 끊어진다고 소리를 지른다. 또 어떤 때는 팔다리가 쑤시어서 옆에서 보고 있을 수도 없을 만큼 못 견디어한다. 그런가 하면 열이 버쩍 오르고 또 어쩌다 보면 전신이 얼음처럼 차다.

"여기다, 여기! 아규규……"

이렇게 하소연을 하며 가리키는 곳은 분명히 허리다. 그러나 병자 자신 어디가 아픈지 적확히는 모르는 것 같았다. 그도 그럴밖에, 전신에 안 아픈 곳이라고는 한 군데도 없는 모양이었다.

육십 년간의 긴 노동에 자기도 모르는 동안에 그의 육체는 성한 데가 없이 좀먹고 있는 것이다. 그래도 지금까지는 강단으로 버티어왔다. 살려는 욕심과, 살 수 있을 것 같은 희망과 당장 일하지 않으면 조석 끼니가 간데없다는 무서운 긴장으로 버티어온 것이다.

그것은 실로 오랫동안의 긴장이었다. 그러나 지금 그 긴장이 일시에 확 풀려버린 것이다. 땅도 이미 남의 손에 넘어갔고 작권까지도 잃어진 오늘날 긴장은 그 자신의 심신을 파괴시키는 이 외에 다른 아무런 성능(性能)도 갖지 못한 것이기도 했다.

솔직히 말한다면 수택은 자기 아버지를 사랑하지는 않았다. 사랑은 했다. 그러나 그것은 한 의무적인 사랑이었다. 자식 된 자 마땅히 어버이를 공경해야 한다.——이러한 도덕이 요구하는 극히 제한된 애정으로 김 영감을 사랑해온 것이었다.

이전——그가 직업을 내던지고 고향으로 돌아오기 직전까지도 그는 자기 아버지를 사랑하기는 고사하고 되레 경멸해왔었다. 아니 그것은 경멸이라고 이름 질 성질도 못 되었을지 모르는 것이었다. 경멸이란 존경의 반동이니까. 그는 일찍이 자기 아버지를 존경해보겠다고 생각한 일조차도 없었던 것이다.

농부의 아들——양복을 입고 동경 유학을 하고 이름이 신문에도 나고 "선생님, 선생님" 하고 따르고(실제로 그런 사람도 있는 것이었다)——이러한 자기가 두더지처럼 일평생 흙만 파는 일개 무지한 농부의 아들이라는 데 일종의 모욕까지 느끼어온 수택이었다. 양복때기만 입은 사람 앞이면 그저 "네, 네" 하고 굽실거리는 것은(김 영감 자신은 똥이 무서워 피하느냐고 했다. 그러나 최근까지에도 수택은 그가 오직 무지한 때문이라고만 생각해왔던 것이다) 자기의 위신이 깎이는 일이라 했었다.

남의 아버지처럼 책이나 보고 장죽이나 물고 앉아서 호령이나 하고 남을 보고도 "여보게, 여봐라" 하며, 호호백발의 노인을 보고도 "자네, 어쩌구, 어쨌나?" 하는 그런 아버지가 못 되고 일평생 흙만 파는 그런 아버지를 존경할 아무런 의무도 그에게는 없다고 생각해왔었다. 새파랗게 젊은 애들한테도 '허우'를 하고 또 그런 아이들한테서 반말지거리를 받아도 아무렇지도 않게 생각을 하는 자기 아버지를 그는 일종의 군더더기로까지 생각해왔던 것이다.

그러나 지금은 벌써 아니었다. 물론 다른 부자간들처럼 아기자기한 애정은 몰랐다. 그러나 지금의 그는 적어도 자기 아버지가 자기의 위신을 해치는 그런 존재가 아니라는 것만은 깨닫고 있었다. 비록 땅은 팔지언정 김 영감은 훌륭한 철학자였다. 그 자신과 같이 김 영감을 업수이 여겨온 모든 인간보다는 분명히 그는 위대했다. 오직 근면하고 오직 겸손하고, 그리고 오직 청렴한 일 생애. 일 년 동안에 십 전 미만의 용돈을 쓰면서도 '거지〔乞人〕 도갓집'이라는 별명을 일평생 면치 못했으리만큼, 거지들의 시중을 든 일이며 자기 물건을 훔치러 온 도적을 때렸다고 자기 아들을 싸그리 내려팬 사실이며, 하루 밥 세끼를 끓이는 이 외의 재물을 탐하는 것은 욕심이라 하고 모든 채권을 포기했다는 사실— 이런 모든 것은 지금 유식한 아들로 하여금 무식한 아버지를 재인식시키는 좋은 자료가 되어 있는 것이었다.

지금 수택의 가슴속은 아버지에게 대한 새로운 감격으로 차 있었다. 그는 지금까지 존경해온 그 어떤 위대한 사람보다도 일개 무식한 농부인 자기 아버지한테 감격을 하고 있는 것이었다. 어떠한 일이 있더라도 아버지를 구하자 했다. 그는 지금 일시적인 감격 때문만이 아니라 자기 아버지를 구할 수만 있다면 그 애지중지하는 삼십 평생에 처음 만지는—어쩌면 이번이 마지막이 될는지도 모르는 팔백 원의 '큰돈'을 희생하는 것은 물론 지금까지에 자기가 가지고 있던 모든 지식과 이름과 지위를 일시에 몽땅 잃어버린대도 조금도 사양치 않으리라 했다. 아버지의 '무지'는 자기의 '학문'보다도 몇십 배 아니 몇백 배나 값이 있다는 것을 이 아들은 뒤늦게야 발견하고 있는 것이다.

"네, 아버지"

하고 그는 며칠을 두고 김 영감의 손을 잡고 하소연을 했던 것이다.

"아버지, 맘을 돌리시구 약도 좀 잡수십시오! 제가 어떻게 해서든지 잃어버린 우리 땅을 찾겠습니다."

"땅을 찾아?"

김 영감은 귀가 번쩍 뜨이는 모양이었다.

"찾지요! 지금 제게 천 원 돈이 있잖습니까. 인저 신문사에서 또 돈이 옵니다. 지금 시가로 매 마지기에 일백삼사십 원이면 되니까, 우선 이 달 안으로 열 마지기만 찾지요."

"그 사람이 큰 부자라는데 그 땅을 팔까?"

김 영감의 말에는 금시로 생기가 났다.

"판답니다!"

수택은 거짓말을 했다.

"되판대?"

"매 평에 오 전씩만 남겨주면 지금이라두 판답니다!"

"오 전씩 이 오 십— 한 마지기에 십 원이로구나! 얘, 사자, 그럼! 위선 아카시아 숲 앞의 여덟 마지기라두 찾자!"

"그러구 나머진 필년 어미가 저 집에 가서 말을 좀 해본다구 했습니다."

이것도 거짓말이었다. 그의 아내는 그런 말을 한 적도 없고 또 그만한 여유가 있는 집도 못 되었다. 그러나 아버지를 안위시키

기 위해서는 이만 거짓말쯤은 주저할 여지도 없었다. 그러나 김 영감은,

"필년 어미가 말이냐?"

하고 다지더니만,

"에이끼, 못생긴 자식! 요대루 굶어 죽으면 죽었지 사둔한테 손을 내밀어!"

하고는 그대로 홱 돌아누워버리는 것이다.

수택은 인사하다가 뺨 맞은 격이었다. 그래서 터진 모랫둑을 막듯이 변명을 했다. 처는 그렇게 말하나 자기는 단연코 거절을 했다, 이렇게 꾸며대는 도리밖에 없었다.

"잘했다."

얼마 후에는 김 영감도 기분을 돌리었다. 만일 그날 밤, 여기에서 이야기를 막음하고 수택이가 쓰러져 자기만 했었더라도 혹 어땠는지 모르는 일이었다. 그러나 이 새로운 감격에 잠긴 아들은 어쩐지 그대로 일어설 수가 없었다. 그래서 그렇게 하기 위해서는 아버지가 약을 잘 잡수셔서 하루라도 빨리 일어나야 한다는 것을 여러 번 되풀이했었다. 그래야만 약값도 덜 든다. 약값을 아끼다가는 호미로 막을 것을 가래로 막게 된다— 이렇게 약을 쓰도록 강권했던 것이다.

——그러나 슬픈 일이다. 김 영감은 자기 아들의 이렇듯 알뜰한 애정을 칼로 치는 듯이 거부했던 것이었다.

샌터 벌의 벼가 한참 어울리고 보리가 구수한 내를 풍기며 익어가던 어느 날 밤, 김 영감은 고달프던 일 생애를 청산하기 위해서

쓴 잔[盃]을 들었던 것이었다.

써도 써도 낫지 않는 병에 그 소중한 돈을 자꾸 퍼 넣는 것보다는 차라리 일찍이 단념을 해서 약에 쓰는 한 푼이라도 수택으로 하여금 땅을 찾는 데 보태게 하리라— 이렇게 생각을 하고 김 영감은 자진해서 생을 포기했던 것이다.

그가 고달프던 생을 청산한 데 쓰여진 약은 양잿물이었다. 그것은 이른 봄, 그가 자리에 눕던 바로 그날 심구영네 상점에서 사다 두었던 것이었다.

수택이가 약그릇을 발견한 것은 시간도 모르는 밤중이었다. 그는 김 영감의 고민하는 소리에 눈이 뜨여 아랫방으로 뛰어내려갔다. 원근 다량이었다. 몇 시간 후에는 혀가 굳었고 생선 내장 썩은 물 같은 불그레한 피가 입으로 철철 흘러넘쳤다. 그는 몇 번이나 아들과 손자를 손짓을 해서 불러놓고는 말도 한마디 하지도 못한 채 숨을 걷고 말았다.

"찾어— 땅—"

정신은 멀쩡한 모양이다. 그는 혀가 해어져서 말은 못 하나 연방 손으로 머리맡의 궤짝을 가리키었다. '휴지'가 들어 있는 오동나무로 짠 궤짝이었다.

전화를 해서 공의가 달려온 것은 이튿날 오후였다. 그러나 그때 김 영감은 이미 그럴 필요도 없는 사람이 되어 있었다. 공의는 손을 댈 여지도 없다고 했다.

김 영감이 숨을 거둔 것은 그날 밤중이다. 꼭 돌 만이었다.

8

모든 것이 꿈이었다. 꿈같았다. 어떻게 장례를 치렀는지, 어떻게 산에서 돌아왔는지 수택에게는 기억이 전혀 없었다.

장례가 지나고도 십여 일간은 집안에 울음이 그치지 않았다. 생각하면 꿈같다. 꿈이었던가 하고 나면 꿈이 아니다. 수택은 울음소리를 낸다고 집안 식구를 주장질하면서 자기도 울었다. 그 슬픔은 아버지를 생각하는 아들의 슬픔이기도 했지마는 '학문'을 조상하는 '무지'의 슬픔이기도 했다. '무지'를 경멸해온 '학문'의 참회였다.

수택은 방에서 단 한 발자국도 나가지 않는 날이 며칠을 두고 계속되었다. 조카 상태만이 신푸장하게 매일 들에 나갔다. 상태는 아직도 농촌 탈출의 꿈을 저버리지 못하는 것 같았다. 아니 그는 되레 최근에 와서 더욱 그런 결심을 굳게 한 모양이었다.

"너두 생각이 없는 아이지, 할아버지나 생존해 계시다면 또 몰라도 집안이 이 꼴이 되는데 너만 쑥 빠져나간다면 어떻게 된단 말이냐?"

이렇게 사정을 하듯이 하는 수택의 말에,

"그럼 집에만 엎드려 있으면 뭘해유! 작은아버진 몰르시니까 농사 농사 하시지만 제 땅 가지구 농살 지어두 안되는 게 남의 땅 소작을 해서 우리 십여 명 식구가 먹구살어유? 안됩니다!"

그렇게 말하는 데는 수택이도 더 할 말이 없었다. 간다면 어디고 보내리라 했다. 나는 도시에서 기어들었으니까 너는 한번 도시로 나가보아라 했다. 그래서 네가 다시 농촌으로 기어들든지 내가 다시 도시로 기어 나가든지 사람은 체험을 해보아야 안다 했다.

"그러나 난 이 동리에서 단 한 발자욱 움찍두 않을 게다!"

했다. 아버지가 잃어버린 땅을 찾는 것이 내 일생의 사명이다. 매 평에 일 원은 고사하고 오 원이 간다더라도 찾으리라 했다. 아버지는 내게 그것을 당부하고 가셨다. 믿고 가셨다. 아니 그렇게 하기 위해서 당신의 목숨까지도 바치셨다.

이 아버지가 어디가 무식하냐! 했다.

'어디로 보나 소설줄이나 끼적이는 자식한테 멸시를 받을 존재냐!'

수택은 벽에 걸린 노출(露出)도 분명치 못한 김 영감의 사진을 쳐다보며 이렇게 마음에 부르짖는 것이었다.

며칠 동안 방 안에 엎드려 있는 동안에 수택은 금후의 방침을 딱 세웠다. 그것은 무엇보다도 아버지가 장만했던 땅을 찾자는 것이었다. 지금 시가(時價)로 약 삼천 원어치다. 지금 그의 수중에는 약 팔백 원의 현금이 있었다. 신문사의 고료가 마저 왔었고 장례에는 이백 원 돈도 다 못 들었다. 그러나 그중 약 반은 부의로 들어온 것이었다. 이 팔백 원이나마 살리리라 했다.

그는 먼저 현재 이 집을 조그만 집과 바꾸기로 했다. 장터 한복판에 이렇게 거추장스러운 집을 지니고 있을 필요는 없었다. 제지단이 끼어 있으니만큼 육칠백 원 시가는 되었다. 이것으로 구석진 집을 산다면 사오백 원은 떨어졌다. 일천삼백 원이면 우선

120

아카시아 숲 앞 여덟 마지기 값은 된다.

이렇게 작정을 하고 그는 가족회의를 열었다. 이야기가 그의 계획대로 아물어지자 그는 심구영을 찾았다. N면으로 통하는 신작로가 그의 바로 문전을 기점(起點)으로 하고 뚫릴 것이요 장터에서 면소로 들르는 길도 그의 집 앞을 지나갈 계획이고 보니 현재 심구영네 상점보다는 어느 모로 보나 자리가 날 것이다.

처음부터 잠자코 그의 계획을 듣고만 있던 심구영은,

"참 장한 일이시오! 훌륭한 생각이시오!"

이렇게 찬성을 해주었다.

"내 처지가 이렇게 되어 내가 자진해서 청하는 게니만큼 정당한 값을 달라는 것두 아닙니다. 돌아가신 아버지를 생각하셔서 편의만 좀 보아주십시오."

수택이가 말한 값은 칠백 원이었다.

"긴상두 잘 아시겠지만 그 자리가 그만 값은 됩니다. 첫째 제 터전이 삼백 평이나 되구 집이 그만하겠다 터두 좋지요. 그 값에 내 맡아드리리다……"

거짓말처럼 이야기는 순조로이 진행이 되었다. 그럴밖에 없었다. 심구영은 영리(營利)에 눈이 밝은 사람이었으니까.

"그럼 어떻게? 기다하라상이 그 논을 되판답디까?"

"건 아직 못 알아봤습니다. 허지만 내 심경을 잘 이야기하구 한번 졸라보렵니다."

"글쎄, 그 사람이 놓을까? 땅이 원근 좋아노니까!"

이렇게 말말끝에 읍내 새 지주와 면장과의 사이가 퍽 절친한 사이라는 말이 나서 그는 먼저 면장을 찾았다. 면장은 이전 철도국에도 다년간 있은 일이 있는 비교적 지식 계급이었다. 성은 그는 처음 보는 경(慶)씨였다.

경 면장과는 일찍이 안면도 있는 터고 김 영감과도 자별한 사이였다. 이 동리서 김 영감을 존경한 사람도 오직 그뿐이었다. 그러니만큼 이야기는 훨씬 쉬웠다. 그도 역시 수택의 계획에 감동한 빛으로,

"긴상 같은 청년이 우리 면에 자꾸 나왔으면 좋겠습니다. 턱도 없이 농촌들을 싫어해서 큰 탈입니다. 이것은 단지 우리 면에 한 한 것이 아니고 우리 국가로 본대도 크게 찬동할 만한 일입니다."

이렇게 말하며 그런 의기를 농촌 청년이 본받도록 해달라고 당부당부하며 신 지주한테 보내는 긴 편지도 써주었다.

"기다하라상두 기꺼이 응할 겝니다. 값도 산 값으루 넘기도록 잘 말했습니다. 만일 안 된다면 내라두 가드리리다. 내 말이면 못 떼겠지요. 나와는 전에 철도국에 있을 적부터의 친구인 터니까…… 하여튼 긴상 같은 분이 우리 농촌 진흥 운동에 좋은 표본이 되어주어야 하지요……"

이렇게 해서 며칠 후 수택은 심구영에게서 현금 칠백 원을 받아 쥐었다. 그러나 그가 현금을 받기 전에 그의 집은 심구영의 손을 거치어 벌써 제삼자의 수중에 들어간 것이었다. 그의 집 일대가 장차는 교통의 중심지가 되고 그 자리에는 자동차부가 설치된다는 것도 그는 모르고 있었던 터였다. 칠백 원은 며칠 새에 오백 원의 새끼를 쳤다.

그러나 이런 것을 모르는 수택은 심구영에게 그 호의를 눈물이 나게 치하를 했다.

사흘 후 수택은 착착 개켜서 버들상자 속 깊이 간직해두었던 여름 양복을 꺼내 입었다. 만 일 년 만에 입는 양복이었다. 읍에 가서 새 지주를 만나보려는 것이다.

그는 아내가 신발에 손질을 하는 동안에 역시 양복을 입고 안마당 한가운데 넋 잃은 사람처럼 서 있는 상태를 방 안으로 불렀다.

"너 언제 올지도 모르니 할아버지께 다녀가거라. 나두 가 뵙겠다."

이렇게 조카한테 말을 하고 자기도 일어서 제청으로 들어갔다. 절을 하는데 그대로 눈물이 좌르르 쏟아진다. 아버지가 한 달만 더 살아 계셨던들 싶었다.

여름 햇살은 아침부터 뜨겁다. 그는 모자를 든 채 자전거를 끌고 신작로를 나왔다. 자동차 정류소 앞에는 그의 가족이 벌써 죽 모여 서 있었다.

상태가 기어코 서울로 가는 것이었다. 그의 수중에는 돈 백 원이 들어 있다. 그 돈 백 원이 없어져도 직업을 못 얻는 때는 두말 없이 돌아온다는 조건부로 수택은 몇몇 친구한테 편지도 써주어 보내는 것이다.

"그럼 잘 가 있다 오너라. 난 오늘 되돌아와야 할 게니까 떠나는 것 못 보겠다—"

"네—"

하는데 상태의 눈에도 눈물이 가득히 괸다.

"부디 몸을 조심해!"

이렇게 다시 당부를 하고 자전차에 올랐다. 비탈길이요 면소 앞인 터라 길도 골라서 자전차 바퀴가 그지없이 연하게 돈다.

수택은 발에 힘을 부쩍 주어 페달을 밟았다.

문 서방
—궁촌 제7화

1

"어서 먼저들 횡하니 올러가거라. 내 담배 한 대 피우고 이내 뒤쫓아갈 게시니……"

지게 위 목판에다 마지막으로 무나물 보시기를 얹어놔주며 문 서방은 말했다. 큰놈은 그래도 철이 들어서 아버지의 눈치를 슬 슬 보며 버티어온 지게 앞으로 가더니 한쪽 무릎을 세우고 어깨 를 디어민다.

"엎지를라. 비알¹을 올러갈 때 몸뚱일 앞으로 폭 까우려."

"예—"

"창식인 집이서 분이나 데리구 놀잖구."

막걸리 담긴 주전자를 들고 앞서는 둘째놈을 보고 문 서방이 달 래듯 말을 하니 큰놈이 받아서,

"그래라. 그 주전잔 인 주구 분이하구 간난이나 데리구 놀어."

"나두 싫은걸."

"인저 또!"

중식(큰놈)이는 제법 형의 위엄이나 보이려는 듯이 눈을 딱 부릅뜬다.

"간난인 누나가 보잖나. 분이두 간다는걸!"

"난두 간다나!"

하면서 저만큼이나 앞서 달아나는 분이를 보고 큰놈이 버레기² 깨지는 소리를 친다.

"가긴 어딜 가! 이놈에 지지배!"

말뚝처럼 마당 한복판에 서서 이 꼴을 보고만 섰던 문 서방은 다 죽어가는 사람의 목소리로,

"놔두렴. 거 그리 멀지두 않구 허니……"

이렇게 큰놈을 타이르고,

"철들이 나기나 해서 그런다면 좋겠다만서두……"

혼잣말처럼 중얼거린다. 문 서방 아내의 삼우제를 지내러 가는 구슬픈 광경이다. 열여섯을 위로 열하나, 아홉, 이렇게 삼 남매가 앞서거니 뒤서거니 울섶을 돌아서 동산으로 올라가는 꼴을 바라다보는 모양이나, 그의 시선은 반드시 어린것들에게만 집중이 되어 있지도 않은 모양이다. 그 증거로는 어린것들이 아카시아 풀섶을 지나서 사태 난 골짝을 건너고 잔솔밭 등성이 너머로 사라진 후도 그의 시선은 회색 공간에 그대로 흩어진 채로 있는 것이다. 눈자위가 유달리 움푹 들어간 때문뿐 아니라 요 몇 해 동안에

사태처럼 내리덮친 불행에 안광도 무딜 대로 무디어졌다. 그의 눈은 그 무엇을 능동적으로 본다느니보다는 차라리 창망한 공간에 흩어진 그 무슨 형체가 그의 시선 속으로 기어들기를 기다리고 있는 것도 같이 보인다. 널찍한 어깨는 부러진 날개처럼 처졌다. 키 닮아서 얼굴도 바탕은 넓고 길고 하나 볼이 없고 보니 하릴없이 삼 년 굶은 빈대 쭉정이 모습이다. 볼에 살이 잡혔드면 그렇지도 않았을 것이런만 면장(面長)인 데다가 양쪽 볼따구니가 푹 파이고 보니 자연 주걱턱이 될밖에 없었다. 흙빛 그대로의 얼굴빛에 담송담송 난 노리끼리한 수염이 문 서방을 한층 더 궁상맞게 보이고 있다.

동짓달이 내일모레라는데 무릎에도 안 닿는 깡뚱한 회색 홑단 두루마기가 오늘 아침의 문 서방을 더욱 초라하게 보이고 있다. 그나마도 품이 솔고 소매도 짧다. 일 년 내 개두었다가 그대로 내 입었는지 접었던 자국이 그대로 굵다. 정강이에 겨우 찰까 말까 한 길이에다가 섶이 바짝 치켜 달려서 동정 여민 선이 마치 그의 목을 졸라맨 것처럼 거북상스러 보인다.

문 서방은 어린것들이 잔솔밭 등성이를 넘어 오봉산 골짝으로 사라지고도 얼마 동안이나 그 자리—처음 섰던 바로 그 자리서 움직일 줄을 모른다. 그의 시선은 여전히 눈발이 차차분하니 내리덮인 오직 뿌연 대공을 향해서 흩어져 있다. 뿌얀 회색 이외에는 아무것도 없는 완전한 공간에서 열심히 그 무엇을 찾는 사람의 눈이다. 완전한 무(無)에서 그 무엇이든지를 찾아보려고 초조해하는 눈이다.

햇살도 으수이 퍼졌음직한 때건만 오늘 아침은 유달리 음침하고 신산하다. 잎도 다 진 감나무 가지에 핀 하이얀 서리꽃이 겨우 희미한 빛을 발하고 있다. 산기슭 세 집 뜸인 이 구석말에는 이렇다 이름 질 만한 음향도 없다. 추녀 끝에서 조작이는 참새 소리, 이따금 잊어버렸던 듯이 외마디 소리를 치는 까마귀의 그 음침한 울음소리. 소도 개도 없는 이 구석말의 아침저녁을 장식해주는 까치 소리도 오늘 아침에는 들을 수가 없다. 오직 음산한 하늘과 침통한 문 서방의 빈대 쭉정이 같은 얼굴과——이러한 모든 우울한 분위기보다도 더한층 불길한 까마귀 소리. 덧없이 긴 한숨을 쉬고 문 서방은 겨우 그 자리를 떠서 삽짝 안으로 들어선다.

"아버지, 그만 올러가 보시지유."

아까부터 김치광 거적 이스매를 들치고 너무나 심란해하는 아버지를 훔쳐보고 있던 이쁜이는 행주치마 끈으로 눈물을 찍어낸다.

"아버지, 국에 진지 좀 놔 잡숫구 가셨으면……"

"괜찮다."

"엊저녁두 진질 설치시구 아침두……"

그러다 말고 이쁜이는 봉당 기둥에 얼굴을 붙이고 조심성스럽게 느낀다.

"듣기 싫다. 울긴 왜."

문 서방은 아무렇지도 않은 듯이 마당 한구석에 있는 댓돌(짚을 두드리는)에 주저앉아서 무섭게 느린 동작으로 주섬주섬 담배 연모를 꺼낸다. 먼저 오른쪽 조끼 주머니에서 한 뼘은 되는 골통대³를 꺼내서 두루막 앞섶 자락에 내논 다음 왼쪽 두루막 옆 구멍으로 손을 넣어서 쌈지를 꺼내어 손바닥에 한 줌 놓고 침을 퉤퉤 몇 번 뱉어서 녹녹히 축인 다음, 대통에 몽글려 담고 이쪽 주머니 저쪽 주머니 한참을 부스럭거려서 성냥을 꺼내어 황 대가리가 겨우 뷜까 말까 한 정도로 바짝 내려다 쥐고는 확지에 드윽 그어 불을 붙인다. 불을 붙이고는 성냥불을 엄지손가락과 둘째손가락 끝으로 싹 비벼 꺼서 성냥곽을 열고 황 대가리 안 붙은 쪽을 골라 섞바꿔로 되집어넣는다. 이 간략한 동작에 그는 실로 오 분이나 실한 시간을 허비하는 것이다.

문 서방이 이 느릿느릿한 동작을 하는 동안에도 이쁜이는 아버지에게 등을 보인 채 그대로 기둥에 엎디어 울고 있다. 어미 뱃속에서 나오면서부터 오늘날까지 십팔 년 동안 배를 곯고 드센 일에 지기를 못 펴고 살아온 이쁜이건만 거짓말처럼 어깨받이가 통통하다. 제 어미의 허우대 요량해서는 이쁜이는 졸한 편이었다. 그러나 금년 접어들면서는 마치 호된 설한(雪寒)에 지질렸던 싹들이 봄 소리를 듣기가 무섭게 언 땅을 분연히 헤치고 새싹을 트듯이 이쁜이도 열여덟의 봄을 맞으면서부터는 굶주림과 육체의 발육을 억누르고 있던 몸에 겨운 무서운 노역에도 개의치 않고 수양버들 가지처럼 사지가 쭉쭉 뻗어났다. 그것은 마치 까슬까슬하니 말랐던 나뭇가지에 물이 올라 하루하루 윤기가 흐르고 파아란 생기가 소생하는 것과도 같았다. 이쁜이는 정말 금년 봄 접어들면서부터 봄을 맞은 물가의 수양버들 가지처럼 미끈해졌다. 그 노리끼리하던 얼굴빛에도 어딘지는 모르게 화색이 돌아졌고 더욱이 양 볼에는 발그레하니 핏기가 깨어났다. 일에 억눌리고 철이

들면서부터 뒤덮이는 가지가지의 불행에 오들오들 떨기만 하던 눈도 올봄을 접어들면서부터는 한결 대담해졌다.

이쁜이를 보면 누구나 옥의 옥다움을 다시 한 번 생각게 한다. 아무리 시궁창 썩은 흙 속에 묻힌 옥이라도 옥은 옥이다. 비록 성냥 한 갑, 생강 한 쪽을 사재도 십 리 길을 걸어야 하는 두메 산기슭 상엿집처럼 납작한 다섯 칸 초가집에 태어나서 흙과 검정을 뒤집어쓴 채 문명이라는 것을 모르고 살아오는 이쁜일망정 타고난 아름다움은 어떠한 외계의 압박에도 가시어지지 않았다. 온갖 생물을 유린하는 설한도 한마디의 개구리 소리를 무시할 수 없듯이 이쁜이의 미는 자연의 법칙과 함께 부쩍부쩍 자랐다. 그것은 생의 무서운 약동이었다.

문 서방은 시름없이 담배를 피우며 소담한 딸의 머리채를 물끄러미 바라다보면서,

"느 어미가 몹쓸 사람이다."

거의 입 밖에 내어 이렇게 중얼거려보는 것이다.

문 서방은 겨우 몸을 일으켰다. 돌에서 온 찬 기운이 아랫배를 통해서 가슴으로 올라옴을 무의식중에 깨달으며 오른손으로 한참 아랫배를 눌렀다.

"인저 그만 그쳐라. 울면 되느냐. 울어 모든 게 잘된다면 나두 오십 평생 울기만 했겠다."

문 서방은 전에 없이 이쁜이가 측은해 보였다. 그는 가까이 가서 가벼이 머리를 쓰다듬어주며,

"내 모자 내온."

"네—"

운 티도 없는 맑은 목소리다.

문 서방은 딸의 손에서 다 찌그러진 고동색 중절모자를 아무렇게나 받아 쓰고,

"내 갔다 오마. 얘들은 벌써 다 갔겠구나."

시적시적 삽짝 밖으로 나간다.

2

하늘은 여전히 뿌옇다. 보리밭에 준 퇴비를 파헤치던 까마귀 떼가 흉측스러운 소리를 치며 감나무 가지로 올라앉는다. 처적처적 울 뒤를 돌아서 사태 난 골짝을 건너 등성이를 올라가노라니 점점 눈앞이 흐려진다. 높다고 디디면 헌청하고 다리가 헛놓인다. 눈앞이 아물아물해진다. 문 서방은 하는 수 없이 잔솔 폭을 붙들고 주먹으로 눈을 비볐다. 그는 모든 것을 잊자 했다. 그러고는 걸음을 재촉해서 장군바위를 타고 부지런히 올라갔다.

쏴! 솔잎을 스치는 바람 소리 사이사이로 요령 소리가 들려온다. 문 서방은 찔끔해서 발을 멈추었다. 솔새가 머리맡에서 짹짹일 뿐 다시 한 차례 쏴— 바람이 솔잎을 흔든다. 문 서방은 다시 걸었다. 장군바위 밑을 지나서 감나무 숲을 지나려니 이번에는 분명한 요령 소리가 귀를 스친다. 그는 다시 발을 멈추었다.

"……인생은 칠십이라든데 워—호—워—호…… 남은 삼십

은 어디 가 살려나, 워―호―워―호― 조당죽을 먹어도 같이
살아야 장하지. 워―호―워―호― 걱정 마소…… 이팝 쌀밥
지어놓고 낭군님네 모셔가지. 워―호―워―호……"

문 서방은 못 들을 소리를 들은 것처럼 허들겁스럽게 진저리를
치고 다시 등성이를 넘어서 수리대로 빠지는 골짝을 내려 탔다.

그러나 그의 발은 저도 모르게 또 뜨먹해졌다.

'빌어먹을 사람…… 정말 조당죽을 먹으면서두 같이 살아야 장
한 게지…… 저 혼자만 넙죽 죽으면 그만인가……'

문 서방은 정말 아내가 죽은 것이 아내의 자유의사이기나 한 것
처럼 이렇게 원망해보는 것이었다. 죽으려고 마음이 변했던 탓이
었겠지만 자리에 눕기 전부터 유달리 죽을 싫어하고 걸핏하면 통
통증을 놓던 것이 문 서방에게는 지금도 야속하게 생각이 드는
것이었다. 본심이 안 그런 줄은 문 서방도 십 년이나 살아본 터라
잘 알고는 있었다. 잘 알고는 있으면서도 죽 그릇에 숟갈을 꽂고
는 쑤석쑤석하는 꼴이며 살며시 한숨을 짓는 것을 볼 때는 용하
디용한⁴ 문 서방도 가끔 불끈해진다. 그러나 문 서방은 지금 아내
와 동거를 한 이래 만 십 년간 단 한 번도 그 불끈 끓어오르는 감
정을 표면에 나타낸 적은 없었다. 물론 그도 사람인지라 얼굴에
나타나는 것을 감출 도리는 없었다 하더라도 적어도 아내한테 손
찌검 한번 하지 않았다. 그러한 그의 관대가 되레 아내의 기를 돋
우었는지는 모르나 그가 병들기 전후에는 남편한테 욕이라도 능
히 함직하게까지 거세어졌던 것이나 문 서방은 매양,

"거 뭘 그랴. 죽을 먹구 이팝을 먹는 것만은 사람 힘으루 안 되

는 게여. 다 하느님이 태운 대루 살어야지. 투덜대면 한정이 있다든가. 이팝 먹으면 고기 먹구 싶구 고기 먹게 되면 명지옷만 입구 싶구, 그저 사람은 제 복에 태어난 대루 살구 그걸 감지득지해야 하는 게니……"

이렇게 타일러왔다.

"허, 또 죄받을 소릴 하는군!"

문 서방은 멀쭉하니 물러나앉는 것이 보통이었다. 그러나 그도 참다 참다 못하면,

"허, 그럴 거 뭐 있나. 어디구 가서 이팝에 고기만 먹구 빈들빈들 놀려줄 데가 있음 찾어가게나. 내가 잘 먹이구 잘 입히진 못할망정 그런 용당자리가 있다믄야 보내주기야 못할갑세……"

문 서방은 자기 아내가 그런 생각은 꿈에도 않는 줄을 잘 안다. 잘 알면서도 그래보는 것이었다. 아니 자기 아내가 비록 개가를 해 왔다고는 하지마는 덩그러니 살아 있는 남편을 두고 또 딴 집 문지방을 넘지 않을 사람인 줄을 잘 알고 있기 때문에 그런 말도 해보던 것이었다.

그러면 아내는 매양 울었다. 서러워서가 아니라 분해서 울었다. 억울해서 울었다. 어떻게 박복해서 한 남편을 섬기지 못하고 이런 천대를 받느냐고 푸념을 했다. 삼십도 못 살고 죽을 사람이 뭣하러 태어났더냐고 죽은 남편한테 포악을 했다. 삼십도 못 살 위인이 그새 못 참고 왜 장가는 들었느냐고도 원망을 했다. 그것은 입에 발린 소리가 아니었다. 가슴에서 우러나온 포악이요, 원망이요, 울음이었다.

그는 몸부림을 치고 머리를 쥐어뜯으며 절통해했다. 그의 그 울음이 얼마나 절통한 것인가는 그럴 때마다 침식을 잊고 애통해하는 것만으로도 짐작할 수가 있었다.

아내의 그토록이나 설워하는 것을 보는 것이 문 서방에게는 더없이 기뻤다. 전실 자식을 둘이나 거느리고 죽조차 배불리 먹지 못하면서도 일평생 이 집 문지방을 넘지 않겠다는 아내의 갸륵한 심정이 엿보이어 그지없이 즐거웠던 것이다.

"이것이 모두 하느님의 덕분이지!"

그는 아내한테 감사하는 마음으로 하느님한테도 백배치하를 했다.

아내가 시름시름 앓다가 몸잡아 누웠을 때는 정말 문 서방은 뜨끔했다. 바로 십여 년 전 역시 늦은 가을 조강지처를 공동묘지에 묻고 돌아온 쓴 경험이 있다. 그러나 그때만 해도 문 서방은 젊었었다. 사람이 앓는다고 다 죽으랴 하는 생각도 있었다. 아내가 드디어 숨을 모으고 손발이 싸늘해질 때까지도 설마 죽으랴 했었다. 염을 하면서도 염한 지 이틀 만에 푸스스 깨어났다는 말도 있잖은가 했었다. 그러나 그의 조강지처는 기어코 살아오지 않고 말았다. 그는 칠성판을 구혈에 묻고 회를 치고 흙을 덮고 달구질을 할 때까지도 자기 아내가 정말 죽었거니 생각이 들지 않았던 것이었다.

그리고 또 한 가지 위안은 그때만 해도 그렇게 조석 끼니가 간 데없지는 않았다. 비록 남의 땅일망정 젊은 기운에 겁날 것이 없던 때였다. 그는 약도 썼다. 경도 읽었고 굿도 했다. 고명타 해서

침도 맞았다. 그는 아내를 위해서 소도 팔았고 도야지 마리도 아낌없이 돈과 바꾸었다. 죽은 뒤에도 한은 없었다.

그러나 두번째 아내가 몸져눕는 것을 볼 때 그는 정말 눈이 홱 돌아갔다. 아기자기한 정도 기실은 조강지처보다도 두번째 아내한테 들었었다. 전처는 민며느리로 데려다가 십여 년 살기는 했으나 철없이 살았었다. 아내 귀여운 줄을 안 것도 이번이었고 아내의 고마움을 안 것도 전처가 죽은 뒤 이태 동안의 홀아비살림에서 뼈에 사무치게 경험했던 것이었다.

두번째 아내가 죽었을 제 문 서방은 정말 절통해했다. 오봉산이 찌렁찌렁하게 아내를 부르며 울었다. 아내를 묻고 와서도 그는 이틀 동안이나 자리에 누웠었다. 가슴이 떵떵 부었었다. 땅을 치며 울어서 손이 말 못 되었다. 문 서방은 그길로 안질이 생겨서 늘 운 사람처럼 충혈이 되었고 눈곱이 끼고 지적지적했다.

"복통할 노릇이지! 자식새끼들이나 적은가?"

사람들은 이렇게 말했다.

"한 번두 아니구 두 번이 아닌가베. 하느님두 무심하지. 그 용하디용한 사람한테…… 그런 적악이 어딨나."

이렇게들도 말했다.

그러나 문 서방의 설움은 다른 데 있었다. 다섯이나 되는 자식들이 불쌍키도 했다. 하느님이 준 시련이 너무 자기에게 가혹한 것을 원망하는 설움도 있었다. 그러나 그는 무엇보다도 전처처럼 시약도 못 했고 굿 한번 못 해준 것이 더욱 서러웠다. 먼저 처는 내종이었다. 그러나 이번 아내는 감기였다. 감기가 쇠해서 몸살이 되고 몸살이 더치어 열병이 됐다. 그는 약을 안 쓴 것이 설운 게 아니라 약을 쓰지 못한 것이 한이었다. 약 한 첩 변변히 쓰지 못하고 밥 한 그릇 변변히 못 해 내버린 채 죽었다. 그는 자기가 죽인 게나 진배없다고 생각한다. 본처 때, 소와 돼지를 팔아서 약을 쓰고 굿한 보람을 못 봐서 안 쓴 것이 아니었다. 사실 지금의 그는 팔 것도 없었다. 세상이 변해서 오 푼변⁵을 주고도 빚을 얻어 낼 재간이 없었다. 그의 집은 단돈 십 원에도 잡으려는 사람이 없었다. 돈 있는 사람들은 주머니 끈을 잔뜩 졸라매고 말대꾸도 변변히 하지 않았다.

그러나 그보다도 절통한 것은 아내의 어리석음에서 생긴 비극이었다. 문 서방이 한이나 없게 마지막으로 굿이나 한번 해본다고 빚을 얻으러 갈팡질팡 다닐 때 아이 어머니한테 돈 십 원쯤은 있을지 모른다고 귀띔해주는 사람이 있었다. 도랫말 술집 여편네였다. 자기도 작년에 한 번 오 원을 빚내다 쓴 일이 있다는 것이었다. 처음엔 그럴듯이 들었다. 그러나 그는 그것을 믿을 수 없었다. 믿을 수는 없으면서도 아내한테 물어보았던 것이나 역시 그런 돈이 있을 리 만무였다.

그랬던 것이 역시 아내에게는 돈이 있었다. 개가해 올 때 몸에 지니고 왔던 돈 십오 원에 살을 붙이고 붙이고 해서 꽁꽁 뭉친 채 백 원 돈이 있었다. 연전 중식이란 놈이 담으로 앓을 때 친정에 가서 얻어왔다던 전후 이십 원 돈이 그의 주머니 속에서 나왔다는 것을 안 것도 그가 죽은 후였다. 전실 자식을 살리는 데는 아낌이 없이 돈을 내놓고는 자기 병에는 일전 한 푼 못 쓰고 죽어버린 어리석은 서모. 그런 아내의 심정을 생각할 때 문 서방은 그 어리석은 서모를 위해서 다시 한 번 울어주지 않을 수 없었다.

"빌어먹을 사람!"

문 서방이 장군바위 넘어 잔등을 타고 싸릿골 쪽으로 내려갈 무렵에 문득 눈이 날리기 시작하였다. 금년 접어들어 첫눈이었다. 첫눈치고는 송이가 컸다. 문 서방은 문득 발을 멈추고 십여 년 전 본처를 묻으러 가던 날도 눈이 왔던가? 그런 생각을 해보는 것이었다. 역시 그때도 눈이 왔던 성싶었다. 그는 생각 없이 손바닥을 내벌렸다. 활짝 핀 매화 송이처럼 소담스런 눈송이가 한 개 두 개 손바닥 위에 떨어진다. 먼저 떨어진 눈송이가 녹으면 다시 파시시 한 송이 내려와 앉는다. 잠깐 동안에 그 눈송이도 사르르 녹아버린다.

"······그러고 보면 사람의 한평생이란 긴 것이로구나. 먼저 온 눈은 녹아 없어지고 또다시 딴 눈이 오고······"

문 서방은 이런 부질없는 생각에 잠겨 있는 자신을 문득 발견하고 멈칫해하며 사방 공사 자리인 노가주나무 비탈을 싸릿골 쪽으로 내려섰다.

거기서는 저 아래로 공동묘지가 내려다보였다. 어린것들도 멀찍하니 보였다.

아이들도 아버지를 보았는지 분이란 년이 손을 내두르면서 아버지를 부른다. 둘쨋놈도 얼른 오라고 고함을 친다.

"오—냐."

문 서방은 이렇게 대답을 하려고 했으나 어쩐지 목이 컥 메면서 목소리가 갈래갈래 흩어져버리는 것이었다.

3

산에서 내려온 그날 밤…… 이렇게 문 서방의 이야기를 다시 시작하면 지금까지의 문 서방의 행장을 보아온 독자는 깜박깜박하는 등잔불 앞에 앉아서 한숨짓는 그를 상상하기가 십상이리라. 그렇지 않으면 도랫말 주막에서 곤드레만드레 콧노래를 부르고 있는 그를 연상하기도 쉬우리라. 또 그것이 사람의 상정이기도 할 것이었다.

——그러나 그날 밤도 문 서방은 여느 날 밤처럼 가마니틀에 매달려 있었다. 오른쪽에는 이쁜이, 왼쪽에는 창식이가 제가끔 짚을 먹이고 문 서방은 오늘이 그처럼 아끼던 아내의 삼우젯날이라는 사실조차도 잊어버린 사람처럼 바디⁶를 치기에 경황이 없었다.

"창식아, 네 짚은 좀 가는가 부다."

"이쁜아, 세 번 넣군 창식이더러 넣으라구 일러라."

"중식아, 너 부지런히 새끼 꽈야 낼 날거리가 되겠다!"

문 서방은 이렇게 이르면서도 대견한 모양이다. 굵은 짚이면 한 오리, 가는 짚이면 두 오리씩 댓가지에 꿰어서 양편으로 늘어진 가마니 날 새로 집어넣는 것이나 둘쨋놈 창식이의 손은 날듯이 재빠르게 움직인다. 이쁜이의 손에서도 바람이 인다. 이면치레⁷로 불이라고 등잔이 놓이기는 했으나 우중충한 방 안을 비춰주기에는 너무도 흐리다. 그렇건마는 그들은 어둠 속에서 제 코, 제 눈을 만지는 것보다도 손이 익다. 매끈매끈한 댓가지가 새끼 날을 스치고 지나가는 소리가 금속성처럼 맑고 가늘다. 그 짚 스치는 소리가 새액 나기가 무섭게 덜컥 바디 치는 소리가 난다. 새액, 덜컥, 새액, 덜컥, 한창 신이 날 때는 이 새액 소리와 덜컥 소리가 거의 동시각에 난다.

만일 독자가 전장의 이야기를 듣지 않은 채 산촌 들창 밖에서 이 가족의 가마 치는 소리를 들었다면 거기에서 좋은 음악을 듣는 때와 같은 일종의 즐거움을 느꼈을 것이다.

"아버지, 그만 주무시지요."

이쁜이가 짚을 먹이면서 간절하니 말한다.

"왜, 고단한가 보구나. 난 괜찮으니 느나 먼저들 자거라."

"아녀요. 즌 괜찮아요. 인저 골른 짚두 얼마 안 남었구, 이깟 거야 창식이하구 둘이만 해두 잠깐 해칠걸유, 뭐."

"그럼 다 같이 끝막자꾸나. 느들만 시키구 내 맘이 좋겠니, 그까짓 잠깐 먼저 잔다구 살이 찌겠느냐."

"그럼 중식이 네나 먼저 자렴. 아버지하구 해치구 잘 게니."

"뭐, 난 좀더 자면 살찌나."

"넌 아침이 일르니께 말이야."

"참 그러럼. 어린것이 그 꼭두새벽에 그게 할 짓이냐. 모두 애비가 못난 탓이지……"

문 서방은 이렇게 혼잣말처럼 하더니,

"허지만 사람이란 밥값을 해야 하느니라. 일복두 태는 사람이 있는 게니 암만 일을 허구 싶어두 일이 안 생기는 사람이 있거든. 너머 여러 날 못 가서 뭐라구 않을는지나 모르겠다."

중식이는 보름 전부터 용산역 열차구 석탄고에 다니는 것이었다.

"뭘요. 워낙 사람이 많어노니께, 누가 왔는지 누가 안 왔는지두 모르는걸요. 가만히 보면 아침에 호명만 하구 저 석탄고 뒤에 가서 실컷 놀다간 나중엔 덴뽀[8]에 도장만 맡아가지구 오는걸요."

중식이는 아직 나이 열여섯 살이나 문 서방네 집에서는 없을 수 없는 장정이다. 문 서방을 닮아서 기골이 장대하고 어려서부터 드센 고역으로 다질러진 몸뚱이라 강철처럼 모질다. 해동을 하면 그럴 겨를도 없지마는 거둠새가 끝나고 보니 땔나무에 잔일이 없는 바는 아니나 하루 일로서는 신푸장스럽던지 석탄고에라도 다녔으면 하는 눈치였다.

이 근동에서 용산 열차구 석탄고에 다니기 시작한 것이 삼 년 전 흉년이 시작되던 해 겨울부터다. K역에서 새벽차를 타고 용산 가서 일을 하고는 저녁 일곱 시 차로 돌아들 온다. 일이란 석탄고에서 기관차에 석탄을 실어주는 것이다. 온종일 삽질을 하는 고역이기는 하나 어른은 하루 일 원 오십 전부터 이 원 가까이 받았고 아이들도 팔십 전부터 일 원 사오십 전까지는 나왔다.

그런 말을 들었을 제 문 서방은 겨울 동안에 그것이나 해볼까도 했었다. 그러나 아내가 있는 것도 아니요, 어린것들한테만 집을 맡기고 새벽에 나가서 밤중에 올 수도 없어 멈칫하고 있는데 중식이가 가겠노라고 서둘렀다. 부지런히만 다니면 한 달에 삼십 원 벌이가 되는 것을 생각하면 괴이치 않은 일이나 정거장까지

십 리 길이나 되는 구석말에서는 암만 생각해도 헤어날 것 같지 않아서 한사코 말렸던 것이다.

"뭘 그러셔요. 지가 지 생각 못 할라구요. 정 못 견디겠으믄 그만두지요."

"그래, 기어코 가보련?"

"한결만 단겨볼래유. 아침잠 남보다 조곰만 들 자면 한 달에 삼십 원씩은 곶감 빼 먹듯 할 겐데유."

"글쎄, 정 가보겠으믄 가보라만. 해두 정 몸이 고된 듯하건 억지루 참진 말어라. 없는 놈은 몸뚱이가 밑천인데……"

이렇게 해서 중식이가 석탄고에 다닌 지가 한 보름 된다. 중식이는 하루 일 원 오 전이었다.

"그래, 너두 더러 남들처럼 그렇게 베때려봤니?"

문 서방은 여전히 바디 치는 손을 쉬지 않고 물어본다. 은근한 말씨다.

"안적 들어간 지두 며칠 안 돼서 그런 짓을 하면 되나요."

"그럼 오래되면 너두 하겠구나?"

"어이, 아버지두."

중식이는 천부당만부당이란 듯이 펄쩍 뛴다.

"그래야지. 사람이란 남의 눈을 기우면 못써. 한 번 기우구 두 번 기우면 재미가 나거든. 남을 속여먹구 잘사는 놈 없느니라……"

준준히 이렇게 타이르고는,

"하기는 난 어머니 뱃속에서 나온 후루 단 한 번두 남을 속여먹은 일이 없어두 지금 이 꼴이다만……"

혼잣말처럼 중얼거린다.

자식을 훈계하느라고 그러는 것이 아니라 문 서방은 사실 그런 사람이었다. 오십 평생에 별로 남과 이렇다 할 시비를 한 적도 없거니와 남을 속여먹었다거나 남을 해쳐서 제 속셈을 차렸다 하는 등 사가 도시 없는 사람이다. 아무리 사람이 용하다 해도 젊은 결기에 시비도 하고 싸움도 하고 더러는 상처도 나고 하는 것이 사람의 일생이겠건만 문 서방은 철들면서부터는 남의 뺨 한 대 쳐본 일이 없다. 그의 뺨을 친 사람도 없다.

"이 세상 사람들은 모두 저 잘난 맛에 사는 겐데 저 잘났단 사람을 못났대서 쓰겠나. 남은 잘난 맛에 사는 대신 난 못난 맛에 살면 시비가 날 리 없지."

문 서방은 늘 이렇게 말했고,

"사람이 절하구 뺨 맞는 법은 없느니."

이것도 그의 세상 사는 법이요,

"맛난 것은 생(사양)을 하구 일엔 탐을 내보지. 어떤 실없는 사람이 시빌 거나."

말뿐이 아니었다. 문 서방은 매사에 그랬다. 사람들은 그런 그를 조롱했다. 그의 별명은 '생불'이었다. '생불'이란 별명은 반드시 그를 존경하는 데서 온 것은 아니었다. 그러나 그는 그것을 치욕으로 생각지 않는다. 자랑으로도 생각지 않았지만.

문 서방에게는 생에 대한 굳은 신념이 있었다. 그것은 악하지 않은 사람은 반드시 끝장이 좋다는 것이다. 그는 그것을 믿었다.

세상에는 착하고도 끝장이 좋지 못했던 사람도 많았다. 그러나 그것은 하느님이 그른 것이 아니라 하느님이 돌보시도록 그가 착하지 못했기 때문이라 했다.

이 '선자는 반드시 흥한다' 는 진리에 문 서방은 또 다른 지론을 갖고 있었다. 즉, 착한 사람은 반드시 흥하기는 하되 그것은 당대에보다도 자손 대에 가서야 그 혜택을 받게 된다는 것이다. 그가 언제부터 그런 지론을 갖게 되었는지는 물론 알 길이 없으되 동리 사람들은 두번째 처를 죽인 후부터라고들 한다. 어디로 따져 보아도 자기는 악인은 아니다. 일찍이 남을 속인 일이 없고, 남을 해친 일이 없고, 자기의 이익을 위하여서 남에게 손을 보인 일이 없다. 그러고 보니 내게는 반드시 복이 오리라. 초년고생은 돈 주고도 못 산다지 않는가. 말년에는 나도 남처럼 살 수가 있으리라. 이렇게 생각하고 믿고 했던 것이 두 번이나 상처를 당하고 어미 없는 자식을 다섯이나 떠안고 보니 악하지 않다고 반드시 흥하지만은 않는가 보다, 이렇게도 생각게 되었으리라— 이렇게들 생각했다. 그리고 또 그것은 사실이기도 했다.

문 서방은 하늘의 뜻이 어디 있는가를 의심도 했다.

그러나 그는 자기의 지론을 버리기에는 너무나 하늘에 대한 신념이 강했다. 그 신념이 없이는 그는 단 하루도 살 수가 없었다.

비 한 줄금, 눈 한 송이까지도 하늘이 주심이라 하고 또 믿고, 하루에 물 한 모금을 얻어먹는 것도 오직 하늘의 뜻이라 했고, 또 믿는 그로서 자기의 처가 죽었다 해서 곧 하늘을 저버릴 수는 없었다.

"아마 당대에는 하늘님의 혜택을 못 받는가 보다."

들기에는 매우 궁한 변명이나 문 서방은 사실 그렇게 생각함으로 해서 그의 맘도 어느 정도로 편했을 것이었다.

그는 오직 하느님에 대한 감사의 정으로 살았다. 비를 주니 감사했고 눈을 내리시니 감사했다. 병을 주심은 잘못에 대한 꾸지람이라 했다.

그렇다고 문 서방은 교육을 받은 사람은 아니다. 그는 종교를 가져본 일도 없고, 어느 포교사의 강화를 들은 적도 없다. 하느님에 대한 그의 신앙은 오직 오십 평생의 그의 흙 생활에서 빚어진 것이다. 흙 속에 씨를 뿌리면 싹이 트고, 싹이 트면 비를 주시고 열매를 맺게 하시고, 중생으로 하여금 그 열매로 연명을 하게 하신다. 보리를 심어노면 얼어 죽을까 눈으로 덮어주시고 눈을 녹여서 봄갈이 물을 마련해주신다.

만물은 또 그에게 있어서 모두가 하느님의 것이었다. 재물도, 목숨도. 재물이 생기면 하늘이 내리셨다 했고 그것을 진심으로 믿는 사람이었다.

이러한 그의 굳은 신념은 그의 생에 그대로 나타나지는 것이다. 그는 일찍이 단 한 번도 나라에 바치는 세금을 하루라도 늦추어 본 적이 없다. 언제 한번 많다 적다 논란을 해본 적도 없었다. 바로 수년 전 면소 옆에 학교를 질 때다. 남의 소작으로만 연명을 해가는 문 서방에게 사십이 원이라는 큰돈이 배당이 되었었다. 그것은 분명히 면의 착오였다. 그러나 그는 기일까지에 아무 말 없이 갖다 물었다. 나중에 그것이 잘못된 것이 판명도 되었고 그가 그 기부금을 물기 위하여서 집을 잡혔던 것도 드러나서 면장으로부터 상장과 상품을 받으러 오라는 통지를 받았다.

그때 문 서방은 이런 말을 했다.

"면장 어른이 처사는 잘하는구먼서두 농사꾼의 사정은 모르시는군."

마침 논갈이가 시작될 때라 끝끝내 문 서방은 가지 않고 말았었다(후에 면에서 일부러 보내서 종이 한 장과 호미 한 자루를 받기는 했었지마는).

문 서방이 오늘처럼 마음 산란한 날 밤에도 이렇게 유쾌하게 일을 할 수 있다는 것도 그의 하느님에 대한 굳은 신념 때문이었다. 그는 간밤에도 변변히 잠을 못 이루었다. 조반도 설쳤다. 그 극진히도 먹고 싶던 기름이 자르르 흐르는 쌀밥도 모래알처럼 깔깔했다. 그만큼 그는 오늘 슬펐다. 적어도 산에 올라가기까지에는.

그러나 그의 설움은 산에서 내려온 때 말끔히 개어 있었다. 사람의 수명은 하늘에 매였다. 하늘이 살리고 싶으면 살리고 죽이고 싶으면 죽인다. 아무리 집을 팔고 도적질을 해서 약을 쓰고 굿을 했다더라도 아내는 죽었을는지 모른다. 사람이 병들었다고 다 죽으랴. 이렇게 문 서방은 생각하는 것이었다. 아내를 죽인 사람이 이 세상에 어찌 나뿐이랴. 아내는 죽었지만 자식들은 살지 않았는가. 아내가 죽었으니 아니 아내가 죽었으니까 나는 한층 더 부지런히 일을 해야 하리라. 아내가 죽었다고 슬퍼만 하랴. 슬퍼한다고 죽은 아내가 살아올 것이 아니겠고 저의 죽은 어미를 위해서 슬퍼했다고 어린 자식들이 붕어처럼 물만 먹고 살아지지도 않을 것이다.

문 서방은 이렇게 그날 밤 뚱뚱 부은 눈을 비비고 다시 손에 일을 잡았다. 일을 하는 것이 죽은 아내한테 안심을 주는 유일한 방법이요, 자식들에게 대한 유일한 도리라 했다. 하늘이 나를 이 세상에 보내실 때 하늘은 내게 일을 주셨다. 그 일을 어찌 남기고 가랴.

그에게 있어서 하느님은 반드시 하늘에만 있는 것은 아니었다. 면 서기도, 주재소 순사도 그에게는 하늘이었다. 금융조합 서기도 그에게는 극진히도 고마운 하늘이었다.──아니 동리 구장도 그에게는 범할 수 없는 하늘이었고, 진흥회장도 그에게는 하늘이었다. 진흥회 사환 아이, 동리 소임의 말도 그에게는 바로 하느님의 명령이었다.

그가 지금 짜는 가마니도 기실은 동리 소임의 명령을 받았던 것이다. 여편네도 없는 홀아비살림에 가마니 백 개란 좀 과한 짐이었다. 그러나 그는 한마디 대꾸도 안 했다.

"아, 치구말구!"

그는 그 자리에서 대답했다. 소임도 구장의 명을 받아 하는 것이요, 구장은 면장의, 군수의 그리고 군수는 또 그 위의(문 서방은 그 바로 위의 벼슬이 무엇인지는 모르거니와) 지시를 받아서 행하는 것이고 보니 나이 사십에 은동곳⁹ 같은 콧자루를 늘어뜨리고 다니는 소임도 따지고 보면 결국은 나라 명령을 백성들에게 전갈해주는 셈이 되잖는가.

문 서방은 이렇게 생각는 것이었다……

바로 며칠 전 가마니 이야기가 났을 때도 문 서방은 의젓하니 앉아서 이런 이야기를 삼남매를 놓고 타일렀던 것이다.

——그날도 그들은 저녁술을 놓기가 무섭게 가마니를 앞으로 모였다. 중식이는 가마니 새낏날을 꼬고 앉았었고 둘쨋놈은 바로 등잔불 밑에서 짚신을 삼고 있었다. 눈썰미가 있어서 작년부터는 제 발에 꿰는 신발은 제 손으로 얽어 신는다. 물론 날도 제 형이 쳐주고 신총도 꽈주기는 하는 것이나 제법 얽어놓는다. 이쁜이는 언제나처럼 짚을 먹이고 있었다. 문 서방은 매양 바디질이다.

그날도 무슨 말 끝에 짚두 없는데 가마닌 그렇게 많이 쳐서 뭣을 하느니, 만성이네는 쉰 장 배당인데 반만 치고 안 친다느니 그런 이야기가 벌어졌었다.

"허, 그래서 쓰나!"

문 서방은 바디를 쉬고 펄쩍 뛰었다.

"걔가 학콜 좀 다니더니 너무 아는 체하나 보드라. 없는 짚에 바쁜 백성들한테 가마닐 치울 젠 나라에서두 쓸데가 있어 그러겠지, 공연히 백성들 들볶느라구 그럴까."

그는 이렇게도 말했다.

"사람이란 남의 공을 알어야 하느니라. 부모의 공두 알어야 하구, 이웃집 사람의 공두 알어야 하구, 나라 공두 알어야 하구, 바른대루 말이지만 지난해 삼 년이나 내리 흉년이 들었을 제 나라에서 그처럼 해주잖었으믄 이 근동만 해두 수백 명 굶어 죽었으리라. 뭐 벼 한 톨 있었다든? 너들은 모르겠지만 옛날엔 흉년이 들면 그대루 앉어서 굶어 죽었느니라. 있는 놈두 못 견디어났지!

생각하면 지금 세상은 고마우니라. 연전 을축년 장마 때만 해두 몇 만 명이 굶어 죽은 줄 아니? 그런 공을 모르구 가마 좀 짜란다구 이러구저러구 해? 몹쓸 생각이니라. 나라 공을 알어야지. 고마운 줄 알어야지. 만성이 그놈 잘못 생각이지."

"주성네보다두 많이 돌아갔나 봐유"

하고 중식이가 미처 말을 마치기도 전에 문 서방은 말꼬리를 툭 채서,

"거 다 못된 생각이지. 그런 일거리가 아니구 나라에서 모찌떡을 남보다 더 줬대두 그 녀석 투정을 할까? 도시 그 애가 못쓸레라. 제 부모 은헬 모르는 놈이니 나라 공을 알랴만서두……"

이런 문 서방이다.

어느 때나 되었는지 감나뭇골서 말꾼 넘어오는 소리가 왁자하다. 이쁜이는 연성 짚을 먹이면서도 문밖으로 귀를 기울이는 양하더니,

"누가 뭬라는가 바, 아버지."

"어디"

하고 잠시 세 사람의 손이 일제히 멈췄을 때 누가 소리를 친다.

"중식아!"

"뭐?"

중식이가 문을 열고 뛰어나간다.

"동룡이냐?"

"그래."

"왜?"

"너 낼 가니?"

"간다!"

"그럼 낼 덴뾰 가주가!"

"그래!"

"낼 간죠[10] 타나 보군요, 아버지"

하고 이쁜이는 생긋한다.

중식이도 인차[11] 뛰어들어오면서,

"낼 간 날야, 아버지."

"거 좋겠구나."

문 서방도 더없이 만족한 모양이다. 벌써 자식이 돈벌이를 한다. 생각만 해도 대견했다.

"그래, 첫 월급을 타믄 애빌 뭣 좀 사다 주겠지?"

어쩐지 농담이라도 한두 마디 하고 싶었다.

"들어가기 전부터 방한모자 사다 드린다구 별렀대요, 아버지."

이쁜이가 잽싸게 받는다.

"방한모자? 허, 건 비쌀걸. 다 그만두구 네 누이 분이나 한 갑 사다 주렴."

"아니래요, 아버지. 누인 구리무하구……"

하다가 '아얏' 소리를 친다. 이쁜이가 댓가지로 찌른 모양이었다.

"구리문가, 뭔가두 분이겠지? 허긴 지금은 박가분[12]두 없어졌으니까."

"뭐 박가분이 있으믄 누나가 그런 걸 바를까 봐서유."

"조게 괜히"

하며 중식이를 또 대꼬챙이로 찌르는 모양이다. 중식이는 찔끔해서 문 서방 곁으로 바짝 다가들며,

"누나, 내 암말두 않을게 내 말 들어줄 테야?"

"에— 피— 말 안 해두 난두 알어! 내 알아맞춰볼까?"

"그래!"

"밥 좀 달란 말이지 뭐!"

"흐흐흐흐……"

중식이는 소처럼 웃는다.

"누나 참 용하네! 흐흐흐흐……"

"허허허허……"

문 서방은 커다랗게 웃었다.

"그래—라. 거 뭐 어려운 노릇이냐."

문 서방은 주먹으로 잔허리를 꽁꽁 두세 번 조긴다.[13]

"온, 인전 조굼만 꿈지럭거려도 허리가 아퍼노니……"

"아버지, 좀 누워 계시지요. 팔자 존 어른 같았으믄 아랫목에 앉아서 담뱃대나 뚜드리고 계실 나이신데……"

천연덕스럽게 이런 한탄을 한다.

"재 좀 보게. 너 아랫목에 앉아서 담뱃대나 뚜드리고 큰기침이나 하고 있는 사람이 팔자가 존 사람인 줄 아느냐? 너 거 모르는 소리니라. 사람은 일을 해야지. 일복 타고난 사람이 젤 팔자가 존 게다. 아침부터 밤까지 담뱃대만 뚜드리고 앉았을 팔자가 오죽해서 그러겠느냐. 난 일거리 끊치잖는 게 젤 고맙더라. 참, 낼은 나두 중식이하구 같이 새벽밥 먹겠다."

"왜, 어디 가셔요, 아버지?"

"지금 얘길 하다 생각이 났다만 낼부터 김 구장네 뒷산 벌목이 시작된다는구나. 재목감 다루는 사람은 한 사이 삼 전씩이란다! 샀품으루는 하루 일 원 이십 전이구…… 허니, 사이 풀이를 한다구 친다면 하루 이 원이야 못 허겠니?"

"벌목을 하긴 해두 모두 서울루 가져가지 여기선 팔두 사두 못한대요."

중식이가 신푸장한 듯이 말한다.

문 서방은 담배를 담다 말고 연성 허리를 잡으며,

"사람 사는 게 다 그러니라. 우리네 농군은 서울 사람한테 쌀, 나무 대줘 먹구살구, 또 대처(도회) 사람들은 옷감이구, 성냥이구, 고무신이구, 이런 걸 만들어서 우리넬 주구. 너들은 가끔 학교 못 다닌 걸 한하지만 공불 못 했으믄 대수냐. 우리네 같은 무식꾼두 더러 있어야 세상 사람들이 쌀밥을 먹지. 그래, 모두 공부만 했어봐라. 제가끔 공부했다구 면 서기가 됩네, 조합엘 다닙네 해노면 농사질 사람은 없잖냐? 면 서기나 단긴다구 우리네 농군은 발때꼽만큼두 안 알어주지만. 네들 봐라. 정말 도저한 사람들은 안 그러니라. 군수 같은 양반들두 우리네 농군을 여간 소중히 여기는 게 아니야. 올부터 벼 한 섬에 오 원씩 장려금을 준다잖든? 그게 다 그런 게니라……"

문 서방은 기운이 버쩍 나는지 성냥을 허들겁스럽게 드윽 그어 담배에 불을 붙인다.

중식이도 행결[14] 기운이 났다. 낫 놓고 기역 자도 모르는 자기는 아무 쓸데도 없는 식충이거니쯤만 생각해오던 그로서도 어쩐지 어깨가 우쭐해지는 것 같았다.

이쁜이도 행결 가볍게 몸을 일으키었다.

"아버지, 그럼 밥을 볶을까요?"

"거 그러렴. 헌데 밥은 있니?"

"밥은 많아요."

"그럼 됐지, 뭐. 김치나 숭덩숭덩 썰어 넣고 깨소금이나 치구 해서 들들 볶아서 좀 먹자꾸나……"

"덕준네가 꿔 갔던 참기름두 아까 가져왔어요. 무나물도 좀 있구요……"

"허, 그건 과하구나. 그래, 어서 가 좀 맛있게 볶아 오너라, 나두 좀 후줄하구나."

"네—"

가냘픈 대답을 하며 밖으로 나가더니 이쁜이는 문을 닫을 줄도 모르고 소리를 친다.

"아규! 어쩌믄! 그양 별이 총총 났네!"

"누나가 뭘 알어! 내가 봐야 정말 별인지 아닌지 알지"

하고 중식이도 따라 일어서 나간다.

"낼 이 원 돈은 떼논 당상이로구나……"

문 서방은 흐뭇해서 혼자 중얼거리는 것이었다.

농부전 초農父傳抄

1

"시궁창에서 용이 났다."

"개천에서 용이 났다."

그의 집안과 그의 아버지를 아는 사람은 항용 이런 소리들을 한
다. 여기의 개천이란 그의 집안과 그의 아버지 어머니를 말하는
것이요 용이란 그를 추느라고 하는 소리인 것이다. 충청도 사람
이면 덮어놓고 양반이라고들 하지만 충청도라고 다 양반은 아니
다. 그들은 중인이었다. 더욱이 그의 아버지는 낫 놓고 ㄱ 자도
모르는 판무식꾼으로 여덟 살이라든가 열 살이라든가에 진 지게
를 죽던 그 순간까지도 벗어보지 못한 채 쓰러져버린 농군이었
다. 어머니도 말할 것도 없다. 어머니 또한 시집오던 날부터 짓기
시작한 새벽밥을 역시 죽던 며칠 전까지 지었었다. 집 가문이 없

으니 개천이요 조상에도 국록[1] 먹은 사람 하나 없고 하다못해 면서기 하나도 못 얻어 했으니 개천이란 말이요 시궁창이란 말이다.

이 문벌도 없고 무식한 소작인 집에 국장 영감이 났으니 그가 용이 된 세음이다. 옛날부터 '승어부'라 하여 자식이 아비보다 뛰어났다면 아비도 기뻐했다니까 그의 아버지는 지하에서 기뻐하리라 생각하는 것이 상식이겠지만 그는 그렇게 믿지를 않는다. 세상을 떠난 지 이미 이십 년이나 된지라 지하에서 기뻐하는지 어쩌는지 낯빛은 볼 길도 없거니와 만일 지금 살아 있다 치고 누가 그런 말을 한다면,

"자식이 아비보다 나아야 집안이 되는 거지."

말만은 이렇게 했을지 몰라도 속으로는,

'당치 않은—'

돌아서서는 이렇게 그 사람을 조롱했을지도 모르는 그의 아버지다.

그렇다고 그의 아버지 윤 서방이 자식이 자기보다 뛰어났다는 것을 싫어한대서는 아니다. 그는 자기의 직업만이 가장 성스러운 천직이라고 생각하기 때문이다. 과장이니 국장이니 하는 것은 그의 눈으로 본다면 날건달인 것이다.

용은커녕 미꾸리로도 안 보아줄지 모르는 일이다.

어쨌든 그의 아버지란 그런 사람이었다.

2

그와 아버지 사이에 티각²이 나기 시작한 것은 그가 열세 살 나던 해부터다. 아니 좀더 엄격히 따진다면 돌날부터라 해야 옳을지도 모른다. 그의 어머니가 다산계였던지 그들은 십이 남매였다. 딸이 열에 아들이 둘이었다. 그는 여덟번째로 둘째아들이다. 첫아들은 낳아서 좋아했지만 한 줄에 딸을 여섯이나 연달았던지라 요새 말따나 그의 아버지는 질렸던 모양이다. 다시 딸을 낳으면 그대로 엎어놓는다고 서둘렀다는 것이다.

다행히 나는 아들이었다. 그래서 나는 겨우 압사를 면했던 것이다. 그 돌날 이야기다.

말이 좋아서 농군이지 제 땅이라고는 기둥 한 개 꽂을 땅도 없는 소작인 집에 아들을 낳아 좋기는 하다지만 흰무리³라도 한 조각 쪄주려야 쌀 한 됫박이 없었다.

흰무리는커녕 당장 죽에 넣을 쌀 한 줌이 없는 그날의 정상이었으니 돌이고 무어고가 있을 턱이 없다. 마침 또 그는 오월 초닷샛날 낳아서 단오절이라 좋기는 하다지만 농군한테는 지옥달이다. 작년 쌀은 볍씨까지 찧어 먹는 형편이다. 보리 풋바심⁴을 찧어 먹자면 아직도 달포는 있어야 할 보릿고개 중에도 한고비였다. 그러니 돌차리는 감불생심이었다.

그러나 어머니는 갖은 짓을 해서 돌을 차렸었다. 그 돌상에서 그는 낫이니 호미니 하는 농사 연모가 아니라 붓을 집었던 것이다.

"아이구, 우리 무갑이가 선비가 될려는가 보구나!"

하고 어머니도 할머니도 기뻐하셨고 붓을 잡음으로써 그대로 선비가 되기나 한 것처럼 모였던 동리 사람들도,

"인저 무순네 가운이 탁 틔나 보구려! 어쩌면 그 많은 중에서 하필 붓만 반짝 들고 나올까유."

이렇게들 치하를 했었던 것이다.

그러나 이것을 보고 가장 기뻐해야 할 그의 아버지는 몹시 못마땅해했다는 것이다.

"저 자식이 또 사람 속 무던히 썩이려는 게로군……"

맏아들이 그랬었다. 가지로 꼬이어도 통 상일[5]은 하지 않으려 들었다. 그래서 하는 수 없이 글 공양 줄 마련도 없이 글방에를 보냈지만 뒤를 댈 도리도 없거니와 식구는 열 식구라야 검부럭 한 오리 걷어주는 사람 없는 홀앗이[6]가 남의 땅 아홉 마지기를 떠메고 있으니 벌어먹지 않을 도리가 없다. 그래서 결국 글도 제대로 못 배우고 농삿일은커녕 상일도 몸에 배지 않아서 얼치기가 되고 만 것이다. 그래서 끝끝내 아비의 속을 썩였다는 것이다.

"눌 자리를 보구 다리를 뻗으랬다구, 그래 제가 뭘 믿구서 글은 해보겠다는 거야? 농사두 제대루 배우자면 십 년 공이 든다는 겐데 그날그날 끼니가 간데없는 농군 자식이 글을 하겠대? 배꼽이 웃을 노릇이지. 글을 잘하자면 진갑날이라야 문리가 티인다는 거야."

그러니 어쭙잖게 글을 배울 테면 아예 초저녁부터 그만두라는 것이다.

"글이란 평생 두구 배워야는 겐데 섣불리 배우다 말면 중도 속한[7]두 못 되지. 보구 들은 끔샌 있지? 일이 몸에 배질 않았으니 엄두도 안 나지? 그렇다구 굶어 죽을 수 있던가? 글루두 못 먹구살구 일루두 못 먹구살구…… 그러니 자연시리 입으루 벌어먹을밖에는 없지. 입이란 벌어다 주는 것이나 먹게 마련된 거지 밥 벌어들이란 입은 아니거든! 사람은 손발루 벌어먹으란 게지 입으루 벌어먹으란 건 아니니 입으루 벌어먹는 덴 거짓말밖에 없거든! 거짓말두 한두 번이지, 그게 안 되면 인전 노름꾼이 되구. 노름은 늘 따기만 하던가! 나종엔 협잡꾼이 되구 협잡두 시세가 안 나면 도적질을 할밖에! 배 안에서부터 도적놈이 따루 있는 게 아니거든. 일하기 싫은 놈이 도적놈 되는 게지. 첨에야 바눌 도적이지. 허지만 바눌 도적이 저도 모를 새에 쇠 도적놈이 되구 마는걸."

그러니까 글공부는 생각도 말란다. 오르지 못할 나무면 아예 쳐다보지도 말아야 한다는 것이다.

이 글공부를 훈이가 쳐다보았다는 것이다.

정말 아버지와 반목이 된 것은 열세 살 때다. 그해 훈은 동리 사립학교를 졸업했었다. 학교라야 당판[8] 맹자를 끼고 다니는 개량 서당이었다. 일어는 '국어'라 하지 않고 일어 그대로 부르던 시절이었다. 꼬마 홍 선생이란 분이 일어를 알켜주었었다. 그 덕에 훈도 '빠가'[9] '고라'[10]도 배웠고 '곤니찌와'[11]가 무슨 소리인지 분간하게쯤 되었던 것이다.

그것이 결국 잘못이었다. 구구법과 '곤니찌와'를 안 것이 화였다. 훈은 오르지 못할 나무를 쳐다본 것이었다. 서울 중학교에 갈 궁리를 한 것이다.

"아—니, 뭐? 무갑아, 너 서울을 가겠다구?"

그의 부친은 밥풀눈[12]을 껌벅껌벅하면서,

"그래, 서울루 공불 가겠노라구?"

멱살을 바짝 추켜들 듯이 이렇게 다지고 있었다.

"......"

어른 앞에서 잠자코 있다는 것은 어른 말을 수긍한다는 표시다. 사실 훈은 어떤 일이 있더라도 서울로 갈 작정이었다. 그도 오르지 못할 나무인 줄은 알고 있었다. 졸업 기념으로 매인당 오십 전씩 가져오라는 것도 못 가져간 그였다. 성의는 있었다. 그의 부친은 백방으로 주선을 하다가 못 되어서 삼십 전만 주면서,

"이십 전은 내 나종에 꼭 갖다 올린다구 그래라."

이런 형편이었다. 말을 했으면 또 반드시 실행을 하는 윤 서방이다. 달포나 되어서 떨어진 이십 전을 들고 학교에를 찾아갔더라는 것이었다. 그때는 훈이도 벌써 집에 없을 때다.

"넌 내버린 자식이니까 다시는 내 앞에 보이지 말아라……"

동전 한 푼도 없이 서울 공부를 가겠다고 나대는 그한테 그의 부친은 깔죽이 은전 두 닢을 내던져 주면서 액막이하는 제웅[13] 떼던지듯 마당에 내동댕이를 쳤던 것이다. 그런 윤 서방이면서도 학교에 남은 돈은 잊지를 않았다.

그러나 학교에서는 그것을 받지 않더라는 것이다. 지금처럼 월사금은커녕 책이고 연필이고 그저 주던 시대라 4년 동안 거저 알킨 학교에 기념품으로 종을 한 개 사 걸자던 돈이었다. 그 종도

사다 걸었으니 그만두라던 것이다.

"그렇게 정 안 받으신다면 이 돈은 학교 마당에다 버리구 가겠습니다."

이렇게 말을 하고는 이십 전짜리 깔죽이 은전 한 푼을 선생 책상 앞에다 던지듯 하고 돌아갔다는 것이다. 그 뒤 홍 선생은 입학 때만 되면 이 이야기를 하여 근동에서는 모를 사람이 없을 정도다.

그의 아버지 윤 서방은 이런 사람이었다.

3

세번째 그가 아버지와 물맞침[14]을 한 것이 열일곱 되던 해 여름 방학이다. 훈은 이십 전짜리 은전 두 푼과 어머니가 달걀 팔아 모은 돈이라 하며 밀가루가 뽀얗게 묻은 동전 스무 닢을 넣고서 삼백여 리 길을 떠났던 것이다. 농군의 자식이니 서울에 친척이 있을 리 없다. 사흘을 걸려서 왕십리로 들어왔었다. 그래도 주머니에 삼십 전이 남아 있었다. 보행 객줏집에서 숙박료와 밥 두 끼에 십 전 하던 시대라지만 삼십 전으로 공부를 하겠다던 훈이었으니 방학이 있었을 리 없다. 방학 동안에도 그는 천일약방에서 만든 은단과 고약 영신환 같은 것을 팔아야만 했었다. 훈은 서울로 온 뒤로 편지도 별로 안 했었다. 편지 쓸 시간도 없을 정도의 고달픈 생활이었다. 새벽 일어나서 냄비에 밥을 끓여야 했고 구 용산서 창덕궁까지의 이십 리 길을 걸어야 했고 학교가 파하면 저녁을 지어 먹고 약을 팔러 여관집으로 돌아다니어야만 했다.

정말 훈한테는 십 분이 새로웠다. 십 분이면 편지 못 쓸 수 없었으련만 쓰려 들면 쓸 말이 너무 많은 것 같다. 그래서 쓰기 시작하고 나면 또 한 줄도 내려가지를 않았다. 쓰는 데보다도 편지를 하느냐 마느냐 하는 데 더 시간이 걸렸다. 그래 또 집어던지게 되는 것이다.

이 훈이한테 집에서 편지가 온 것이었다. 어머니가 위독하다는 것이다.

집에 내려오니 거짓말이었다. 그의 어머니는 눈이 짓물렀었다. 아들이 고생한다는 말을 서울 다녀온 사람한테 들었던 것이다. 편지를 한 것도 어머니였다. 순사의 부인이 보통학교 출신이었다.

어머니가 편지를 한 데는 보고 싶다는 이유뿐이 아니었다. 장가를 들이겠다는 속셈이었다. 천생 민며느리 가음이라도 침 찍어두어야 할 형편이라 아직은 장가 엄두도 못 내고 있는데 정 과부가 딸을 주겠다는 것이다. 나이는 두 살이 위였다. 그런다면 정 과부네 땅도 몇 마지기 얻어 부칠 수가 있다는 것이다. 훈은 이런 계획은 그의 어머니에 의해서 단독으로 추진된 것임을 내려와서야 알았었다.

"저게 바보라니까! 이 치더린 것아, 그래 사둔집 땅을 얻어 부치어! 그따위 칩칩한 맘은 버려! 얼어 죽어두 양반은 곁불은 안 쪼인대!"

그의 아버지는 이렇게 아내의 입을 틀어막아주었었다. 지극히 다행한 일이었다. 훈은 덧없이 눈물이 핑 돌았었다. 분수 적은 눈물이었지만 훈은 그런 것을 인식지도 못했었다. 그날 밤 훈은 아버지가 쓰는 사랑방에 불리어 갔었다. 아버지가 장가 이야기 대신 딴 조건을 제시했었다. 장가야 급하지 않다는 것이다. 그 대신 농사를 짓자신다.

"서울 시골 다녀서 눈이 높아진 네 귀엔 아비의 말쯤 귀에 들어가지두 않겠지만서두 사람은 농살 지어야느니라. 너 월급쟁이 신셀 봤지? 월급쟁이란 허공에 뜬 거야. 허공에— 나무도 뿌리가 있어야 살거든! 뿌리 없는 나무 제아무리 물을 주어봐라. 물 주다 하루만 건너도 시들어버리지. 월급쟁인 편할 것 같지! 매암이처럼 주는 월급이나 받아먹으니까 부러워들 하지. 허지만, 그것이 한번 떨어져봐라! 끈 떨어진 뒤웅박야. 농산 안 그렇거든! 너 아비 혼자 허덕대는 것 오늘두 보았겠지?"

훈의 목적은 월급쟁이가 아니었다. 그때 그는 중학 삼년이었다. 일 년만 더 고생을 해서 기왕 내친걸음에 일본으로라도 갈 생각이었다. 열세 살의 허무맹랑한 패기가 희한할 만큼 순조로웠던 데서 그는 용기를 얻은 것이다. 어떻게 되겠지 한 것이 그럭저럭 어떻게 되었었고 또 어떻게 될 것만 같았던 것이다. 그 어떻게가 여의치 않을 때면 그는 자살을 할 생각이었다.

이튿날 그는 새벽 아무도 모르게 집을 떠났었다. 그것이 십 년간의 부자간 작별이 되었었다.

훈이가 일본서 나올 때 그의 부친은 이미 환갑이 가까웠었다. 그도 나이 삼십이었다.

십 년 만에 부자는 만났다. 눈물겨운 상봉이었다. 열세 살에 집을 나간 훈은 이미 삼십에 접어들고 있었다. 그의 아버지는 환갑 노인이다. 피를 나눈 아버지와 아들이었건만 인생의 절반 이상을 얼굴 못 본 채 소식도 모른 채 살아왔던 것이다. 더욱이 최근 삼 사 년은 엽서 한 장 없이 살아온지라 그 생사조차도 기연가미연 가하던 터다. 붙들고 울어도 시원치 않은 경우다. 울며 뒹굴었대도 누구 하나 웃을 사람이 없을 부자였다. 그러나 안 그랬다.

훈의 부친은 마침 외양의 거름을 내고 있었다. 훈이가 삽짝 안에 들어설 때 그의 부친은 쇠스랑에 찍힌 소거름을 번쩍 들어 소쿠리에 내려놓으려던 무렵이었었다. 응당 거름이고 쇠스랑이고 내던졌어야 할 아버지는,

"왔냐?"

한마디 했을 뿐이었다. 그러고 천천히 거름을 싣고 지게를 한쪽으로 비켜놓고서야 아들 쪽으로 향했었다. 흙에서 나서 흙만 파고 살아온 아버지 눈에는 양복을 쪽 빼뜨린 아들이 좋이 못마땅했던지도 모른다.

이튿날 아침이었다. 훈은 해가 뜨자 아버지한테 끌리어 나갔었다. 동리를 나갔었으니 그 보갚음으로 인사를 가야 한다는 것이었다. 훈은 눈곱만 떼고 옷을 입고 나섰었다. 마음에 내키지 않는 일인 데다가 그의 부친은,

"야, 뭐냐. 너 그래, 그 옷을 입구 나갈 작정이냐? 왼 동리 사람들이 흙투성이가 된 옷만 입구 사는 동리에 들어와서 그 옷을 입구 인사를 가겠단 말이겠지?"

기가 탁 막히는 모양이었다. 기가 막히는 것은 그의 부친뿐이

162

아니다. 훈 자신도 기가 막히었다. 부친이 당장 갈아입으라고 내던진 옷은 아버지의 헌옷이었던 것이다. 말이 옷이지 옷이 아니다. 걸레가 다 된 광목 겹바지저고리임에는 틀림이 없었다. 물론 흰빛이다. 그러나 제 색을 유지하고 있는 부분이란 돈짝만 한 데도 없다. 쇠똥이 아니면 거름물이다. 겹옷이건만 안팎이 땀에 절었다. 살이 비어지게 싹 다린 옷만 입던 훈이었다. 코밑이 아리한 풀냄새가 사라만 져도 생리적인 불쾌를 느끼던 도회 신사는 옷에서 풍기는 쩐 냄새에 현기증까지를 느끼었던 것이다.

"왜 네 아빈 육십 평생을 두구 입은 옷을 잠시두 못 입겠단 말이냐? 못 입겠으면 그만두려므나."

하고 윤 서방은 지게 목발에 팔을 꼬이고 있는 것이다.

"아니올시다. 입습니다. 지금."

훈은 터진 물을 막듯 옷을 들고 방으로 뛰어갔었다. 정말 머리가 핑 돈다. 훈은 아버지 뒤를 따라서 어렸을 적 세배 돌듯 이십여 집을 돌았었다. 개천에서 용 났다고 아버지 앞에서 말하는 노인도 있었다.

"인저 외국 바람까지 쏘였으니 아버질 뫼셔야지. 자식 좋다는 것이 뭔가. 자네들은 휠휠 쏘다니며 존 구경두 많이 하구 존 음식두 진탕 먹었으니 인저 들어앉아서 아버지 일 좀 덜어드려야잖나? 보게나, 육십 노인이 새벽부터 밤까지 저 지경이니 아버진 무슨 죈가?"

"네."

무슨 뜻인지 그 자신 모르고 하는 대답이었다. 그렇게 하겠노라는 말도 아니요 못 하겠다는 말도 아니다. 듣는 이가 요량해 들었으면 그뿐일 대답이었다. 그 자신도 그랬다. 이리 해석해도 그만이었고 저리 해석한대도 시비할 조건이 안 되었다. 사실 이도 저도 아니었으니까 말이다. 훈은 몹시 지쳐 돌아왔다. 사이때가 훨씬 겨웠을 것이다. 똑같은 이야기를 십여 군데서 듣는다는 것은 그대로 중노동이 아닐 수 없었다.

"네."

"네—"

그도 같은 대답만 되풀이하고 돌아다녔었다. 돌아오니 느른해졌었다.

며칠 후다. 훈은 누이의 혼담으로 아버지와 대담하고 있었다. 군 서기로 있는 사람으로부터 그의 누이를 달라고 왔다는 것이다. 마침 사이에 든 사람은 그의 어릴 적 친구였고 집안도 그만했다. 어머니도 몸이 달아 서두르고 있었다. 누이도 만족인 눈치다. 그러나 아버지가 반대라는 것이다.

"너 어머닌 멋을 모르고 신바람이 나서 저런다만— 난 긴찮다. 사람은 꼼꼼하다더라. 잔존한 것이 이면도 밝구. 허지만 너 어머닌 천치야. 숙맥이라니까. 한 가지밖에는 모르거든."

"제 생각에두 괜찮은 상싶습니다만—"

훈은 이렇게 나서보다가 찔끔해버렸다.

"너 대학꼴 다녔다지? 헛다녔구나! 사람이 글을 밴다는 건 의견이 티이자구 배는 겐데— 허, 너 헛공부했어. 바른대루 말해보렴. 너 대학꼴 다녔지? 보고 들은 것두 많지? 음식두 가진 음식다 먹어봤겠구? 그래, 그렇게 먹구 입구 살다가 집에 와서 있으니 어떻던? 그래, 네 동생이 해주는 음식이 입에 맞아? 안 맞지? 쓸데없는 소리니라. 그 사람이 네 동생을 한번 길에서 보군 마음이 동한 모양이더라만, 지금뿐야. 네 당장 맘에 든다구 얼씨구 내주어봐라. 일 년두 못 가서 와서는 죽네 사네 할 게니. 당장 너만 해두 이 시골구석에서 밭이나 매던 처녀 안 얻겠지? 공불 못 했어두 좋다? 시체[15] 풍속을 몰라두 좋다? 그때뿐이니라."

'대체루 이 영감님은 어떻게 다루어야 한단 말인가.'

훈은 밤늦도록 이런 생각이었다. 훈은 자기 부친이 낫 놓고 ㄱ 자도 모른다는 것은 거짓말이 아닌가 했다. 그 어떤 위대한 철학자가 농군으로 가장하고 숨어 있는 것이 아닌가 그런 생각도 들던 것이다. 훈은 어렸을 적 생각도 해보는 것이었다. 그가 아직 철도 안 났을 때 일이었다. 그의 아버지는 평생을 두고 해보다 먼저 일어나는 사람이었다. 한식이 지나서 걸음새를 하기까지는 말할 것도 없었지만 삼동에도 먼동이 트면 벌써 자리를 튀어난다. 망태를 둘러메고 쇠똥이나 개똥을 주우러 가는 것이다. 새벽 소바리꾼들이 지나가기 때문이다. 한길을 한 바퀴 돌아와서는 비를 들고 나간다. 그의 집 앞이 바로 싸전이었다. 장날이면 싸전이 서지만 무싯날은 터가 넓으니까 나무꾼들이 수십 명씩 모여드는 것이다. 대개 짐나무였다. 나뭇짐끼리 스치기도 하려니와 매일 한두 사람쯤은 나뭇짐을 깨빡을 친다. 상짐이면 십오 전, 애기짐은 십 전이었다. 나무를 사는 사람은 대개가 면 서기나 그렇지 않으면 음식 장삿집이다. 비싸니 싸니 시비도 나고 가자거니 안 가겠

다거니 승강이 끝에는 으레껏 나뭇짐이 나가동그라진다. 이래저
래 흩어진 나무를 쓸어 모으면 쇠죽 내기는 되는 수가 많았다. 홀
앗이에 농사지으랴 땔나무를 대일 재간이 없었던 것이다.

4

아마 훈이가 열 살쯤 되었을 때였을 것이다. 훈은 댕댕이 그물
로 미꾸리를 잡아가지고 집으로 오고 있었다. 생전 처음으로 손
바닥만 한 붕어가 그물에 들었었다. 그는 용의 목을 탄 사람처럼
신바람이 났었다. 아직 해도 있었고 좀더 잡았으면 붕어가 또 잡
혔을지도 몰랐으련만 훈은 잡은 붕어를 자랑하고 싶어서 좀이 쑤
셨던 것이다. 그때였다. 훈은 수푸리재 돼기밭에서 깨를 베고 있
는 아버지를 발견하고 깜짝 놀랐던 것이다. 어린 생각에도 무서
웠다.

'우리 아부지가 도둑놈인가?'

훈은 가슴이 다 뛰었다. 아버지가 베고 있는 깨밭은 분명 그의
밭이 아니었다. 훈네 밭은 뒤뜰에밖에 없었던 것이다. 그것은 똘
똘이네 밭이 틀림이 없었다. 그 밭에는 매해 똘똘네가 골참외를
심기 때문에 훈이도 잘 아는 터다. 훈은 어린 속에도 못 볼 것을
본 것 같았다. 그는 오던 길을 논둑으로 내려섰다. 아버지 앞에
나타나서는 안 된다고 생각되었기 때문이다. 그는 고기를 더 잡
았다. 붕어는 못 잡았지만 실뱀장어가 논두렁에 들었었다. 정말

신바람이 났었다. 인제는 자기도 어른이 된 것처럼 기뻤다.

해가 져서야 집에 돌아온 훈은 이번에는 정말 놀랐었다. 마당 앞에 깨 한 짐이 놓여져 있지 않은가? 무서운 일이었다. 훈은 슬프기도 했다. 그는 남의 깨를 훔치러 다니는 아버지를 가진 것이 슬펐다. 부끄럽다. 동무 앞에 무슨 낯으로 나가랴 싶다. 붕어도 뱀장어도 자랑할 기력이 없어져서 우물 둥천[16]에다 내던지고 상에 달라붙어버렸었다. 순 조밥이다. 북간도에서 나오던 것이다. 훈은 되도록 아버지의 얼굴을 보지 않으려 했다. 그러면서도 저도 모르게 흘깃흘깃 아버지를 훔쳐보면서 밥을 먹고 있으려니까,

"무갑아, 너 저녁 먹구 똘똘이 형 좀 아부지가 오란다구 그래라. 이눔, 한번 혼구멍을 내놔야지!"

"왜유? 뭘 잘못했나유"

하고 그의 어머니가 묻고 있었다.

"잘못—이면 이만저만한 잘못이야. 그놈 못쓰겠더라. 될상부른 나무는 떡잎부터 알아본다구 싹수가 뇌랗거든. 젊은놈들이—"

"뭔데유?"

"글쎄, 그런 일이 있다니까. 너 다 먹었건 냉큼 뛰어갔다 와!"

그날 저녁이다. 그의 부친은 똘똘이 형 점득이를 사랑 봉당에 꿇어앉혀놓고서 생벼락을 내렸던 것이다. 점득이는 술기운이 있었다.

"너 그래, 하늘이 무섭지도 않더냐? 하늘이? 초가을엔 양반집 대부인두 나막신을 신구 나댄단다. 이눔."

이렇게 한마디 뚝 떼어놓고는 막 몰아세우는 것이었다. 점득이

가 대답할 여유도 안 준다. 대답은커녕 미처 숨도 못 쉬게 하는 것이었다. 점득이는 작년에 아버지를 잃었었다. 혼자서 어머니와 세 동생을 먹여 살려야 한다. 그런 책임이 있는 네가 그럴 수가 있느냐는 것이다. 곡식이 익어 튀도록 걷지를 않는 것은 남의 물건을 훔친 죄보다도 크다는 것이다.

"네 생각엔 내 곡식 내가 안 걷었기로니 딴 남이 무슨 참견이냐 이렇게 생각이 들 거라? 그렇지, 이눔? 남의 집 제사에 쓸데없이 대추 놔라 밤 놔라 한다구 까우롱하지? 아니는 뭐가 아니냐, 네 눈초리 보면 다 안다. 그게 또 못된 생각이거든! 느 아버지하군 생전에 자별히 지난 내다. 너두 내 자식이나 마찬가지야! 농사란 저만 위해 짓는 게 아니거든. 세상을 위해 짓는 거야. 남을 위해 짓는 게구. 저만 위해 짓는다면 저 먹을 것만 지으면 그만이게! 농사란 하느님의 뜻을 받아서 하늘 밑에 사는 사람들을 위해서 짓는 게거든!"

저녁도 못 먹은 점득이의 뱃속에서는 쪼르륵 소리가 나고 있었다. 그래도 농군인 윤 서방의 꾸지람은 그칠 줄을 몰랐었다— 벌써 이십여 년 전 이야기였지만, 지금도 그때의 자기 아버지의 증오에 타던 눈을 상상할 수가 있었다.

그 일이 있은 후로 윤 서방은 점득이의 '의붓아비'가 되고 말았었다. 물론 점득이를 놀리느라고 동무들은 다 그 아버지가 보이면 놀려댔다.

"점득아, 저기 가신다."

"누가?"

"느 의붓아버지 말여!"

"망할 자식은!"

점득이뿐이 아니다. 여인네들도 그랬었다. 모여들 있는데 혹 윤
서방이 지나가면 점득 어머니를 놀렸다.

"저기 가시는군."

"누가?"

"아, 점득 아부지 말여!"

점득 어머니는 그런 놀림을 받을 나이기도 했었다. 그때 아직
서른여덟이었었다.

5

훈도 아버지와 함께 농사나 지어볼까 하는 생각을 먹어보지 않
은 바도 아니다. 말은 대학을 나왔다지만 취직자리 하나 만만하
지 않았다. 이미 그러리라 싶어 일본서부터 부탁을 할 만한 자리
에 간곡한 편지를 띄워두었던 것이나 막상 나와보니 여의치가 않
았다. 훈은 헛되이 서울서 달포나 친구들의 신세를 지다가 집으
로 내려왔던 것이다. 서울을 떠날 때는 일본서 책을 정리해가지
고 나온 돈도 다 떨어지고 없었다.

"어쨌든 집엘 한번 다녀오게나. 월말까지야 무슨 탁방¹⁷이 나겠
지."

친구도 더 도와줄 수가 없어진 눈치다. 사실 친구에게 성의가

없는 것은 아니었다. 자기 일 못지않게 몸이 달아하나 동경에서 찍힌 부정선인[18]이란 넉 자가 방해가 되니 도리가 없다. 할 수 없이 민간 신문사를 뚫어보란 것이나 그 친구는 신문사에는 통 길이 닿지를 않던 것이다. 헛되이 돈만 썼다. 술값도 좋이 들었었다.

"먹두 못하는 제사에 공연히 절만 하구 돌아다닌 셈 아닌가? 그 자식들 자신이 없으면 술은 왜 처먹는 거야."

그 월말이 두 번이나 지났다. 그래도 엽서 한 장이 없는 것이다.

고향에서의 두 달 동안은 훈에게 있어서 그대로 인생의 지옥이었다. 마침 농삿일이 시작될 무렵의 두 달이었다. 훈은 닥치는 대로 끌려다니었다. 무엇 하나 할 줄 아는 일이 없으니 심부름꾼 노릇밖에 안 된다. 아무것도 할 줄 모르니까 아무것이나 시키었고 아무것도 할 줄 모르니까 아무것이나 해야 했다. 훈은 동경서의 생활이 연상되었다. 동경 처음 가서 얻은 직업이 토역장이[19]의 왜말로는 '데모도'란 것이다. 회를 개어보았나 벽을 발라보았나. 회와 모래를 섞는 데도 삽질에 격이 있었다. 아무것도 할 줄 모르니 아무것이나 해야 했고 또 아무나 부릴 수 있는 권리가 있었던 것이다. 심지어는 담배 심부름이며 휴지 심부름까지 했었다. 능력이 없는 사람의 신세란 언제나 마찬가지다.

"애야, 너 그렇게 흙을 덮어놓으면 씨앗이 고리장 지내는 줄 알 잖겠느냐."

무밭에 씨를 뿌리고 흙 하나 덮을 줄 모르는 훈이를 그의 부친은 이렇게 윽박았다.

"이거 내버려두구 저 통 가지고 가서 물이나 들어 오너라."

말이 물긷기지 지게가 등에 붙지가 않는다. 긷는 물보다 엎지른
물이 더 많다. 또 퇴짜였다.

"얘, 너 물 놔두구 상철이네 가서 소 몰구 오다가 집에 들러서
거름 질마[20] 얹어가지구 오너라. 네 넷째누이네 바깥 뒷간 모술기
에 돼지거름[21] 쳐낸 게 있을 게니 나오다가 그걸 긁어 얹구—"

생전 쇠고삐도 다루어보지 못한 사람의 손이다. 소만 해도 훈이
보다는 영리한지라 도시 말을 안 듣는다. 누에처럼 머리만 홰홰
내둘러대니 질색이었다. 거름 질마를 얹어보았을 리가 없다. 소
옆에 가보지도 못한 훈이다. 다루기는커녕 험상궂은 눈깔과 뿔
끝만 눈에 뜨이어 지기를 못 펴노니 질마는 감불생심이다. 질마
를 들고 가까이 할라치면 이놈이 무슨 생각인지 쓰윽 돌아서서
눈을 부라린다. 뿔 끝을 피하기에만도 그는 진땀을 쭉 흘리고 있
었다. 그때 그의 부친이 달려왔다. 자기 생각만 했을 게다. 외
양에 맨 소에 거름 질마를 번쩍 들어 얹어 서너 삼태밖에 안 되는
거름이니 쇠스랑으로 몇 번 찍어 실었으면 두세 행보를 했어도
했을 시간인데 가암가암 소식이니까 달려온 것이다. 와서 보니
그 꼴이다.

"얘, 너 그것 놔두구 지게에 저 재나 끌어 담아 지구 나가거라."

하루에도 십여 가지 일을 한 셈이나 기실 한 가지도 한 일이 없
는 폭이다. 훈은 그때까지도 농사란 한가한 생업이니라 생각해오
고 있었다. 해토가 되면 시적시적 밭도 갈고 씨도 뿌리고 해두었
다가 가을이면 또 시적시적 걷어 쌓아놓고서 삼동은 들어앉아 유
유히 먹고 지낸다.──물론 어려서부터 농사에서 자란 터라 농삿

일이 누워 떡 먹기라고는 생각하지 않았지만 직조니 철공이니 초를 다투는 기계를 본 관념으로 농삿일처럼 수월한 것은 없느니라 했던 것이다.

그러나 두 달 동안 끌려다녀보고서 그는 비로소 농사 생업보다도 더 바쁜 생업이 없느니라 했었다. 기계는 휴식이 있었다. 그러나 농삿일에는 휴식이 있을 수 없었다. 기계는 사람이 돌리는 것이었다. 전기 스위치만 돌리면 기계는 얼마든지 또 언제든지 인간이 그 필요만 느낀다면 정지시킬 수도 있고 돌릴 수도 있었다. 그러나 태양에는 스위치가 있을 수 없다. 기계는 인간의 자유의사에 순응하여 움직여준다. 그러나 태양은——자연은 인간의 의사를 무시하고 있다. 자연이 움직임에 따라서 인간이 움직이어야 했다. 그나마 일정한 법칙과 규율이 있는 행동이 아니다. 태양은 언제나 흐릴 수도 있었고 비를 뿌릴 수도 있었다. 인간이 비를 필요로 할 때——떡을 치고 소 돼지를 잡아 목욕재계를 하고서 옷깃을 갖추어 기우제를 지내는 인간의 머리 위에 불비를 내리는 태양이었고 목에서 피가 나도록 비를 그쳐줍소사 빌고 절하고 할 때도 폭포 같은 빗줄기를 그대로 퍼부을 수도 있는 하늘이었다.

그뿐이 아니다. 기계 생업은 한 가지만 맡음으로써 족했었다. 기계를 돌리는 사람은 기계만 돌리면 쌀도 나오고 물도 나오고 비누도 옷감도 성냥도 술도——한 인간이 생을 유지하는 데 필요한 일체가 쏟아져 나오는 것이었다. 그러나 농사는 아니었다.

한 사람의 농군이 자기가 생명을 유지하기에 필요한 모든 것을 꼭 자기 손으로 만들어야만 했다. 곡식도 쌀뿐이 아니다. 쌀도 찹

172

쌀과 멥쌀, 조, 기장, 수수, 콩에 팥이며 파요 마늘이요 참깨, 들깨에 고추 등을 꼭 자기 손으로 심어야 했고 자기 손으로 가꾸어야 했고 자기 손으로 거두어야 했다.

사람은 먹기만 하면 사는 동물이 아니다. 입어야 했다. 목화도 심어야 하고 씨아를 틀어 씨도 빼야 했고 실을 뽑을 것을 뽑고 잴 것은 재야 했으며 뽑았으면 짜야 했고 짠 것은 말라야 했다. 이것도 그들 자신의 손만으로 해야 하는 것이 농군이었고 농부의 아내였다.

인간은 자기 한 몸만이 생존할 수 없는 동물이기도 하다. 한 농부는 아내와 처자가 생을 유지하기에 필요한 일체를 또 심어야 했고 가꾸어야 했고 거두어야 했던 것이다. 훈은 질리고 말았었다. 훈이가 기가 질린 데는 또 한 가지 중요한 원인이 있었다. 한 농부의 일(一) 생애는 그가 본 두 달 동안으로 족했던 것이다.

그의 아버지는 일곱 살부터 꼴지게를 졌다는 것이다. 그 지게를 환갑이 되는 오늘날까지 아직도 벗지를 못하고 있는 것이었다. 정월 초하룻날과 자기 생일날 이외에는 쌀밥은 먹어보지 못한 오십 평생이었었다. 토시 한번 끼어보지 못한 생애였고 미투리 한 켤레 신어보지 못한 일생이었다. 그의 이름은 아직도 소작인이었다. 처음 지게를 등에 지던 여덟 살에는, 그의 부친은 소작인의 아들이었고 오십 년 뒤인 오늘날은 그 자신이 소작인이 된 것이었다. 훈은 생각했다. 만일에 자기가 농촌에 파묻히면 지금은 오십 년의 자기 아버지 이름이었던 '소작인의 아들'을 답습할 것이요, 부친이 작고하면 자기 자신이 소작인이 되는 것뿐 그 이외에는 아무런 변화도 변천도 있을 수 없다는 것이다. 훈은 마음을 작정하고 다시 고향을 버리었다.

이십 년 전 이야기다.

6

그의 부친이 작고한 것은 그가 서른아홉 살 때였다. 아홉수를 때웠다고들 그랬다. 전보를 받고 쫓아간 때는 벌써 생과 사와의 한계가 분명치 않았었다. 그래도 아들인 것만은 알아보는 모양이다. 그는 아들의 이름을 겨우 불러 자기 앞에 앉히고 그의 손을 만지던 것이다. 손은 찼다. 그 찬 기운에서 훈은 죽음을 느끼던 것이다.

"네 댁도 왔냐?"

"네."

"건 뭣하러."

"저 여기 있습니다. 아버님."

아내가 이렇게 말하며 손을 내밀었다. 그는 며느리의 손을 잡아주지 않고 또 한마디 같은 말을 하고 있었다.

"건 뭣하러."

"훈아, 너 나 죽건, 우리 밭머리에 묻어다고. 거기 양지바르구 바람 안 받구 좋니라. 풍수한테 돈 들인 사람들 뭐 별수 없더구나."

밭이란 해마다 참외를 심는 하루갈이 말이다. 그 밭머리에 여남은 평쯤 된 홉사 분봉 같은 흙더미가 있었다. 옛날 절터라고도 전해져 있어 밭에서 그릇 조각이 나오기도 한 자리였다. 훈은 그의 아버지가 왜 그 자리를 택하는지 잘 알고 있다. 말은 바람이 안 받고 양지발라서 하지만 자기 땅에 묻히고 싶다는 것이었을 것이다. 이 밭이 그의 일대——아니 훈이가 아는 한 십 몇 대 전부터 착실히 소작을 해온 그에게 주어진 유일한 보상이었던 것이다. 동리 사람들은 이 밭을 '개똥밭'이라 불렀었다. 윤 서방이 삼십 년간 개똥을 주워 모아서 샀다 해도 과언이 아닌 데서 지어진 이름이다. 오 년 전이었다. 훈이가 여러 해 만에 집를 들렀었다. 마침 읍내까지 공무로 왔던 길에 들른 것이다. 그날이 마침 소작인 윤달성이가 평생 처음으로 땅을 산 날이었다.

"나 밭 하나 샀다!"

부친은 아들한테 이렇게 말하며 문서를 내보이던 것이다. 오십을 훨씬 넘은 부친은 어린애처럼 흥분하고 있었다. 그때는 벌써 날이 어두웠었건만 부친은 기어이 아들을 끌고 가서 구경을 시키려 든다. 훈도 아버지의 심중이 이해되어 따라나섰었다. 그때는 벌써 어두워서 밭 한계도 아리송했다.

"봐라. 미끈하게 생겼잖았니? 제구실 단단히 할 게니 두고 보렴. 인저부턴 밭농사두 얕 못 본다. 우리 조선 사람들은 논농사에만 너무 치우쳤더니라."

이런 말도 했었다.

"밭농사엔 그저 퇴비라야지. 유안[22]이다 뭐다 다 소용 없느니라.

양약과 마찬가지야. 약은 한약이래야지 겉칠만 해서 병이 낫느냐. 지금 비론 지기를 뺏아먹느니라. 그야 그 비론 쓰면 금세야 잘되지. 허지만 건 땅 지길 빼서 빨아먹는 거지…… 이눔들이 우리나라 땅 지길 싹 빼어먹자는 수작이니라. 그래야만 저의들 장사가 될 거 아니냐? 땅이란 푹 썩혀야느니라. 인조 비론 아편과 마찬가지야. 첫핸 한 삼태기루 되지. 허지만 이듬해 가면 그 한 삼태기 가지구 안 된단 말야. 자꾸 늘거든. 그러다가 땅 지기가 거름에 져버리구 마느니라. 땅이 거름을 집어먹어야지 거름이 땅을 집어먹으면 뭐가 되지? 사람의 병두 그렇지. 육신이 약을 이기어야지 약이 몸뚱일 이겨노면 사람은 죽구 마는 거야. 사람 사는 이치가 다 그러니라. 너 시체 학문만 닦아서 이런 말이 귀에 들어가지두 않겠지만서두 이치란 안 그러니라. 약만으루 큰 사람은 약 떨어지면 그만야. 안 그러냐?"

물론 그때는 그렇게 말할 수도 있으리라 싶을 정도였었다. 그러나 나이 먹어갈수록에 훈은 이 무식한 농군의 말이 깊은 진리를 갖고 있었음을 발견하던 것이다. 그의 부친은 훈이가 간 지 열 시간 만인 이튿날 새벽에 세상을 떠났었다. 고인의 뜻을 받아서 훈은 부친을 개똥밭 머리에 안장했었다. 그러고 닷새 되던 날 고향을 떠났었다. 그런 지도 이미 이십 년이다. 이 이십 년 동안 그는 낫 놓고 ㄱ 자도 모르던 아버지를 별로 생각해보는 일이 없이 살아왔었다. 그의 아내도 그랬다. 아내는 더했었다. 결혼 때도 아내는 못 보았었다. 시집 식구란 오직 남편의 얼굴을 알 뿐이었다. 결혼을 하고도 일 년이나 되어서야 단 이틀 시집에 간 일밖에 없다. 시아버지의 생신날이었다. 생신날도 시아버지는 새벽에 지게를 지고 나갔었다. 그때 어울이[23] 송아지를 한 마리 얻어다 놓고 좋아하던 때다. 그 꼴을 베어가지고 들어오던 것이다.

"얘들아, 죄 되겠다."

시아버지는 상을 받고 이렇게 말한다. 상이라야 열두 반상을 차린 것도 아니다. 며느리가 사들고 내려간 갈빗국에 김뿐이다. 그리고 밥이었다.

"흰밥 먹을 사람은 하늘이 낸다는데 이렇게 하얀 밥을 먹어 되겠느냐. 뭘 좀 섞지 그랬어? 한 달이면 느 어머니 생일인데 반반 섞었더라면 오죽 좋냐? 아─니 그건 또 뭐냐?"

그때 맏며느리가 국그릇을 들고 들어왔었다. 기름이 동동 뜨는 고깃국이다. 거기다 갈비 토막이 들었었다.

"아─니, 거 뭐지야?"

"서울 아이가 사가지구 왔다우."

"갈빌?"

농군은 깜짝 놀라고 있었다. 호들갑이 아니라 정말 눈이 휘둥그레졌던 것이다. 서울 며느리도 놀랐다. 상상도 못 할 일이었다. 서울 며느리는 또 한 번 놀라지 않으면 안 되었다. 방이라야 집안 식구가 앉재도 두셋은 서야 할 방에다 당신의 친구들을 청하겠다는 것이다.

"국밥을 보냈습니다"

하고 큰며느리가 설명을 하고 있었다. 모두 여섯 노인들 집에 보냈었다. 그러나 영감이 꼽은 사람은 이십 명이 넘었다. 하는 수 없이 고깃국을 다시 솥에 쏟아붓고 물을 반 동이나 실하게 잡기로 했다. 밥도 새로 지었다. 그래서 마음에 걸린다는 노인들을 전부 청해 먹이고야 자기도 술을 들었던 것이다.

"아버님, 지금은 농사두 그리 바쁘실 때가 아니구 하시니 저희들과 서울 같이 가시지요. 며칠 구경이나 하구 나려오시면─"

서울 며느리가 이런 제언을 했었다.

"서울 구경? 날보구 서울 구경을 시킬 생각을랑 말구 너희들이 시골 구경을 좀 해야겠다. 시골 사람들이 어떻게 사는가 좀 알아야 해. 농사 이치를 알아야 한단 말야. 왜 내가 서울을 모르는 줄 아냐. 다 알아, 다 들었어. 왼통 돌 위에다 집을 짓구 길두 돌이구 풀 한 폭 없는 돌바닥에서 무슨 맛으루 산다지? 사람은 풀내와 흙내를 못 맡으면─땅 지기를 못 맡은 나무처럼 돼버리는 게니라. 나중엔 죽어버려! 그야 잘 먹구 잘 입구 엎드러지면 코 닿을 데두 뚜르르 타구 댕기구 그러니까 편치, 살이 찌구. 허지만 살쪘다구 다 사람이냐? 그럼 양돼지는 더 잘났게시리? 난 통 못마땅해. 너희들만 해두 그럴 게다. 내가 죽었대두 여기 자동차가 안 댕기면 감히 올 염량²⁴도 못 먹었을 게야. 그렇지? 무슨 놈의 인종들이 그렇게 타길 좋아한다던? 뭐 인전 죽어서두 자동찰 타구 화장장으루 간다면서? 그래, 죽어서까지 찰 타구 댕겨야 맛이야? 얘, 너나 서울 구경시킬 생각 아예 말구 너희들이 나하구 한 일 년만 있거라. 그래야 사람이 된다. 농사 이칠 모르면 사람이 답답해. 농살 지어봐야 남을 위할 줄두 알게 되구, 서울 사람들은 깍쟁이라구 그러는 것두 농살 못 지어봐노니 제 욕심만 잔뜩 차리거든! 사람이 깍쟁이가 될밖에, 이악해지거든! 인저 너희들은 아주 벗논 사람들이니까 아주 질랜 시골서 못 살리라. 허지만 한두 해 살아 봐야느니라. 나중에 아이들을 낳건 나려보내라. 어려서부터 이악한 꼴만 보구 크면 사람 구실 못 하느니라. 사람의 새긴 서울루 보내구 마소 새긴 시골로 보내랬다지만 건 옛날 서울 말이지. 옛날엔 서울두 지금 같지 않았거든. 그래라, 아이들 낳거든 철날 때까지만이라두 나려보내라— 사람은 밑바탕이 있어야느니라. 밑 거름이, 암만 돌을 깔구 분칠을 하구 해두 인조 비료 쓴 곡식과 같아지느니라. 사람은 시골서 키워야 해, 시골서. 그래야 무럭무럭 자라지. 저 보렴, 나뭇가지를…… 파아랗지 않으냐, 생기가 돌지? 그래, 어떠냐, 몬지가 뽀—얗게 묻은 서울 나무하구?"

그도 그의 아내도 대꾸를 못 했었다. 할 말이 없었다. 이론을 캐어보았자 질 것만 같았던 것이다.

—그 아버지를 그 후 이십 년 까마득히 잊고 산 훈 내외였다. 그 내외가 며칠내 불현듯 이 아버지 생각을 하기 시작한 것이었다. 그의 넷째놈이 못된 동무에 빠져서 손 거친 짓을 했던 것이다. 큰돈은 아니었다. 불과 천 환에 불과한 물건이었다. 그것을 동무와 짜고서 몰래 갖다가 팔아서 곡마단 구경을 갔더라는 것이다. 훈은 생전 처음으로 넷째놈을 죽어라 하고 때렸었다. 오십 평생 어린것의 뺨따귀 한번 친 일이 없었던 훈이다. 그 훈도 참을 수가 없었다. 처음 훈은 어렸을 적 자기가 맞은 대로 종아리를 쳤었다. 피가 맺히었다. 마침 대비가 있어 실한 놈으로 여남은 개를 끊어놨었다. 그 열 개가 다 부러져라고 때리었다. 물론 넷째놈은

잡는 소리를 했다. 떼벌에 쏘인 아이처럼 떼굴떼굴 굴렀었다. 순간 그의 눈에는 이 어린것이 히틀러처럼 보여졌었다. 일본의 '동조'[25]처럼 악의 화신처럼 앙칼져 보이기도 했던 것이다.

"죽어라! 죽어!"

정말 죽이고 싶었다. 죽여도 시원치 않았다. 무려 한 시간을 때리고 난 때 아이도 까무러치고 어른도 맥을 잃고 말았었다.——그 끝에 풀쑥 그의 아내가 시골 이야기를 꺼냈던 것이다.

"돌아가신 아버님 말씀대루 마침 방학이니 시골이나 보냅시다. 제 사촌들두 있구 참외 수박두 있을 게구, 내에 가서 목욕두 하구 고기두 잡구— 그러면 좀 잊어버리지 않을까? 동무를 잘못 사괴었어요. 한 달만 갖다 두면 그런 동무들도 떨어질 게구. 아직 나이 열두 살 된 것이 천성이야 나뻤겠수, 안 그래요?"

"응."

"그렇게 해보십시다. 나두 한 달쯤 시골 가 있다 오구 싶어요. 살아갈수록에 마음두 거칠어지구, 아버님 말씀대루 인간이 너무 이악만 해가는 것 같아요. 좀 구수한 흙내 나는 사람이 됐으면— 꼭 칼날 위에서 사는 것만 같아요. 촌길두 거닐어보구 발을 벗구 물에두 들어가보구— 나두 갈까?"

"응."

훈은 이렇게 대답했던 것이다. 이십 년간 잊고 산 아버지가 갑자기 그리워도 졌다. 훈도 생급스럽게 시골 냄새가 그리워지던 것이다.

"존 생각이우, 보냅시다. 당신두 가우, 나두 며칠만 갔다 오겠소. 아버님 산소에두 가뵙구— 이번 가건 어떻게든지 묘답이나 한 뙈기 마련해주구 옵시다."

"개똥논을 사지."

아내는 이런 농담도 할 수 있었다. 좋이 즐거웠던 모양이다. 넷째놈도 시골 간다는 말에 맞은 것도 잊고 좋아 날뛰었었다. 그래서 그들은 이튿날 관청에는 연락만 하고 고향 길을 떠났던 것이다.

차도 마침 새 차였다. 엔진 보링을 한 지 닷새밖에 안 된다. 운전사도 모처럼 달리는 시골길에 흥이 난 모양이었다.

"참 좋습니다, 국장님."

"좋네나."

훈도 이렇게 맞장구를 치면서 담배에 불을 붙이던 것이다.

차는 오십 마일 가까운 속도로 고향에의 길을 달리고 있었다.

차보다도 고향으로 달리는 훈의 마음이 더 빨랐었다. 훈은 지금 가난한 농부의 일 생애에 흐뭇하니 잠겨보는 것이다. 아버지를 생각할 때 자기의 생이 얼마나 무가치한가를 새삼스러이 생각하는 것이었다. 개천에서 용이 난 것이 아니라 옥토에서 질경이가 난 격이라 했다.

차도 그의 마음을 알아주는 듯 스피드를 높이고 있다.

청개구리

1

지겟작대기만큼씩이나 한 구렁이가 득실거리는 지붕을 타고 떠내려가며 '사람 살리라'고 고함고함 치다가 잠을 깨고 나니 정말 억수처럼 비가 쏟아진다. 얼마를 오려는지 천둥을 한다 번개를 친다 호들갑을 떨고 야단이다. 첨지는 벌떡 일어나는 길로 문을 열어젖히었다. 어느 때나 되었는지 세상은 괴괴하고 오직 빗소리만이 억척스럽다.

"허, 이거 너무 과히 오시는군."

첨지는 입맛을 쩍쩍 다시며 누웠던 머리맡에서 대와 쌈지를 더듬는다. 담배를 한 모금 빨고는 또 한마디 되풀이한다.

"허어, 너무 과해."

빗줄기는 한결같다. 그는 일찍이 이렇게 무섭게 퍼붓는 비를 본

적이 없었다. 번갯불에 퍼뜩 비치는 낙숫물이 굵다란 고드름 같다. 그것은 비라기보다는 차라리 폭포였다. 그렇다고 바람 한 점 없다. 폭포의 물확처럼 낙숫물 자리에 허연 거품이 부걱대는 것이 번갯불에 비친다. 첨지는 정말 집이 뜨기나 할 것 같은 불안을 느끼었다. 혼자 우두커니 앉았는 것이 무시무시해 견딜 수가 없다.

그는 견디다 못해서 토방 쪽으로 달린 문을 열어젖히고 아내를 불렀다.

"여보게!"

아내도 잠이 깨었던지,

"왜 그러슈"

하고 인차 대답을 한다.

"비가 몹시 퍼붓는데 거 비설거지¹ 했나?"

며칠 전부터 끄물대는 날씨에 비설거지 안 했을 리가 없다.

"다 했어요."

첨지는 덤덤히 또 앉았다가 또 아내를 부른다.

"여보게."

"다 했다니까 그래요. 정신두 어째 그러슈. 어제 멍석 들여놓다가 넘어지는 것을 보구두 그러슈."

"에이, 멋대가리두 없지! 사람이 부르면 벌떡 일어나 나올 게지, 누워서 이러니저러니!"

첨지는 혼잣말처럼 하고 혀를 '끌끌' 찬다. 오순도순한 맛이 없는 아내에게 대한 불만이 자꾸 부풀어가더니 일종의 억설²로 변한다.

"빌어먹을 것. 저건 비가 이렇게 내리퍼붓는데두 걱정두 안 되는 모양이지! 그 공든 논다랭이[3]가 사태가 나든 말든 그저 잠만 쿨쿨 자면 그만인 게야."

억울한 소리였다. 젖먹이가 젖꼭지를 물고 늘어져 돌아누울 수도 없어 징컨하니 누워는 있으면서도 아까부터 근심이 되어 잠을 못 이루고 있는 판이다. 그는 되레 이렇게 남편을 원망한다.

"에이, 멋대가리도 없지. 비가 이렇게 쏟아지고 하니 걱정도 되련만 뭘 혼자 궁성거리고만 있어. 잠이 깼거든 건너와서 걱정이라도 같이 하면 오죽이나 좋아."

"허 참, 너무 과하게 오는걸!"

남편의 걱정하는 소리를 들은 아내는 젖먹이를 들쳐안고 건넌방으로 건너갔다. 벼락을 치는지 멀지 않은 데서 '와지끈 뚝딱' 요란하다. 첨지는 입맛만 쩍쩍 다시고 있다.

"허, 너무 과해! 이놈의 비가 이렇게 퍼붓다가는 암만해도 일을 저지르려나 부다."

최 첨지 내외가 이토록이나 비를 무서워하는 데는 까닭이 있다. 가물면 가물다고 애를 태우고 비가 조금만 과한 듯하면 또 장마 질까 몸이 달아하는 짓은 농부들의 상정이다.

그러나 첨지가 비를 기우하는 데는 각별한 이유가 있다. 그의 유일한 농터인 노루맥이 닷 마지기가 사태를 입을까 겁내서다. 농군쳐놓고 제 농터에 애가 안 쓰일까마는 첨지의 노루맥이 닷 마지기는 실로 눈물겨운 이야기가 숨어 있는 것이다.

2

최 첨지는 사십이 되도록 구면장이던 김달수네 집 머슴을 살았다. 그의 아버지는 새장수였다. 끈끈이와 새장 하나만 가지고는 이 산, 저 산으로 다니며 새소리를 한다. 새소리치고 못하는 소리가 별로 없었고 또 새들이 제 동무가 찾는 줄 알고 모여들 만큼 능청스럽다. 그중에서도 그는 종달새 소리와 콩새 소리를 가장 잘했다. 일찍이 상처를 하고 열 살 된 아들을 데리고는 들로 산으로 새를 쫓아다니었다. 여름철부터 이듬해 봄까지는 새를 장에 가득히 담아 메고 팔러 다닌다. 술도 담배도 모르는 청교도 같은 사람이었다.

어느 해 늦은 봄이었다. 그는 아들한테 새장을 들리어 이 고장으로 새를 잡으러 왔다가 까치독사에 발뒤꿈치를 물린 것이 덧나서 달포를 고생하다가 숨을 거두었다. 그해 장복이는 열네 살이었다. 고아가 된 그는 이집 저집으로 다니며 풋머슴을 살았다. 낫질조차 못하는 그가 반 새경을 받기까지에는 삼 년이나 걸렸다. 제법 농사 묘리도 알게 되고 철도 찾을 줄 알 만하더니 온데간데없이 사오 년 동안 종적이 없어 동리 사람들도 까마득히 잊고 있을 무렵 장복이는 떠날 때처럼 소문도 없이 이 동리로 찾아들었다. 강원도 문막에서 머슴도 살다, 한 일 년 고기잡이에도 따라다녀봤다는 것이었다.

그해부터 김달수네 집에 머슴을 살기 시작해서 십여 년을 살았다. 그러다가 서른다섯 살에 마침 장말 동리에 소생도 안 딸린 과부가 들어와서 장가를 들고 살림이라고 차렸던 것이다. 소반 한 개, 상사발⁴ 두 개, 대접 두 개에 종지 한 쌍, 독저 두 매, 숟가락 두 켤레──이것이 그들의 살림 밑천의 전부였다. 송곳 꽂을 만한 땅이 있을 리 만무했다.

김달수는 꿩의 병아리처럼 약아빠진 사람이다. 사람이 무던해서 부리다가 살림을 난다니까 발랑 나자빠졌다. 그래서 동리 사람들이 서둘러 천수답 서 마지기에 따비밭⁵ 한 떼기를 마련해주어 농사라고 시작을 했다. 이 따비밭 밑으로 평평한 잔솔밭이 있다. 장복이는 이 솔밭에 눈독을 들이어 개간을 시작했다. 삼 년이나 걸리어 제법 밭 꼴을 만들어놓더니 하루는 동리 사람을 보고 살리는 셈치고 매호당 하루씩만 부역을 해달라고 애원을 하는 것이다. 노루멕이 잔등을 끊어서 구장 집 뒤로 흐르는 산골 물을 따비밭으로 끌어다 논을 풀겠다는 것이었다.

"에이, 미친 사람. 자네가 일평생을 두고 파보게나. 그게 얼마라구 그러나."

부역이 싫어서가 아니었다. 모두들 그렇게 생각했다. 그리고 그것은 사실에 있어서 불가능한 일이기도 했던 것이다.

"봄에는 멀쩡해도 그 자식이 천치라니까. 접시로 바닷물을 푸려 덤비는 놈이나 뭐 다른가."

이렇게 욕들을 하니까 점직해서⁶ 물러 나앉고 만다. 그러나 장복이는 마음을 다잡아먹었다. 남들이 그러면 그럴수록에 노루멕이 잔등을 끊어 보이리라. 그래서 물이 '콸콸콸콸' 따비밭으로 내리밀리는 것을 보여주리라— 이렇게 이를 악물었다. 속이 메인 사람은 아니다. 한번 결심을 하면 곰처럼 외곬으로 내뻗는 것이 그의 천성이다. 그는 그 이튿날로 아내와 같이 이 대공사에 착수했던 것이다.

그야말로 접시로 바닷물을 말리자는 것이나 진배없는 노릇이었다. 노루멕이 잔등만 해도 오덕산의 서벽이 무너져 모여 이루어진 등성이다. 거기다가 수백 년을 두고 되어 내려온 골짝은 한 길 푼수나 된다. 이 골짝 물을 막고 잔등을 끊어서 물을 따비밭으로 끌자는 것이다. 엄두도 못 낼 엄청난 공사다. 그러기에 논이 없는 이 산골짝 사람들이 수백 년을 두고도 아무도 생각을 못 한 채 골짝은 해마다 파이었고 등성이는 해마다 돋우어져왔던 것이다. 이 산등을 자르자는 것이다.

이 첨지가 개간 공사에 착수하면서부터 동리 사람들은 그들을 잊고 살았다. 말만 논이지 전쟁이 일어난 후로는 두 번밖에 모를 꽂아보지 못하고 메밀을 심어 서 마지기와 따비밭 한 뙈기를 부칠 때에나 동리 사람들 눈에 띄었지 그 밖에는 언제 나가서 언제 돌아오는지 며칠씩 먼빛으로도 못 보는 날이 퍼언했다. 첨지는 언제나 아내와 같이 일어난다. 아내와 같이 부엌에 들어가서 불도 때주고 물도 길어다 주고 상도 보아준다. 대개는 부뚜막에서 같이 밥을 먹는다. 시래깃국이라도 끓여야 상이랍시고 보아 그것도 대개 부엌 바닥에서 트레방석[7]을 깔고 앉아 먹어치운다. 그러고는 앞서거니 뒤서거니 아내를 데리고 산으로 올라가는 것이다.

첨지 아내는 투실투실하게 생긴 밉도 곱도 않은 중년 부인이다.

어려서 출가를 했다가 철나자 학교 공부를 한 남편한테 소박을 맞고 시앗을 보고서도 오 년 동안이나 잠자코 부엌데기 노릇을 했건만 시앗의 요사[8]는 날로 늘어가고 남편의 학대는 날로 심해서 갈아입을 옷 한 벌만을 꾸려 싸가지고 드난이나 살까 해서 나왔던 길에 첨지와 중신이 된 것이다. 재물도 그는 탐하지 않았고 고생도 겁을 내지 않았다. 남편이 거들떠보아주면 했고 거들떠보지는 않더라도 쫓아내지만 말아주면 오직— 이것만을 빌며 빌며 살아온 여인이다. 그는 첨지를 은인으로 섬겼다. 부처님 이상, 하느님 이상 받들었다. 자기도 굶고서도 잘 먹었노라 새꺼기[9]를 잘라서 이를 쑤시는 것을 볼 때마다 그는 눈물이 글썽해진다. 읍내로 새벽 나무를 팔러 갔다가는 납반지니 댕기감이니 사들고 와서는 아이들처럼 좋아한다. 든직은 하나 잔재미가 없는 아내는,

"누가 그런 거 사 오랬나."

너무 고마워서 핀잔을 주는 것이건만 첨지는 혹여 아내가 자기를 지금의 고생살이를 달가워하지 않는 것이나 아닌가 싶어 우울해지던 것이다.

한번은 장에서 오더니 눈을 감고 입을 벌리라고 한다. 싫대도 기어코 입을 벌리고는 눈깔사탕 한 개를 톡 털어 넣어주어 부지중에 눈물이 좌르르 쏟아진 일이 있다. 그런 후로는 첨지는 아내를 아내는 첨지를 믿는 줄 알았고, 사랑하는 줄도 알았다. 아내가 잉태를 하자 그는 미친 듯이 좋아했다. 그것이 또 아들이었다. 그들이 개간 공사를 시작한 것도 이 아들이 방긋 웃기 시작한 무렵이다. 어린것은 나무 그늘에 눕히고 첨지 내외는 일에 착수를 하

다 어린것이 깨면 아내는 젖을 물리고 남편은 담배를 붙인다. 이 시간만이 그들에게 주어진 휴식 시간이었다.

달밤이면 그들은 곧잘 저녁도 산에서 끓여 먹고 남들이 잠든 후에야 집에라고 돌아온다.

이삼 년 동안 그들은 완전히 산속에서 산 셈이다. 이래서 이루어진 봇도랑이다. 그 봇도랑을 흘러내리는 것은 물이 아니다. 그들 부처가──아니 어린 만석이도 쫓아 따라다니며 그들의 흉내를 내었다──삼 년간 흘린 피와 땀이었다. 논에 물을 끌던 첫날은 온 동리 사람들이 모여서 그를 축복했다. 그는 그날 밤은 물꼬에 앉아서 새웠다. 샐녘에 물이 홍건한 것을 보고야 그 자리를 일어섰었다. 첨지는 자꾸 울어져서 견딜 수가 없었다. 아내도 남편의 어깨에 얼굴을 파묻고 그대로 흐느껴 울었던 것이다.

그 후 오 년간 첨지가 이 노루멕이 닷 마지기에 바친 정성을 기록하기에는 이 지면은 너무 짧다. 작자는 다만 그들 네 식구가 오직 이것으로 연명을 한다는 사실만 부기해둔다.

그런데 작년 봄, 이 노루멕이에 일대 이변이 돌발했다. 작년이라면 바로 일본놈들이 최후 발악을 하던 해다. 일본 본토에 적군이 상륙을 한다고 대칼과 몽둥이를 준비시키고 조선 백성들에게까지 죽음을 같이하기를 강요하고 위협하던 실정이다. A에 새로 만든 비행장에 공급할 화약을 이 노루멕이 골짝에다 묻기 위해서 일대 공사를 일으킨다는 풍설이 돌기가 무섭게 보국대가 물결처럼 밀려들었다. 간 겨울에도 그런 말이 있어 측량기수가 달포를 두고 왔다 갔다 한 일이 있었지만 이렇게 급히 서두를 줄은 몰랐었다. 놈들 앞에는 파리 목숨 같은 조선 백성이다. 매일 삼백여 명씩을 들이몰아서 달구치더니 노루멕이 잔등 위를 벌집처럼 파젖혔다. 골짝은 되레 등성처럼 가로막히고 봇도랑이 그대로 신작로가 되어 그러고 보니 만일 비가 온다면 산골 물이 한 길이나 되는 골짝 턱을 넘을 도리는 없고 툭 트인 봇도랑을 따라서 논으로 내리밀릴밖에 없었다.

첨지는 눈이 뒤집히어 감독으로 온 병정을 붙들고 애걸도 해보았으나 귀싸대기만 얻어맞았다. 노루멕이 잔등은 아주 잘리었고 그의 논 옆으로 트럭이 몇 대씩 드나들도록 탄탄대로가 되고 말았다──그러다가 팔월 십오일을 맞은 것이었다.

최 첨지의 십 년의 공은 이 몇 달 동안에 완전히 수포로 돌아가 버렸다. 그는 땅을 치며 울었다. 울면서도 개수 공사에 착수를 했다.

그러나 만여 명이 반년을 두고 파젖힌 골짝에 쌓인 흙을 가져다가 신작로 어귀에다 방죽을 쌓기도 했다. 그래서 산골 물을 전대로 골짝으로 빼자는 것이다. 노루멕이를 한 자루의 괭이로는 어찌할 도리가 없어 첨지는 그저 큰 장마만 지지 않기를 하늘에 축수하는 도리밖에 없었다. 큰비만 오면 오덕산에서 내리밀리는 물이 그대로 그의 논을 휩쓸지도 모른다──이래서 그는 빗소리만 좀 요란만 해도 끌탕[10]을 하고 돌아다닌다. 그는 청솔을 쩌다가[11] 봇둑을 새로 막기 시작했다. 모두들 기분이 떠서 일이 손에 잡히지들 않을 때라 누구 하나 조력해주는 사람도 없었다.

남들은 만세를 부르고 술을 마시고, 서울로 읍내로 장사들을 다니고 할 때도 그는 날마다 삽과 괭이를 들고 제방을 쌓았다. 그 제방이 반도 못 되어서 이번 비를 겪은 것이다.

3

날이 채 밝기도 전에 첨지는 논으로 뛰어올라갔다. 밤새도록 그렇게 퍼부어댔으니 그까짓 어리만 해놓은 제방쯤은 간데도 없으리라 싶었다. 그러나 가보고는 숨을 '후유' 내돌렸다. 다행히 뜯적거려놓은 옆으로 물이 새고 제방에는 삼분지 일도 물이 차지 않는 것이었다. 이런 정도라면 사흘쯤은 퍼부어도 끄떡없을 성싶다.

집으로 내려가려니까 조바심이 나던지 젖먹이를 들쳐업고 허위단심 기어올라오는 아내와 마주쳤다. 어린것은 뱃속이 성치가 않은지 잡는 소리를 한다.

"뭣하러 와, 내려가"

하고 첨지는 이만큼서 소리를 쳤다.

"어때유? 괜찮어유?"

아내도 맞소리를 지른다.

"괜찮어, 내려가."

첨지는 사실 어깨춤이 나왔다. 그는 춤을 추듯 아내 옆까지 내려와,

"그런 걸 괜시리 간을 졸였지."

"그러나 마나 비가 좀 그쳐얄 겐데―"

하며 아내는 하늘을 쳐다본다.

"저 빌어먹을 놈의 청개구리가 저렇게 울어대니 어디 그칠 것 같은가. 오늘 하루만 어제처럼 퍼부어대면 그까짓 청솔가지루 어리한 거 뭐 힘을 쓴다던가. 밑바닥두 굵직한 돌을 올려놨으니까 좀 힘을 쓸려나 모르겠네만서두 중턱부터야 내리지르는 골짝 물에 자칫하면 푹 패어나갈 텐데—"

이렇게 걱정걱정하며 그들은 집으로 내려왔다. 내려오면서도 첨지는 '그저 그만하고 날이 번쩍 드들더이다' 마음으로 비는 것이다. 금년도 연사는 쏠쏠할 것도 같고 이로부터만 날씨가 제대로 해준다면 아무리 줄잡아도 일곱 섬은 먹을 것 같았다. '뒤뜰서 마지기에서도 쌀 가마나 떨어지겠지. 그러면 올해에는 기어코 만석이란 놈도 학교에를 보내야지.' 이런 궁리를 하는 판에 채 밝지도 않은 하늘에서 굵다란 빗방울이 후두둑 떨어지기 시작을 한다. 그러더니 채 여남은 발도 옮겨놓기 전에 이마빡이 아플 만큼 내리갈긴다. 집에까지 불과 여남은 칸 푼수밖에 안 되는 거리를 뛰어왔건만 그대로 쪼르르 젖고 말았다.

첨지는 조반상이 들어올 때까지 어제 깎다 둔 나막신이나 깎으리라고 들고 앉아보았으나 통 일이 되지를 않는다. 두어 번 끌 끝으로 홈을 파다가는 원망 가득한 눈으로 빗줄기를 바라다본다. 낮이라 그렇지 간밤보다도 훨씬 더 세찬 것 같다. 한 자 턱이나 되는 토방 위까지 물방울이 튀어오른다. 어디서 튀어나왔는지 마당 한복판에서 엄지손가락 폭이나 되는 미꾸라지 한 마리가 몸부림을 치고 있다.

"허, 이것 참. 얼마나 오시려고 이러는가."

첨지는 나막신이고 다 잊어버리고 무료하니 앉아서 한탄만 한다. 순식간에 울 밑 돌창[12]이 넘어 물이 마당 안으로 흘러 퍼진다. 시뻘건 흙탕물이다. 첨지는 '일어나 가서 돌창 물길을 좀 터놔야지' 생각은 하면서도 그대로 앉아 있다. '그까짓 것 집이야 뜰 테면 뜨라지' 하는 막맘도 든다. 그러나 그럴 수도 없어 우장[13]을 뒤집어쓰고 물길을 트는데 아내가 아침을 먹으라고 소리를 지른다. 그는 자기도 모르게 성이 벌컥 치받치었다. 그는 소리를 벅 질렀다.

"아, 눈깔로 보지도 못해— 돌창 치는 놈보고 밥을 먹으라면 어떡하잔 말여—"

"그깐 물에 집 떠나갈까 겁나우. 그 비를 맞어가며 법석이게. 어서 들어와요. 그 찬비를 맞구 그러다가 병이나 나면 어쩔라구 그래여."

못 들은 체 돌창을 치고 들어와 상을 받았으나 도무지 식욕이 나지를 않는다. 질척한 보리밥에 풋고추 된장찌개를 비벼 몇 술 뜨고는 또 문밖만 내다본다. 맘만 조급하지 이렇게 퍼부어대면 수수방관할밖에 도리가 없었다. 그는 또 나막신을 집어들었다. 만석이는 올 가을에는 학교에 보내준다는 바람에 어디서 연필 꼬투리를 얻어다 괴발개발 그리고 있다. 첨지는 괴발개발이라고 하나 그것은 첨지가 몰라서 하는 소리다. 며칠 동안 앉으면 끄적이더니 이제는 제법 시늉을 내어 글자를 만든다. 어린것이 뛰어나가 놀 생각은 않고 눈만 뜨면 뭣이고 들고 앉아 배우려고 하는 것이 대견한 것보다 오늘은 측은한 생각이 든다. 농사를 망쳐놓으면 학교고 뭐고 다 떼어 엎어야지 그 뒤치다꺼리를 해내는 재간이 없다. 말들은 완전 의무 교육이 돼서 돈도 안 든다 해서 용기도 냈던 것이나 안 들기는커녕 해방이 됐답시고 일정 시대보다도 갑절이나 추렴이 돌아온다는 것이다. 그리고 '우리같이 조석도 변변히 못 끓이는 사람이 농터조차 떠내려 보내놓으면 무슨 장비로 자식 교육을 시키랴,' 이런 생각을 하며 자식을 보니 또 마음이 상한다. 첨지는 나막신을 홱 밀어 치우고 밖으로 나왔다. 혼자 맘을 졸이기보다 여럿이 모인 사랑에 나가서 섭쓸려보련 것이다. 털보 김 서방네 사랑마루에는 벌써 여남은 이나 모여 있다가,

"호랑이두 제 말 하면 온다더니 그렇잖어두 여태 이야기들 했다네"

하고 털보가 두레박 끈인지 쇠고삐인지를 틀고 있다가 껄껄댄다.

"그래, 얼마나 앓었는가?"

"앓다니."

"밤새도록 앓었다면서?"

"괜한 소리지. 앓긴 왜."

모두들 껄껄대고 웃는다. 첨지가 무슨 소린지 몰라서 두리번대니까,

"날만 꾸물거려도 '객객' 하면서 이렇게 쏟아지는데 그래 태평하단 말여."

첨지도 그제야 알아듣고 픽 웃었다. 비만 오면 걱정을 하니까 동리서들은 그를 '청개구리'라고 별명을 지어 부르는 것이다.

"난 그게 무슨 소리라구, 망할 눔에 털보. 하긴 여태 끝탕을 하다가 나오는 길이라네."

"거 봐, 그렇다니까. 허지만 뭐 아무리 비가 세차게 온다기로니 그 뚝을 넘기야 하겠는가."

"넘나, 터지지."

할미새처럼 까불어대는 채 서방이 툭 챈다.

"이렇게 한 사날 내리퍼붓거든. 그러면 오덕산 물이 큰 골짝으로 몰켜서 폭포처럼 내리패거든. 마침 그 우으로 막 헤집어왔으니까 오죽 잘 패이나. 아름드리 바우가 내리치면서 뚝을 차고 나가거든. 그래놓으면 그 물이 쓰윽 쓸어 덮는단 말이지."

"그랬으면 자네 맘 퍽 좋겠네나!"

첨지는 너무 야마리 없이 까자발려[14]놓는 데 심사가 틀어졌다. 아무리 장난의 말이라도 남의 일이라고 그렇게 염체 없이 하는 법이 있으랴 싶었다. 털보 김 서방이 눈치를 챘는지,

"뭐 그까짓 닷 마지기 떠내려가면 대순가. 세상만 바루 잽히면 조선 땅이 다 우리네 땅인데—"

하고 말을 돌려버린다. 그 사품[15]에 이야기는 정치담으로 길을 바꾸었고 채 서방도 최 첨지도 다시 말은 않았으나 첨지는 끝내 심사가 좋지 못했다. 가만히 집에 혼자 있자니까 쓸데없는 걱정이 생겨 엄벙뗑[16] 좀 시간을 보내보려고 나온 것이 마치 그가 차마 거기까지는 상상해보기에도 끔찍스러워 건드리지 못한 데를 채가놈이 까자발려놓은 것 같아서 견딜 수가 없었다.

그는 잠시 앉았다가 다시 홍철이네 건넌방으로 자리를 옮겼더

니 거기서도 자연 노루멕이 이야기가 누가 시작한 줄도 모르게 잇대어 나오는 것이다. 첨지는 다시 일어서 나왔다. 인제는 비라기보다 차라리 하늘 밑이 빠졌다고밖에 생각할 도리가 없다. 빗줄기에 뿌연 연기가 일어 천지가 자욱하다. 그동안에 구장 집 앞 돌창이 넘어 마당으로 물이 흥건하니 괴었다. 그는 고개를 들어 사방을 두루 살펴보나 뿌옇기만 하다. 그는 자기의 마음이 시시각각으로 어두워감을 그것이라고 느끼었다.

4

불안, 초조, 공포——이런 속에서 그날은 저물었다. 비는 여전하다. 그날 밤은 더 그악스럽게 퍼부었다. 오덕산이 무너지듯 우렛소리가 밤새도록 간단없이 계속되었다. 자기황[17]을 짓찧는 소리가 날 때마다 첨지는 아내를 버언히 쳐다보고, 아내는 눈만 껌벅이었다. 아이들도 잠이 덜 들었는지 종내 칭얼대기만 한다.

"인젠 다 굶어 죽는가 부다. 이렇게 쏟아지고야 그까짓 흙만 긁어몬 게 견디어날 수가 있다더냐. 벌써 영남서는 수천 명이 물에 떠내려갔다던데."

아내는 기가 막혀 말도 안 나오는지 그저 멍——하니 불상처럼 털퍽하니 앉았고, 첨지는 꼬박이 문지방 앞에 앉아서 아내와 빗줄기를 번갈아 본다. 그것은 흡사 울에 갇힌 맹수였다. 비는 꼬박이 밤을 새워 그 대중으로 퍼부었고, 그들 부처는 초저녁에 앉았던 그 자세로 꼬박이 밤을 밝히었다.

샐녘에 뛰어올라가던 첨지는 얼마 안 되어 뭐라고인지 고함을 치며 뛰어내려왔다.

그는 미친 사람 같았다. 첨지의 아내는 뛰어내려오는 남편을 보고 즉각적으로 깨달았다.

"그예 일을 당하고 말았구나!"

그러나 아니었다. 너무 좋아서 날뛴 것이었다. 그는 뛰어오는 길로 아내를 얼싸안을 듯이 하며, "끄떡없어!" 소리를 연발했다.

그러나 기뻐서 날뛴 것도 잠시였다. 비는 여전히 내리붓고 산골짝의 물도 점점 세차게 내리친다. 저녁녘에는 불과 한 뼘도 남기지 않았다. 첨지는 거적이란 거적은 다 몰아서 둑을 덮고 말뚝을 박고 돌을 싣고 했다. 그러나 그것으로 쏟아지는 비와 내리치는 골짝 물을 막아낼 수는 없었다. 아니 그보다도 빗줄기는 여전하지 않은가! 첨지 내외는 그날 밤도 꼬박이 새웠다.

날이 밝기를 기다리다 못한 첨지는 아직도 쉴 줄 모르고 퍼붓는 비를 맞아가며 노루목이로 기어올라간다. 내리쓸기만 했다면 그대로 골짝에 거꾸로 넘겨박혀 죽어버리리라 했다. 사랑하는 처자를 굶겨 죽이기보다는 그것이 얼마나 수월한 일일지 모른다. 지척을 분간할 수도 없는 골짝을 그는 허위단심 기어올라가다가 어디선지 철벅하며 물이 허리에 찬다.

'터졌구나!'

정신이 아찔하면서도 그는 그것을 깨달았다. 정신이 멀어지는 것 같은 것이 맥을 쓸 수가 없다. 그러나 그는 정신을 가다듬었다. 도무지 알 수가 없다. 여기에 이렇게 깊은 물이 있을 제는 분명코 방죽은 터진 것이 분명하다. 가만히 몸을 일으키어 그는 언덕으로 올라서 보았으나 도시 어디가 어딘지 분간을 할 수가 없다. 비는 여전히 억수처럼 퍼부어댄다.

"무사키를 바라는 내가 도적놈이지! 어젯밤에도 한 뼘이 채 못 남었댔는데 그 밤새도록 내리퍼분 물이 하늘로 되올라가기야 했으랴!"

첨지는 그대로 언덕에 털썩 주저앉았다. 아니 쓰러졌다. 격심한 현기증을 일으킨 것이다. 그러나 그는 다시 정신을 가다듬었다. 아무리 둘러보아야 지척을 분간할 수가 없다. 그는 다시 몸을 일으키려 했으나 그대로 픽 쓰러져버리었다. 그 순간이다. 첨지는 모든 것을 보았다. 그리고 모든 것을 깨달았다. 번갯불이 번쩍한 그 순간 그의 눈앞에 전개된 것은 무엇이었던가.

퍼언한 물이었다!

바다와 같은 물이었다!

무섭게 짧은 순간에 본 바다와 같은 물 — 그는 벌떡 일어섰다. 그러나 다 일어서지도 못하고 외마디 소리와 함께 쓰러졌다.

그 이상을 더 볼 필요도 알 필요도 없다는 듯이 그의 의식은 멀어져간다. 아리송아리송해가는 의식 상태를 그는 어렴풋이 깨달으면서도 그 자신 멀어지는 의식을 어찌할 수가 없었다. 그것은 절대의 암흑이었다. 그러나 또한 절대의 행복처럼도 순간 느끼어지는 것이었다.

'아니다. 정신을 차려야지 — 정신을!'

첨지는 분명히 이런 생각을 했다. 생각은 하면서도 벌써 그의 몸뚱이는 그의 말을 듣지 않았다. 아니 그의 정신 작용도 벌써 그의 영도를 받지 않았다. 지금의 그가 가능한 것은 자기가 지금 그 어떤 절대한 경지로 이끌리어가고 있다는 것을 어렴풋하게 알 뿐 ──아니 느낄 뿐이었다.

그것은 죽음의 길 같기도 했다. 그러면서도 그는 그것이 행복인지 절망인지를 분간할 만한 의식은 벌써 없었다. 그저 절대한 경지란 것만이 느껴질 뿐이었다.

그러나 고만 정도의 의식도 마침내는 완전히 정지되고 말았던 것이다.

그 후 얼만한 세월이 흘렀는지 최 첨지는 알 수가 없었다. 십 년 ──아니 수백 년의 세월이 경과했는지도 모른다. 최 첨지에 있어서는 그것은 완전히 공간이었으니까──

그러나 최 첨지는 어렴풋이 정신이 도는 것을 깨달았다. 깨달은 것 같았다. 자유를 잃었던 몸이 자기의 의사를 조금씩 따르는 것도 느끼었다. 꿈인 것도 같았고 의식이 멀어지던 그 찰나와도 같았다. '정신을 차려야지.' 그는 이렇게 어렴풋이 생각해본다.

'내가 이러다간 죽지.'

그러나 그의 육신은 아직도 그의 의식의 지배를 거부한다. 그래도 그는 단념치 않고 자기를 찾으려 바둥대었다.

'정신을 차려야지!'

그러다가 눈을 번쩍 떴다. 그러나 눈에는 아무것도 보이는 것이 없다. 오직 암흑뿐이었다. 그는 무엇이라고인지 외치는 소리를 들은 것같이 느끼어졌다. 눈도 훨씬 뿌예지는 것 같았고 귀도 청각을 회복하는 것같이 느끼어졌다. 그런 순간이 잠시 계속되었다. 그러다가 그는 정말 소리를 들었다.

"영감! 영감!"

이런 소린 것 같다.

"아버지! 아버지!"

이런 소리도 들리었다.

"왜 그래—"

그는 이렇게 대답하면서 모든 것을 보았다. 아내와 만석이와 털보와 덕수, 칠성 어머니—

그는 한 사람 한 사람을 보았다. 다 아는 사람이었다. 아내가 물그릇을 입에 대주는 것도 보았고 그것을 마시는 것도 알았다. 그러나 아직도 정신이 아득하다. 그는 다시 눈을 감는다. 눈을 감고 얼마를 있자니 모든 것이 깨우쳐졌다.

'내가 기절을 했던가 보다!'

그는 다시 정신을 가다듬어 몸을 일으키었다. 여럿이들 등과 머리를 받쳐준다. 그는 자기 의사로 물그릇을 집어 꿀떡꿀떡 마시었다. 정신이 홱 돈다.

정신이 홱 돈 그 순간이다. 최 첨지는 위대한 것을 보았다. 빛이었다. 광명이었다. 쨍쨍 내리쪼이는 햇살을 보았다. 흰구름이 둥실둥실 떠다니는 파아란 하늘도 보았다.

"날이 들었구나!"

그가 이렇게 중얼대자 주위에서 모두 숙덕댄다.

"인저 정신이 돌았군그랴."

"영감, 인저 아주 정신이 돌았수?"

아내의 말에 그는 고개를 끄덕이고,

"정신이 돌면 뭘 먹고 산다느냐 안 도니만도 못허지!"

사람들이 이제야 정말 정신이 돈 것을 확인하고,

"영감, 인저 정신이 돌았으니 얘기하리까."

"뭘?"

"보가 안 터졌어유! 방죽 옆이 터져서 우리 논 옆으로 내리쓸렸
대유!"

최 첨지는 털보의 팔을 잡아나꾼다. 털보는 끌려 앉으며,

"에이끼, 바보 사람아, 방죽은 끄떡두 없는데 왜 기절을 해 자
빠진단 말인가. 벤벤치두 못한 사람 다 봤지."

"그래, 그게 정말이란 말이지!"

"정말. 거짓말할 거 있는가. 자네가 뭐 중병[18]을 쳤단 말인가. 가
보세나그려, 가봐. 자네 눈으로 보면 알 게 아닌가. 방죽 옆으로
첨부터 조금씩 패이잖었던가. 사태가 내리밀어서 방죽은 희한하
게 되구 물이 그 옆을 치구서 동백나무 앞으로 빠졌네그려. 자네
가 빠진 게 바루 흙 파다 쓰던 이쪽 구뎅이였단 말여! 뭐 길게 얘
기할 것 있는가. 자, 일어나세."

"암, 가지. 자, 가세."

"그럼. 뭐 중병을 쳤단 말인가. 나이 삼십이면 지금 한창인데
기절 좀 했다기루서니."

"에이끼, 고얀 사람. 늙은이를 놀리는구나. 자, 어서 가보세나."

첨지는 자고 일어난 사람처럼 가벼이 몸을 일으키더니 같이 가 재놓고는 먼저 횡하니 집 뒤로 돌아간다. 뒤쫓아 나가보니 두 주 먹을 움켜쥐고는 줄달음을 친다.

"여보게! 너무 뛰어갔다가 또 기절하리!"

하고 털보가 소리를 치니까 첨지는 돌아다보지도 않고 대꾸를 한다.

"보만 안 터졌으면 열 번 기절해두 좋겠네!"

"저 사람이 너무 좋아서 또 정말 기절을 할라."

허위단심 뛰어올라가는 첨지를 바라보며 털보가 웃고 섰다.

모우지도慕牛之圖

―농촌 제12야화夜話

1

"아 그래, 저눔에 여편네가 언제까지나 계집애만 끌어안구 앉 었을 텐가! 그깐 눔에 계집애 하나 돼지믄 대수여!"

"아따, 계집앤 자식이 아닌가베."

"아, 썩 못 나와! 그놈에 계집앨 갖다가……"

첨지는 고래고래 소리를 친다. 그래도 안차기로¹ 유명한 첨지 처는,

"흥, 왜 자식새끼가 깨벌렌 줄 아나. 입때껏 잘 길러가지구 왜 그런 말을 하누."

첨지 처는 바로 작년 가을 깨밭을 매다가,

"이 육시처참을 할 눔!"

하고 남편이 소리를 치는 바람에 이쪽 머리에서 마주 밭을 매며

들어가던 첨지의 처는 기함을 하고 벌떡 일어났다.

"아, 왜 그래유, 응!"

하고 그의 아내는 가슴이 방망이질을 한다. 아마 독사한테 물렸나 싶어 허둥지둥 달려가보니,

"이눔 좀 봐라. 이 육시처참을 할 눔!"

집게뺨으로 한 뼘이나 되는 시퍼런 깨벌레다.

첨지는 뭐라곤지 외마디 소리를 치면서 깨벌레를 집더니 번쩍 들어서 밭머리에다 패대기를 쳤다. '퍽!' 하고 깨벌레는 창자가 터져서 그 자리에서 즉사를 했다. 첨지는 그래도 직성이 다 못 풀렸다는 듯이,

"이눔! 깨 한 포기에 내 피땀이 얼마나 든지 아냐!"

하고는 맨발 뒤꿈치로 언저리도 없이 응껴버린다.

첨지 처는 순간 그 깨벌레를 잡아 죽이던 때의 자기 남편의 그 끔찍한 얼굴을 상상해보자, 아무리 계집애라고는 하지마는 자기 피를 받은 자식한테 입에 못 담을 말을 쓰는 것이 끔찍스러웠다.

"넌두 어미 아빌 잘못 태나서 갖은 천대 다 받는구나. 너두 부잣집에나 태어났던들 금이야 옥이야 길리워서 갖은 호강을 다 누릴걸……"

첨지 처는 동리 큰 마름 집 이 주사의 딸 금년이를 상상해보았다. 어디로 뜯어보나 인물이야 우리 복순이가 금년이한테 대랴 싶었다. 하지만 목숨이 깔딱깔딱하는데도 약 한 첩 먹이지 못하는 것은 고사하고 잠시 머리맡에 앉았지도 못하게 하는구나. 금년이는 기침 한 번만 해도 의원이다 읍내 병원엘 갑네 동리가 떠

들썩했다.

"복순아, 진작 죽어서 있는 집 강아지로래도 다시 태나럼!"

가난한 어미는 불덩이처럼 단 딸의 손을 만져준다.

그러나 어린것은 통 인사불성이다. 불러도 대답도 없고 흔들어야 반응이 없다. 오직 숨소리만 가쁘다. 벌써 맑은 물도 입에 안 대는 지 사흘이 지났다. 입술은 까칠하니 타고 어쩌다 정신이 좀 돌아서 어미를 쳐다보는 눈은 하릴없이 죽은 생선 눈깔이다.

"아, 이눔에 여편네가 누구 부아통이 터져 죽는 걸 봐야만 할 작정인가"

하더니 참다못한 첨지가 우르르 들이닥치면서 문을 잡아 제킨다.

"아, 썩 못 나와!"

"복순아, 내 얼른 댕겨오마."

첨지 처는 이불자락을 매만져주면서,

"암만해두 죽을려나 부"

하고 일어서는 꼴을 못마땅해서 노리고 보더니만,

"글쎄, 이 철딱서니 없는 여편네야! 대들보가 부러질려는 판인데 그간 계집애가 다 뭣에 말라비틀어진 거여! 응! 사람이 한평생 살자면 앓기두 허구 죽기두 허구 그런 게지, 병이 앓을 만큼 앓어야지 붙어 앉었다구 낫는 겐가!"

"누가 붙어 앉었어야 낫는답디까. 약을 써야 낫는단 말이지……"

하고 첨지 처도 부아가 터지는지 한번 보기 좋게 메어친다.

"약은 무슨 눔에 약, 난 내 평생에 약 한 첩 안 먹어두 이만큼 늙었단다! 병이란 앓을 만큼 앓아야 낫지, 그깐 놈에 약 쓴다구 낫는 게 아니래두 약 약 한단 말야! 빌어먹을 놈에 여편네가……"

"흥, 사람한텐 약을 쓰문 안 되구 소는 약을 먹어야 낫나 부다!"

봉당 앞에서 삼태기를 집어 들고 횅하니 나가면서 입을 삐쭉한다.

"온 저런 놈에 여편네. 저놈에 주둥아리 때문에 될 것두 안된다니까."

바깥마당 구석 홰나무 밑에, 소가 모들뜨기 숨을 쉬고 번듯이 드러누웠다. 눈이 휑해져서 한결 더 커 보인다.

첨지 처는 본실이 시앗이나 흘겨보듯 질펀하니 자빠진 암소를 곁눈질해 보며 뽕나무가 듬성듬성 선 밭두둑을 타고 동구 밖으로 빠진 등성이를 넘어간다.

첨지가 신주보다도 더 위하는 소가 며칠 전부터 죽을 안 먹더니 간밤부터는 거품만 부걱부걱 뱉고 사뭇 누워서만 배긴다.

복순이가 시름시름 초학처럼 이른 봄부터 앓기 시작해서 달장간²이나 잔병을 치른 끝에 다시 열이 나기 시작하더니 열병처럼 열이 내리지를 않는다. 그 어린것이 하도 못 견디어해서 약 첩이나 지어 오라고 그렇게 성화처럼 졸라도 되레 울부라리기만³ 하던 첨지가 소가 병이 드니까 눈이 뒤집혀서 나댄다. 새벽부터 온 동리로 쫓아다니더니, 새이⁴ 때나 돼서 웬 빈대 쭉정이 같은 영감쟁이를 데리고 와서 막걸리를 사 오너라 장아찌를 꺼내라 법석을 하더니만, 어디 가서 삼 년 묵은 쑥대를 얻어 오라는 것이다.

"소란 새김질을 잘해야 허는데 통 새김질을 못하는군. 새김질을 못해노면 그놈이 고여서 썩은 물이 창자로 들어가면 삽시간에 거꾸러지지. 큰일 났소, 첨지!"

그 영감쟁이는 호들갑을 떨며 침 두 대를 놓고 막걸리 두 사발을 들이켰다.

"아주 하나 옆에 붙어 서서 배를 자꾸 추켜주소. 그러구 쑥을 갖다 푹 과서 퍼먹이면 새김질을 차차 하지."

이렇게 분부를 하고 돌아간 것이다.

첨지는 여편네가 동구 밖으로 나가는 것을 보고 상앗골까지 갔다 올 동안에 소가 다른 증세만 일으키지 말기를 빌면서, 백정이던 영감쟁이가 시키던 대로 소의 배를 추켜주고 있다. 소는 파리처럼 귀찮은지 가끔 머리를 내두른다. 입으로 숨을 쉬는 것이 아니라 엉덩이로 숨을 쉬는 것 같다.

첨지는 퀭하니 움직이지도 않는 두 눈을 들여다보다가,

"네가 죽으면 우린 어쩌란 말이냐. 어떻게든지 좀 돌리려무나!'
빌어먹을 자식들은 소가 그 꼴인 걸 보구 나가서 궁금치도 않단 말인가, 한 눔에 새끼 들여다도 안 보구."

큰놈이 민적민적하고 집에 있으려는 것을 울부라리며 갯벌로 내쫓은 생각은 염두에도 없이 공연히 자식들만 나무라고 있다.

첨지는 측은한 생각이 들어서 소 얼굴을 바로 쳐다보기가 싫었다. 더욱이 요새 엿새를 두고 그 폭양에 짐질[6]을 세워서 소를 잡친 것같이 생각이 들기 때문이다.

"그악스런 것두 탈이야. 저 사람이 저러다가 소, 사람 다 잡지!"

첨지가 갯벌에 보 막는 것을 보고 지나가는 사람들이 다 한마디씩 했다. 삼 년 가물에 비 안 오는 날 없다고 가무는 헬수록에 여우별도 곧잘 나고 땅도 못 축이는 비나마 소나기는 한줄기씩 하는 법인데 금년에는 해동을 한 후부터 초복이 지나도록 소나기 한줄기 안 온다. 너 나 할 것 없이 천수답만 쳐다보고 사는 그들은 하루에도 몇 번씩 하늘을 쳐다보고 원망을 퍼부었다.

입 험하기로는 치는 첨지다. 입이 걸 뿐만 아니라 표독스럽다. 어쩌다가 생입[7]이 한번 터지면 그야말로 걸디건 퇴비를 퍼붓듯 해서 모두 질색을 한다.

그런 첨지건만 신기하게도 하늘을 욕하는 법이 없다. 꼭 하늘님이요, 비가 오시고, 날이 드신다. 웬만하면 입에 젖은 욕이니 실수도 하련만,

"중생이 하늘님께 뭘 잘못한 게야"

할 뿐 원망 비슷한 말도 한마디 없다.

초복이 중복이 가깝도록 비는 올 성도 싶지 않다. 농군들은 벌써 비를 단념하고 메밀 씨를 준비하기에 바빴다.

그러나 첨지는 하루 아침 식전에 갯밭[8] 여덟 마지기 논머리에 뜸부기처럼 웅크리고 앉아서 담배를 뻑뻑 빨고 앉아서 무슨 생각엔지 골몰하더니,

"그렇지! 농사꾼이 하누님만 쳐다봐서야 쓴다던가. 두 손 잡아매고 앉아서 욕만 퍼부면 소용이 있나!"

이렇게 짚신 바닥에다 담배 꽁다리를 뚜드리고는 갯바닥을 손으로 우비우비 파본다. 개라고는 하지마는 물이 흐르는 개도 아니다. 장마나 져야 사태 물이 모여서 흘러갈 뿐 금년에는 모래 한

208

번 축여보지 못한 개다. 거기다가 산골 물이라 흐르는 것이 아니라 내리쏟는다. 그는 개 너비를 발로 재보고 다시 여덟 마지기 윗머리를 와서 개구리가 다리를 쭉 뻗고 자빠진 채 물 한 방울 없는 웅덩이를 들여다보더니, 불 때다 말고 나왔던 사람처럼 허리 골줌을 움켜잡고 집으로 뛰어들었다. 삽짝 안에 들어서면서,

"애들아, 냉큼 상을 물리고, 괭이, 삽, 다 챙겨 지구, 손 길말 지워라."

고함을 친다. 집안 식구들은 막 밥상을 받은 때였지만 벼락불 같은 첨지의 성질을 알기 때문에 씹을 새도 없이 밥을 먹고 일어났다.

"점쇠야! 헌 삼태미에다 동앗바를 매라. 그러구 점쉰 먼저 횡하니 나가구."

"어디루유."

"갯밭으로 얼른 나가. 아, 이 자식아, 뭘 그렇게 닭 쫓던 개 울쳐다보듯 하구 섰는 게야!"

이렇게 서둘러서 갯밭을 질러 막기 시작했다. 먼저 산에서 큰돌을 져 날라다 세 켜를 쌓고 청솔을 쪄다 덮은 후에 흙과 자갈을 다지었다. 너비가 두 간통에 높이가 으수이 한 길이나 된다. 소에, 첨지 삼부자가 새벽부터 만 엿새 동안을 몰아쳐서 겨우 끝을 막았다.

"저 사람이 미쳤나, 이 가물에 저건 뭣하러 막구 있어. 언제 산 물이 흘러 여기 고여보게?"

하고 보는 사람마다 한마디씩 한다.

"뭐 올에 쓰잔 건 아니라우. 작년에 미리 이래 됐더라면 이른 봄에 온 빗물이라도 잡어뒀을 건데. 땅은 천수답을 가지구 하누님만 믿구 앉았자니 사람이 애가 타서."

보를 끝낸 그날 점심때부터 다시 웅덩이를 파기 시작했다. 삽날이 묻히게 균열이 된 논바닥에 아무리 판들 물이 있을 리 없다. 그렇건마는 그는 파고 또 팠다.

마침 달이 밝았던지라, 첨지는 큰아들인 점쇠만을 데리고 나와서 늦도록 파고 팠다. 둘레가 댓 발이나 되는 샘을 길반'이나 팠다. 그래도 물기도 없다. 점쇠는 속으로는 벌써 단념한 지 오래다. 그렇건마는 아버지의 성미를 잘 아는 터라 묵묵히 픽 땅을 내려찍고 있을 때 첨지가 괭이를 내던지고 소리를 질렀다.

"애, 이것 봐라!"

과연 지적지적하다. 둘은 신이 나서 팠다. 정말 물이 난다. 삼년 가물에 쏟아지는 비가 이처럼 반가웁고 신기할 수가 있느냐! 그러는 동안에 한 뼘밖에 안 되는 여름밤은 훤히 동이 트기 시작했다.

이튿날 새벽 삼부자가 달려왔을 때는 한 길이나 되게 물이 고였었다. 첨지는 요 십 일간 처음으로 흐뭇한 웃음을 입언저리에 띠었다.

—그러나 그 물만으로 모를 낸다는 것은 접시 물에 배를 띄우는 것과 같은 일이었다.

이 무서운 폭양에 첨지네 소는 주인과 같이 일을 했던 것이다.

"내가 죽일 놈이지! 그 벌루 얻어먹지두 못하는 것을……"

첨지는 소와 같이 숨이 가빠하며 몇 번째나 이렇게 탄식을 한다.

2

'농군은 소를 자식같이 사랑한다'는 말이 있거니와, 첨지에게
있어서는 이 말도 오히려 부족한 감이 없지 않다.

복순이란 년이 몸지어 드러눕는 지 달포건만 의붓자식처럼 한번
뻐끔 들여다보면 그만이다. 그것도 어떤 때는 거르는 날이 있다.

──하기는 하루에 두세 번 들여다볼 겨를도 없는 첨지다. 올해
같은 혹독한 가물에 다른 농군들은 팔자에 없는 농한기를 만나서
뒷짐을 지고 어슬렁대며 하늘만 쳐다보는 게 일이다. 그렇건마는
첨지는 보를 막아놨으니 이십 간통이나 되는 도랑을 쳐야 하고
봇구멍도 뚫어야 한다. 새들새들 메말라가는 밭곡에 우물물을 길
어야 하고 밤에는 또 짚신 켤레라도 삼아야 한다.

말하자면 첨지에게 있어서는 그의 소는 소가 아니라 은덩이다.
아니 금덩이다. 지금부터 십 년 전 겨우 논 열 마지기와 담판 씨
름을 하던 첨지가 덤벅 여덟 마지기를 불구어[10] 광작을 차린 후부
터는 첨지의 염두에는 소에 대한 욕망이 불 일듯 했던 것이다.

첨지는 소에 미친 사람이었다. 길을 가다 말고도 실한 황소를
보거나 엉덩판이 광파짐하게 살이 찐 암소를 보거나 하면 넋 잃
은 사람처럼 언제까지나 바라다보고 있는 것이었다.

"그 소 참 좋다"

하고 볼기짝을 탐스러운 듯이 두드려본다.

어떤 때는 심술궂은 사람처럼 쇠뿔을 잡고 한번 뒤흔들어본다.

그러나 이것까지는 오히려 농군으로서의 보통 심리다. 첨지는 밭 가운데서 일을 하다가도 쇠방울 소리가 나면 소도적이나 맞은 사람처럼 내달아서 소를 이모저모 뜯어본다. 그러고는 반드시 한마디 하는 것이다.

"그 소 참 좋다. 자, 보시오."

첨지에게 있어서는 좋은 소 그른 소가 없다. 명색이 소기만 하면 황소도 좋고 암소도 좋고 송아지도 좋다. 칡소[11]는 칡소래서 좋고 누렁이는 누렁소라 좋다.

"젠장, 내 평생에 저런 놈 한 마리 삽짝 안에 못 매보나."

소를 보고 이런 탄식을 안 한 적이 별로 없을 게다.

그 첨지에게 어느 해 가을 이른 새벽에 소 한 마리가 기어들어 왔다. 이태 전부터 몸종처럼 이 주사 집에 드나들면서 당부당부해두었던 배냇소[12]가 차지된 것이었다.

그때 여남은 살 됐던 점쇠가 타작 채비를 차리느라고 새벽부터 마당을 쓴다 절구통을 내놓는다 명석을 깐다 법석인데 늦는 일꾼을 부르러 갔던 점쇠가 어린 깐에도 첨지의 소 타령 하는 심리를 이해했던지,

"아버지, 이 주사 댁 소가 암송아질 낳대여!"

하고 내닫자,

"어! 거참 신기한 일이다!"

하고 강아지가 송아지를 낳기나 한 것처럼 신기해했다.

그는 아무리 바쁜 중이라도 제 눈으로 그것을 가 보지 않고는 견딜 수 없었다.

그날부터 첨지는 완전히 이 주사 집 하인이 되고 말았다. 아니 이 주사 집 누렁소의 몸종이 되고 말았다. 쇠죽이며 고삐며 길마까지 참견을 했고 파리가 한 마리만 앉아도,

"이 목을 쳐 죽일 눔 파리, 산모한테는 종자베도 아깝지 않다는데 이 목을 쳐 죽일 눔, 산모한테 뭐 빨아먹을 게 있다고, 이 목을 쳐 죽일 눔."

집 안이 떠나가게 허들겁을 떤다.

"첨지, 첨지가 자네 어미한테 소한테 하는 정성의 반만 했대도 효자문이 섰겠네"

하고 이 주사 집에서는 놀려댔다. 그러면 첨지는,

"그렇다뿐이겠습니까"

하고 소처럼 히죽이 웃는다.

이 송아지가 젖을 떼우고 집으로 끌고 오던 날은 첨지는 개선장군이 성안에 들어올 때와 같이 의기가 충천했었다. 그는,

"얘들아, 소 들어간다. 소 들어간다."

어깨춤을 추면서 고함을 질렀다.

그 언동이 「춘향전」에 나오는 방자 같다고 옆에서 보던 사람들이 허리를 잡았다. 그는 손독이 들도록 송아지를 매만졌다. 송아지란 놈이 어미 생각이 나서 목이 메게 찾을라치면 그는 똥 싼 사람처럼 어쩔 줄을 몰랐다. 송아지가 죽을 한 끼 덜 먹어도 첨지는 온 동리로 돌아다니며,

"아아, 그눔이 글쎄 통 죽을 안 먹는구려"

하고 수선을 피운다.

"허어, 거 큰일이군. 그러다가 자네 참척[13] 보잖겠나."

이렇게들 놀려댔다.

——그 애지중지하던 송아지가 그예 소 구실을 못 하고 죽어버렸다.

이듬해 여름, 막 새로 대껴[14]놓은 보리쌀을 반 말 푼수나 먹고 위확장이 돼서 걷잡을 새도 없이 삽시간에 죽어버리고 말았던 것이다.

"그래두 굶겨 죽인 것보담 나예. 저두 이 세상에 태났다 배부른 양 한번 보고 죽었으니 한이야 없겠지."

송아지를 묻고 와서 첨지는 이렇게 말했다.

이듬해 봄에 첨지는 두번째 배냇송아지를 얻어 들였다. 그 송아지가 착실히 커서 삼 년 후에 호랑이 새끼처럼 어여쁜 송아지와 바꾸어졌다.

그것이 정말 첨지의 소였다.

——말하자면 이 소 한 마리에 첨지의 십 년 공덕이 든 셈이었다. 아니 첨지가 오십 평생 꿈에나마 "내 소 한 마리 가져지이다" 하고 빌던 그 소원이 머리가 희끗희끗해진 오늘날에서야 이루어진 셈이었다.

"이눔아, 왜 정신을 못 차리고 이러느냐? 제발제발 좀 돌려다오."

첨지는 눈 속이 뜨끈해오는 것을 그것이라고 깨달았다. 소에게

214

도 주인의 마음이 통해지기나 한 것처럼 눈을 껌벅껌벅 구슬픈 표정을 지어 보이는 것이었다.

첨지의 처가 삼 년 묵은 쑥대를 얻어가지고 온 것은 점심때가 훨씬 겨워서였다. 초조한 나머지 바늘방석에 앉은 사람처럼 안절부절을 못하던 때라 물에 빠진 사람처럼 함치르르 땀에 젖은 처를 보기가 무섭게 욕부터 퍼부었다.

"저런 여펜네한테 불수산[15] 지러 보냈으면 꼭 알맞겠다. 금강산은 길을 몰라 못 갈 테니 저 마산에라도 올라갔다 오렴."

"아따, 누군 늦을래 늦은 줄 아우. 난두 다리에 자개폼[16]이 나게 갔다 온 게여."

"그놈에 다리는 자개폼을 할 줄 모르고 하품을 했던 게다."

"공 없는 말만 하는 혀끝은 저승에 가면 짤러낸대여!"

하고 첨지의 처는 큰소리를 했지마는 기실 쑥대를 얻어가지고 장터로 돌아왔던 것이다. 혹여 남편 눈에 뜨일까 봐 허리 골춤에다 웅크렸지만 박 주부네 약국에서 복순이란 년의 약 두 첩을 지어 왔다. 쑥을 삶는 불에 장작을 지피어 한편으로는 약도 달이었다. 약을 달이면서도 첨지의 처는,

'아무리 소도 중하지만 사람이 살고 봐야지. 기왕 둘 중에 꼭 하나가 갈 마련이라면 복순아 네가 살아라.'

이렇게 속으로 빌고 빌었다.

그러나 지금의 첨지의 머리에는 복순이가 앓는다는 인식조차도 희미했다. 첨지는 아궁이 앞에 붙어앉았다. 쑥물을 퍼다가는,

"자아, 이것 먹고 일나라. 십 년 들인 공을 네가 저바려서야 되

겠느냐? 자, 먹어라."

자식한테 타이르듯 준준히 말해 들리는 것이었다.

그러나 무슨 결심이나 한 듯이 이를 꽉 악물고 소는 먹지를 않았다. 첨지로 보면 한 번 덴 가슴이라 이렇게 실랑이를 하는 동안에 차츰차츰 소의 기력이 약해가고 드디어 죽는 것이 아닌가 이렇게 생각할 때 말귀를 알아듣는 것 같았으면 대가리부터 사뭇 내려조기고[17] 싶었다.

그때 점쇠 형제가 어디서 들었는지 숨이 턱에 닿게 뛰어들었다. 첨지는 반색을 하며,

"참 잘 왔다! 자, 너들은 이리 와 솔 붙들어라. 입을 벌려."

형제가 덤비어 입을 벌리나 그렇게 녹녹하지가 않다. 하는 수 없이 그들은 소를 아카시아 나무 가지에다 코를 치켜 달고 벌린 입에다 지겟작대기를 가로질렀다. 그러고는 첨지가 헐떡거리며 쑥물을 퍼부었다.

마침 안방에서도 첨지의 처가 딸년의 입을 벌리고 약을 퍼 넣고 있었다.

이렇게 한참 드잡이를 놓을 판에 마침 장터 고깃관[18]지기가 지나다 보고는 배를 몇 번 뻥뻥 두드려보고 잇몸을 들춰 이를 검사하더니 다시 눈 속을 들여다본다.

"허! 틀렸쉬다. 거참 좋은 손데 그랬다. 이거 파쇼."

"팔어? 팔다께?"

첨지는 먹살이나 들 듯이 눈을 딱 부릅떴다.

"아따, 팔긴 싫건 그만두구려. 내가 이 솔 사고 싶어 그러는 게

216

아니라 우물쭈물하다가 시각만 넘기면 갯값 받기도 어려우니까 하는 소리요. 내야 뭐 아오만 몇십 년 해먹었으니깐 짐작이 돼서 하는 소리요. 이게 소위 위폐(牛肺)라는 겐데 이놈이 대장으로만 들어가면 뭐 별수 있소. 세 시간 넘기기가 어렵지. 아직까지는 숨이 붙었으니까 단 한 푼이라도 손헬 덜 보란 소리지"
하고 휘적휘적 가버린다.

첨지는 눈이 획 돌아갔다. 점쇠도 옆에서 듣고서,
"아버지, 기왕 죽는다면 그렇게라도 해서 반값이나마 건지는 게 득책이 아니겠어요?"
하고 말을 하기가 무섭게,
"뭐야, 이놈에 자식아, 이 소가 죽어? 죽긴 왜 죽어. 하누님이 소를 아끼는 농사꾼의 마음을 그렇게 안 돌보실 수가 있다더냐"
하고 대들었다. 그러나 소는 차도는커녕 점점 까부러질 뿐이다.

첨지는 드디어 결심을 했다. 그는 죽일 바에는 관지기 말 따라 반값이라도 건지는 것이 득책일 것 같았다. 첨지는 점쇠를 뒤미처 쫓아 보냈다.
"그래, 대관절 얼말 줄 테요?"
"일백이십 원 드리리다."
"일백이십 원? 좀더 내오. 내 너무 억울해 그러오."
"오 원 한 장 더 내지."
한참이나 실랑이 끝에 일백사십오 원에 낙찰이 되었다.
"자! 백 원이오. 나머진 나중에 와 찾게 하오."
관지기는 지갑에서 십 원짜리 열 장을 내놓고 바로 쇠고삐를 잡왔다.

"아 그래, 바로 끌어가시료?"

기가 막혀 하는 소리에 관지기는,

"십 분 늦으면 십 분만큼 내 손핸데"

하면서 고삐를 바짝 추켜들고 나선다.

소는 작별이나 하는 듯이 멀끄러미 첨지를 바라본다. 그러고는 안 떨어지는 발을 처적처적 옮겨놓으며 관지기를 따라 동구 밖으로 나가는 것이었다.

소가 저만큼 갔다. 첨지는 말뚝처럼 서서 눈에 익은 소 방둥이가 저쪽 밭머리를 돌아갈 때까지 바라다보고 섰더니, 갑자기 두 주먹을 움켜쥐고 살처럼 내달았다. 첨지는 관지기의 앞을 탁 가로막으며 한 손으로는 쇠고삐를 잡고 한 손으로는 쥐었던 지전 뭉치를 관지기에게 되쥐여주었다.

"왜 이라쇼?"

"나 안 팔겠소!"

"안 팔다께! 그래 눈 번히 뜨고 일백오십 원 돈을 공뗄 작정이오."

"그까짓 일백오십 원 있으나 없으나…… 떨어진 때부터 내 손으로 키운 게니 죽여두 내 손에서 죽게 하겠소!"

그러고는 소를 쳐다보고,

"너두 그게 소원이지? 그렇지!"

소가 덤덤하니 눈만 껌벅껌벅하니까,

"아! 이 자식아, 왜 그렇단 말을 못 해!"

218

하면서 뺨을 철썩 후려갈긴다.

순간 첨지의 눈에서는 눈물이 빚어 떨어졌다.

첨지는 소를 몰고 오면서도 눈물이 나게 좋았다.

'내가 너를 어려서부터 길러가지고 돈 일백오십 원에 네 면중에다 도끼질을 시키랴. 가죽을 벳기고 갈비를 짜르고 살을 첨첨이 도리게 하랴. 인젠 네 쥔 손에 돌아왔으니 마음 놓고 조금이라도 더 살다 죽어라.'

그는 이렇게 마음속으로 빌고 빌었다.

첨지는 끽 오래 살아야 해전일 게라고 죽은 후 처치를 자식들을 데리고 이것저것 공론을 했다.

"나는 저 죽는 거 내 눈으로는 안 보겠다. 너들이나 지켜라."

첨지는 휘적휘적 갯밭 논으로 나갔다. 형제가 얼마나 그악스럽게 했는지 봇도랑도 물꼬도 시원스럽게 터났다. 여기에 한줄기만 퍼부었으면 웅덩이 물하고 그럭저럭 꽂아는 보겠다만— 이런 생각을 해가며 첨지는 오늘 죽을지도 모르고 어제까지 그 큰 돌이며 흙짐질을 한 소의 일생이 너무나 하염없다 싶었다.

첨지는 그놈이 실어다 쌓은 방천의 그 수많은 돌을 일일이 챙겨보는 것이었다.

그때 저기서 점돌이란 놈이 헐레벌떡 뛰어온다.

'갔구나!'

첨지가 맥이 탁 풀려서 바라다만 보고 있으려니까 점돌이가 뭐라곤지 소리를 자꾸 친다.

첨지는 그 무서운 소리를 안 들으리라고 두 손으로 귀를 탁 틀어막고 그 자리에 주저앉아버렸다.

이윽고 내달은 점돌이는,

"아버지!"

하고 소리를 쳤다.

"왜 이 망할 자식이 신이 나서 지랄이야"

하고 첨지도 벌떡 일어나면서 마구 고함을 쳤다.

"살았어요! 아버지!"

하며 입이 쩍 벌어진다.

"뭣이야? 살았어!"

"살구말구요. 지금 죽을 줬더니 그냥 쭉쭉 들이마셔요."

——그러나 점돌이가 이렇게 말을 한 때는 첨지는 벌써 그 자리에 있지 않았다. 그는 허둥지둥 논둑을 달리고 있었다. 그는 지금까지 자기가 이렇게 빠른 줄을 몰랐다. 아니 이렇게 느린 줄을 몰랐었다. 그는 소 앞에 내달으며 그대로 목을 얼싸안듯이 하고 그대로 울어버렸다.

그것은 첨지에게 있어서 지극히 다행한 일이었다.

그러나 첨지에게 또 한 가지 다행한 일이 있다. 그것은 지금까지 복순이에게 등한했던 것을 뉘우친 것이요 그 뉘우침이 또 한가지 불행을 정복했으니 중태에 빠졌던 복순이도 차차 열이 내리고 생기가 돌기 시작했던 것이다.

그러나 여기에 첨지를 위해서 또 한 가지 다행한 일이 생겼다. 그런 지 사흘째 가던 날 밤부터 봄 이래로 벼르고 벼르던 비가 퍼붓기 시작했던 것이었다. 그냥 하늘만 쳐다보고 있는 천수답에게

는 겨우 균열을 면해준 정도였으나 첨지네 여덟 마지기에는 흡족
은 못 하나마 그렇게 부족되는 물도 아니었다.

유모乳母

1

유모 제도(?)에 대한 아무런 비판도 없이 나는 유모를 두었다. 아내한테 쪼들리는 것도 쪼들리는 것이려니와 첫째 나 자신이 아이한테 볶여서 못 살 지경이었다.

어떤 편이냐면 아내는 사대사상(事大思想)의 소유자였다. 아내 자신은 자기는 그렇게 크게 취급하지도 않는 것을 내가 되레 크게 벌여놔서 자기가 사대주의자가 되는 것처럼 푸우푸우 하지마는 입덧이 났을 때부터 벌써 산파 걱정을 하는 것이라든가, 아직 피가 엉기지도 않았을 때건만 아이가 논다고 수선을 피우는 것이라든가, 당신 친구 부인에 혹 산파가 있는지 알아보라고 아침마다 한마디씩 주장질을 하는 것이라든가, 그것을 나이 어린 탓으로 돌리면 못 돌릴 것도 없기는 하지마는 어째든 사대주의자라는 것만은 면할 도리가 없었다. 물론 나이 어린 탓도 있기는 했다. 그런 데다가 어머니 아버지가 등잔덩이처럼 살아 있으면서도 군더더기 식구가 꿀벌처럼 엉겨들어서 버젓한 외딸이면서도 아기자기한 부모의 정을 모르고 자라난 아내였고, 나 자신이 또한 이렇다는 이유는 없으면서도 어려서부터 아버지와 눈을 못 맞추고 십여 년을 제멋대로 굴러다닌 사람이라 아내라기보다는 친구의 누이에게 대하는 것 같은 애정으로 아내에게 대해온 관계로 아내는 나를 어려워하는 대신 응석을 한다.

그러한 아내인지라 유모 걱정을 하는 것은 예사로 들어왔다. 그런 것은 이번이 처음이 아니다. 번연히 제달이 찼고 아내의 배가 빵그랗게 일어난 것을 내 눈으로 보면서도 산파 때문에 재수를 하는 아내를 그저 픽픽 웃고만 있었다. 그러다가 갑자기 온 방 안을 매대기를 치면서 복통을 호소할 때서야 부랴부랴 산파 주선을 하다가 뒤늦고 말았다. 그래서 생전 해보지도 못한 산파 시중을 식모하고 치른 쓴 경험을 가지고 있으면서도 젖이 안 난다고 울상을 해도 나는 들을 때뿐이지, 밖에만 나가면 잊어버리곤 했다.

"글쎄, 어쩌자구 나만 볶이게 한대요. 당신은 아침에 휙 나가면 밤에나 들어오시니까 아주 이건……"

아내는 참다못해서 짤끔했다.

"글쎄 여보, 유모를 어디서 파는 줄 아오. 어떻게 갑작스레 입에 맞는 떡을 구하우. 박순영이가 아이 낳을 줄 알고 젖통을 메고 다닌답디까."

이렇게 웃음엣소리를 하면 아내는 냄비 속의 콩알처럼 튀다가도,

"아이 내 참, 당신같이 맘이 편해서야……"

하고 마지못해 웃어버리고 만다.

그러고 나면 그것이 또 이럭저럭 며칠이 된다. 그러나 그러는
동안에 정말 아내의 젖통은 들어붙고 말았다. 젖먹이는 젖꼭지를
빨다가도 신산찮으면 바르르 떨고 재수를 한다. 더욱이 그날 밤
은 양유 꼭지를 물려도 괴벽만 피운다. 아내는 어르다 젖꼭지로
달래다 추썩이다 별짓을 다 해도 바늘방석에 앉은 아이처럼 잠는
소리를 한다. 그러니까 참았던 분이 복받치는지 젖먹이를 내게다
집어던지듯 내앙긴다.

"당신 자식이니, 당신이 맡으시구려!"

"왜 내 자식인가?"

"그럼 뭐야요! 당신이 늘 그러잖었수. 머슴앨 낳으면 당신 거구
계집앨 낳으면 내 거라구!"

그 말끝에는 픽 웃으리라고 생각했던 나의 기대는 어그러졌다.
아내는 팩 돌아앉아서 훌짝훌짝 울더니 무슨 큰 불행이나 되는
것처럼 점점 울음소리가 높아진다.

"아무리 남자라지만 어쩌면 그렇게두 못 본 체한대요!"

아내는 이런 넋두리까지 하며 맘 놓고 운다.

"인저 그만큼 해두구려. 어디 좀 알아봅시다."

"다 그만둬요! 그까짓 자식 죽거나 말거나!"

그날 밤은 둘이 다 뜬눈으로 새웠다. 추썩이면 챙알챙알하다가
도 심통이 나면 자지러진다. 나는 혼곤히 잠이 들다가도 깨고 깨
고 했다.

"고놈에 것 그냥!"

참다못해서 중얼거리니까 아내는 기다렸다는 듯이,

"유모 구하긴 싫은 사람이 애 우는 소리는 왜 싫다시우?"

하고 기어이 한술 뜬다. 사실 한두 번 내동댕이쳐서 죽지만 않는 다면 그렇게라도 해서 화풀이를 하고 싶을 만큼 아이는 보채었다.

이럴 즈음이라 유모가 있다는 말을 듣자 나는 귀가 버언했다. 그날 밤부터 오기로 작정이 된 뒤에야 외손녀 보러 온다고 삼칠 일이 나자마자 뛰어올라온 장모가 궁합을 봐야 하느니 손이 있는 날 여편네를 들일 수야 있겠냐느니 하고 푸념을 하는 것도 못 들은 체했다. 아내도 중학은 마친 터라 궁합을 본다고 서둘지는 않으나 유모의 젖을 분석해보지 않으면 안 된다고 꽤 까다로운 주문을 한다. 그러나 이것저것 다 따질 겨를이 없을 만큼 나는 며칠 내 아이한테 달달 볶이어서 잠을 못 잤다.

"뭘 그런 걸 다 따지오. 그 사람도 사람일 게니까 사람 젖이 나겠지, 사람 젖꼭지에서 개 젖이야 나겠소."

"허지만 그 집 혈통도 안 보고 어떻게 젖을 얻어먹인대요. 무슨 병이 있는지 누가 안다우?"

"글쎄, 괜찮대두 그러거든! 소개하는 사람도 점잖은 이고 K의 어린것두 이 사람 젖으로 살아났다는데……"

이렇게 꾸며대기도 했다. 실상 그런 걱정이 안 되는 것도 아니었지마는 그야말로 만들어 파는 물건도 아닌 유모를 또 어디 가얻어올 길이 망연했다. 그래서 끝끝내 뻑뻑 우겨대는 것을,

"젖두 없는 것이 애는 뭣하러 낳는 게야!"

하고 서슬이 퍼레서 윽박질러놓고, 그래도 나와서는 유모를 소개해준 같이 잡지 일을 보는 S를 도렴동으로 찾아갔다.

우리는 문학잡지 발간에 관한 의논을 한 후에 온 뜻을 이야기했다. S는 나의 이야기를 듣고는 "글쎄" 하고는 안으로 들어간다. S도 자기 부인이 소개한 것이라 잘 모르는 모양이었다. 안으로 들어가서 한동안 있더니 자기 아내도 유모의 근본에 대해서는 백지라고 한다.

"자네가 하두 앨 쓰기에 집사람더러 좀 수소문을 해보라고 했더니 저 집에 있는 식모가 소갤 해서 지금 그 사람을 말하더라네. 저 집에 갔다 오면 웬만 것이야 알겠지마는 혈통이 어떤지 병이 있는지 그것까지야 알 수 있겠는가."

그도 그럴 것이었다. 그래서 모자를 들고 일어서려니까 S는 기를 쓰고 붙들었다.

"아니야, 어떻게 되었든 유모는 데려다 놓고 봐야잖겠나."

"글쎄, 앉게나. 유모 집도 화동이라니까 화동서 계동이야 못 찾아가겠는가 뭘— 그러구 지금 저 집에 가서 식모한테 물어보고 오겠다니까 그동안에 우리 이야기나 좀 허세그려."

"뭘 일부러 가시기까지야."

"바루 요긴데 뭘. 볼일이 없어두 하루에 몇 번씩 가는걸."

S부인의 보고도 우리의 예측대로였다. 고향은 밀양이라는 것과 남의 소작으로 겨우 입에 풀칠을 해가다가 삼남 수재에 논이 개천이 돼버려서 서울로 올라왔다. 나이는 삼십이나 시골 사람 요량해서는 만혼인 데다가 아들 하나 있던 것을 물에 띄우고 젖먹

이가 하나 있었으나 그것마저 잃어버렸다. 이것이 S부인의 보고였다.

S와 저녁을 같이하고 집에 돌아온 때는 유모도 벌써 와 있었다.

언뜻 보고 그만하면 싶었다. 나이가 좀 앳되어 보이기는 했으나 기골이 장대한 것이 얼굴도 투덕투덕했다. 얼굴에 화기가 안 도는 것은 고생에 찌들려 그런 것이리라 했다. 깐깐스러운 장모의 눈에도 거슬려 보이지는 않았던지,

"사람두 걱실걱실한 게 괜찮구면서두 아이가 죽었다니 께름칙하잖은가?"

"장모님 마음에 든 것을 보면 괜찮은 정도가 아니라 훌륭한가봅니다. 그러구 어린것이 죽었다는 것도 홍역을 하다가 죽었으니까 뭬 께름칙할 게 있어요. 이런 말은 못 할 소리지만 딸린 아이가 없는 편이 되려 낫지요."

그래도 그악스러운 장모는 점쟁이를 찾아가서 궁합이며 손이며 다 물어보고야 결말을 지었다.

"어떡할까요. 유모 말은 제 집도 그리 멀지 않고 하니 하루에 세네 번씩 집에서 다녔으면 좋겠다구 그러는데?"

이튿날 아침, 자리에 누운 채 아침 담배를 피우고 있으려니까 아내가 들어와서 이런 의논을 한다.

"대관절 월급은 정했소?"

"십오 원을 달라는데 쥐꼬리만 한 월급에서 십오 원을 떼내고야 우린 뭘 먹구 살우?"

"허지만 내라면 냈지 별수가 있소."

"봄엔 그렇게 부처님 가운데 토막 같아도 여간내기가 아닙디다. 뭐 어디선 식모 월급이 얼마구 어디선 유모 월급이 얼만데 하며 주워섬기는데 아주 문서가 환합디다요."

어쨌든 월급도 작정이 되었다. 물론 제 집에서 다닌다는 데도 이의가 없었다. 아니 그것은 되레 이쪽에서 청할 일이었다. 아내도 참(慚)젖은 되는 터요 집에다 둔다면 아무리 안 먹는대도 칠팔 원은 먹을 거고 방 하나는 따로 치워주어야 할 거고 보태줄 것은 없더라도 주제가 사나우면 그것도 못 본 체할 수 없을 것이고 보니 하루에 세네 번씩 제시간만 맞추어준다면 더 생각할 나위도 없었다. 나이 젊은 것도 꼬지지한 것보다는 나을 것이다.

"그야 좋잖겠수. 십오 원을 준대도 우리야 십오 원밖에 안 되는 폭인데. 집에 둔다면 오 원어치만 먹겠소."

"그야 그렇지요."

"그럼 됐지 뭘 그라우. 죽그릇에 넘어지는 셈 치구 생색이나 내구려. 허구 그뿐인가 또."

"또 뭐야?"

"젊은 유모한테 애 잃을까 봐 맘 켕기지도 않을 거고."

"아따, 겁날 것 없어요!"

"잘두 없을걸!"

고심하던 유모 사건의 단락을 짓자 우리 부부는 이런 웃음엣소리까지 했다.

2

유모는 아내의 눈에 아주 쏙 든 모양이었다. 아내뿐만 아니라 그 꽤 까탈스럽고 그악스러운 장모가 이러니저러니 말이 없다.

"생김생김두 그렇지마는 아주 사람이 털스러운 게 웃음엣소리도 곧잘 하데나그려"

하고 장모가 회사에서 돌아온 나를 붙들고 유모를 추켜세울라치면 아내는 제가 칭찬이나 받는 듯이 맞장구를 친다.

"참 그래요. 아까두 와서 시골서 살던 이야기를 하는데 이야기두 구수하게 잘합디다."

"그래, 어디 불쌍해 듣겠더냐."

이것은 장모의 말이었다.

모녀가 주거니 받거니 유모 칭찬하는 소리를 듣고 나는 마음이 놓였다. 그러면서도 어떤 편이냐면 변덕스러운 장모요 사대주의자인 아내의 일이라 언제 또 무슨 트집을 잡을지 모른다고 그런 걱정까지 했다.

젖도 유아에게 맞는 모양이었다. 먹지를 못해서 비영비영[1]하던 것이 며칠 새로 두 뺨에 살이 토실토실하게 올랐다. 울음소리도 훨씬 영악스러워졌다. 달소수[2]나 되더니 인제는 정말 사람 같았다. 윤기도 없이 원숭이 볼기짝처럼 새빨갛던 얼굴도 점점 붉은 빛이 가시고 제 살빛이 돌아온다. 모자라서 찢어논 것처럼 빡빡해 뵈던 눈꺼풀도 여유가 생기고 눈알에도 제법 광채가 났다.

유모 229

"억꿍 억꿍, 아빠가 왔네. 얘 성순아, 아빠보구 과자 좀 주우 그래!"

나는 장모가 어르는 것만 우두커니 굽어보고 섰었다. 성순이는 영글지 못한 동자건만 잽싸게 굴리고 있다. 이것이 내 자식이다, 이런 생각이 생전 처음 나의 머리에 떠올랐다. 저것이 나의 피를 받은 것이다, 그것은 결코 기쁘지 않은 감정은 아니었다. 적어도 불쾌한 일은 아니었다.

그 감정은 내가 일찍이 경험해보지 못한 감정이었다. 기쁜 것도 같았다. 형언은 할 수 없으나 푸근한 것도 같았다. 아내가 있으면서도 어딘지 한 귀퉁이가 빈 것 같더니 손발을 바둥거리고 있는 어린것을 내려다보고 있는 동안에 그 비었던 구석이 채워진 것처럼 든직도 했다.

하여튼 그것은 야릇한 감정이었다. 묵처럼 는실는실하던 살이 굳어지고 윤이 나고 붉은 기가 걷히어 제법 사람 형태를 쓰자 그 야릇한 감정은 차츰차츰 구체화해가고 여물어갔다. 암만해도 그 감정은 자식에 대한 애정으로 해석할 수밖에 없었다──아니 그것은 확실히 어버이의 애정이었다.

이때부터 나는 나의 자식──딸년에 관심하게 되었다. 따라서 유모에게도 머리를 쓰게 된 것이었다.

나는 뒤늦게 유모의 피 검사도 했다. 젖을 분석도 해보았다. 아무런 이상이 없는 건강체라는 말을 의사에게서 들을 때 한숨이 휘 내쉬어졌다.

"오늘은 잘 먹습디까?"

딸년에게 대한 관심이 지나쳐서 이런 주책없는 인사를 했다가 아내한테 핀잔을 맞기도 했다.

"왜 개가 언젠 젖을 안 먹었수?"

어떤 날 나는 본정에 갔다가 장난감 가게 앞에 섰었다. 비행기니 기차니 목마니 하는 것을 이것저것 구경하다 말고,

'그것이 언제나 저런 목마를 타게 되나.'

이런 생각을 하며 셀룰로이드로 만든 손잡이를 한 개 사 들고 돌아왔다.

"성순아! 이것 봐라! 이것 봐."

마침 방 안에 아무도 없어서 이렇게 딸년을 어르고 있으려니까 앞치마폭에다 손의 물기를 닦으며 아내가 들어왔다.

"여보우, 그것두 인간이라구 이렇게 암팡지게 쥐구 있구려."

아내는 갑자기 내가 어린것한테 긴케³ 구는 것이 우스웠던지,

"인제 당신두 철이 나시나 보구려"

하고 웃는다.

그러나 딸년에게 대한 나의 관심은 이 정도에서 멈추지 않았다. 관심은 나도 모르게 도를 넘어서 잔소리로 변했다. 기저귀를 갈아주지 않았느니 베개를 삐뚤게 받쳐주어서 머리가 한쪽으로 일그러지겠다느니, 어른들이 아이 머리맡에 앉아서 아이가 눈을 치뜨게 되느니, 나의 참견할 영역이 아닌 데까지 아는 체를 하자 아내는 말끝마다 톡톡 쏘아붙였다. 물론 수다한 경우도 있었지마는 번연히 내 말이 옳건만도 되레 나를 윽박지르는 때도 있는 것 같았다.

"글쎄, 당신더러 그런 일 참견하시랬어요! 어련히 알아서 할까봐. 이건 오줌똥 받는 데까지 참견이구려!"

"아따, 이건 소리만 빽빽 지를 줄 알았지 자기 잘못한 생각은 도무지 않나."

"글쎄, 제발 그러지 좀 말아요. 우리끼리야 괜찮지만 유모가 듣는다면 고깝게 생각하잖겠수. 자긴 올 때마다 기저귀까지 빨아주고 온 정성을 개한테다 바치는데 그런 소리 듣는다면 오죽 섭섭다구 하겠수."

생각하면 그도 그럴듯한 일이었다. 그러나 실상은 유아에 대한 아무런 지식도 없으면서 웬일인지 여자들 손에만 아이가 맡겨지는 데 불안을 느끼는 것도 사실이었다. 이리하여 나는 아내에게서 아이에 관해서는 비용을 지불하는 이 외에 절대 간섭을 허락지 않는다는 명령을 받고 말았다.

"집에서 요샌 일거리가 없어서 야단예요. 어떻게 수소문해보셔서 일자리 한 군데 마련해주십시오."

자기 집 이야기는 털끝만큼도 하지 않는다고 아내가 늘 이상하게 생각해오는 눈치더니 하루는 유모가 풀쑥 이런 말을 꺼냈다. 아내는 이상하다는 듯이 나를 쳐다보더니,

"거 어디 하나 천해주시구려"

하고 말을 시키라고 그러는지 탄한다.

원래 사람을 어디 천할 만한 주제도 못 되지마는 지게꾼을 소개할 만한 자리가 없으리라는 것을 아내 자신 잘 알고 있으면서 그런 말을 하는 것으로 보아 필시 면치레로 한 말이겠거니 싶어 나

는 잠자코만 있었다. 그런 터라 나는 그날로 잊어버리고 말았다. 유모도 그 후에는 다시 말이 없었다.

그런 지 며칠 지난 어떤 날 나는 늦게야 집으로 돌아왔다. 지금까지는 순 학술 잡지를 편집해오던 『논단』을 갑자기 대중 잡지로 고쳐보자는 의견이 돈 것이다. 나는 물론 반대였다. 그러나 『논단』의 경영자인 K가 그것을 고집하는 이상 중뿔나게 나만이 나설 것도 없고, 또 그런대야 별 효과도 없을 것 같아서 굿 보고 떡이나 얻어먹는다고 반대 당인 S와 함께 애꿎은 선술집만 뒤진 것이었다.

"그 노릇이야 어떻게 하겠나. 월급 사십 원두 좋지마는……"

나는 아무 말도 못 했다.

물론 『논단』 역시 합법 출판물인 터고 보니 그것을 간행함으로 해서 그의 양심이 자위(自慰)를 받아온 것은 아니다. 그러나 저급한 독자의 취미에 영합시키기 위해서만 만들어지는 잡지를 편집한다는 것은 그의 양심이 허락지 않았다. 그것은 계급적 양심이라고 할 것까지도 못 되는 아주 평범한 도의심(道義心)의 발작이었다.

S의 심경에 나도 물론 동감이었다. 그리고 응당 그와 태도를 같이한다는 약속을 해야만 옳을 일이었다. 그러나 나는 말을 못 했다.

동의를 표하고 태도를 작정하려고 한 그 순간 나의 머리에는 어린것의 토실토실한 뺨이 떠올랐다. 술 덤벙 물 덤벙 살아오던 나에게 '처자'라는 두 글자가 뚜렷이 재인식되었던 것이었다.

그것은 어떤 편으로 해석하거나 내게는 괴로운 일이었다. 두드러지게 내세울 만한 것은 아무것도 없다고는 하면서도 계급적으로 보아 추호만큼도 대중에게 기여함이 없는, 아니 되레 악영향을 주는 대중 취미 잡지에 이름을 내걸기가 괴롭다고 처자를 거리에 내동댕이치는 것도 괴로웠지마는 그렇다고 처자에 얽매여서 양심의 가책을 받으면서도 꾸벅꾸벅 돈 사십 원에 얽매인다는 것은 괴로운 일이었다. 그러나 그런 이야기를 아내에게 할 도리도 없었다. 입으로는 어쩌니 어쩌니 야불야불 지껄이면서도 몇 해 배운 아라비아 숫자의 덕택으로 타산에는 빠른 아내다. 양심과 기근과를 바꿀 아내라고는 생각되지 않았다.

그날 밤 나는 더없이 우울했다.

내가 늦게 들어올 때는 으레껏 그랬지마는 아내의 심기는 또 좋지 못했다. 그래도 전에는 일찍 들어와야 한다는 것이 무언중에 그러면서도 범할 수 없는 법률처럼 되어 있는 '가정생활'인지라 피치 못할 일이 있어서 늦었다더라도 떳떳하게 뱃심을 부리지 못하고 눈치를 보았지마는

"문 좀 닫고 들어오셔요!"

하고 툭 쏘아붙이는데도 귀 거슬리게 들을 여유도 없었을 만큼 나는 내 생각에만 골몰했었다.

"요샌 웬일인지 유모가 발이 떠요."

아주 안 볼 사람처럼 쌀쌀하게 굴더니 아내는 이렇게 말을 붙인다.

'기계가 아닌 이상 그럴 수도 있지 뭘!'

하고 생각은 하면서도 나는 잠자코 있었다.

"그러구 젖 나는 품도 전만 못하던데, 어디 다른 데 또 젖을 빨리러 다니는 게나 아닐까."

아마 모녀가 앉아서 이때껏 주고받은 모양이었다. 그래도 나는 탄하지 않았다. 얼굴 생김으로만 한대도 그네들이 말하듯이 그렇게 야마리 까진 짓은 할 것 같지도 않았지마는 머리가 어수선하여 이러구저러구 참견하고 싶지가 않았다. 나는 쓰다 달다 말도 없이 그대로 건넌방으로 건너가서 쓰러졌다.

취미 잡지 문제는 며칠을 두고 계속이 됐다. 사장 되는 사람은 실상 문화 사업을 위한다느니보다도 그렇게 상서롭지 못한 방법으로 모은 돈이라 사람들의 입을 막기 위해서 시작한 터고 보니 잡지를 발간하고 수지도 맞고 한다면 더 볼 나위 없을 것이었다. 같이 일 보는 사람들의 공기도 반수 이상이 그쪽으로 기울어진 것 같았다. 다만 S만이 사의를 표하고 있을 뿐이다.

'그만둬? 탈을 쓰구 참아봐?'

나는 하루에도 몇 번씩 이런 생각에 몰두했다.

이렇게 머릿속이 어수선한 동안에도 아내는 몇 번이나 나의 귓전을 울렸다. 갑자기 전보를 받고 내려가면서 장모 되는 이도 유모를 갈아내라고 신신당부를 했지마는, 이것도 역시 아내의 사대주의에서 나온 의논일 게라쯤 생각하고 한 귀로 듣고는 한 귀로 흘려버리고 했다.

그러던 어떤 날이었다.

늦더위도 가시고 바람도 제법 산들산들해졌다. 마침 그날은 아침결에 소나기가 한줄기 지나가고는 여우볕처럼 햇살이 퍼졌다. 나는 며칠 내로 무겁던 몸이 가뿐해져서 사로 나가서 급한 시간을 다투는 것만 대강대강 정리를 해놓고 S, K, M, 이렇게 작당을 해서 몰려나오다가 아내와 딱 마주쳤다.

"웬일이오."

한 손 접는대도 놀라지 않을 수 없었다.

"유모가 안 와요."

"유모두 사람이니 혹 그럴 때도 있잖겠소. 난 또 무슨 큰일이나 났다구."

"글쎄, 그러시지 말구 좀 가보셔요. 암만해두 딴 데 또 가는 데가 있는 것 같아요."

길게 이야기해야 아내의 고집을 꺾자면 왁자지껄해야만 되겠기에 그러마고 아내를 돌려보내고 절에 가서 놀다가 다 저녁때에야 들어갔다.

아내가 아는 체를 하리라고는 기대하지도 않았다.

"유모 왔습디까."

"……"

나는 젖먹이 머리통에 놓인 양유통을 보았다.

"그럼 온종일 안 왔나 보구려?"

"다 저녁때서야 다녀갔어요."

대꾸하기도 싫다는 말씨다.

"왜, 무슨 일이 있답디까?"

"남편이 앓아서 몸을 못 빼쳤다고[4] 그러더군요."

아무리 남편이 앓기로서니 엎드러지면 코 닿을 데니 잠깐 다녀 감직한 노릇이라고는 생각했지마는 그렇잖아도 성이 머리끝까지 난 아내를 북돋아줄 때도 아니다. 나는 또 한 번 참았다.

여덟 시가 지나서 유모가 왔다.

"그래, 바깥어른이 편찮다더니 좀 어떠시오"

하고 물으려니까 유모는 잠깐 머뭇거리는 눈치더니,

"인제 그만해요"

하고 다소곳이 고개를 떨어뜨린다.

"어디가 어때서 그럽니까."

"몸살이죠, 뭐."

"몸살?"

몸살이라면 남의 아이를 맡은 사람이니 잠깐 다녀갈 수도 있지 않을까 싶었다.

"어려워 말구 바른대로 얘길 하구려. 우리 친구에 영한 의사도 있고 하니 좀 가서 보이기라도 하게."

"뭘요, 몸살인데요."

유모는 몸살만 자꾸 내세우더니만 자기도 난처하던지,

"홧병이야요, 홧병! 벌이는 없죠. 양식은 떨어지죠. 성미는 급하죠—"

"단 두 식구라면야 그것 가지면 그럭저럭 조석은 끓여 먹잖겠수? 그야 십오 원 가지구 뭣 떼구 뭣 떼구 하면 어렵기야 하겠지만 살림이란 한도가 있는 게요."

아내는 무슨 단서나 얻은 듯이 이렇게 꼬집어 말을 한다.

"아이참, 생각해보셔요. 말이 십오 원이라지, 거기서 삼 원씩 집세 떼지요. 쌀값이죠. 나무값이죠. 약값이죠…… 옷 해 입어야 살죠!"

"그럼 월급을 올려달란 말요?"

아내는 얀정⁵ 없이 말문을 콕 막는다. 유모는 펄쩍 뛰듯이 그렇지 않다는 것을 변명하고는 젖을 먹이고 일어섰다.

"낼은 일찌감치 오죠."

아내는 내다보지도 않았다.

3

그 후로도 아내는 날마다 앉으면 유모 말을 했다. 처음에는 귀담아듣지도 않았지마는 하도 여러 번 듣고 나니 사실 요새는 유모가 몸을 좀 사리는 것같이도 보였다. 어린것도 전에는 제 어미 젖꼭지를 물고는 챙알대다가도 유모가 젖통을 들이대면 끽소리 없이 벌컥벌컥 들이켜던 것이 며칠 내로는 몹시 시답잖아하는 모양이었다. 어떤 때는 신푸녕스러우면⁶ 젖꼭질 문 채 잡는 소리를 하고 앙탈을 하는 때도 있었다.

"아무래두 딴 데 젖을 대이는 게야요! 그렇게 흔턴 젖이 요새 갑자기 그렇게 말라붙을 리가 있어요."

아내는 하루에도 몇 번씩 되뇌었다.

그제야 나도 생각키었다. 혹 끼니때에 와서 밥 먹는 것을 보면 거량이라기보다도 허겁지겁 퍼넣는다. 그것은 맛나게 먹는 것이 아니라 시장해서 먹는 것 같았다. 먹던 밥을 주어도 김치국물을 들이부어 무말랭이를 넣고 썩썩 비벼서는 아귀같이 퍼넣는다. 그 것으로 보아 식량을 못 채운다는 것은 짐작되었다. 물론 십오 원에서 삼 원 집세를 떼고, 장정 두 식구가 먹는데 여유가 있을 턱이야 없다지마는 그렇게까지 식량이 못 된다는 것은 그의 자취시대를 요량해본대도 의심스러운 일이었다. 하지만 남편이 약질이라 약 첩이나 달이게 된다면 돈 십 원 가지고 풍성할 게 어디 있으랴, 이렇게 돌려 생각도 해보았다. 그리고 또 모체가 그렇게 부실하게 먹는다면 젖이 안 나는 것도 의당하리라 생각하자 그대로 내버려둘 수도 없다 싶었다.

그러나 내게는 더 여유가 없었다. 아니 여유가 없는 정도가 아니라 현재도 십오 원씩을 떼내고는 담배 한 갑 맘 놓고 사 피우지를 못하는 터다. 여기저기 일이 원씩 어떤 때는 삼사십 전씩 거미줄 얽히듯 빚을 져오는 터였다. 그렇다고 아내의 말대로 유모를 갈아들일 수도 없는 일이었다. 고만 것이라도 수입이 있는데 그럴 제야 그나마 똑 끊어진다면 그도 딱하리라 싶었다. 유모를 도와준다는 동기에서 유모를 둔 것도 아니요, 악의라는 의식까지는 없다 하더라도 자기 자식 먹이자고 남의 귀한 젖――아니 그것은 피었다――을 돈 주고 산다는 것이 그렇게 떳떳한 일은 못 될 것이었다. 더욱이 병든 남편을 안고 양식거리가 없어서 우리의 눈을 속이어 다른 아이에게 젖을 빨리러 다닌다는 것이 사실이라 하더라도 그만을 나무랄 용기는 나지 않았다. 자기 자신이 되레 악착한 것만 같이 생각되었다. 어떤 날 동료한테 그런 이야기를 하니까 그 사람은 "이크, 또 인도주의자가 하나 더 생겼군"하는 조롱을 받은 일도 있었다. 그러나 나는 어쩐지 내 자식만을 위해서 지금의 그들 부부에게는 유일한 생명선인 젖꼭지를 봉쇄할 용기는 안 났다. 그것은 동료들의 말마따나 인도주의도 아니었다. 로맨티시즘도 아니었다.

『논단』사의 동요는 달포가 되도록 잦을 줄을 몰랐다. 따라서 나의 우울도 개지를 못했다.

그날도 나는 S의 집에서 두 친구와 따로이 재단을 세워서 좀더 떳떳이 낯을 들고 해나갈 수 있을 만한 잡지를 발간키로 의논을 하고 S가 다소 희망도 없지 않은 외삼촌인 P씨에게 교섭을 하기로 하고 아홉 시에 헤어졌다.

나는 거기서 다시 팔판동 M에게 간단한 보고와 부탁을 겸해서 하고 M도 출동을 시키었다. M의 집을 나온 때는 열 시가 훨씬 지났었다.

팔판동에서 내려오자면 화동으로 빠지는 좁다란 골목 모퉁이에 담배꽁바리 속같이 꾸민 구멍가게가 있다. 그 구멍가게에서 지게꾼 하나가 어린것에게 무엇인지 사주고 있다.

물론 이 평범한 장면이 나의 눈을 끈 것은 아니었다. 무심코 내려오는데 나의 눈에 비쳤을 따름이다.

그러나 나는 내려오다 말고 발이 딱 붙어버렸다. 바로 지게꾼 옆에는 아이를 해서 들쳐업은 젊은 부인이 있었기 때문이었다.

그 부인은 희미한 불빛에서나마 유모인 것이 분명했다. 그가 유모라는 것이 분명하다면 그 옆에 선 지게꾼이 그의 남편일 것도 분명할 것이고, 또 그 지게꾼의 팔에 매달린 아이와 등에 업힌 어린 젖먹이가 지게꾼과 유모와의 사이에서 난 어린것들이라고 상상할 수도 있을 것이었다. 설사 유모 자신의 어린것은 아니라 친다더라도 유모가 등에다 걸머지고 다닐 제야 유모와 아무런 관계도 없는 아이라고는 생각기 어려운 일이었다.

나는 가던 걸음을 멈추고 한참이나 동정을 살피었다.

지게꾼은 손을 잡은 어린것에게 무엇인지를 사주는 모양이다. 어린것은 이것저것 사달라고 조르는지 신이 나서 손가락질을 한다. 지게꾼은 한참이나 서서 아이에게 시달리더니 지게를 벗어젖히고 구멍가게 안으로 들어간다. 유모가 넌지시 넘겨다보고 무엇이라는지 말을 하는 모양이다. 내게까지는 들리지 않았다.

"아무것이나 하나 사 들리잖구 뭘 이것저것 만지구 있수."

—상상컨대 이런 종류의 말을 하는 것도 같았다.

그들은 얼마 동안 주거니 받거니 하더니 도로 지게를 지고 개천을 건너선다. 유모의 손에는 배추 한 단과 무엇인지는 모르겠으나 큼지막한 신문 봉지가 들려 있었다. 콩나물인가도 싶다.

나는 생각 없이 그들의 뒤를 밟아 한참이나 따라갔다. 따라가다가 정신이 돈 때는 어디로 가는 건지 그것이 궁금해졌다. 어떤 집에서 어떻게 사는가도 알고 싶었다.

그들은 천변을 끼고 자꾸 올라갔다. 저희들끼리는 무슨 이야기를 하는 모양이나 "그래서"니 "아주"니 하는 말 대문이 가끔 흐를 뿐 무슨 이야기인지는 짐작할 도리가 없었다.

삼청동 막바지에서 그들은 비탈을 타고 산기슭으로 올라간다. 나는 허리끈을 잡힌 사람처럼 무한정 따라갔다.

산등성이에 올라서니 거기는 난가게처럼 거적과 양철 조각으로만 지은 집이 사오십 채 있었다. 나는 그제서야 말로만 듣던 빈민굴이 여기던가 했다. 그것은 하릴없이 석유 궤를 세워논 것 같은, 심하게 말한다면 돼지울 그대로였다. 이십 세기 문명의 자랑이라는 전기가 여기까지 올 리도 만무했지마는 석유불이나마 안 켠 집이 많았다. 불은 켰대도 불빛이 새어나올 창도 없는 집도 그중에는 있는 것 같았다. 유모의 일행이 들어간 곳도 이 집 중의 하나였다.

나쁜 짓이라고는 생각하면서도 그대로 내려오기는 싫었다. 그래서 나는 발이 가는 대로 따라갔다. 그것은 이 부락의 맨 끝이었다. 희미해서 잘 보이지는 않았지마는 이 부락에서도 제일 날림으로 꾸민 헛간이었다. 벽은 모두가 가마니짝이었다.

한동안 불을 켜고 뭣을 치우고 하느라고 법석을 피우더니 어린애 우는 소리가 새어 나온다. 나는 또 한 번 놀랐다. 그것은 아까 등에 매달렸던 어린것 요량해서는 갓난애 울음소리였기 때문이었다. 그것은 확실히 나의 딸년 또래의 젖먹이 울음소리였다.

'하나도 없다는 것이 자그만치 셋씩!'

나는 속에서 푹 치밀어 올라오는 것을 꿀꺽 참았다. 그 푼더분하고[7] 순박해 보이는 얼굴——어디에 이렇게 앙큼스러운 일면이 있었던가 싶어 나는 어둠 속에서 유모의 얼굴을 그려보고 있었다. 어딘지 모르게 온후한 맛이 도는 그 눈언저리, 더없이 후해

242

보이는 코, 덤덤하게 다문 입, 오줌동이나 이었으면 격에 맞음직
한 그 얼굴 어느 구석에 그렇게 앙큼스러운 일면이 있을까. 유모
는 말소리까지 그랬다. 덤덤한 게 어딘지 어리석어 보였다. 웃음
소리만 해도 그랬다. 앙칼진 데는 조금도 보이지 않았다. 이렇듯
얼굴로나 체격으로나 음성으로나 여유가 있는 유모였다.

'그 유모가? 그럴 수가 없지!'

사실을 눈앞에 놓고는 나는 이렇게 중얼거렸다.

나는 그제서야 유모를 다시 한 번 뜯어보았다. 그렇게 생각하고
하니 눈갓이 알로 축 처진 것이 얼굴답지 않게 요염한 인상을 주
는 것같이도 생각키었다.

'그렇다! 눈이다. 눈!'

엉겁결에 갓난것이 잡는 소리를 한다. 뭐라고 어르는 소리가 나
더니,

"이런 놈의 팔자가 있담! 제 자식은 젖이 적어 안달을 하는데
남의 자식한테 젖을 먹이러 다닌담. 세상두 고르지도 못하지!"
하고는 한숨이 꺼진다.

"이 사람아, 빈말이라두 그런 소릴랑 말게! 이러니저러니 해도
그 아이 아니면 다섯 식구가 고태꼴 갈 판여!"

이것은 남편의 말이었다.

"암만해두 애가 죽을라나 보우, 어째서 못 돌리구 이렇게 감기
가 심할까!"

"뭣보다두 기침을 봐야 해! 갓난애 기침 소리라구 양철 두드리
는 소리가 나는걸그랴!"

말 거취*가 젖먹이가 몹시 앓는 모양이다. 과연 조금 있더니 깔딱 넘어가게 기침을 한다. 요새 며칠 제때를 못 맞춘 것도 그 까닭이었구나 싶었다. 그러고 보니 아내의 불평에도 일리는 있었구나 했다.

또 한바탕 기침이 터졌다.

"그 망할 놈에 계집앤 처먹기두 해! 떵떵 불구어가지고 가두 그저 홀쪽하게 빨아대니!"

나는 질겁을 하듯 그 자리를 떠났다. 쫓기는 사람처럼 부리나케 비탈을 내려와서 그 부락이 보이지 않는 데까지 와서야 숨을 내쉬었다.

까닭 없이 괴로웠다. 거기 있기만 하면 점점 무서운 말이 쏟아질 것만 같았다.

'괘씸한 년!'

드윽 성냥을 그어서 담배를 붙여 물고 나는 한참이나 산등성이를 올려다보았다. 괘씸한 요량 해서는 연놈을 한번 휘둘러봤으면 싶었다. 속이는 것보다도 속은 것이 분했다. 첨부터 그런 사정을 이야기했다더라도 자식 없는 젖이 날 데가 없을 게고, 나 또한 그렇게 수숫대 속처럼 차지를 않은 터고 보니 그만 것쯤이야 양해할 수도 있었을 것이었다. 그러한 자기를 감쪽같이 곯려먹은 유모가 밉다 못해 분했다.

"에이, 깜찍한 것들! 어디들 좀 보자. 십오 원이나마 없으면 너들두 어려울걸!"

나는 길을 걸으면서도 혼자 되뇌었다.

"내가 자식을 굶겨 죽이는 한이 있더라도 네 젖은 안 먹일 테다!"

"정말 젖 때문에 큰일 났어요! 내 젖은 그나마두 안 나구 유모 젖은 자꾸만 줄어가구……"

집에 들어서기가 무섭게 오만상을 찌푸리었을 말소리다.

"아따, 짜증을 내더라두 방에 들어가서나 냅시다그려."

"애는 배를 못 채워 잡는 소릴 하구 온종일 나 혼자서만 매대기를 치니 살겠어요! 아이 볼 계집앨 하나 얻어주든지 식모를 하나 구해보든지."

"인제 그만해두우"

하고 나는 방으로 들어와서 아내가 앉기를 기다리어,

"그런데 여보"

하고 말을 꺼냈다.

아내는 무슨 얘긴가 싶어 나를 빠안히 쳐다보고 앉았다.

그러나 막상 이야기를 하자고 드니 차마 용기가 안 난다. 아무리 유모의 한 짓은 괘씸하다 친다더라도 자식을 가진 어미로서의 그를 나무랄 도리는 없다 싶었다. 그 말을 듣는다면 그 성미에 녹두방정[9]이 나올 것도 겁 안 나는 바도 아니기는 했지마는 그보다도 내 자식 주린다고 남의 자식 굶겨 죽이라고 강요할 도리는 없지 않을까 했다. 제 자식을 살리자고 유모를 구하는 아내의 모성애나 이 세상에 나올 때 어엿한 제 젖을 가지고 와서 부모의 가난 때문에 남에게 빼앗기고 골골하는 자식을 불쌍히 생각하는 유모의 심정이나 자식에 대한 애정임에는 다름이 없지 않을까?

여기에서 젖을 뺏긴 쪽을 따진다면 그것은 유모의 젖먹이가 아니라 나의 딸년이었다. 유모의 어린것이 제 젖통을 빨려고 하는 것은 부여된 권리였다. 십오 원, 그러나 이것은 한 호의에 대한 사례였다. 호의란 것은 베풀 수는 있는 일일지라도 결코 그것을 강요할 성질은 아닐 것이었다.

그러나 지금의 경우는 주객이 전도된 셈이다. 당당한 주권을 가진 유모의 어린것은 강요할 성질이 못 되는 호의를 받고 그 대가로 권리를 빼앗긴 것이었다. 유모의 어린애로서 볼 때에 그것은 심히 모순된 일일 것이다. 그리고 무엇보다도 더 큰 모순이요, 더 억울한 것은 자기의 자유의사에서 생긴 교환이 아니요, 부모의 자유의사, 아니 돈이라는 야릇한 물건에 정복된 부모의 무능이 그것을 강요한 것이다.

그리고 이보다도 더 큰 모순은 그네들만 한대도 이렇게 모순된 교환 조건을 달게 받기는 하나마 결코 바라지는 않았다는 것이었다. 저쪽에서 줄 권리는 있을지 몰라도 이쪽에서 달랄 권리는 없는 유모의 젖꼭지였다.

나는 나 자신을 비웃었다. 확실히 우리 것이 아닌 것을 잘 알고 있으면서도, 제 것을 제가 먹자고 애를 쓰는 아이를 나무란 나 자신을 조롱했다. 그리고 유아에게 맡은 젖통을 맡긴 당자에게 반환했다고 유모를 욕한 나 자신의 어리석음을 깨우쳤다. 자식에게 대한 애정으로 아니 남의 것을 일시적으로 맡은 사람으로서의 임무를 다하기 위하여 그 먼 곳을 무릅쓰고 하루에도 몇 차례씩 왕복한 유모가 아니었던가? 삼청동 막바지를 화동이라고 속여가며까지 눈이 말똥말똥하니 산 자식들을 죽었노라고 꾸며가면서까지 자기의 맡은 의무를 다하기에 노력한 유모가 아니었던가.

이렇게 생각하자 나는 유모를 나무랄 용기가 다시는 안 났다. 그때 유모에게 대한 나의 감정이라면 동정이었다. 마음속에서 우러나온 정의감이었다.

나는 제가 맡긴 젖을 달라고 그악을 떠는 어린것을 떼치고 띵띵 불은 젖통을 움켜쥐고 삼청동 막바지에서 계동 꼭대기를 달려올 때의 유모의 심정을 이리저리 상상해보았다. 더욱이 병까지 난 어린것을 떼놓고 투실투실하게 살쪄가는 남의 자식을 찾아 나올 때의 유모의 표정을 상상해보고 있었다!

"나 참, 싱거운 양반두 봤수. 남을 불러놓고 무슨 생각을 그렇게 하구 앉으셨수, 그래?"

나는 그대로 잠자코만 있었다. 지금의 나의 심경을 그에게 이야기한댔자 아내는 비웃기만 할 것을 잘 알고 있기 때문이었다.

이튿날은 일요일도 아니었지마는 나는 사에도 안 나갔다. 아내는 아침부터 머리를 빗는다 치마 주름을 잡는다 법석이다.

"왜 어딜 갈라우?"

"좀 나갔다 오겠어요. 집에 계시다지요?"

"어딜 가기에?"

"유모 한 군데 말해볼까 해서 그래요. 내 곧 다녀 들어올 게니 아이 좀 보셔요."

"유몰 두구서 무슨 유몰 또 구하러 간다구 야단요"

하고 나는 펄쩍 뛰었다.

"유모라구 쓰겠어요? 그 흔케 나는 젖을 어떻게 하는 겐지 글쎄 요샌 빈 꼭지만 빨리구 간다우! 필시 어떤 놈의 집 자식한테 젖을 대이는 게야, 그러게 그렇지 뭐요!"

나는 한사코 아내를 만류했다.

유모의 젖이 시원치 않은 것은 요새 자기 남편의 병으로 돈이 몰리니까 배를 주려 그런 것이다. 그렇게 가난한 사람을 지금 당장 뗀다는 것도 사람으로서는 차마 못 할 노릇이요 그럴 리야 없 겠지만 설사 다른 데 젖 먹이는 곳이 있다손 치더라도 굶어 죽잖 으려고 하는 노릇이고 아이 없는 어머니에게 젖이 날 턱이 없고 보니 제 자식 있는 사람의 젖을 얻어먹이는 것보다도 갈라 먹이 더라도 제 소생 없는 편이 유리하지 않으냐는 것을 여러 가지로 역설해 들리었다.

"생각해보구려. 당신이 남의 집 유모로 들어갔다더라도 아무러 면 남의 자식이 내 자식만큼이야 소중하겠소? 그건 사람의 본능 인데 뭘. 그러니 두 집 유모 노릇을 한다 가정한대도 제 자식 없 는 편이 되려 낫습넨다."

그 말을 듣더니 아내도 그럴 성한지 주저앉고 말았다.

유모는 열 시나 돼서 왔다. 나는 아내한테 눈짓을 해서 밥을 차 려주었다.

"바깥어른은 좀 어떠시오?"

나는 이런 인사를 하면서도 낯이 간지럽기는 했다.

"좀 그만합니다."

"어, 그것 참 다행이군!"

유모의 얼굴이 빨개지는 것을 보자, 나는 더 말이 안 나갔다. 유모는 몹시 거북하던지,

"젖이 모두 세빠져서"

하며 어린것에게 젖꼭지를 물린다.

"우리 성순이한테 젖꼭지를 물릴 때마다 유모두 잃은 것 생각이 나겠구려, 까딱하면 큰일 나지. 아이 하나 기르기가 우리같이 힘들어서야!"

무심코 한 말이건만 유모의 귓바퀴는 빨개졌다. 아내는 아무것도 모르고 한 말이나 유모에게는 콕 찔렸을 것이다. 유모는 아무 대꾸도 없이 어쩔 줄을 모르더니,

"아유, 몹시 시장했던가베. 가엾어라"

하고 어린것의 뺨을 어루만진다.

"유모 어린것 잃은 대신 자식이 하나 생겼으니 부디 좀 잘 키워주슈. 저것이야 바가지나 긁을 줄 알지 뭘 안다우."

나는 이렇게 웃음엣소리를 하며 담배에 불을 붙였다. 유모는 그 말에도 대답이 없이 얼굴만 붉어졌다. 그것이 더 안타까웠다.

푸우, 나는 연기를 내뿜었다. 문구멍으로 새어든 햇살은 마치 빨랫줄처럼 방을 가로질러 맞은편 벽에 못 박히었다. 자줏빛 담배 연기는 물살을 이루듯 햇살을 칭칭 감고 돌아간다.

"잘 먹우?"

나는 유모를 돌아보았다.

"네, 아주 꿀떡꿀떡 넘어가요."

"우리 성순이가 복은 많구나."

혼잣말로 이렇게 말을 하고 나는 내 방으로 건너왔다. 어쩐지 지금의 내 자신의 생활이 유모의 그 생활과 똑같다는 것을 깨닫는 순간, 내 자신에 대한 증오가 무럭 치밀어 올라왔기 때문이었다.

벌써 써야 할 사직원이 여태 백지대로 있는 것은 내게는 괴로운 일이었다.

용자 소전龍子小傳

1

'말을 해서는 안 된다'는 경구(警句)가 책 속에 씌어 있기나 한
것처럼 초록빛 부사견을 늘인 책장에서 책을 나르기 시작한 후로
의 용자는 말이 적어졌다.

원래 말이 적은 아이고 나이보다는 조숙하여서 철학자같이 침
묵을 지키고 있는 용자라 단 하나뿐인 오랍동생이면서도 일 년
가야 서로 이야기하는 일도 없는 우리 남매였다. 나는 용자가 무
엇을 생각하고 있는지 어떠한 취미를 갖고 있는지도 몰랐다. 그
러다가 언젠가 나의 책꽂이에서 하이네니 바이런이니 하는 시집
이 없어지는 것을 보고 이상히 여겼는데 그것이 용자가 빼가는
것인 줄을 알고서야 나는 용자가 문학에 취미를 갖고 있다는 것
을 알았다— 그러나 웬일인지 그런 후로는 원래 말이 적은 아

이기는 하지마는 도통 집 안에서도 입을 벌리지 않는다. 낮에는 온종일 병원에 가서 처박혔고 밤에는 일찍 온대야 해가 진 후고 내가 못 보아 그런 게거니쯤 생각하고는 별로 이상히 생각지도 않았다. 그러나 낮이나 밤이나 저 혼자 제 방에서 뒹굴다가 끼니 때나 되어야 안방으로 들어온다는 말을 어머니한테 듣고는, 바이런의 여독인가? 하는 생각도 없지 않았다.

집에서는 용자를 그렇게 만든 것이 나라고 생각하는 눈치다. 내가 문학서류를 사들이기 때문에——아니 용자를 문학소녀를 만들기 위해서 저와는 부니가 떨어지는 책을 사들이는 것이라고 생각하는 눈치였다.

물론 아버지가 그렇게 생각하는 데는 그럼직한 근거가 전혀 없는 것도 아니다.

일찍이는 나도 문학청년이었다. 중학 이학년 때부터 이해할 수 있는 정도의 문학 서적이면 되는대로 읽고 혹 씁네 하고 원고지장을 사들인 때도 있었다. 그러나 아버지의 반대는 졸업기에 와서 더욱 맹렬하였다. 나는 멱살을 잡히듯이 끌리어 의전에 시험을 쳤다. 별로 자신도 없었다. 되면 되고 안 되면 안 되어도 좋다. 아니 안 되는 것이 되레 좋다. 이런 태도로 시험을 친 것이 다행히 (지금 생각하면 조금도 다행한 것이 아니었지마는) 패스가 되었다.

이리하여 나와 문학과는 인연이 멀어졌지마는 문학을 그리는 정은 사라질 줄 몰랐다. 피뜩피뜩 신문이나 잡지에서 옛날 동창들의 이름이 발견될 때마다 그지없이 부러운 정을 느끼었다. 멀리 별을 따러 가는 동무들을 저 밑 구멍 속에서 바라보는 것 같은 하염없는 심사였다. 나는 실상 조금도 의학에 취미를 느끼지 못하면서도, 너희는 문학이면 나는 의학으로 몸을 세우리라는 엉뚱한 패기로 의학에 몰두하였다.

그러면서도 혹시 장정이나 새뜻한 문학서류가 눈에 뜨이면 자기도 모르게 그것을 샀다. 말하자면 내가 문학서류를 사는 것은 읽기 위해서가 아니라 장서하기 위해서였다. 날로 날로 문학적 지반을 닦아가는 동창들에게 자랑하기 위한 책이었다——봐라, 내게도 책이 있다. 언제든지 여유만 생기면 나도 너희들만 한 지위를 얻을 수 있다. 이러한 자위(自慰) 행동에서 생긴 것이었다.

그렇기에 책은 사다만 놓고 한 권도 통독한 것이 없었다. 시라면 몇 개, 단편이라면 한두 개 틈틈이——그것도 시간 보내기 위해서 읽는 정도의 것이었다. 실상은 용자가 내 책상에서 문학서류를 빼다 읽는 것도 작년 봄에야 발견하였다.

그날만 해도 내가 하이네 시집 속의 「오월의 노래」라는 시를 찾아볼 일만 생기지 않았던들 지금까지 몰랐을지도 모른다. 한 권 빼가지고는 한 권 갖다 꽂는 터라 책장이 그렇게 눈에 뜨이게 뵈는 일도 없었고 한 달 가야 한두 번밖에 문학 서적만이 들어 있는 이 초록 부사견이 늘인 책장에는 손을 대지 않는 나였기 때문이다. 그러나 그 봄까지만 해도 나의 문고란 그지없이 빈약한 것이었다. 시집이 몇 권, 소설이 몇 권,『태서 명시의 감상』이니『세계 문학 전집』이니 하는 따위뿐이었다.

그럴 때 중학 시대 동창인 B가 찾아왔다. B는 작가로서 벌써 공고한 지반을 문단에 닦고 있는 사람이다. 그는 동반자 작가로 가

장 촉망을 받고 있었다. 그가 나에게 문학 서적을 사라고 권한 것
이다. 그는 말했다.

"그런 곰팡내 나는 책만 사지 말고 문학 서적을 사게나. 나도
좀 얻어다 보게!"

B의 욕심은 이것이었을 것이다. 한편으로 질투는 하면서도 B의
작품에 적지 않은 경의를 느끼고 있던 나는 B도 읽힐 겸 용자에
게도 읽힐 겸 단번에 이백여 원어치를 사들인 것이었다. 용자를
중심으로 아버지와 나 사이에 장벽이 생기기 시작한 것도 이때부
터이다.

"문학이란 하릴없는 위인들의 마작 하는 것과 같은 것이다. 역
사를 보더라도 문학이 성한 나라는 망해왔다!"

일찍이 동경 유학까지 했다는 아버지가 이렇게까지 문학에 대
한 이해가 적을까 하는 것이 나의 수수께끼였다. 용자도 아버지
의 이러한 조전에는 몹시 머리를 앓는 눈치였다.

그처럼 입을 안 여는 용자가 하루는 나를 보고,

"아버지는 당신께서 동경 유학까지 하셨다는 것을 잊어버리고
계시는 것 같아요"
하고 격분한 일도 있다.

"글쎄 참, 어째 그러신지 모르겠다. 더욱 B군이 오면 그냥 화를
내시고…… 문학하는 사람이 그렇게도 미울까? B군이야 인간적
으로 본다면 참 사귀기 좋은 사람이 아닐까."

용자는 잠자코 있다가 이렇게 말하는 것이었다.

"B씨가 문학을 한대서가 아닐 겁니다. 아버지가 싫어하는 것은

——싫어하시는 게 아니지요, 무서워하는 것이지요——문학이 아니라 문학에 종사하는 사람일 겝니다."

"그건 어째서?"

하고 나는 되물었다.

"어째서냐구요? 그야 뻔한 노릇이지요. B씨는 당국이 미워하는 사람이거든요!"

용자의 말하는 횟수가 한마디 한마디 더 줄어갈수록에 집안에서는 큰 변이나 난 것처럼 떠들게 되었다. 전에는 그래도 제 직성이 풀리면 되나 안 되나 안방에 들어와 이야기도 하고 나이가 허락하는 한도에서는 애교도 피우고 하던 것이 요새 와서는 아침에 제 방에 들어박히면 저녁이 돼야 밖에 나온다. 아버지는 그것이 모두 나의 탓이라 하였다. 내가 용자에게 문학서류를 권한 것이요, B가 드나들면서 그 되지못한 사상을 용자에게 부어주었기 때문이라고 하였다.

그러나 사람은 한 가지 장기(長技)를 가지면 그것으로 족하다는 주견을 가지고 있는 나는 별로이 걱정을 하지도 않았다. 그렇다고 용자의 무언이 그렇게 칭찬할 만한 징후가 되지 못한다는 것만은 나도 시인하였다. 그래 병원에서 돌아오면 반드시 밥어멈을 보고,

"걔 오늘은 어디 좀 나가던가?"

하고 물어보고는 하였다.

"오늘도 꼼짝 않으셨어요."

어멈의 대답은 대개 이런 것이었다.

그러나 지난가을부터 나는 갑자기 용자의 '무언'에 커다란 공포를 느끼기 시작하였다.

아무 생각 없이 신문을 펴고 앉았다가 벌떡 일어났다. 홍, 박의 두 문학소녀가 정사¹를 했다는 기사가 사회면에 꽉 채워졌었다. 원인은 염세(厭世), 동기는 S라는 어떤 시인의 자살과 K라는 역시 어떤 소설가의 염세 음독자살이 그들을 그쪽으로 끈 듯하다는 것이었다. C신문은 그들이 동성연애에 취하였다고도 하고 D신문은 홍 양이 실연으로 비관하는 데 박 양이 동정한 나머지 정사까지 하게 되었다고 각각 주장을 하고 있으나 동기나 방법이야 어떻든 간에 그들의 일상생활과 성격이 용자의 그것과 비슷하다는 것을 나는 발견했던 것이다.

나는 그 자리에서 신문을 착착 접어서 감추었다. 집안 식구도 식구려니와 나는 용자에게 그것을 보이고 싶지 않았던 것이다.

나는 일종의 위협까지 느끼었다.

이십여 년 동안 데리고 있는 용자면서도 나는 도무지 용자를 모른다. 다만 어릴 때의 용자, 용자를 길러낸 우리 집의 교육 방법을 알 뿐이다. 그리고 용자가 꿈꾸기를 좋아하는 성격을 가진 흔히 그런 나이에 많은 계집애인 것을 알고 있을 뿐이다.

용자의 꿈은 집에서 길러준 것이다. 사 대째 겨우 자식 하나로 대를 이어온 우리 집이다. 내 위로 누이 하나가 있다가 출가하고 하나만이라도 더 하고 그지없이 바라다가 내가 일곱 살이 되자 터우리²만 바라던 아버지는 한숨을 쉬며 단념하였다.

"웬걸, 내 팔자에 자식이 둘이랴!"

하고 아버지는 가끔 화를 내시었다. 나도 그런 것을 몇 번 보았다. 그럴 때면 어머니는 죄나 진 듯이 고개를 푹 숙이고 있었다. 그러다가 나가시면 어머니는 나를 붙들고 울었었다.

그러던 끝에 태어난 용자였다. 용자는 나보다도 귀염을 받고 자랐다. 샘을 하면서도 나 또한 용자가 귀여웠다.

커갈수록에 용자는 불란서 인형 그대로를 닮아갔다. 더욱이 눈이 그랬다.

자랄수록 말소리에서는 티가 없어졌고 쇠방울 소리처럼 명랑하였다. 애송이 꾀꼬리처럼 고왔다.

용자는 미의 화신인 성싶었다. 가장 아름다운 것의 어떤 부분은 코가 되고 눈도 되고 입도 되어 그 완성된 미에서 다시 곱고 고운 목소리가 빚어진 것 같았다. 재롱도 눈에 뜨이게 늘어가고 말주변도 동³이 뜨게 자랐다. 그것은 마치 가장 위대한 예술가들이 모이어 자기네의 장기대로 한 가지 한 가지 만든 예술품을 다시 종합시키어 만들어진 종합 예술품— 이런 느낌을 용자는 보는 사람들에게 주었다.

"간나위."⁴

이것은 아버지와 가장 친히 지내시는 이 박사가 지어준 이름이다. 모르기는 하나 그렇게 얄밉도록 귀엽다는 뜻이었을 게다.

그래도 박사는 자기의 감정이 전부 표현되지 못한 것 같은 불만을 느낄 때면,

"고것 그냥 집어삼키고 싶어!"

한다.

사랑에 손님이 오면 반드시 아버지는 용자를 데리고 나갔다. 그들은 둘러앉아서 이런 이야기를 시킨다.

"용자야."

"네?"

"너 커서 뭣이 될래?"

"선녀가 돼요!"

"선녀? 허어 그래, 너 선녀가 뭔지 아니?"

"별나라에 있는 게야요!"

이런 것은 모두 이 박사가 데리고 앉아서 알으킨 것이었다. 일곱 살 때다. 집에서는 심심하면 용자를 데리고 입학 준비를 시키었다.

"소가 발이 몇이냐, 용자야?"

"넷이지 몇이야."

"닭보다 개 발이 몇이나 더 많으냐?"

"아이 귀찮아! 날 맹춘 줄 아는가 봐!"

용자는 입을 빼쪽하고 까만 눈동자를 햘끔한다. 그런 때의 용자 얼굴을 이 박사는 "고것 그냥 고것 그냥"으로 표현하고 있다. 이것이 아주 술어가 되어 집에서는 심심하면 고것 그냥 좀 사자고 덤비고는 하였다.

——이렇듯 오는 사람마다 용자를 마치 하늘에서 떨어진 별처럼 다루었다. 그것이 필경에는 용자 자신도 정말 제가 하늘에서 떨어진 선녀나 되는 것처럼 인식게 한 것 같았다. 용자는 걸핏하면,

"선녀는 그런 것을 않는 게야"

하였다.

입학이 가까워올수록에 집안에서는 불안이 떠돌았다. 그래서 말끝마다 시험을 잘 보라고 주장질을 했다.

"입학을 못 하면 별나라 선녀가 개굴창⁵ 두더쥐가 된다!"

그러면 용자는 까만 눈동자를 한껏 크게 뜨고 묻는 것이었다.

"그래, 나두 시험을 봐야 한다우?"

"그럼 넌 별사람이냐?"

용자는 알 수 없다는 듯이 잠자코 말았다. 그 표정은 아무도 흉내 낼 수 없는 용자만의 독특한 표정이었다.

──이러한 태도는 용자가 커갈수록에 더욱 뚜렷이 나타났다. 그는 말끝마다 "그래, 나두?"를 내세웠다. 그래도 집에서는 그것을 가르쳐줄 줄은 몰랐다. 대개 "암, 그렇지!" 하고 재롱으로만 알고 맞장구를 쳐주는 것이 보통이었다.

용자는 철이 날 때까지도 저는 이 세상에서 가장 귀하고 가장 높고 가장 권위 있는 그런 존재인 줄만 여기는 것 같았다.

중학교를 졸업한 후까지도 저는 현대 조선의 여성들과는 어딘지 다른 것을 갖고 있는 초월한 존재처럼 자기를 생각하는 것 같았다.

──이러한 성격을 가진 용자인 것을 잘 알고 있는 나였다. 그러나 그러한 성격이──천성이 어떻게 변했는지 변하고 있는지조차 모르고 있는 현재의 나다.

"용자야, 넌 왜 그리 방 속에만 처박혔니?"

하루는 이렇게 물어보았다. 구름 한 점 없는 하늘이 높다랗게 얹힌 푹 익은 가을날 아침이었다.

"그럼 어떡해요? 물무당⁶처럼 돌아만 다닌다면 아버지나 오빠
는 또 말씀을 하실 테죠?"

"돌아다니지 않더라도 집에서는 이야기도 하고 심심하거든 병
원에도 좀 나오고."

"말끝에는 마가 붙지요."

용자는 말 적게 대답할 뿐이었다.

2

"오빠, 주무시우?"

혼곤히 잠이 들려고 하다가 나는 용자의 부르는 소리에 깨었다.

어느 틈에 용자는 내 책상 앞에 손을 모으고 서 있었다. 아내가
제 친가에 가던 그날 밤이었다.

"왜 안 잤니?"

하고 나는 가볍게 일어나서 시계를 보았다.

"열한 신데?"

"자는 데도 시간이 있나요 뭘—"

하고 용자는 나글나글한 웃음을 생긋이 웃어 보이고는 나의 옆에
앉았다.

나는 이 귀한 손을 맞기에 충성을 다하였다.

용자는 한동안 꿈꾸는 듯한 눈으로 나를 쳐다보고 앉았다. 잠도

안 오고 책도 보기 싫고 해서 시간이나 보낼까 하고 나온 게려니 했다. 그래서 나는 병원에서 생긴 일이며 친구들이 오다가다 하고 간 이야기 같은 것을 생각나는 대로 이야기하였다. 한 친구의 어머니가 손자놈이 처음 보통학교에 들어가서 "미즈스꼬시" 하고 배워 지껄이는 소리를 듣고 "미즈꼬시" 했다고 해서 그것이 그대로 물이 되었다는 것 같은 계집애들 듣기에는 우스울 만한 것만 골랐건마는 용자는 그저 방싯하다가 만다. 그러더니 밑도 끝도 없이,

"오빤 대체 결혼이란 것을 어떻게 생각하슈?"

하고 수수께끼 같은 웃음을 웃는다.

나는 의외의 질문에 한동안은 대꾸를 못 했다.

"그야 해석에 따라 다르겠지. 도대체 뭣을 묻는 게냐, 응?"

용자는 어떻게 생각했는지 우두커니 앉았다가 행! 하는 소리를 내고,

"그럼 그런 얘긴 그만두셔요, 오빠."

"그건 또 무슨 당찮은 소리냐."

나도 용자에게서 다음 이야기가 나올 때만 기다리고 앉았으려니까,

"그럼 난 가우."

붙들 새도 없이 획 일어나 나갔다. 이렇게 한번 길을 터놨으니까…… 하고 나는 굳이 붙들지도 않았다.

며칠 후에 아내가 돌아왔기에 그런 이야기를 했더니 아내도 놀라는 눈치였다. 그러더니 실상은 오빠한테는 자기 말을 절대 말

라는 부탁이 있었다는 뒷다짐을 하고는 지금까지 내가 모르던 이야기를 이것저것 꺼내었다.

아내 말 같아서는 용자는 가끔 혼자 운다는 것이었다. 외출하는 날짜는 한 달에 평균 사오 차, 용자는 무슨 말끝에선가 현재 나의 생활이 너무도 부르주아적이라는 것을 비난한 일까지도 있었다고 한다.

"그래, 그런 말까지 합디까?"

하고 나는 놀랐다.

"해요, 꼭 한 번. 오빠두 좀더 괴로워보지 못한다면 돌팔이 의사로 늙을 것이라고!"

"흥!"

"그러고 B씨요 왜 소설 쓰는 B씨 말씀예요."

"글쎄 알아. B를 내가 모를까 봐서 주를 다는 게요."

나는 아프지 않게 핀잔을 주었다.

"B씨하구는 좋이 가깝게 지내는 것 같더군요?"

찾아다니기도 하는지는 몰라도 가끔 서신 왕복쯤 있는 줄은 나도 알고 있었다. 그렇지마는 B군을 그렇게 칭찬한다든가 가끔 선물 같은 것을 보낸다든가 한다는 것은 아내에게 듣고서야 처음 알았다. 학생 때에 어떤 의학 전문학교 학생이 쫓아다니어서 죽겠다고 이야기는 하면서도 뒤로는 몇 번씩 찾아도 다니고 일요일이면 산책도 했었다는, 내게는 금시초문인 이야기를 하는,

"요새 갑자기 결혼이라는 것을 생각하는 것 같은데 누구를 상대로 하시는 겐지는 모르겠어요."

이런 이야기도 했다.

나는 좀더 꼬치꼬치 물어보고도 싶었지마는 용자가 제 낯을 깎일 만한 일이야 저질렀을 것 같지는 않더라도 아내 입만을 통해서 용자의 전모를 캐어보자는 용기까지는 있지 않았다. 그래서,

"B씨하구 결혼하실 의사가 아니신지요?"

하고 아내가 다시 이야기를 시작하였을 때도 나는 그저,

"글쎄"

하고만 말았다.

B가 도스토예프스키 전집을 한 질 사지 않겠느냐고 왔을 때 나는 슬쩍,

"가끔 용자한테 좀 놀러 오지!"

하고 말을 비쳐도 보았지마는 B에게서는 그럼직한 기맥도 발견하지 못하였다. 그래도,

"아마 그만한 나이로—아니 현대 조선 여성에게는 용자 씨가 모든 점으로 보아 가장 높은 수준에 놓여질걸요"

하고 추는 것으로 미루어 보아 B가 용자에게 호감을 갖고 있다는 것만은 알아차릴 수 있었다.

"결혼할 의사는?"

하고 물어볼까 말까 하다가 그만두었다. 용자의 결혼에까지 말참견을 하기에는 나는 너무도 용자를 몰랐기 때문이었다.

며칠 후에 나는 용자를 끌고 산책을 나왔다. 한강에라도 하고 나오다가 갑자기 어제 간호부들이 밤 가지를 꺾어 들고 돌아오던 생각이 나서 안양으로 노정을 갈았다.

우리는 풀 쪽으로 걸어갔다. 중간 중간에서 아람 번 밤을 따다가 욕도 두어 번 먹었다. 그래도 그것이 어쩐지 재미가 났다.

풀 쪽에서 밤 가지를 사 들고 천변을 끼고 내려오다가 안양에서 농장을 한다는 시인 H와 소설가 M을 만났다.

"저이가 M이지요. M하구 H하구는 형제란 말도 있더군요."

용자는 이런 이야기를 하며 한번 H가 어찌 키가 작던지 자기네 동무 몇이 뒤를 따라가며 애개개! 하고 놀려주었다는 등 이야기를 하며 돌아보고 웃고 웃고 하였다.

우리는 여러 가지 이야기를 하였다. 문단 이야기며, 나의 친구 이야기, 용자는 용자대로 저희들 동무 이야기, 그중에는 나도 몇 번쯤은 만나서 아는 아이들의 이름도 가끔 튀어나왔다.

선로 앞에서 포도를 사 먹을 제는 생활 이야기가 났다. 아니 내가 기회를 보아 생활로 화제를 돌린 것이다. 이윽고 나의 이야기에 귀를 기울이고 있더니 용자는 포도송이를 살그머니 놓고,

"생활 말이 났으니 말이지마는 오빠도 생활을 좀 고치실 필요가 있지 않은가 해요."

서슴는 기도 없이 이렇게 말하는 것이었다.

"생활을 고치다께?"

나는 일부러 물었다.

"오빠 생활은 너무 지나쳐요. 찬을 해 먹는다든가 값진 옷을 해 입는다든가 부리는 사람을 둔다든가 하는 것이야 하루이틀에 고칠 것도 못 되고 또 그만한 의식이 없으면 못 할 일이라 하더라도……"

"그래? 또?"

"예를 든다면 세숫물을 떠노란다든가, 구두를 닦으란다든가, 좀더 나가서는 부리는 사람을 아범이니 어멈이니 부른다든가 첫째 오빠더러 서방님이라고 부르는 소리를 오빠 친구가 왔다가 들을까 겁이 나요!"

나는 찍소리도 못 했다. 이런 비난은 지금까지도 여러 사람한테 들어온 터였다. 한번 S라는 친구가 놀러 와서 술을 나누다가 어멈이 "서방님" 하고 부르는 소리에 내가 "왜 그러나?" 하고 대답했다가 S한테 뺨까지 맞은 일이 있었다. 그때 용자도 옆에서 보았으니까 그때 말은 차마 꺼내지도 못하는 모양이었다.

오후 차로 우리는 올라왔다. 손아래 누이한테 책망을 듣기는 하면서도 이렇게 흉금을 털어놓고 이야기하게 된 것이 나로서는 기뻤다.

화신에서 저녁을 먹고 나오다가 용자는,

"B씨는 왜 결혼하지 않는대요?"

이런 소리를 힘도 들이지 않고 풀쑥 했다.

"낸들 아니"

했다가,

"하기야 모르긴 모르지만 마땅한 사람이 없어서 못 하는 것이겠지?"

그리고 눈치를 슬쩍 보았다.

용자는 무표정하였다. 용자는 조심스럽게 고개를 돌리어 사방을 휘돌아보고는 다시 말을 잇는다.

"저기요…… 제가 B씨한테 동무를 하나 소개할까 해요, 오빠?"

"동무를 소개한다? 그건 왜?"

"왜라니요?"

용자는 손을 가리고 웃었다. "왜"란 말은 잘못했다고 그제야 나도 깨달았다.

B와 결혼했으면 좋겠다— 이런 이야기를 꺼내고 싶으나 차마 정면으로 꺼내기는 거북스러워서 그러는 것이라고 나는 단정하였다. 서로 존경하는 사이요, 또 그만큼 호의를 주고받는 바에야 결혼한대도 좋다고도 생각하였다. 아니, 아버지가 반대하더라도 용자와 나만 우긴다면 그렇게 어렵지도 않으리라고 나는 그 순간에 생각까지 했다. 그래서 나는 이렇게 물었던 것이다.

"그럴 것 없이 너 B군과 결혼하면 어떠냐?"

"저하고요?"

뜻밖에 용자는 펄쩍 뛴다.

"B군에게 소개할 만한 동무라면 너와두 자별한 사일 게고 자별한 동무를 권할 만큼 B군을 알았다면 그것으로 족하지 않으냐?"

나는 이렇게 곧은길을 푹 쑤시었다.

그래도 용자는 고개를 짤래짤래 흔들며,

"그건 오빠 오해지요, 절대 그런 건 아니에요. B씨한테 동무는 권할 수 있어도 저의 적임자가 아니에요. 그만큼 B씨를 믿기도 해요. 믿기는 하지만……"

"도시 모를 소리다. 제 몸을 맡길 만한 자리는 못 되지만 친한 동무는 권한다?"

"그래요!"

그렇다? 하고 나는 걸음을 멈추었다. 황혼도 짙었지만 불 없는 자동차가 마침 앞을 뚫고 지나갔다. 나는 다시 걸으며 물었다.

"그럴진대 거기 반드시 이유가 있겠고나, 응?"

"이유? 그야 있지요! 말할게요? 그 이유는 B씨가 너무 가난하다는 것이겠죠! 말하자면 돈이 없는 탓이지요!"

"뭐야? 네 입으로?"

하고 나는 또 딱 섰다.

"그럼 저니까 이런 말을 하지요?"

"너니까 그런 말을 한다?"

나는 또한 놀라 보였다.

"그래요, 저니까 그런 말을 하여요."

용자는 다시 걷기 시작하였다.

개명 앞을 지나도록 우리는 한마디도 말을 건네지 않았다.

개명 앞에서 용자는 전차를 탈 듯이 하다가는,

"오빠, 사과나 좀 사가지고 갈까요?"

하고 넌지시 나를 쳐다보더니 나의 대답을 기다리는 기색도 없이 그대로 과일가게 앞에 서서 이것저것 값을 따지더니 사과와 배를 각각 한 봉지씩 사든다. 그러더니 별로 나더러 가자는 말도 없이 그대로 회작회작 앞을 서 간다.

나는 용자의 과일 봉지를 받아서 손에 들고 밤나무 가지를 용자에게로 넘기었다.

집에 온 때는 으수이 어두웠다.

두 남매가 나란히 들어오는 것을 보고 어머니는 그지없이 기뻐하였다. 마루 끝에 나란히 앉아서 세수를 하고 방에 들어가 보니 겸상이 놓여 있다.

용자와 겸상은 처음이었다.

어렸을 때는 한 상에서 밥도 먹었고 찬을 가지고 악다구니를 한 적도 있지마는 철난 후로는 이것이 처음이다.

"얘, 밥 먹자."

나는 누이의 손을 끌듯이 청하였다.

밥을 먹는 동안에도 나의 머릿속에서는 아까 길에서 들은 용자의 말이 주책없이 머리를 들고 일어섰다. 나의 생활을 비난하고 나의 의식을 조롱하는 용자, B의 불온한 사상에 공명을 하여 그를 그지없이 존경하고 있는 용자──그 용자로서는 하고 싶어도 못 할 말이었다.

나는 용자를 모른다. 모르기는 하지마는 그가 나보다 한 걸음 앞선 진보적인 사상을 갖고 있다는 것만은 잘 안다. 나의 생활이 너무 부르주아적이라고 비난한다는 소리로 미루어 본다든지, 나의 초록빛 부사견을 늘인 책장에서 한권 한권 없어지는 책 이름을 들어 보더라도 용자는 확실히 나를 한 걸음 앞섰다.

아니 현대 조선 여성 중에서도 용자는 모든 점에서 뛰어날 것이다. 입으로는 소위 이상이니 인격이니 하는 것을 식은 죽 먹기로 노닥이면서도 한 사람도 그 위대한 이상을 살리는 예를 얻어보기가 드문 지금의 조선이다. 그중에서 용자는 확실히 모든 점에서 초월하였다고 나는 생각해온 터이다.

"아까 네 말은 도시 못 알아듣겠는데……"

저녁상을 물리고 사과를 벗기는 하얀 손을 내려다보고 앉았다가 나는 이렇게 용자를 건너다보았다.

용자는 사과 벗기던 손을 쉬고 차근차근히 나를 뜯어보고 다시 칼을 놀리더니 두번째 나를 뜯어본다. 그러고는 엉뚱하게 나글나글한 웃음을 띠더니,

"못 알아들으시겠어요?"

하고 또 한 번 생긋이 웃는다.

"글쎄, 너는 어떤 생각으로 그런 말을 했는지 모르겠지마는 난 듣기엔 퍽 부니가 뜬다."

나는 담배에 불을 또 한 개 붙이었다.

"가령 네가 보통 다른 아이들과 같다면 그렇게 말하는 것이 당연하겠지마는 내가 생각하기에는 너는——적어도 너만은 그런 말을 않으리라고 생각했다. 그런 소리는 저 철없이 날뛰는 아이들이나 할 소리같이 나는 생각했는데……"

마치 어른들에게 상서'나 할 때처럼 나는 조심조심 이렇게 말했다.

용자는 그래도 잠자코 앉았었다. 사과 덩이가 쟁반을 굴러서 떨어졌다.

용자는 사과를 깎던 그대로의 포즈로 한동안 앉았다. 꿈을 막 깬 듯한 대글대글하는 눈동자는 거미줄 같은 응시(凝視)를 나의 얼굴 어느 구석엔지 쏘고 있다.

"오빠."

나는 대답 대신에 눈을 커다랗게 떠서 보였다.

"오빠, 말씀 잘하셨어요."

나는 그것이 진담인지 빈정대는 말인지 구별치 못했다. 그래서 우두커니 앉았으려니까 용자는 눈을 두어 번 깜짝한다. 그 사품에 눈물 두어 방울이 삐져 흐른다.

"오빠만이 나를 그렇게 해석했을 뿐 아니라 나 자신도 그렇게 생각하고 있었어요. 나는 의식에 있어서든지 미에 있어서든지 어떠한 점으로나 현대 조선의 여성들과는 유가 다른 아니, 나는 어려서 내가 나 자신을 생각해오던 별나라 선녀 그대로라고 믿어왔어요. 동무들 간에도 또 나를 그렇게 생각해주었고, 나는 또 그대로 그것이 마땅하다고 생각해왔지요."

여기까지 말한 용자는 옷고름 짝으로 자그시 눈등[8]을 누르고,

"허지만, 인제는 그러한 환상이 여지없이 깨어졌어요. 나는 나의 동무들과 조꼼도 다른 데가 없는 그네들과 같이 아주 평범한 말하자면 과도기의 사회에서만 볼 수 있는 그런 여성인 것을 최근에 와서야 발견하고 있어요."

"그건 어떤 점에서?"

"모든 점에서 — 학교를 졸업할 임시예요. 그때면 모여 앉아서 이야기하는 것이 모두 졸업 후에 어떻게 한다는 것이지요. 대개는 결혼이고 다음이 유학 — 그러나 그렇게 모인 자리에서 내로라고 나서서 이야기하는 아이들은 누구나 나만 한 행운아가 있으랴? 하는 자부심을 가진 아이들이지요. 결혼을 해도 어떤 대학 출신 아무개라든가, 어느 학교 교수 아무개라든가, 음악가니 미술가니

270

동무들의 선망을 받을 만한 상대가 아니면 이야기를 하지 않았어요— 이렇듯 뽑혀진 행운아들의 자랑을 들을 때도 나는 남들같이 부러워한다든가 시기를 한다든가 하는 생각은 털끝만치도 없었어요. 대학 출신인 약혼자도 없었고 동경이니 아메리카니 하는데 유학을 갈 만한 형편이 못 되는 것을 알고서도 나는 너희들이 암만 그래도 나만은 못하리니! 하는 생각이 들었었어요. 그것은 어려서부터 어머니와 아버지가 길러주신 그 '별나라 선녀'라는 인식이 다 큰 오늘날까지도 나를 지배하고 있었기 때문일 겝니다."

"그것은 나도 잘 안다."

나는 사죄하듯 천천히 말했다.

"어렸을 적의 그 소위 선녀 인식이 너를 지배하고 있는 것을 볼 때마다 나는 어떤 불안을 늘 느껴왔다. 어떤 때 네가 저만을 위하라고 고집을 핀다든가 무엇이든지 저만이 잘한다고 뽐낸다든가 하는 태도를 볼 때마다 죄는 어머니나 내게 있으면서도 그것이 몹시 못마땅해 보이는 때가 많았었다. 그러나 그것도 너의 장래를 생각했기 때문이었다. 저것이 저대로 컸다가는 나중에 어찌 될꼬? 이런 불안이 늘 나를 위협했었다. 그리고 그때가 닥쳐온 것이다!"

용자는 아무 말 없이 사과를 집어 벗기어 쌍동쌍동 접시에다 썰어놓는다.

"하지만 난 조금도 그때가 온 것을 슬퍼하지는 않아요. 이렇게 일찍이 나 자신에 대한 인식을 새로이 하게 된 것이 한편 생각하면 섧기도 하지마는 기뻐요. 모든 사람들이 우러러볼 별나라 선녀가 아니라는 것을 발견한 그 순간에는 밤을 새워 울었어요. 그러나 기왕 별나라 선녀가 아니고 또 못 될 바에야 하루라도 일찍이 그런 자기도취에서 해탈하는 것이 얼마나 나 자신을 위해서 축복된 일인지 모른다고 생각했어요. 선녀는 못 됐지마는 이제부터는 인간이 된다는 희열까지 느끼었어요. 선녀가 된다는 것은 로맨틱한 꿈이더니 인간으로 해탈했다니까 지금까지 경험해보지 못한 절박한 감이 새로 솟아나더군요……"

용자의 이야기를 듣고 있는 동안에 용자 자신은 너무나 평범한 용자라는 것을 내세우지마는 나는 또 나로서 용자에게서 새로운 비범을 발견하였다. 연애, 결혼, 사회, 인생——모든 부분에 용자는 언급하였다. 문화주택이나 피아노나 꿈꾸고 있을 용자 또래 나이로 그만한 견해를 갖고 있다는 그것이 벌써 용자의 비범이라고 나는 생각하였다. 그러고 그 뛰어난 비범을 발견함에서 나는 또 별나라 선녀를 꿈꾸고 있을 때 시대의 용자에게서 받던 것과 비슷한 불안을 느끼는 것이었다.

용자와 마주 앉아서 그의 이야기를 듣고 있는 동안에 나는 그야말로 별나라 선녀와 이야기를 하고 있는 것인지 나의 누이 용자를 데리고 앉아서 이야기를 하는 것인지 분간하기가 어려워졌다. 별나라 선녀가 용잔지 용자가 별나라 선년지 별나라 선녀가 되다만 것이 용자인지 어수선하였다.

——그것은 마치 어려운 수수께끼를 풀고 앉았는 것 같은 심경이었다.

3

10월 20일

결혼은 연애의 무덤이다. 그러나 연애란 밥알이 곤두선 사람들의 손장난이다.

울음! 울음 우는 사람을 보고 울지 말라는 사람처럼 쑥스러운 사람도 없지. 울음이란 인간 생활의 한 토막이니까.

10월 23일

담배라도 피우고 싶은 오늘의 하루다. 담배! 담배란 누가 만들어 낸 것일까? 초월한 사람이? 그렇지 않다면 자포자기한 사람이? 아니지, 초월한 사람이 만든 것은 달이겠지. 그리고 자포자기한 사람이 즐겨서 창안해낸 것은 술이고.

——담배란 회색 안개에 싸여 자욱이 내다보이는 인생의 길을 턱을 괴고 앉아서 응시하던 사람이 만들었을 게다. 말간 연기! 담배란 좋은 것이야. 하지만 담배에 연기란 것이 없다면 담배도 술과 같고 말 게다. 오! 파란 담배 연기여!

10월 25일

돈, 돈이란 반드시 여성이 만들었을 게다. 그것도 별나라 선녀처럼 아름다운 여성이 — 돈이 동그랗게 생긴 것도 여성이 만든 탓이겠지. 여성은 돈에서 나서 돈으로 돌아간다. 돈이라는 것이 없었다면 여성은 이 세상에 살아갈 재미가 없다고 자살할 것이다. 남성이란 여성을 위해 산다. 그 증거로는 그들도 돈을 존경한다. 지전이란 돈은 그래서 남성들이 만든 돈이겠지……

10월 27일
장개석, 공군 토벌을 또 성명, 오— 어울리지 않는 중국의 돈키호테여!

10월 30일
다 그만두고 결혼이나 할까 보다.

11월 1일
종일 눕다. 그러나 잔 것은 아니다. 자지 않자던 것도 아니다. 자려고 애만 쓰다가 못 잔 것이다. 칼로틴 두 차례. 밤에 B에게 편지를 쓰다. 아니 썼다가 찢다. 인제 쓸 필요도 없겠지. 그와 나는 딴 남이 됐으니까.

여기까지 읽다 말고 나는 책을 탁 덮어놓았다. 웬일인지 더 읽어볼 용기가 나지 않았다.

이것이 이제 스무고개를 넘은 계집애의 일기인가 했다. 제 사생활에 대한 기록이 혹 없는가 다시 두어 장 넘겨보았으나 없다.

열 시가 지났었다. 동무 집에 놀러 갔더라도 거반 돌아올 시간도 됐겠고 해서 그대로 나오려다가 그래도 하고 다시 서너 장 넘기니까 언뜻 '결혼'이라는 두 글자가 또 눈에 뜨인다. 나는 그 조목을 또 훔쳐 읽어보았다. 날짜는 11월 ○일이었다.

　　지니다니아는 날 좋아하고,
　　나는 또 에텔카가 좋다네
　　에텔카는 그이가 좋다던데
　　그이는 또 지니다니아만을 사랑한다니……
　　그가 좋다 하는 그 여자가 그를 좋아하고 그 여자가 존경하는 그가 또한 그 여자를 사랑한다면 오죽이나 좋으리. 그렇건만 생각지 않은 사람에게서 사랑의 끈이 던져지고 사랑하던 그에게서는 싫어하던 사람과의 결혼 통첩장이 날아온다. 이것이 모든 사람에게 주어진 소위 운명이란 것이겠지. 그래도 이 서글픈 희극을 가리켜 사람들은 즐기어 '결혼'이라는 이름으로 부르고 있다.

　　그날 밤 나는 늦도록 잠이 자지지 않았다. 용자는 열두 시가 넘어서야 돌아왔다. 밖에서 미안하니 어쩌니 하는 계집아이들 목소리가 나는 것을 보면 동무들이 집에까지 데려다주고 가는 모양이었다.
　　아내를 깨워서 저녁에 사 들고 들어온 사과와 과자를 내어 보내면서도 나는 모르는 체했다.
　　"잡디까?"
　　"아뇨."
　　아내는 근심스러운 듯이 고개를 쌀래쌀래 흔든다.

"눕지도 않았습디까?"

나는 또 한 번 물었다.

"책상에 엎드렸어요. 이것 오빠가 작은아씨 주라고 사 왔다고 그래도 모르는 체하겠죠. 아마 우나 봐."

"울어?"

"아마 그런 것 같아요."

나는 자리옷'을 입은 채 용자 방문 앞에 섰다. 아내 말대로 책상에 엎드리어 스미어 우는 모양이었다.

"애, 들어가도 좋으냐?"

달래듯 이렇게 기척을 하려니까 용자는 깜짝 놀란 모양이더니 뒤미처 대답이 나왔다.

"그만 자겠어요."

그래도 들어갈까 하고 망설이다가 그럼 일찌거니 자라고 하고는 나도 이불을 뒤집어썼다. 아내가 무어니 무어니 묻는 말에 대답하기가 귀찮기 때문이었다.

그랬더니 이번에는,

"오빠, 주무슈?"

하는 용자의 말소리가 되레 내 방 문 앞에서 났다. 내가 못 들은 줄 알고 아내가 옆구리를 쿡쿡 찌른다.

"오빠, 주무슈?"

"오냐, 나간다."

나는 미리 담뱃갑과 성냥을 찾아 들고서 용자를 따라 들어갔다. 눈물 줄기가 다 마르지 않았다.

"현숙이한테 갔었니?"

"아뇨."

나는 또 물었다.

"어디가 아프냐?"

용자는 고개를 살랑살랑 흔들고 방석을 내려 깔고는 저는 책상 앞에 가서 앉았다.

오랜 침묵이 찾아왔다. 나는 그대로 앉았기가 너무도 멋쩍어서 과자를 먹다 사과를 깎다 했다. 입이 달아서 두 개째 사과를 깎으려고 할 제다.

"오빠"

하고 용자는 내려앉듯이 몸을 일으켰다.

"B씨 혹 만나보셨어요?"

"그래."

"언제쯤요?"

"그저껜가 저그저껜가."

"뭐라고 내 말 하지 않아요?"

"아니."

사실 B는 그날 와서 한 삼십 분 다녀갔을 뿐이었다.

어떻게 보면 말을 꺼내려고 몹시 망설이는 눈치도 같았으나 저와 나와 단둘이 있는데도 그대로 일어서는 것을 속으로는 의아하면서도 내 억측이었거니 했을 뿐이다.

"아무 이야기도 없어요?"

용자는 내가 기이는[10] 줄 아는 눈치다.

"아무 얘기두— 왜 무슨 일이 생겼니?"

"아뇨."

"그럼?"

용자는 잠잠했다.

나는 용자와 B 사이에 어떠한 알력이 생겼다는 것만은 아까 일기에서 본 것과 종합해서 짐작했다. 용자와 B 사이라면 결국은 결혼 문제가 아닐까 했다.

"왜, B군과 사이에 무슨 문제라도 생겼니?"

"그래요"

하고 용자는 순순히 대답하였다.

"문제라면 결혼 문제겠구나?"

그 말에는 잠자코 있다가,

"언젠가 내가 B씨한테 여자를 하나 소개한다고 그랬지요."

"그래?"

"그것이 어쩌다 틀렸어요. 틀리고 나서는 문제가 제게로 옮겨 왔어요. 나도 처음엔 B씨와 결혼할까도 했더니 지금 와서 생각하니까 내가 얼마나 엉뚱한 아이라는 것을 알게 됐어요."

"그건 또 어째서?"

"내가 B씨와 결혼하려고 했을 때는 적어도 나는 B씨를 잘 안다고 생각했고 또 나 자신은 내가 잘 알고 있다고 생각했어요. 그랬지만 지금 와서 생각하니까 그것은 내가 그전에 별나라 선녀가 되려고 하던 그때와 똑같이 어리석은 공상이라는 것을 발견하고 있어요. 첫째 나는 B씨의 그 씩씩한 진보적인 사상에 공명하고

278

나 자신 공명자라고 자인했어요. 그리고 B씨에게 재산이 없다는 그것을 되레 자랑으로 생각해왔어요. 기쁨으로도요. 사랑은 돈으로 살 수 없다, 그리고 나는 돈이란 것을 초월했다, 결혼에 있어서 재산이란 것은 조그마한 조건도 되지 않는다— 이런 것은 현대 여성 전부의 상식이 되어 있습니다. 이런 말을 못 하거나 않는 아이들은 동무한테 조롱을 받아요. 나만 해도 그랬어요. 그런 아이를 보면 사람같이도 보지 않았어요. 그랬더니…… 그랬던 나 자신이 돈에 눈이 어두운 여성이라는 것을 최근에 와서야 발견하였어요!"

B가 돈이 없기 때문에 결혼하지 않는다는 말을 내니까 한다고 하던 그 말이 여기 닿는 말이로구나 하고 나는 용자의 얼굴을 쳐다보았다.

"처음엔 정말 그랬어요. 돈! 그까짓 것은 없어도 좋다. 그랬던 것이 하루하루 지나갈수록에 B에게 심지어 집 한 칸만이라도 있었으면이라든가, 그에게 생활비만이라도 생산력이 있었으면이라든가 이런 욕망이 불현듯 떠올라요. 나는 그래도 그런 욕망이 꺼지겠거니 하고 믿었으나 날로 날로 커가는 것을 발견해요. 혹 동무 집에 갔다가 살림 사는 것을 보고 와서는 심지어 집만이라도 하는 욕망이 인제 본능적으로 나를 지배하게 되고 말았어요."

"그야 인간의 본능이니까 그것이 B군과의 결혼에 장해가 될 것이야 없잖으냐? 그리고 B군만 하더래도 그만한 것을 깨달은 너고 보니 이해도 해줄 것이요, 그러한 심경을 툭 털어놓고 이야기한다면 되레 탐탁할 것 같은데!"

"그것이 소위 기분이라는 게지요. 로맨티즘이라는 게지요. 우리 동무 중에도 이 기분에 속은 사람이 많아요. 단순한 로맨티즘인 것을 아주 진보적인 사상이나 되는 것처럼 과대평가해가지고 자기는 돈을 초월했다든가, 학벌을 초월했다든가 스스로 믿고는 아무 생각 없이 결혼을 했다가 얼마 후에야 그 위대한 무섭게 진보적이라던 사상이 단순한 관념이요 로맨티즘이었다는 것을 발견하고서 허덕허덕하는 것을 여러 번 보았어요. 그런 것을 본 나로서 또 나의 그 무섭게 뛰어났다는 그 사상이 관념이라는 것을 알고도 그런 잘못을 되풀이하고 싶지를 않거든요."

"그만하면 나도 알겠다"

하고 나는 누이의 머리를 쓰다듬으며 말했다. 듣고 보니 그야말로 용자 아니면 못 할 말이었다. 돈이 없다고 결혼 않겠다는 말을 이처럼 드러내놓고 할 만한 여성도 그리 흔치는 않으리라고 했다. 그리고 또 이만큼이나 생각하는 여자라면 B와 결혼해도 큰 잘못은 일으키지 않으리라고 생각되었다. 만약 용자가 B와 결합하는 것이 용자의 소원이라면 그들의 생활만은 집에서 떠안아도 좋다고 생각하였다.

"B군과 결혼 못 하는 이유가 그것뿐이란 말이지?"

"그렇지요."

용자는 자신 있게 대답한다.

"그것만 해결 지어준다면?"

"그건 어떻게요?"

"어떻게든지!"

용자는 한참 나를 노리고 보았다. 그러더니,

"그 방법으로는 두 가지가 있겠지요. 하나는 나의 의식 수준을 훨씬 높여서 그따위 부르주아 근성을 뿌리째 뽑아버리는 것일 게고, 또 한 가지는 누가 있어서 말하자면 어떠한 재벌이 B씨 대신 나의 그 허영, 허영이지요, 그것을 만족시키어주든지! 이 두 가지겠는데 첫째는 나 자신이 노력하지 않으면 안 될 것이겠고 보니 결국은 오빠가 그 재벌의 역할을 해주시겠다는 그 말씀이겠죠?"

사실 나의 해결이란 것은 그것 이외에 아무것도 아니었다. 되레 나는 용자가 말한 첫째라는 것은 생각지도 못한 것이었다.

"어떻게든지 너희들의 생활비만 보장된다면 문제는 없을 것 아니냐?"

그러나 이 갸륵한 오라비의 호의를 용자는 싸늘한 웃음까지 뭉쳐서 걷어찼다.

"고맙습니다. 그처럼이나 저를 생각해주시는 것만은 그지없이 감사해요. 허나 난 그러한 방법을 여기 적용시키고 싶지는 않아요."

"그건 왜."

나는 얼떨떨해서 물었다.

"그건 결국 B씨를 타락시키는 것이겠지요. 난 결혼을 하기 위해서 B씨를 타락시키고 싶지는 않아요. 그가 그것을 받지도 않겠지마는 만약에 받는다면 나는 B씨를 업수이 여기게 될 겝니다."

용자는 할 말을 다 했다는 듯이 자리를 고쳐 앉으며 사과를 껍질째 한입 딱 물어 떼는 것이었다.

"그러면 어떻게 할 테냐?"

조심조심 이렇게 묻는 말에 용자는 모든 것을 청산했다는 듯이 명랑한 목소리로 대답한다.

"깨끗이 단념하는 게지요. 그러고는 오직 B씨의 아내 될 만한 정도까지 나의 의식 수준을 높이도록 노력할 따름이지요."

이러한 일이 있은 후로의 용자는 무시무시한 생각이 들 만큼 명랑해졌다. 밤낮 할 것 없이 집에도 붙어 있지 않았다. 그래도 아버지는,

"걔가 인제는 문학을 떼버린 게다"

하고 되레 그러한 용자를 대견하게 여기시었다.

용자가 문학을 떼버리는 통에 나는 누이와 이야기할 기회를 갖지 못한 채 이듬해 겨울을 맞았다.

용자의 말을 빌린다면 너무나 귀족적이요 부르주아적 생활도 변함이 없이 지속되었다. 생활 태도란 그 인격과 사상의 반영인 것이다. 부르주아 그대로의 머리를 갖고 있는 내게 다른 생활이 있을 리가 만무한 것이다.

어쩌다 용자는 병원에 와서 제게는 좀 과한 돈을 청구하기도 했다. 그럴 때마다 나는 서슴지 않고 주었다. 하루는 자기의 동무 하나가 집이 가난하다고 그 어머니가 어떤 유곽에다 팔려고 한다 하며 백여 원의 돈을 졸라대기까지 하였다.

하루는 아이들 옷감을 끊으러 나왔던 어머니가 돈을 가지고 가면서 요새 용자 돈 쓰는 이야기를 하여서 내게서 돌려 가는 어머니 용돈과 아버지한테서 돌려 가는 용돈 전부가 용자의 손으로

새어 빠지는 것도 알았다.

"걔가 그렇게 써요?"

나는 의아했지마는 내게서 가져간 돈 이야기는 하지 않았다.

"당초에 어디다 쓰는지 모르겠다더구나. 오늘 아침엔 아버지두 그러시더구나. 아마, 아버지한테서는 이달에만 돈 십 원이나 착실히 갖다 쓴 모양이더라."

"뭐 사 오는 것두 없죠?"

"없지!"

나는 이래서는 안 되겠다고 그제서야 생각이 들었다.

"지금 집에 있겠죠."

"아니다. 마포 제 이모 댁에 가서 어제두 안 왔다. 오늘두 안 오건 좀 나가봐야지. 커단 것이 맥깔없이 왜 가 있다니?"

그때 간호부가 전화가 왔다고 알리었다.

"누구요?"

"모르겠어요. 종로라나 보던데요."

전화는 뜻밖에 종로서 박 형사한테서 온 것이었다. 내가 박진문인 것을 다지고는 당신의 누이동생 이름이 무엇이냐고 묻는다.

"왜 그러십니까."

가슴이 덜컥 내려앉으며 물으니까,

"박용자라는 여자가 무슨 사건으로 여기 와서 있으니 곧 좀 오시오."

수화기를 내던지듯이 하고 나는 종로서로 달리어갔다. 사건은 해외서 들어온 어떤 청년에 관련된 것인 듯하였다.

여러 가지 방법으로 면회를 청하였으나 이루어지지 못했다. 그러다가 사흘째 되던 날이다. 박 형사 주선으로 겨우 면회실에서 용자를 보는 순간,

"이따위 짓을 해가면서까지 B와 결혼을 해야 하는 거냐!"
고 고함을 쳤던 것이다.

그렇건만 용자는 매서울 만큼 침착해서 요염하게까지 보이는 웃음을 띠고 이렇게 대답하는 것이었다.

"아녜요. 오빠. B를 떼어버린 지가 언제라구요! 난 B를 따라가려다가 그만에 지나쳐버렸지요. 글 쓴다는 자들은 결국 고깃밖에 못 하겠더군요. 원고지에다가는 엉뚱한 패기를 보이지만…… 딱 큰일을 당하면 자라 모가지처럼 패기가 쑥 들어가나 봐……"

나는 하도 어이가 없어서 아무 말도 못 하고 우두커니 서서만 있었다.

이단자異端者

1

　네로의 포악성에 준은 걷잡을 수 없는 흥분을 느끼고 있는 자신을 발견하는 것이었다. 그는 주먹을 쥐었다 폈다 하고 있었다. 섰다 앉았다 한 것도 몇 번인지 모른다. 일어서면 어떻게 하겠다는 것인가? 그는 자기 뒤에 수백 명 관중이 앉아 있다는 것도 잊고 있었다. 양쪽 팔꿈받이를 짚고 엉거주춤 선 채였었다. 뒤에서 앉으라고 소리를 친다. 그는 그 소리를 듣고야 주저앉던 것이었다. 그러나 잘못했다는 의식이 있어서도 아니었다. 앉으라는 고함 소리가 나니까 무섭게 찔끔해서 주저앉는 것을 보면 그가 자기의 행동에 대한 판단력이 있었던 것만은 사실인 것 같았다. 그러나 인식한 것은 아닌 것이 네로의 포악성이 도를 더할 적마다 그는 자기도 모르게 또 궁둥이를 들먹이던 것이다. 네로의 포악이 그

절정에 달했을 때는 준은 전신의 피가 머리로 끓어올라왔다. 얼굴이 확 단다. 숨도 가빴다. 손이, 아니 전신이 부르르 떨고 있었다. '인간이 발광을 하는 순간이 이럴 것이다—' 준은 이런 생각까지도 하며 흥분하는 대로 자신을 내맡기고 있었던 것이었다. 영화 「쿠오바디스」를 보면서였다. 그러나 준이가 놀라고 있는 것은 이 도를 벗어난 흥분에서가 아니다. 그 흥분의 성격에 있다. '선'이든 '악'이든 그 어떤 격정이 인간에게 육박해올 때는 인간은 누구나가 흥분을 하는 것이 상정일 것이었다. 더욱이 이 영화는 무서운 박력을 보여주고 있었다. 규모도 컸다. 칠백만 불이라는 제작비는 어쨌든 간에 제작 기간이 십오 년에, 동원 인원이 삼만 명이라는 선전에서 받은 선입감 때문이 아니라 실로 준이가 지금까지 본 영화에서 보지 못한 격정을 일으켜주고 있었다. 가슴이 터지는 것 같은 감격이었다. 흥분이었다. 이 흥분은 포악에 대한 무서운 반항이었을 것이다. '악'에 대한 '선'의 발악이었을 것이다. 당연히 그것은 또 그랬어야 할 것이었다. 준도 그렇게 생각했었다. 믿고 있었다. 아니 이 흥분의 성격은 비판해볼 여지조차도 없는 것이라 했었다. 이 무서운 포악 앞에 항거하고 도전한다는 것은 선량한 인간의 공통된 권리이기 때문이다. 이 무서운 폭력과 악 앞에서도 항거할 줄을 모른다는 것은 비굴 이외의 아무것도 아닐 것이다. 지나친 비굴은 악과 통한다는 말을 시인한다면 이 악에의 무저항은 그 자체가 곧 악일 것이었다. 네로의 포악을 시인한다는 것은 네로보다도 더 무서운 포악성을 가진 사람이리라. 준도 그 자신 네로와 동렬에 놓여지는 인간이라고 생각한 적은 없었다. 아니 그 자신 요순'과 같은 계열의 인간이라 믿어 왔었다. 적어도 요순을 존경해온 사람이었다. 탕제를 저주하고 연산군을 증오함으로써 그는 자기란 인간의 위치에 만족해온 사람이었던 것이었다.

그러나 그 준이가 이 흥분을 표현한 말은 실로 뜻밖의 말이었다. 그것은 실로 의외였다. 그 자신 예기치도 못한 용어다. 용납할 수도 없는 표현이었던 것이다. 준은 네로의 포악성이 그 실감을 더해갈 때마다 "잘한다!"를 연발하고 있는 자신을 발견하고 있었던 것이다. "잘한다! 잘해!"

무서운 착오였다. 물론 무의식중이다. 그러나 무의식중인 것이 더 큰 문제다. 의식하고 판단함이 없는 것을 본능이란다면 지금까지 그의 입에서 튀어나온 이 감격은 그의 본능이었을 것이기 때문이다. 네로의 포악에의 긍정은 아니, 뇌동은 무엇을 의미하는 것일까? 다만 인간이 이렇게도 포악성의 인종이었던가? 준은 갈가리 찢겨 죽은 자기 자신의 시신을 발견하고 놀라던 어떤 외국 소설의 주인공의 경악에 자기를 비해보면서 인간이 생긴 이래로 최대의 폭군이었다는 네로의 포악성을 밟고 올라선 자기 자신을 응시하고 있던 것이다. 몸서리가 쪽 치인다. 아무리 변명해도 그것은 악에 대한 저주가 아니라 포악과 파괴에서 느끼는 쾌감이었다. 준은 어린것의 둔종² 수술에 입회한 일이 있었다. 어린것은 며칠을 두고 잠을 못 잤었다. 둔종을 발견한 것은 의사의 꾸지람을 듣도록 뒤늦은 때였었다. 어린것이 아직 말도 못할 때의 일이다. 벌써 이십 년 전이었다. 외과의는 예리한 칼을 들고 왔었다. 밤이기도 했었지만 그 예리한 칼에서 반사하는 섬광은 그대로 하이얀 공포였다. 칼로 사람의, 그것도 말조차 못하는 어린것의 볼기짝을 가르는 이 무서운 '악'이 '선'이 될 수도 있었던 것이다. 일주일을 두고 띠잉띠잉 곪은 종기에서는 피고름이 분수처럼 터져 나왔었다. 위대한 악은 위대한 선으로 돌변했었다. 그 순간에 경험한 감격을 인류 문화에 극치를 다한 대로마와, 수만의 인간을 그대로 불바다로 만들어버리는 네로의 위대한 악 앞에서 또한 느끼고 있는 준이었다.

'이것이 나란 인간의 본자태인지도 모른다.' 준의 생각이었다. '지금까지 요순을 우러러보고, 요순을 닮자 하고, 어떤 때는 나 자신을 요순과 선에 비하고 했던 것은 모두가 자기기만이요, 위선이었던지도 모른다. 네로와 같은 악의, 아니 네로의 포악성을 딛고 올라설 수 있는 나 자신의 악을 은폐하기 위한 위선이었던지도 모른다!'

준은 지금 왜정 말기에 B29를 예찬한 국민학교의 교장을 생각하고 있는 것이었다. 팔월 초였고 보니 악이 선한테 무자비한 응징을 받고 있을 때였다. B29는 매일, 아니 하루에도 몇 차례씩 날아와서는 악과 악의 소굴을 불바다로 만들었다. 그런 어느 날 아침이었다. 열 시는 되어서였을 것이다. 준은 학교 뒷산으로 올라갔었다. 마침 교장이 산마루턱에 앉아 있었다. 그때 폭음이 들려왔다. B29였다. 수리산을 넘어오는 것을 보면 경인 지구의 왜의 군수 공장이거나 군사 시설을 폭격하고 기지로 돌아가는 길이었을 것이다. 구름 한 점 없는 파란 하늘에 약 오천 미터 높이로 뜬

B29는 쪽빛 바다에 뜬 하얀 여객선처럼 고와 보였다. 두 줄기 비행운(飛行雲)은 실로 장관이었다.

"참, 이쁘군요! 보십시오, 얼마나 아름다운가!"

교장이 말한 감격이었다. 물론 그는 일인이었다. '미영축생(米英畜生)' 교육의 본거인 교장의 입에서 이런 말이 툭 튀어나왔던 것이다. 그는 무의식중이었을 것이다. 그것은 그가 그 말을 하고 나서 뒷수습을 하느라고 한 낭패만 보아도 알 수가 있었다. 그는 그 말을 하고 나서야 깨달은 모양이었다. 더욱이 상대방이 '센징'인 준이었고 또 무지막지한 농군이 아니라 지식인이었던 것이다. 그 준이 앞에서 '미영축생'의 비행기를 감격으로 예찬한 것이다.

"저런 죽일 놈들!"

이렇게 저주했어도 부족했을 그가 곱다고 한 것이다. 이쁘지 않으냐고 동의까지 구했던 것이다. 그러니 낭패하는 것도 무리가 아니었다. 그래서 교장은 금방 이렇게 정정했던 것이다.

"허지만 밉군요!"

이런 경우의 나중 말은 아무런 효과도 못 내는 말이다. 자기의 위치를 검토하고서의 비판이었다. 적어도 무의식에서 풀쑥 튀어나온 이쁘다는 감동보다는 인위적이요, 또 위선과 통할 수 있는 말이었다. 그리고 그는 이 나중 말이 위선이었다는 것을 그 자신이 증명해주기까지 했었다. 해방이 되자 그는 자기의 정체를 드러내고 말았었다. 공산당원은 아니지만 반제국주의자였다는 것이 수원 지방에서 지하 운동을 한 M에 의하여 입증이 되었던 것이다. 그는 M한테 금전까지 제공해온 심퍼였었다. 이 일인 교장의 무의식의 감탄은, 그대로 지금의 준의 무의식과 통하는 것이었다. 준은 또 한 번 진저리가 치어졌었다. 극은 전진하고 있었다. 한 인간의 조그만 가슴으로서는 도저히 감당할 수 없는 흥분과 격정의 선풍을 일으키면서 네로의 포악성은 고조되어갔고 발전해가고 있었다. 극의 전진에 따라서 준은 네로의 횡포에 완전히 동화되어가고 있는 자신을 발견하고 있는 것이었다. 어린것의 둔종에서 피고름이 쏟아져 나오는 것을 보던 때의 그 감격이었고 쾌감이었다. 대로마가 불바다가 된 장면이 스크린의 전부를 채우자 준은 몸부림이 치어졌었다. 몸이 비이비이 틀린다. 길길이 뛰며 고함을 치고 싶었다. 아니 그런 격정이 그의 가슴속에서 일어나고 있었다. 그의 가슴속은 폭포의 물확처럼 뒤집히고 있었다. 그러나 그는 성인이었었다. 지성인이기도 했다. 그 지성의 제재를 받아야만 했다. 이 자연스럽지 못한 지성의 본능에 그는 몸부림을 치고 있었던 것이다.

무서운 화염이다. 스크린 전체가 불이다. 스크린 자체가 타고 있는 것 같은 착각이었다. 이 무서운 화염 속에서 일체가 소멸하고 있었다. 문화도, 선도 그리고 악도, 미도, 연애도, 질시도, 모략도, 중상도, 아첨도, 포옹도, 키스도, 지위도, 명예도……

준은 이 무서운 장면이 바뀔까 겁을 내고 있었다. 좀더 오래 계속되었으면 했다. 그는 일체의 문화와 야만과 선과 미가 악과 위선이 붕괴되고, 파멸되고, 소진되고, 멸망해가는 자태를 더 오래 즐기고 싶었다. 자기만의 영달을 위해서 감행한 갖은 악의 최후를 좀더 오래 망견하고 싶었다. 독사의 혀끝 같은 화염 끝에서 강정이 되는 악의 실태를 그는 보고 있었다. 어느새 그럴 때마다 그는 쾌재를 부르고 있었다.

"잘한다!"

그는 외치고 있었다.

"신이 난다! 신바람이!"

그런데 여기서 이상한 현상이 일어난 것이었다. 이 천년의 세월이 뛰어 로마가 서울이 된 것이었다. 서울의 S극장이 되었고 그 자신이 앉아 있는 이층 중앙으로 변한 것이었다.

결코 그것은 환각이 아니었었다. 굳건한 아주 확실한 의식이었다. 그는 그의 주위에 흐트러져 있는——어떻게 하면 자기만이 잘 살고 편하고 호화로울 수 있을까, 어떻게 하면 그놈을 모략해서 내가 그 자리에 가고, 그자를 지옥의 불가마 속에다 거꾸로 집어 넣을 수가 있을까, 어떻게 하면 뇌물을 더 많이, 아주 단시간에 받아서 지폐 위에 올라앉아서 서울 장안을 내려다보고 한번 커다 랗게 웃어볼 수가 있을까——이렇게 도사리고 앉아서 기회를 엿보고 있는 모든 인간이 하나씩 둘씩 무서운 화염 속에 던져지고 있는 것을 바라보고 있는 것이었다. 그리고 그것은 절대로 환각이 아니었다. 그 도둑고양이 그대로의 상판의 잔주름살까지를 준은 역력히 볼 수 있었던 것이다. 그가 오십 년 동안 살아오면서 본 갖은 악의 화신들은 하나씩 둘씩 불꽃 끝에서 최후의 춤을 추고 는 없어지고 없어지고 하는 것이었다. 진물이 지일지일 흐르고 그 진물이 도는 살을 뚫고 나온 구더기가 죽은 굼벵이 시체에 엉 겨든 불개미 떼처럼 덕지덕지 붙은 송장을 볼 때보다도 더 추악

한 상판들이었다. 처음 한동안 그가 목격한 그 상판들은 그가 오십 년 동안에 보아온 얼굴이 대부분이었다. 그를 고문해서 까무러치게 했던 왜정 때의 곰보 형사도 있었다. 겨울이었었다. 그것도 새벽 한 시다. 동대문의 곰보라면 독하기로 이름이 난 자였었다. 그는 발가벗겨졌었다. 사루마다³까지도. 그리고 격검대⁴로 내려치던 것이다. 대와 대 사이에 살이 끼었었다. 그것을 비틀면 살점이 척척 묻어났다. 격검대에도 볼기짝에도 살점이 너털거렸다. 그러면 손으로 뚝뚝 잡아떼어 팽개를 치며 때리던 독종이었다. 견디다 못해서 변절한 그 자신의 상판대기도 목격되었었다. 왜정 말기에 무엇이 그렇게도 아까운 인생이라고 왜말로 소설을 써서 양심 있는 모든 작가들이 콧물만 초올초올 흘리고 앉았을 때 광화문통이 좁다고 어깨를 젖히고 다니던 그 자신의 보기 추한 꼬락서니였다. 조선 민족은 위대한 소련의 연방이 되어야 한다고 주장하던 공산주의자의 수많은 얼굴도 보였었다. 간에 가 붙고 쓸개에 가 붙고 한 박쥐들의 생쥐 같은 낯짝들도 보였고 해방 후 예수 그리스도의 이름을 팔면서 쥐꼬리만 한 영어로 군정청의 악질 관리 꽁무니를 따라다니어 치부를 한 장로도 있었다. 6·25 때는 대한민국의 욕을 직사하게⁵ 하고서 9·28이 되니까 제일 앞잡이로 나서서 자기의 정체를 알 만한 친구들을 모조리 빨갱이로 몰아넣던 낯짝도 보였었다. 도탄에 빠진 백성들의 고혈을 빨아서 순금상에 금주전자를 장만했다는 말까지 떠돌게 하던 관리도 있었다. 대통령께는 농촌에서는 요순시대처럼 격양가⁶만 부른다고 거짓말만 하고 백성들한테는 비료를 준다, 싸게 준다, 언제 준다,

때맞추어 준다. 갖은 허위 성명만 뻔질나게 발표하다가 쫓겨난 고관들의 보기에 추한 개기름 흐르는 상판들도 끼여 있었다. 그 밖에는 이름도 모를 사람들이 횃불 끝에 재주를 넘고 타 죽어버리는 날벌레처럼 소진되고 소멸하던 것이었다. 이천 년 전 대로마를 불사른 불길이 이 땅을 좀먹고 있는 갖은 악을 소진시켜주고 있던 것이었다. 대로마가 타버린 잿더미 위에 오늘 이십세기 문명의 개화를 본 것이다. 이 불길은 오늘날의 우리 민족을 좀먹는 갖은, 아니 일체의 악을 불사르고 새로운 그리고 위대한 대한민국이 설 지반을 닦아주고 있는 것 같은 환각이었었다. 탈 바에는 모든 것이 타 버려야 한다 했다. 썩은 기둥 위에 기와를 얹을 수는 없다 했다. 모래 위에 성을 쌓아서 무엇을 하랴. 악이 남아서 좋은 일이란 있을 수 없지 않으냐. 일체의 악이, 일체의 모략이, 그리고 일체의 비굴이 다 타버려야 한다. 아편처럼 민족을 좀먹고 있는 통속소설을 써 먹고사는 그 자신도 이 통에 잿강정이 되어야 한다 했었다. 아니 이런 모든 민족의 암은 지금 타고 있던 것이다. 준은 화면이 갈릴까 봐 안타까웠다. 탈 것이—타야만 했다. 탈 것이 다 타기도 전에 화면이 없어질까 초조했었다. 어째서 불길은 저렇게도 약한가 했다. 어째서 스크린 안에서만 타고 있는 것일까. 스크린의 면적만이 아니고 스크린이 붙은 벽 전면에 어째서 불길은 퍼지지 못하나 했다. 아니 이 극장 자체가 어째서 불덩이가 되지 못하나. 이 안에는 아직도 수많은 민족의 암이 도사리고 있을 것이었다. 현재 이 극장 어느 구석에도 무서운 악은 민족에게 끼친 돈으로 점심을 먹었고 또 그 돈으로 표를 사가지고 왔을 사람이 있을지도 모르던 것이었다. 준은 「선풍」이라는 단편을 읽었었다. 나이 사십이 넘은 중년 부인인 형수가 열다섯 먹은 시동생과 성행위를 향락하는 그런 이야기였다. 그러나 시동생한테는 또 딴 애인이 있었다. 부리는 계집애다. 복희라는 이름이었다. 이 복희를 끼고 자는데 형수가 나타나서 질투를 하는 이야기다. 이런 내용이라야 팔렸고 잡지사에서 좋아했었다. 이런 악도 불살라져야만 한다고 생각한 순간이었다. 준은 확실히 그것을 실은 잡지가 화염 끝에 둔갑을 치며 타는 것을 목격했었다. 정말 후련했다. 기뻤다. 가슴이 뻐근했다. 통쾌한 일이었었다.

그때 장면이 홱 바뀌고 말았었다.

2

준은 꺼림칙한 생각에 사로잡혀 있었다. 뒤를 보고 밑을 못 씻던 때 같은 꺼림칙이다. 빈방 안에 다 타가던 촛불을 그대로 두고 온 때 같은 불안이다. 책상 위에는 종이가 흐트러져 있다. 그 옆에는 휘발유도 있다. 그것을 끈다 끈다 하면서 어쩌다 그대로 와버린 때의 그런 꺼림칙이다. 이천 년 전 대로마를 불사른 불길은 이천 년 후 서울 한복판에서 연소되어 이 나라 이 민족의 일체의 악을 불살랐을 것이었다. 악이 존재하고 있다는 것은 선이 멸망했다는 말일 것이다. 악과 선은 물과 기름일 것이요, 불과 물처럼 상극일 것이었다. 네로의 학정이 용인되었다는 것은 악이 선보다 우세했음을 의미함이었으리라. 그러나 대로마가 불바다가 되었다는 사실을 반드시 악의 개가라고만은 해석할 수도 없지 않을까. 대로마에 불을 지른 것은 폭군 네로였었다. 이것으로써 악이 이겼다고만 단정한다는 것은 역시 경솔한 판단일지도 모르는 것이다. 네로가 대로마에 불을 지른 동기는 '선'의 소각에 있었을 것이었다. 그러나 더 많이 탄 것은 선보다는 악일 것이다. 악이 불을 지를 수 있었다는 것은 그 당시의 대로마는 그 자체 안에 선보다도 악이 더 득세하고 있었음을 증명하는 것이리라. 그렇다, 하나의 선을 소각하기 위해서 아홉의 악이 탄 것이었다. 네로는 그저 폭군이요 악의 화신이라고만 인정한다는 것은 잘못이다— 준은 이런 생각을 하며 영화를 보고 앉아 있다.

준은 대로마는 다 타버리고 없다 했다. 일체가 다 타버린 로마에는 새것이 나리라. 새싹이, 선의 새싹이. 준은 그 새봄을 보았다고 생각했었다. 정녕 보았었다. 네로의 폭소에서. 그리고 그의 비명에서—그 비명은 잿더미를 헤치고 풀쑥 솟아오른 새싹 앞에 굴복하는 비명이었었다. 그것은 선의 개가였다.

이 새싹을 바라본다는 것은 위대한 환희였다. 기쁨이었을 것이었다.

그러나 소리를 치며 기뻐해야 할 그의 기쁨에 뿌우연 연막을 치는 것이 있었다. 처음에는 환각인가 했었다. 그러나 아니다. 분명히 뿌옇다. 옥에 티 같은 존재였다. 그것이 무엇인가 하고 준은 화면을 뒤지는 것이었다. 분명히 화면을 흐리게 하고 있다. 새로 세워지는 대로마의 전모를 선명하게 관찰할 수 없게 하는 연막이었다. 준은 그것의 정체를 찾느라고 애를 썼다. 초초하니 화면을 살펴보았다. 없다. 가슴속을 헤쳐보았다. 없다. 머릿속을 들거울 렸다. 없다. 다시 보았다. 역시 없었다. 역시 보이지 않았다.

그러면서도 그는 단념이 가지 않던 것이었다. 절대로 그의 착각 이 아니다. 환각도 아니었다. 정녕코 보았었다. 다만 그것의 위치 를 찾지 못할 뿐이었다. 정말 꺼림칙하다. 불만했다. 옆을 보았 다. 없다. 모르겠다. 뒤를 돌아다보았다. 역시 모르겠다. 그러면 서 그의 의식은, 지각은 절대로 보았다는 사실을 고집하는 것이 었었다. 준은 다시 앞으로 머리를 돌렸다. 있다. 기어코 그는 발 견하고야 말았었다.

잿더미가 된 대로마 뒤에 오는 장면은 위대한 창조의 모습이었 을 것이다. 일체의 악이 소진해버린 터에 선한 새싹이 부쩍부쩍 자라 올라오는 대견한, 아니 가슴 뻐근한 신생의 기쁨이었을 것 이었었다. 이 위대한 재생의 모습에 연막을 쳐서 잘 보이지 않게 하는 또 하나의 악을 준이는 발견해냈던 것이다.

그것은 오늘의 악을 길러낸 싹이었었고 대로마 이후 모락모락 자란 싹이었었다. 그 싹에서 많은 악의 꽃을 피웠었고 열매를 맺 게 한 싹이다. 연산군도 그 열매의 하나였고 카이저[7]와 히틀러와 도오죠(東條)가 역시 그랬다. 이 악의 열매의 하나를 준은 지금 또 발견한 것이었었다.

이 악의 열매는 그로부터 불과 몇 피트 전면에 있었다. 카이로 선언과 포츠담의 회담으로 해방이 된 이 민족을 오늘과 같이 동 강 난 불행한 민족으로 만들어놓은 악의 화신이 바로 그가 앉은 자리로부터 셋째 앞 의자에 버티고 앉아 있는 것이었다. 삼십 대까지도 아직 가지 못했음직한 젊은 녀석이었다.

애인인지도 모른다. 아내인지도 모른다. 데리고 노는 기생인지도 모른다. 남편 몰래 뒷구멍으로 도둑고양이처럼 젊은 사내들의 입술을 핥고 다니는 궐녀[•]인지도 모른다. 그 악의 또 하나의 열매는 이 젊은 여자와 같이 온 고양이였다. 대리석처럼 흰 여자였다. 그 여자는 연상 재잘거리며 악의 열매를 보고 웃고 한다. 잘강잘강 껌을 씹으면서였다. 착살맞게도 잘강거린다. 좋아서 앙[•]을 떤다는 것이 사나이의 귀를 물어뜯고 할퀴고 암내 난 짐승처럼 깨우거릴 그런 체신의 여자다. 그런 여자일 것을 연상케 하는 껌 씹는 소리다.

'저 인간을 어떻게 처치하면 속이 시원할꼬?'

준은 이런 생각에 사로잡혀버렸었다. 그는 벌써 영화를 보고 있지 않았었다. 오직 이 생각뿐이다. 결론은 벌써 내려져 있었다. 이런 악의 열매는 이 민족으로부터 제거해야 한다는 결론이었었다. 따버려야 했다. 그대로 버리면 또 싹이 틀지 모르니까 아주 소멸시켜야 한다 했다. 그 소멸시키는 방법에 준은 골몰하고 있던 것이다.

준은 집채만큼 쌓아올린 장작더미를 상상해보고 있다. 거기에 기름을 붓는다. 전국에 방을 돌린다. 세계 각국에 참관자들을 초대한다. 그러나 그는 아차 했다. 그 많은——어쩌면 몇천만이 될지 몇억이 될지도 모르는 인간들이 이 광경을 볼 수 있게 하는 장치도 고려해야겠다는 생각에서다. 남산도 생각해보았었다. 그러나 키대로 서지 않는 이상 이 많은 사람이 다 볼 수 있다고는 생각되지 않는다. 그렇다고 그 많은 계단 장치를 할 수는 없다.

'남산 꼭대기에다 장작을 쌓지!'

준은 이렇게 결정을 지었었다.

시일은 팔월 십오일 정오 정각으로 했다. 이 민족이 네로의 후예인 히틀러와 도오죠한테서 사슬이 풀리던 이날 이 순간이 가장 의의가 깊다고 생각한다.

다음에는 이 사나이를 발가벗긴다. 그래서 장작더미 위에다 앉히고 전국 아니 전 세계에서 들을 수 있도록 중계방송을 한다.

'우리나라에도 텔레비전이 있다면 오죽 좋을꼬? 전 세계가 앉아서 볼 수 있을 것인데—'

그러나 그까짓 것은 어쨌든 좋다 싶다. 이 나라에 아직 없는 것을 생각할 필요는 없다. 다만 문제는 이 사나이의 죄상을 어떻게 성문화시키느냐 하는 문제가 가장 중요했다. 장작더미에 불을 지르기 전에 전 국민한테 이자의 죄상을 공포해야만 한다 했다. 사람에 따라서는 이 젊은 사람이 저지른 죄가 그렇게 큰 죄라고 시인해주지 않을 사람이 있을지도 모르기 때문이다. 사형이란다면 인간이 만든 형벌 중에 가장 가혹한 형벌이다. 극장 안에서 담배 좀 피웠기로 사형은 과하지 않느냐 할 사람도 있을 것이다. 사형에도 종류가 있다. 기름 장작 위에다 올려놓고 태워 죽인다? 그것은 과하다. 대체로 극장에서 담배 좀 피웠기로 사형을 한다는 것은 유사 이래로 없던 일이요 앞으로도 그럴 것이다. 인권 유린 정도가 아니다. '이것은 광적이다—' 이렇게 반기를 들 사람이 있을 것이다.

그러나 준의 공상은 이 무죄론자들로 하여금 대중이 모인 극장 안에서 담배를 피운 이 청년이 사형을 받는 데 대해서 조그만 이의도 갖지 않도록 설복할 의무를 느끼고 이의 논고문을 작성해보는 것이다.

'우리 국민이나 외국에서 오신 여러분의 대부분이 이 청년이 범한 죄상——즉 극장 안에서 담배를 피웠다는 죄상만으로써는 그의 사형 집행이 지나친 처사라고 생각하실지 모릅니다만 본관의 견해는 다른 것입니다— 물론 그렇게도 생각해버릴 수는 있습니다. 극장에서 담배 좀 피웠기로니 사형은 과하다. 그러나 아닙니다. 본관은 그렇게 생각지 않습니다. 그렇게 생각지 않는 것이 이 청년이 범한 죄는 여러분 말씀대로 작은 것입니다. 그러나 이것이 이 민족을 불행하게 한 악의 씨입니다. 극장 안에서는 담배를 피우지 않도록 국법에 정했습니다. 그러나 그는 이를 어기었습니다. 극장은 공중이 모이는 장소입니다. 자기만이 아니라 다른 많은 사람이 모이는 자리입니다. 이 공중 집회 장소에서 이 청년은 담배를 피웠습니다. 연기가 스크린과 공기를 흐리게 했습니다. 불과 두 시간 남짓한 시간을 참지 못해서 자기가 아닌 많은 사람들께 피해를 준 것입니다. 마이크에서 자꾸 담배를 피우지 말라고 합니다. 그래도 그는 피웠습니다. 이런 것이——국법을 무시할 수 있고 여러 사람을 희생시키어서라도 자기 하나만이 편하고 잘 살면 된다고 생각하는 마음, 아니 그것이 무슨 특권인 것처럼 되레 자랑을 삼으려는 그 심사——이 생각이 바로 우리 민족과 국가를 좀먹는 악의 열매인 것입니다. 이 생각이 크고 자라서 공산당이 되었고, 탐관오리가 되고, 모리배가 되고, 간상[10]이 되고, 밀수를 하고, 중립화를 꾀하고, 학원 모리를 하고, 받지 않으면 도장을 안 찍어주고, 남을 모해하고, 한 푼도 없는 예금에 잔고 증명을 해주고서 액면의 일 할 이자를 꼬박꼬박 받아먹고, 탈세를 하고, 첩을 두고, 간음을 하고, 아편을 빨고, 젖꼭지 소설을 일삼고, 우리의 강토를 소련놈한테 팔아먹을 공작을 하고 국가 원수를 속이고 백성을 배반하고——그래서 결국은 우리 국가와 민족을 멸망케 하는 가장 근본적인 죄악의 온상이 되는 것입니다. 극장 안에서 담배를 피우지 않는 것이 사람의 도리요, 국민의 도의요, 국법에 복종하는 것입니다. 이것을 용인한다는 것은 곧 탐관오리를 용인하는 것이요, 간상, 모리를 묵인하는 것이요, 국토를 팔겠다는 공산당원을 조장하는 결과가 된다는 것을 우리는 냉정히 비판해야 될 것입니다. 해방 후 우리가 통일이 못 되고 이 박사께서 그렇게 한데 뭉치자 호소했어도 갈리고 그래서 결국은 국토가 반동강이 난 채 십 년이 되었다는 것도 이 그릇된 심보의 연장이었던 것입니다. 이 그릇된 생각과 통하는 모든 사실 중의 어느 한 가지라도 좋습니다. 극장이나 버스 안에서 피우지 말라는 담배를 안 피우게 됐다거나, 단 한 사람이라도 받지 않고는 도장을 안 찍어주는 사람이 우리 대한민국에서 찾아볼 수 없이 됐다고 한다면 그 순간이 바로 우리나라가 낙토가 된 순간이요, 통일이 된 순간일 것입니다. 이 청년이 범한 죄는 이렇게 큰 것입니다. 이 범죄가 곧 공산당과 통하는 생각입니다. 본관은 단언하는 바입니다.

이런 청년——극장에서 담배를 뻐억뻐억 빨고 앉아도 뉘우치기는 커녕 되레 잘났느니라 뻐기는 위인이 우리나라에서는 찾아보려야 찾아볼 수 없이 된 그 순간이 바로 양단되었던 우리 국토가 통일되는——'

준의 공상은 여기서 탁 끊기고 말았다.

영화가 끝이 난 것이었다.

3

"대체로 요새의 당신의 정신 상태는 정상적이 못 되셔요, 좀 쉬셔야 해. 내게 대한 불평이란 것은 그 때문이오. 단지 셋밖에 없던 친구들께 절연장을 보낸다든가, 아침에 장님을 만났다구 해서 왼종일 자동차 사고로 치여 죽지나 않나 하는 불안에 옆에서 보기에도 딱할 만큼 벌벌 떤다든가, 그럴 아무런 이유도 없으면서 혼자 이불 속에서 느껴 운다든가, 모두가 당신의 정신 상태가 정상적이 아니라는 증거지 뭐야요? 제삼자가 보면 정말 우습거든. 웃을 거야요. 당신의 절교 편지를 받은 사람들은 지금 픽픽 웃고 있을걸요? 지금이 어느 세상인데 이해관계 없이 살도 베어 먹일 그런 우정을 남한테 요구해요? 이 사람이 정신 분열증이 생겼나——그러구 모여 앉아서 껄껄대구 웃고 있을 게요. 지금쯤은—— 접때만 해두 그렇죠. 버스에 너무 사람을 많이 태운다고 차장 아이를 어떻게 하느니, 버스간에서 담배 피운 녀석이 보기 싫다고 도로 들어오신다든가, 터무니없는 찻값을 달란다고 택시 운전사의 등에다 북을 메워가지구 서울 장안에 맴을 돌리면 한다든가— 그것도 홧김에 한마디 해버릴 순 있죠. 하지만 요새의 당신은 그것이 아니거든요! 그런 조그만 일에 노심¹¹을 하거든! 내무장관한테 편지를 쓴다든가, 대통령께 진정을 해서 바로잡게 한다든가— 이런 것을 진지하게 생각하니 정상적이 아니지 뭡니까. 버스 안에서 담배 피웠다고 내무장관한테 데리고 가보셔요. 아마 순경들이 당신을 정신병원으로 태워갈 겁니다. 지금 얘기만 해두 그렇죠. 그래 극장에서 담배를 피웠다고 남산 위에다 장작을 쌓아놓구, 이단적야요. 그러니까—"

"입 닥쳐!"

준은 소리를 버럭 질렀다. 아내는 더 말할 것도 없었다. 그 자신이 잔졸한¹² 몸 어디서 그렇게 큰 소리가 나왔는지 놀랐을 정도였었다. 이 한마디 소리를 치는데 그의 몸은 잠시 허공에 부웅 뜨기도 했던 것이었다.

아내는 몹시 놀란 모양이었다. 놀람이 가라앉더니 눈물이 흐른다. 그러면서도 극진히 남편을 아끼는 아내는,

"정말 좀 푸욱 쉬셔야겠어요. 아무것도 읽도 쓰도 말구, 당분간 자시구 싶은 것 자시구, 가구 싶은 데 가시구…… 남처럼 연애라두 좀 하시구려. 그러면 좀 기분 전환이 되겠지."

"나가 있어요."

준은 이번에는 조용히 말을 하고 있었다.

"안 쓰고 단 한 달이라도 살 수 있는 팔자가 되어보았으면 좋겠

소. 약두 먹구, 당신 말마따나 젊은 여자들과 몰켜두 다니구. 버스나 극장에서 담배 피우는 꼴도 안 보구. 젊은 학생 녀석들이 노인이나 어린애 업은 부인들이 들어가도 떠억 버티고 앉아 있는 꼴두 안 보구. 한 달만 그런대두 살이 찔 것 같소."

"세상이 그런 걸 안 보구 살 수가 있수, 보구두 못 본 체해야지. 세상이 그렇거니, 그런 게 정상이거니. 그런 것이 정상적인 게 사실이거든요. 그런 것에 신경을 쓰시는 당신이 정상적이—"

"제발, 그만 정도로 나가주오. 그런 팔자두 못 되는 사람보구 쉬라느니 어쩌니 하지 말구 내 말에 거슬리지나 말아주오. 그게 날 쉬게 하는 거야. 인간이 정한 법을 일부러 안 지키려 드는 인간이 있다는 것이 어째서 정상적이란 말인지 나는 도저히 모르겠소. 단번에 오십 명이나 되는 사람을 죽였으면서도 만원이 아니라 곱절씩 사람을 태우는 버스가 정상적이오? 이것을 보고도 본체만체하는 것이 정상적이고, 이것을 그르다 하는 나는 정신 이상이 생긴 사람이란 말이겠지?"

"사리는 그렇지만."

"그렇지만?"

"지나치게 신경을 쓴단 말이지요."

"그런 인간들의 뺨싸대기 한 대 못 때리고 사는 인간인데— 어쨌든 나가주오, 내 비월 거스르지 말아줘요. 그것이 쉽게 해주는 거야. 나 봄엔 내가 정상적인 아닌 게 아니라 당신이 변했소. 당신이—요 반년 동안 당신이 계를 한다구 돌아다닌 후부터 당신이 변했어요. 내 예언이 맞은 거요. 그렇게 될까 봐 내가 그렇게 말린 게요. 그런 것을 나도 모르게 시작했지. 왜 남들이 다 계를 떼어먹을 때 뒤늦게 그런 데 발을 들여놔가지구— 변한 건 당신야. 정상적이 아닌 걸 정상적이라구 생각하게쯤 됐다는 게 벌써 변했다는 증좌지. 자, 나가주오, 나 좀 쉬겠소. 쉬게 해주오. 그게 내게 인삼 녹용이오."

아내는 더 말이 없이 일어나 나간다. 혼자가 되니 준은 해방이 된 기분이었다.

아내란 인간이 이렇게까지 싫어진 것도 최근의 한두 달 전부터다. 정말 이 기분이 그대로 연장이 되어간다면 아내와도 헤어져야만 하게 될 것 같은 예감이었다. 준은 이 반년 동안에 세 사람의 친구를 잃었었다. 셋이 다 극진히 아끼던 친구였었다. 그리고 그 셋이 삼십 년간의 서울 생활에서 얻은 친구의 전부이기도 했던 것이다. 하나는 M이었다. 평론가다. 또 하나는 Y다. 시인이었다. 하나는 C였다. 정말 동생처럼 아꼈고 또 형처럼 아껴주던 친구들이었다. 준은 Y와의 어떤 사건을 계기로 이 세 친구들의 우정을 시험해보았던 것이다.

"우정을 저울질해본다는 그 자체가 진실한 우정이 아니지요. 애정이란 맹목적이어야 하지 않을까요? 대가를 바라지 않는 애정, 그것이 진정한 애정이겠지요."

아내의 말이었다. 아내의 말도 옳았었다.

그러나 준은 불순한 줄 알면서도 우정을 시험해보지 않고서는 견딜 수 없는 심정이었었다.

Y와의 사건이란 이런 것이었다.

비가 푸슬거리던 날이다. 준, Y, R 이렇게 셋이서 저녁을 먹으러 갔었다. 그에게는 그날 돈이 없었다. Y도 돈이 없던 차에 인세의 나머지가 들어와서 몰려갔던 것이다. 준은 돈 천 환만 Y보고 달라 했었다. Y와는 삼십 년래의 친구였다. 그러나 그의 기억으로는 단 한 번도 서로 손을 벌려본 기억이 없는 터였다.

"아아니, 내가 말을 통 않으니까 내가 여유가 있는 줄 아나? 내 사정도 기가 막혀. 이 사람, 못 하겠어, 미안하지만."

농담이라 했었다. 그러나 농담치고는 너무 정색이었다. 그래도 농이거니 믿었었다. 그래서 얼마 후 또 한마디 했었다.

"그러지 말구 천 환만 주게."

농담이 아니었다. 무서운 증오의 눈이었었다. 돈 들어온 것을 보고 금방 그 자리에서 손을 내미는 야마리 없는 손에 대한 증오였었다. 말은 같은 말이었다. R은 초면과도 같은 사이여서 준은 피부까지 새하얘지는 것 같은 무안을 느꼈었다. 준은 아편쟁이가 아니었고 보니 아무한테나 손을 빌리지도 않았었다. 또 언제나 용돈에 손을 벌리도록 쪼들리기만 하는 그렇게 처량한 처지는 아니기도 했던 것이다. 술맛도 가시었다. Y도 너무 지나쳤다고 후회가 났던 모양이었다. 밖에 나와서 그의 주머니에 천 환 한 장을 억지로 넣어주며 갈리었다. 준은 그 돈이 쓰여지지가 않았다. 지프차가 있는 회사에 얼마간 근무한 버릇으로 술기만 있어도 차를 타는 버릇이 생기어 있던 것이다. 그래야만 곧장 집으로 가지, 아니면 또 참을 대기 때문이었다. 택시를 타자던 돈이었지만 그는 보슬비를 맞으며 혜화동까지를 걸었던 것이다. Y도 무슨 기분 나

뻔 일이 있었던지도 모른다. 그렇다 해도 심했다. 무서운 증오의 눈이 아니던가? 돈을 보더니 그 자리에서 손을 내밀어—이런 눈이 아니냐. 집에 들어서는 길로 오십이 된 준은 어린애처럼 책상에 엎디어 울어버리고 말았었다. 물병이 쓰러졌던 모양이다. 요가 홍건해진 것을 알고도 그대로 울기만 한 준이었다. 제삼자가 들으면 실소할 이야기이기도 하다. 어린애 싸움이라 할 것이었다. 그도 그랬다. 그러면서도 두고두고 울어지는 것을 억제할 수가 없었다. 남은 두 친구도 그렇게 우정이 시험되었던 것이다. 물론 그때는 그의 주머니도 그만 돈은 있었던 것이다.

아내와의 균열이 생긴 것도 그 사건과 관련이 있었다.

며칠 후였다. 이 슬픈 이야기(준에게는 부모가 돌아갔다는 사실보다도 슬프고 슬픈 이야기였다! 울어도 울어도 시원치 않은 그런 슬픈 이야기였다!)에 코웃음을 친 것이었다. 정상적이 아니요 이단적이라는 것이었다.

"아아니, 세상이 그런 게지. 그런 것을 이제 새삼스럽게 슬퍼한다는 그 자체가 우습잖아요? 이 세상에 당신처럼 어리석은 사람이 또 어디 있어요! K씨 때만 해두 그렇죠. 이십 년 전의 삼백 원이면 어디예요? 당신 월급이 육십 원일 때거든. 일 원 육십 전짜리 어머님 간이 보험료를 못 물어서 무효를 만든 이가 어쩌자구 판권을 둘이나 판 돈을 몽땅 내주고서 신문사에 맡겨두었다구 내게 일 년을 속이더니— K씨가 그림 한 장을 들구 와서 그때 당신이 앓고 누웠을 적에 미안하다고 이야기를 해서야 알았지만, 겨우 선심 쓰듯 돈 오 원을 가져온 것이 다였죠?"

K는 정말 섭섭하게 했었다. 월북한 화가였다.

그러나 전에는 이렇게 준을 구박 주던 아내가 아니었다.

그 아내가 구박을 주는 것도 정상적이 아닌 것을 순수하게 정상적인 것으로 받아들이게 생리가 변한 것이 눈에 뜨인 것이다. Y가 옳고 그것을 슬퍼하는 준이가 그르다는 것이었다. 이해관계가 없는데 우정을 바라는 것은 어리석다는 것이다. 우정의 비중은 이해와 정비례한다는 것이다. 그것이 정상적이란다.

무서운 말이었다. 말 자체도 그랬지만 아내 입에서 그런 말이 나왔다는 것이 더 무서웠었다. 즉각적으로 머리에 온 것이 계였다. 고리대금을 하지 않고는 계가 성립되지 않는다. 그 계를 아내가 모은 것이었다. 계만 들면 이혼한다고까지 선언을 했건만, 그것을 무시하고 아내는 준도 몰래 계를 모았던 모양이다. 말쌀[13]을 팔아야 하는 형편이니 아내의 초조를 나무라기만 할 수는 없다. 그것을 안 것도 먼저 계를 타먹은 사람이 나자빠져서 비로소 탄로가 났고, 그 계금을 물기 위해서 그는 또 하나 계를 모으게 됐던 것이다. 날마다 계주가 기소된 사건이 신문에 보도될 때이기도 했다. 소심한 준이었다. 오십만 환이란 죽을 때까지 써도 단번에 들어와볼 수 없는 대금인 것이다. 준은 매일 아내가 잡혀가지 않나 불안했었다. 며칠에 한 번씩은 여자들이 와서 고발한다고 으르딱딱대기도 했었다. 아내는 잡혀가고 준은 경찰에 불려가고 ──이런 꿈도 몇 번인가 꾸었었다.

아내는 이십오 년간 그와 결혼 생활을 해오고 있었다. 이 이십오 년 동안, 아내는 그의 월급과 원고료와 인세 이외에는 단돈 십 전의 가욋돈을 모르고 살아오고 있다. 준 자신이 그런 주변이었다. 그러니 어디 가서 딴 돈을 만져볼 재간이 있을 리 없다. 정말 가늘게 먹고 가늘게 살아온 이십오 년이다.

그 아내가 이 반년간 곗돈을 만지더니 통이 커진 것이다. 전에는 만 환이면 끔찍하게 알던 아내다. 뱀 개구리 녹이듯, 옷장 저 밑에다 넣어 존존히[14] 썼었다. 그 아내가 만 환은 돈으로 안 알게 되어 있었다. 원고료만으로 십여 명 살림에다 여섯이나 되는 아이들의 학비에 하도 따분해서[15] 취직이라도 하면 하는 말을 낼라치면,

"거 쓸데없는 공상 말아요. 취직 취직 하지만, 당신은 방 안 취직이 젤이야요. 주면 얼마나 주우! 한 장에 뚬방뚬방 이백 환씩이니 그보다 더한 취직이 어딨다우. 대장 부인두 그럽디다. 나다니면 돈만 쓴다구 영감쟁이 다리를 꼭 붙들어 매어 집 안에 가둬두라구."

이렇게 말하던 아내다. 대장이란 준이가 위의 세 친구 이외에 글과 관련이 없는 오직 하나의 친구 부부다. 지금 준의 우인록에 남아 있는 오직 한 사람이기도 한 것이었다.

통이 커졌다 해서 돈이 생긴 것도 아니다. 오십만 환을 몽땅 떼이고서 딴 계를 모아서 두 계의 계금을 물어가자니 이악하게 한대도 준의 원고료에서 반은 보태주어야 했다. 그것이 억울해서는 아니다. 아내는 정말 이악해진 것이다. 단돈 천 환에도 꼭 이자 생각을 한다. 돈 계산의 단위가 이자로 변해버리고 말았었다. 어쩌다 곗돈 들어온 데서 아이들 잔돈이고 살림에다가 쓰는 일이

있어도,

"모두 사천 환 썼어요. 이 할이니까 그런 줄이나 아시라구요."

소름이 쪽 끼치었다. 이 할 아니라 십 할이라도 물 돈이면 물어야 할 것이요, 또 물기로 든다면 원고료에서 나갔지 아내가 어디서 갖다 무는 것도 아니다. 이십오 년간 단 한 번도 주고받아본 일이 없는 대화였었다. 준도 그랬지만 아내도 그랬었다. 그럴 필요가 전혀 없었던 것이다. 그의 수입이 빠안했고 아내의 수입이 십 년 가야 일전 한 푼 없는 터에 준이가 단 한 번도 다른 여성과 점심 한 끼 먹어본 적이 없이 살아온 이십오 년이었고 보니 준이의 주머니 속은 의심해볼 아내도 아니었었다.

"저 아무개넨 부부간 서로 딴 주머닐 차구 있으니 그러구야 무슨 재미루 살으우?"

이런 말을 하며 희한해한 아내다.

그 아내가 계를 시작한 뒤로부터 딴 주머니를 찬 것이었다. 실상은 아무 실속도 없는 주머니였다. 언제나 떼인 돈 이자 물어줄 금액과 날짜가 적혀 있는 종이쪽밖에 들어가보지 못하는 그런 딴 주머니다. 신주머니 값에도 못 가는 딴 주머니였지만 준이는 실속이 있든 없든 그 딴 주머니라는 것이 불쾌해서 견딜 수가 없는 것이다. 지금은 빚문서밖에 들어가보지 못하지만 딴 주머니 찬 이상 언제든지 들어가게 되면 들어갈 수도 있을 것이요, 또 그렇게 되기를 바라서의 딴 주머니이기도 할 것이었다. 아내한테 전 남편 자식이 있는 것도 아니다. 처녀로 그와 결혼했다. 뒤늦게 젊은 사내를 끼고돌 것도 아니요 친정도 이북이다. 원고료가 샐까 봐서는 아니다. 그 자체가 준이는 생리적으로 싫었다. 그것은 아내도 잘 안다. 이십오 년간 같이 살았으니 방귀 소리도 알 만하다. 그러면서도 계를 했고 '계'식으로 돈을 계산하려 드는 것이다. 과거 이십오 년 동안에는 싸움도 많이 했고 때리고 한 일도 있었다. 그러면서도 헤어진다든가 소위 말하는 '위기'라는 것은 생각해본 일조차도 없는 준이었다. 준도 나이 오십이다. 위기는 벌써 갔을 것이었다. 아내도 사십이 넘어섰다. 이 나이에 준은 뒤늦게나마 아내와는 헤어질 수도 있다고 생각하는 것이었다. 이대로 간다면, 계가 더 계속되고, 아내의 계산법이 계원들의 그런 태를 못 벗는다면 준은 아내가 억만금을 벌어다 뉘어놓고 먹인대도 동거할 수 없을 것 같은 생각이다.

준은 그런 의미의 말을 아내한테도 정중하게 했던 것이다.

그 반응은커녕 그러한 준을 아내는 되레 정상적이 못 된다고 했고 지금 이 세상에서 이해를 떠난 우정이란 있을 수 없다, 바란다면 어리석다, 이렇게 판단을 내리고 있는 것이었다.

'나는 또 한 장 절연장을 써야만 하는가?'

준은 벌써 몇 개쨴지도 모르면서 또 담배에 불을 붙여 무는 것이었다. 어떻게든지, 무슨 일이 있든지 간에 이 위기만은 극복을 해야겠다는 생각이었다. 친구한테 절연장을 쓴 이후로는 거의 매일 밤 술을 먹지 않을 수가 없었다. 너무도 허전했다. 너무도 슬펐다. 친구를 잃었다는 슬픔보다도 그의 편지를 받고 피익피익 웃었다는 이야기는 정말 준을 슬프게 했다. 그래도 뒤를 둔 절연장이었다. '그건 자네 오해다, 오해를 시킨 점 나도 사과한다, 우

리가 그럴 수가 있느냐—' 이런 회답을 은근히 기다리며 쓴 절연
장이었던 것이다. 그러나 친구들은 모여 앉아서 피익피익 웃었다
는 것이다.

이 지금의 준한테서 아내와 자식까지 뺏는다는 것은 견딜 수 없
는 비극이었었다.

그러나 아무리 생각한대도 이 위기를 극복할 자신은 준에게는
없었다. 그것이 정상적이냐 아니냐는 둘째 문제다. 부부는 친구
의 경우와도 달랐었다. 친구는 안 보면 쓸쓸했지만 안 볼 수도 있
다. 그러나 한집에서 같은 솥밥을 먹는 부부로서 물심양면으로
딴 주머니를 찰 수는 없다 했다. 역시 어느 쪽이고 주머니를 떼어
버려야만 한다 했다. 주머니를 뗄 수 없다면 사람이 떼어져야만
한다 했다. 첫째 이런 계산에 대한 관념의 차이 앞에서 아이들은
방황하지 않을 수 없는 것이다. 닷새나 지났다. 역시 같은 생각이
었다. 열흘이, 또 열흘이, 한 달이 또 갔다. 그래도 준의 생각은
변해지지 않는 것이었다. 아내의 계산 기준도 그 자신 조심을 하
면서도 역시 고쳐지지는 않는 모양이었다. 인제는 다른 도리가
없었다. 생리가 그것을 준한테 허락지 않았었다.

준은 결심을 했다. 역시 헤어질 수밖에 없다는 결론이 내려진
것이다. 준은 그날 밤은 지독하게 술을 마시었다. 그랬건만, 눈을
붙인 지 한 시간 만에 잠이 깨이던 것이었다. 술도 함께 깨었었
다. 한 시부터 새벽 다섯 시까지에 겨우 준은 아내에게 주는 마지
막 편지를 썼었다. 아이가 여섯이나 딸린 늙은 홀아비한테 와줄
여자는 이 세상에는 없다는 생각을 되새기고 되새기고 하면서 쓴

편지였다. 준은 이 편지를 책상에 놓고 당분간 집을 떠나자는 것
이다. 아내도 세 친구들처럼 편지를 보면서 피익 웃을지도 모른
다는 생각을 하면서 쓴 편지이기도 했던 것이다.

　마지막 편지이면서도 역시 세 친구들에게처럼 한 번 더 여유를
둔 것은 아내한테 대한 미련일지도 모른다. 그러나 그만 미련쯤
을 가진다고 그것이 그대로 비굴이라고는 준은 생각하고 싶지 않
은 것이었다. 이런 편지를 쓰는 그 자체가 이단적인 태도인지도
모른다는 생각을 하면서도 쓰지 않을 수 없어 쓴 편지이기도 했
던 것이었다.

　준은 천천히 편지를 봉해 책상 위에 놓고 두 눈을 지그시 감았다.

B녀의 소묘素描

1

"기왕 올 테면 나 있을 제 오게. 뭐, 그렇게 어색해할 거야 있는가? 오래간만에 친구 찾아오는 셈 치면 그만이지. 하기야 그런 일이 없었다기로니 친구 찾아 강남도 간다는데 친구 찾아 천 리쯤 오기로서니 그게 그리 망발될 게야 없잖은가?"

이러한 편지를 받고 나니 그도 그럼직했다. 지난가을부터 "갑네, 갑네" 하고도 초라니 대상 물리듯[1] 미뤄온 데는 물론 십오 원이라는 차비가 그의 생활로 보아 엄두가 안 난 것도 사실이었다. 그러나 그보다도 벌써 여러 번째 A가 한번 놀러 오라고 졸라대다시피 해도 "응응" 코대답만 해오던 그로서, 너를 기다리는 여성이 있다고 한다고 신이 나서 달려간다는 것도 쑥스러워 솔깃하면서도 이때껏 미뤄온 것이다.

"뭘, 가보게나그려. 오래간만에 친구도 만나보것다. 청초한 미인이 기다리것다…… 밑져야 본전 아닌가. 그런 중에도 정성스런 애독자렷다……"

훈이가 올라왔다가 A의 편지를 보고는 이렇게 충동이었다. 그 때도 귀가 솔깃하게 들리는 것을 꿀꺽 참았다.

훈이 말마따나 여러 해 만에 만나는 친구요, 거기다가 자기의 작품을 모조리 읽은 한 여성이 기다린다는 것이 제가 쓴 것에 대한 정당한 평가는 그만두고라도 듣기 싫은 소리는 아니었다. 작품을 감상할 만한 여성이라면 첫째 자기의 작품 같은 것에 정력을 허비하지 않을 게고 그동안에 쓴 것을 모아둔 스크랩을 꺼내어 이삼십 개 되는 그 작품들을 읽던 때의 그 여인의 심경을 상상해보다가 얼굴이 화끈한 적까지 있으면서도 그 여성을 한번 보고 싶은 생각도 들지 않는 것은 아니다.

"A하구두 오래간만이구, H에 찾아가면 한둘쯤은 반색할 사람도 있는 터고, 하기야 서울서 구나 시골 가서 구나 같은 놈이야 별수가 있나……"

그는 이렇게 이번 여행을 합리화시켜도 보았다.

그러나 무엇보다도 그로 하여금 결단을 내리게 한 것은 요새 며칠째 삼각형으로 일그러진 주인 여편네의 상판이었다. 지난가을에 적선동 하숙을 쫓겨났을 때는 돈 십 원이나 생긴 것이 있어서 아주 희떱게[2] 선금을 내놓아서 그 바람에 군소리 없던 주인 여편네가 한 달 두 달 소 외양 밑자리 모양으로 깔아가기만 하는 것을 보고는 된불[3]이 나게 채치기[4] 시작한다. 더욱이 낯선 친구들이 며칠 돌이로 그의 뒤를 수소문하는 데 겁을 버쩍 집어먹은 모양이다. 오랜 밥값도 못 되는 데다가 전후 다섯 달 동안에 갓난애 오줌 싸듯이 짤끔짤끔 몇 푼 주고는 이달 접어들면서는 그나마도 시치미를 뗐다.

그래도 신문사에 가 있는 장편소설이 팔린다는 바람에 눈치만 슬슬 보던 주인은 그것도 싹수가 노란 것을 어떻게 눈치를 챘는지 하루에도 몇 번씩 "김 씨!" 하고 어디서 배워먹은 김 씨인지는 모르지만 문안을 드린다.

"김 씨, 오늘은 좀 생각하셔야죠."

"그저 조꼼만 더 참으슈."

한성이가 입에 익을 만큼 되풀이해온 대답이었다.

"글쎄, 김 씨두 염치가 있지…… 사리가 분명한 양반이 하루 이틀 밀리는 것도 면구스러울 텐데! 이것 벌써 몇 달쨉니까?"

"글쎄, 없는 걸 그런다구 나옵니까? 남같이 맘두 모질지 못해서 강도질도 못 하고 말할 만한 데는 다 구멍이 막혔으니 어쩝니까? 신문사에서 그 소설을 산다니까 며칠만 더 참으슈!"

소경이 제 닭 잡아먹는 줄 모른다는 격으로 그 막연하게 며칠이라는 바람에 호랑감투⁵를 써온 마누라는 그의 고의춤이나 움켜잡듯이 달구쳤다.

"시굴년 보리마당질 내세우듯 며칠만 내세우지 말고 똑떨어지게 날짜를 말하구려."

"그믐! 아니 그날두 안 되겠군. 새달 초닷새로 하지요. 그날은 때도 안 묻은 시퍼런 딱지로만 갖다 드리리다요."

이렇게 확확 불어넘긴 그였다.

그러나 닷샛날도 지났다. 닷샛날만 지나면 그만이겠는데 마누라쟁이는 엿샛날도 이렛날도 닷샛날처럼 볶아댄다. 이 닷새가 벌써 몇 번이나 지나갔는지 알 길조차 없는 지금의 그다.

이러한 판에 운수불길한 돈 십 원이 주머니 속으로 들어오자 돈내를 맡기나 한 듯이 그날 저녁때에 A한테서 편지가 온 것이다.

A의 편지를 받자 그의 마음은 다시 H시에로 쏠리었다. 북쪽이라고는 의정부밖에 가보지 못한 그라 북국의 신흥 도시라는 그것만으로도 그의 마음을 사로잡기에 충분한 조건이었다. 그리고 오래간만에 친구를 만난다는 것이, 아니 그보다도 자기의 작품을 꾸준히 애독해준 한 여성이 자기를 기다리고 있다는 것이 A의 말마따나 타협만 하면 결혼할 것까지도 생각하고 있다느니만큼 근래에 와서 유달리 고독감을 느끼고 있던 그가 솔깃하게 들었다는데 그렇게 부자연한 구석은 없을 것이었다.

그러나 이러한 조건이 그를 H시에로 이끈 것도 사실이나, 그보다도 사오십 원이나 밥값이 밀린 터고 보니 십 원만 준다면 또 얼마 참아줌직도 한 일이지마는 하늘의 별이나 따듯 노심초사한 이십 원을 고스란히 갖다 바치고 난다면 인제 언제 또 돈푼 구경을 할지 모르는 그였다. 어차피 다 끊지 못할 바에야 가고 싶은 데나 가서 며칠 마음 편하게 놀다 오리라는 엉뚱한 배짱도 앞섰던 것이다.

어쨌든 그는 하늘의 별 따듯 한 십 원 한 장을 시계 주머니에 꼬기꼬기 접어 넣고는 살짝 몸을 빼치어 역으로 나왔다. 으수이 두 시간이나 남은 시간을 맥없이 앉았기도 무엇해서 우선 A에게 전보를 띄워놓고 삼십 분 후에는 며칠 전에 시작된 진고개 어귀의 조그만 찻집에서 향락이나 하듯이 찻잔 모서리를 쪽쪽 빨았다.

2

온 후에야 멱살을 잡힌 채 종로 네거리에서 혼돌림[6]을 받는 한이 있더라도 비지도 째지도 않은 찻간에 자리를 잡고 나니 숨이 다 내쉬이는 것 같았다.

차가 용산역을 빠져서 한강을 끼고 돌자 뒷덜미를 잡히는 것 같던 불안에서 해방된 듯 가슴이 다 벌어진다.

몇 달째 별러온 여행이지마는 짐이라고는 뚜껑 깨진 만년필 한 개뿐이다. 거뜬하기는 해도 어쩐지 허전했다. 차창에 기대어 얼마 전부터 짜다 둔 장편을 마물러보리라는 기대도 한 여행이지마는 당하고 보니 그렇지도 못했다. 그는 찻간 넷을 더듬어 『주간조일』을 한 권 사들고 그것을 뒤적이며 시간을 보냈다.

의정부에 차가 닿자 찻간은 호젓할 만큼 사람이 내렸다. 동저고릿바람과 어울리지 않는 중절모자는 거의 다 내리다시피 했다.

그의 맞은편에 커다란 부댓짐을 메고 출구를 찾던 까무족족한 얼굴에 야무지게 보이는 여덟팔자수염을 기른 사십이 될락 말락 한 사나이도 역부가 의정부를 외치니까 줄달음을 쳐 나간다.

박박 깎은 머리, 날선 콧날, 얄따라한 입술, 코밑에서부터 시작된 고랑은 아랫입술까지 연달았다. 얼굴 요량해서는 격에 안 맞을 만큼 쭝긋한 귓바퀴. 비록 부댓짐을 지기는 했을망정 균형된 얼굴이었다.

그는 그 얼굴을 지금 쓰려는 소설의 여주인공 찬영의 아버지를 삼으리라 하였다.

그것은 그리 흔한 얼굴이 아니었다. 그러나 어딘지 조선 사람의 전형적인 일면을 보이고 있다고 생각되었다. 더욱이 그 얼굴은 소위 양반의 얼굴이었다. 그는 상투를 찌우리라 했다. 수염을 조금만 더 붙이게 하고 흰 털을 반쯤 섞고 고동색 마고자에다 뿔관을 씌우고 삼팔바지⁷를 입히고 까만 편리화를 신기리라 했다.

『십 년간』, 이것이 장편의 제목명이었다. 병규라는 아버지와 찬조, 찬식, 찬영, 이 삼 남매를 중심으로 기미년 전후의 십 년간 조선이 밟아온 길을 그려보자는 것이었다. 찬영은 과도기에 있는 조선의 전형적 여성이었다. 눈앞에 가로타고 앉은 싸늘한 현실이 그의 현실을 떠난 허영과 합치되지 못하고 비극으로 끝나게 되는 그 경로를 쓰려는 것이다.

찬영은 일찍이 그의 약혼자이던 현순을 모델로 한 것이다. 아직도 남부럽지 않게 지낼 만한 대대로 전해오던 재산 끄트러기가 남았던 시절에 약혼했다가 그의 파산과 함께 깨어진 너무나 가슴 쓰린 기억이다. 팔 년 전 일이었다.

'찬영이란 년을 음탕하고 잔인하고 허영투성이를 만들리라. 못된 구렁에 빠져서 숨이 넘어갈 때까지 하닥하닥하는 불행한 계집을 만들리라!'

값싼 소설가인 그는 현순에게서 받은 굴욕을 소설 속에서 복수하려 하였다.

'이것이 장부의 할 짓이냐?'

스스로 타이르지 않은 바도 아니었지마는,

"나는 파산이기 전의 김한성 씨와 약혼한 것이지 불쏘시개도 못 하는 인텔리 룸펜하고 약혼한 기억은 없습니다"

하고 문을 탁 닫고 나가던 현순의 그 마지막 밤 일은 생각만 하여도 가라앉았던 복수욕이 뼈근하게 가슴을 채우는 것이었다.

이러한 굴욕을 남기고 간 현순이건마는 오히려 잊어버리지 못하는 그였다. 미워하면 미워할수록에 그리웠다. 살점을 싹싹 저미고 싶을 만큼 미워하는 현순이면서도 품 안에 꼭 끼고 아스러지게 안아주고 싶은 현순이었다. 현순이라는 그 이름자를 보기만 해도 치가 떨리는 현순이면서도 그 글자도 못 보면 삶이라는 것까지 무의미한 것 같았다. 탄력이 없었다.

현순은 이뻤다. 그러나 한성이가 그의 미에만 끌린 것은 아니었다. 미에 끌리기도 했지마는 미보다 그의 맺고 끊는 듯한 성격에 사로잡힌 것이다. 다른 여성과 같이 우물쭈물 꾸미어대지를 않고 맺고 끊는 듯 칼로 친 듯 '인제 너는 돈이 없어졌으니까 그만 미끄러져라' 하는 태도에 끌린 것이다.

만약 현순이가 자기의 파산을 보고 마음이 변하여 슬슬 피하고 딴 남자와 거리를 싸다니고 하여서 은연중에 자기의 마음 변한 것을 나타내서 이쪽이 제풀에 꼭지가 물러 떨어지게 했다면 그는 그 자리서 단념해버릴 수도 있었겠고, 또 그러한 현순이었다면 저쪽에서 아무리 목이 말라 덤빈다 하더라도 눈도 거들떠볼 그가 아니었다.

"그러면 당신은 김한성과 약혼한 것이 아니라 김한성의 재산과 약혼한 것이었던가요?"

하고 서슬이 퍼렇게 덤벼들었을 때도 가늘게 뜬 눈에 웃음까지 띠고 방정식이나 외듯이 더듬지도 않고 이렇게 말한 현순이었다.

"처음부터 한성 씨의 재산과만 약혼한 것이 아니지요. 허지만 한성 씨에게 그만한 재산이 없었다면 약혼하지 않았을는지 모르지요. 아니 애당초에 그런 한성 씨였다면야 오늘날과 같은 환멸은 안 느꼈을 것입니다."

이렇게 내치는 계집을 미워하기는커녕 담씬 안아주고 싶을 만큼 귀엽게 본 그였다.

그러나 한번 자기를 박차고 간 계집의 치마끈을 잡고 늘어질 한성은 아니었다. 그는 깨어진 가슴을 안위키 위하여 있는 정열을 문학에 바쳤다. 그는 읽고 썼다. 읽음으로 해서 바삭바삭 소리가 나도록 건조해진 머릿속에 새로운 끈기가 생기는 것을 느끼었다. 쓰면 쓸수록에 한 걸음 앞으로 나가는 자기 자신의 붓끝을 바라보고는 홀로 기뻐하였다.

그런 지 얼마 후에 그는 현순이가 전라도 어떤 과부의 아들과 결혼한다는 소문을 들었을 뿐이다. 이 소식을 그에게 전한 평론가 R은,

"하여튼 귀여운 여자야. 현순이는 자기 자신을 '거미줄을 타고 세상을 건너려는 계집'이라고 부르데나그려. 거미줄을 타고 세상

을 건너려는 계집! 잘한 말이지? 잘한 말은 못 된다더라도 어쨌든 평범한 여자로서는 못 할 말이야, 하하……"

그리고 R은 "거미줄을 타고 세상을 건너려는 계집"이라는 말을 몇 번이나 마치 입에 맞는 시구나 되뇌듯 하였다.

"거미줄을 타고 세상을 건너려는 여자!"

한성은 이렇게 한번 입속으로 중얼거려보았다.

차는 새벽을 향하여 세차게 달리고 있다. 웬만한 정거장은 기별만 전하고 획획 지나간다. 세상에 나서 처음 대하는 북국의 자연을 어둠 속에 지나게 된 것을 아까이 여기며 그는 잠이 들고 말았다.

3

신흥하는 북국의 도시 H에서 내린 것은 아홉 시 반을 조금 지났을까 말까 한 때였다. 예측대로 A가 나와 있었다. 그가 장꾼들한테 길을 빼앗기고 엉거주춤하게 내리는 것을 모르고 적이 실망한 낯으로 승강대를 바라보고 섰던 A는 쫓아오며 짐이나 받을 듯이 팔을 내밀었다.

그는 짐 대신 팔을 내밀었다.

"치웠지?"

"아니."

"참 H에 한번 오기 어렵기도 하이."

"미안하이."

이러한 대화를 주고받으면서도, 이것이 삼 년 만에 만난 친구 간의 할 이야긴가 하고 생각하니 자기네만큼 멋멋한[8] 사람들도 없을 것 같았다.

시골 역으로 해서는 역전도 넓다.

"어떡할까? 뻐스? 걸을까?"

"맘대로. 내야 절에 간 색시지."

"뭘, 철장 같은 다리를 가졌는데 걸어가세나그려, 이야기도 할 겸."

북국서도 봄은 온 성싶었다. 삼십년형(型) 구식 포드가 내로라 하고 거리를 질주하는 것도 시골의 도시 맛이 났다.

얽빼기 아스팔트 위를 그들은 천천히 걸어갔다.

시골 도시라고는 하지마는 봄 치장한 것이 조금도 어색스럽지 않다. 쇼윈도에 채비하고 있는 봄거리도 다 제자리를 차지하였다. 오히려 북국의 미인을 대하는 듯한 청초한 맛까지 났다.

"요새 며칠 내로 바람이 불고 하더니 자네 오는 날 마침 날씨가 이렇게 좋네그려."

"말이 되나. 서울의 귀빈이— 그나마도 이렇다는 문인이 오는데 잘 보여야 좋은 인상을 주잖겠나? 허허허."

한성은 깨어진 양철 두드리는 소리를 내며 웃었다.

A는 한성이가 얼떨떨했을 만큼 좁다란 골목을 이리저리 끌고 다녔다. 그러더니 싸리 울타리에 밋밋하게 달린 높다란 대문 안으로 끌고 들어간다.

322

책상 한 개에 책 몇 권, 이불 한 채뿐인 살풍경인 A의 하숙방에서 아침을 먹고 A는 반룡산으로 그를 끌고 나선다.

누에머리[*] 형상으로 된 산모퉁이를 타고 올라가니 백여 년씩은 다 돼 보이는 노송이 애송이 잔솔의 머리를 쓰다듬으며 멀리 H평야에 무르녹는 봄기운을 노송답지 않게 마시고 섰다. 주홍빛 흙은 비단 보료나 디디는 듯 포근포근하다.

"저것이 성천강일세. 이것이 여어 보이는 다리 말일세, 저것이 만세교고. 사흘만 더 일찍 왔더면 좋은 구경을 했을 것을. 참 볼 만하이. 정월 보름날이면 다리밟기라고 해서 H사람들은 모두 한 번씩 저 다리를 건너보는 풍속이 있다네."

A는 눈에 뜨이는 대로 가리키고 설명하고 하였다. 영생고보니 우편국이니 병원이니 눈에 스치는 큼지막한 집을 일일이 설명해 준다.

한성도 시야에 새로운 것이면 무엇이나 자진해서 물었다. 연대 병사며, 감옥, 넓은 거리가 보이면 그 동명까지 일일이 물어서 웬만한 것이면 머릿속에 적어넣었다.

"저긴 어딘가? 저긴 참 한적해 보이는데."

그는 총(叢) 자 형상으로 숲이 우거지고 그 앞에 가느다란 강물이 반월을 그리고 있는 H 시외의 한 동리를 가리키다가 가슴이 성큼해서 섰었다.

"B동"

하고 A가 대답한 까닭이었다.

"B동?"

그것은 A의 말을 빌린다면 저녁놀에 홀로 핀 백장미같이 청초한 미인이──그의 애독자가 살고 있다던 바로 그 동리였다.

"저기가 B동이라?"

"왜 가슴이 울렁울렁하나?"

"미친 사람! 가슴이 울렁거릴 거야⋯⋯"

말은 하면서도 한성은 얼굴을 붉히었다.

'대관절 뭘 하는 여잔가?'

한성은 무엇보다도 그것이 궁금하였다. 그러지 않아도 이때껏 "가네, 가네" 하고는 초라니 대상 물려오듯 한 이번 길을 이 계집이 있다니까 이렇게 갑자기 서둔 것이나 아닌가 하는 의심을 받을지도 모를 것 같아서 자진해서는 말을 꺼내지 않으려고 한 것이다.

그러나 이 한번 보지도 못한 애독자가 이번 그의 결심을 촉진한 것만은 그 자신도 부인치 않았다. 상호 간의 의사만 상합하면 화촉지전[10]을 이루리라는 그 말에만은 적이 불쾌한 인상까지 받았지마는 어쨌든 한번 대하고 싶다는 정도의 호기심이 자기의 결심을 재촉한 것만은 사실이었다. A 자신은, '한성이란 놈이 단단히 마음에 든 게야' 하고 생각할지 모르지마는, 그리고, 하기야 나이 삼십이 넘은 노총각이 그만한 미와 그만한 교양을 갖추었고 더욱이 자기 작품의 가장 열렬한 애독자인 여자를 아내로 삼는다는 것을 거부할 사람도 없기는 하겠지마는 한성 자신은 되레 제 녀석이 고르고 고르다 남은 찌꺼기라 못 먹는 떡 개나 준다는 셈 치고 내게다 떠맡겨보려고 하는 그 태도에 모욕감까지 느끼는 것이었다.

만약에 그가 기혼자이고, '이러이러한 사람이 있으니 안 만나보려는가' 한다면 물론 이런 델리컷한 감정은 안 들었을지도 모른다.

"한번 만나보지 않으려나?"

A는 들여다보듯이 재차 물었다.

"글쎄, 만나봐도 좋기야 하겠지마는— 나 자신이야 물론, 그렇지마는 자네두 자네 친구를 왔던 차에 소개한다는 그런 정도라면 만나본대도 좋지."

"무척 될 까네. 어련하리, 가보세나."

A는 한성이가 한 말의 뜻을 다 이해치 못하는 것 같아 보였는데도 대답만은 이렇게 선선하였다.

"갈까."

"염려 없나?"

"염려라니?"

"공연히 또 한 번 보고 나자빠지리?"

"제발."

그들은 멀리 평야를 바라보고 커다랗게 웃어붙였다.

"천천히 가도 좋겠지!"

"웬걸, 바루 가야지!"

"안 왔으면 모를까! 온 김이니 장 군의 무덤이라도 보고 가야하잖겠나?"

"장 군의 무덤?"

한성은 가슴이 서먹하였다.

"왜, 장을 모르나? 저 K사건으로 옥사한 장 군 말일세."

"아네! 아네!"

한성은 고함을 치듯 소리를 질렀다.

"장 군을 내가 모르고 누가 알겠나!"

그렇다! 장 군을 속속들이 아는 사람은 한성이었다.

조선에 신경향문학이 들어오던 초기에 있어서 살인 주사침 같은 붓끝으로 우리의 슬픔을 노래하고 돌진하라고 고함치던 장군. 잡지 『화성』을 활무대[1]로 대중을…… 부쩍부쩍 투쟁 속으로 이끌고 가던 장 군!

그러나 그는 붓끝에 매인 사람이 아니었다. 가느다란 붓끝만으로는 펄펄 끓는 정열을 쏟을 길이 없는 장 군이었다.

하루아침 그는 붓을 꺾어버렸다. 활활 타는 화로 속에다 붓 동강이를 살랐다. 그러고는 한성을 향하여 외쳤던 것이다.

"붓을 꺾어버려라!"

『화성』을 둘러싸고 있던 일곱 사람의 동인 중에서 다섯 사람은 맹렬히 장 군과 보조를 맞추었다. 그리고 천륜이라는 억센 인연으로 맺어진바 부자의 의도, 형제의 혈연도 끊어버리고는 몸을 솟구쳐 불 속으로 뛰어갔었다.

"너 같은 인간은 몇만 명이 있어도 일없다. 자, 우리가 꺾어버리는 붓이 아깝거든 그 동강이라도 주워가지고 가렴!"

가장 가깝고 가장 많은 이해를 가지고 사귀어 내려오던 장 군은 이 말 한마디를 계기로 그로부터 영원히 떠나버리고 말았던 것이다.

장 군으로부터 버림을 받은 한성은 몇 해 굴러다니는 동안에 다시는 추어보지 못할 인간쓰레기가 되고 말았다. 비속하기 짝이 없는 조선의 저널리즘에 추파도 보내어 종이 값도 못 되는 원고료로 그날그날을 연명해가는 그지없이 초라한 인간이 되고 말았던 것이다.

"장 군과 현순— 그들은 좋은 대상이었다."

그는 가벼이 한숨을 내쉬었다. 동아줄처럼 믿고 있던 장 군이 간 지 일 년이 못 되어 현순도 가고 말았던 것이다. 하나는 허영의 화염 속으로 뛰어들어갔고, 또 하나는 다른 화염 속으로 같은 정열과 같은 담력을 가지고 뛰어들어간 것이었다.

"장 군의 무덤은 여기서 먼가? 공동묘지였지?"

그는 간신히 물었다.

"응, 가보려는가?"

"가야지! 가볼 면목은 없지마는 그대로야 갈 수 있나. 여기서 먼가? 아니, 멀면 대순가. 가세."

"웬걸, 이십 분이면 족하이. 오던 길에 우리 자네 애독자한테도 다녀오세나그려. 마침 고 근처니까."

A는 이렇게 권하였다.

"허지만 장 군의 무덤엘 간다면 우울해질 터인데 그 기분으로 모르는 사람을 대하는 것이야 실례 아닐까?"

한성은 이런 걱정까지 하였다.

"글쎄, 그편이 나으이. 누가 안다던가. 그 여자를 보는 것이 장 군의 무덤을 찾는 것보다도 더 우울한 일이 될지……"

"그건 왜?"

한성은 어쩐지 가슴이 서먹했던 것 같았다.

"왜냐고? 글쎄, 그럴 이유가 있지. 만나본다면 알 일이지마는……"

"그게 모두 무슨 소릴까?"

"허허허, 그렇게도 알고 싶은가?"

A는 격에 맞지 않는 웃음을 한 번 웃고는 머뭇머뭇하는 눈치더니,

"그만한 미인을 보고 우울해하지 않을 자가 누구야?"

하고 껄껄 웃는다.

"어어, 이 사람두……"

인류의 행복을 두 어깨에 짊어지고 싸워나가던 장 군의 큰 뜻과 그 의기는 한 평도 못 되는 반룡산 한구석에 동그마니 흙을 뒤집어쓰고 있었다.

'장만억' 석 자 중 억 자는 겨우 알아볼 만하게밖에 흔적이 안 남은 푯말을 보는 순간 한성은 소리를 내어 울고 말았다.

"너 같은 인간은 몇만 명이 있어도 쓸데가 없다!"

하던 구 년 전의 그 말이 그를 울리고 울리고 하였다.

지나간 구 년 동안 자기가 밟아온 그 길, 커다란 검은손이 뚫어놓은 구멍을 눈등 간지러운 교활과 밥알로 새를 잡으려는 것과 같은 간사하기 짝이 없는 이지로 교묘히 피해온 장 군을 싸고도는 지나간 그때의 장면을 추억하며 한성은 울고 울고 하였다.

그러나 지하의 장은 그에게서 눈물이 아니라 새로운 출발을 바라고 있다는 것을 한성은 깨우쳤어야 할 것이었다.

그러나 그는 너무나 초라한 계획을 세우고 있었다.

"비라도 하나 해 세울 수 있었으면……"

4

그들은 구장터로 내려와서 H시의 명물이라는 국수를 한 그릇 시켜 먹었다. 엿이니, 돗자리, 오지그릇 따위를 벌여놓고 앉았는 부인네들을 국숫집 이층에서 한동안 구경하다가 가벼운 기분으로 A의 뒤를 따라섰다.

"H란 살기 좋은 곳, 란란란란……"

A는 가끔 편지할 때마다 창작 노래라던 H 예찬가를 쉴 새 없이 불러서 그를 웃기려고 애쓴다.

H고보를 옆으로 보며 영생고보 턱밑을 빠져서 다시 대통 같은 골목으로 한동안 들어가던 A는 그를 우물가에다 세워놓는다. 그러고는 다짐이나 받듯이,

"어떠한 일이 있든지 우울해서는 안 되네. 약속하겠지?"

"암."

한성은 웃음까지 섞어서 쾌쾌히 대답하였던 것이다.

다짐을 받은 A는 다시 걷기를 시작하였다. 그러더니 우물가에서 여남은 집 떨어진 단출한 대문 앞에 서더니,

"여기 잠깐 섰게나"

하고 안으로 들어갔다.

문패에는 '박우순'이라고 씌어진 것이, 말하던 예의 그 여자와는 성만이 같았다.

안에서 문 여닫는 소리가 난다. 그러고는 다시 한동안 잠잠하더니 다시 문 여는 소리가 나고 구두 뒤꿈치만 딛고 걸어오는 발소리가 났다. 한성은 마치 아주 오래간만의 연인을 만나기나 하는 것 같은 가슴의 동요에 가만히 귀를 기울이고 있었다.

"자, 들어오게. 지금 감기로 누워 있는데, 뭘 어떤가. 당자가 좋다는 데야— 자네만 해두 그이의 병 낫기를 기다릴 수도 없을 게고."

머뭇머뭇하는 한성을 이렇게 달구쳐서 A는 먼저 앞을 섰다. 그는 A가 시키는 대로 할밖에 없었다.

마당 안으로 들어서니 흐너진[12] 조그만 화단 자취가 있다. 그 옆에 가는 철사로 얽은 으수이 한 평이나 되는 닭도 없는 닭집이 있다.

보기만도 이 집 주인은 순결하고 고상한 취미를 가졌으리라는 것이 추측되었다.

미닫이가 다르륵 열린다. 그 다르륵 소리에 맞추어 그의 가슴도 다르륵 떨렸으나 나타난 얼굴은 조그만 소녀였다.

"자, 들어가세."

A는 또다시 앞장을 섰다. 손이 왔음에도 불구하고 주인이 낯바대기도 안 보인다는 것이 적지 않게 불쾌했으나 그는 A를 따라 방으로 들어갔다. 방은 텅 비었었다. 아랫목에 꽃 놓은 돗자리가 한 닢 깔리고 재떨이에 은하 한 갑이 놓였을 뿐이다.

A는 지시대로 그는 자리를 잡았다.

그러나 이 방에 들어와서부터 도무지 마음을 진정치 못하는 듯한 A의 태도가 한성의 눈을 벗어나지는 못하였다. 한동안 담배를 피우다 일어났다 하더니 정색을 하고,

"저 방에 있는데 문을 열더라두 자빠지지 말게"

하고 또 한 번 다지는 바람에야 한성은 '킥' 하고 웃음을 터뜨리었다. 그러고는 A의 손등을 꼬집었다.

"A선생님, 문 좀 열어주세요"

하는 소리가 옆방에서 났다. 그는 그 말소리에서 너무나 파리한 여주인을 보았다. A는 흘끗 한성의 눈치를 훔쳐보고는 가만히 몸을 일으키었다. 그는 처음부터 끝까지 연극을 꾸미는 것 같은 A를 간지러운 듯한 감정으로 보고만 있을 수밖에 없었던 것이다.

그러나 미닫이가 열리며 이쪽을 내려다보는 그 얼굴을 보고야 한성은 A가 연극을 꾸미는 것이 아니라는 것을 깨달았다. 연극은 연극이었다. 그러나 그가 연극이라고 생각한 것은 A의 동작을 의미한 것에 멈췄던 것이다.

"김 선생님!"

그 얼굴의 주인공은 이렇게 자기를 불렀다고 한성은 생각하였다. 그러나 기실은 문이 열리기 전부터 가득하게 눈물 괸 눈으로 그 여인은 아랫목을 내려다보고만 있었을 뿐이었다.

잣쪽만 해진 얼굴, 바스러진 머리, 샛문 틀을 붙잡아서 겨우 몸을 가누고 있는 그 여인, 그것은 팔 년 전의 현순 바로 그 사람이었던 것이다.

"오오, 현순!"

이밖에 그는 말을 못 했다. 그는 A의 존재도 잊어버렸다. 그러고는 현순의 앞으로 썩 나서서 이불을 싸고 앉은 현순이를 들여다보았던 것이다.

"선생님, 놀라셨지요?"

그는 대답을 못 했다.

그 대신 A를 쳐다보고 물었다.

"A군, 나는 아무것도 모르겠네. 자네가 대답해주게나."

"날더러 대답을 하란 말인가?"

하고 그는 앉았다.

"그전에 난 자네한테 사과를 해야겠지. 그러나 놀라지 않는다는 약속이었으니까. 지금까지의 모든 것은 현순 씨가 한 일일세. 나는 다만 시키는 대로 좇았을 뿐이야. 평범한 말로 이것을 표현한다면 운명이겠지, 운명. 그러나 이 이상 나는 더 말할 수가 없네. 현순 씨의 입에서 자기의 과거를 들을 수도 인제는 없겠지. 지난 팔 년간 한 여성이 걸어온 길은 그 여성의 기록이 설명해줄 것일세."

A가 이렇게 말을 마치기도 전에 현순은 한성의 무릎에 엎드려 울음을 터뜨렸다. 벌써 울 기운조차 없이 된 현순이건만 한성의 무릎이 흥건하게 젖도록 울고 울고 했던 것이다.

과거 팔 년간 그만큼 울어본 현순이었건마는 울어도 울어도 끝이 없었다. 설움은 설움을 낳고 눈물은 눈물을 자아냈다.

그러나 운 것은 현순만이 아니었다. 한 불행한 여성의 설움은

한성의 눈물 줄기를 이끌었다. 그리고 한 여성과 친구의 설움은
또한 A를 울렸던 것이다.

5

A에게 끌리다시피 하여 현순의 집을 나온 한성은 싸우듯 A를
집으로 보내고 혼자서 밤거리를 헤매었다. 일찍이 수백 편의 소
설을 읽어오고 수십 편의 소설을 써온 그였지마는 이러한 현실은
본 적도 없었거니와 써볼 생각도 못 했던 것이다. 믿어도 믿어도
믿어지지 않는 사실! 믿어서는 안 될 것이로되 오히려 사실로 존
재해 있는 이 사실, 한성은 오직 아연했을 따름이었다.

현순이가 시킨 노릇이라고는 하지마는 이러한 연극을 꾸며놓은
A가 원망스러울 뿐이었다.

그날 밤 세 시까지 그는 거리를 헤매었다. 왜 헤매는지 이 현실
의 그 어느 구석이 자기를 괴롭게 하는지조차 그는 몰랐다. 다만
뼈개질 듯이 괴로운 가슴의 고통을 깨달을 뿐이었다.

이 괴로움을 가슴에 안은 채로 잠이 올 리는 만무하였다. 그보
다도 아직도 서먹서먹한 사이인 A의 동료인 J에게 그 꼴을 보이
고 싶지 않아서 그는 그날 밤을 여관에서 새우고 이튿날도 정오
나 되어서 A의 하숙으로 돌아갔다.

"아이구, 인제 오시는군!"

주인마님이 덤벼들듯 반가워한다.

알고 보니 새벽에 수색원을 내려다가 '함창여관'에서 유한다는 말을 A에게서 듣고 그만두었다고 한다.

"A가 그래요?"

하고 그는 좀 의아했다. 그러고 보면 간밤에 밤새도록 자기의 뒤를 따라다닌 것이로구나 생각하니 그의 우정에 새삼스러이 감사하는 마음이 생겼다.

방에 들어가기도 싫고 해서 퇴에 앉았으려니까 A도 친구 집에서 자고서 그제서야 돌아왔다.

그날 밤 A와 함께 또 현순을 찾았다.

현순을 본다는 것은——더욱이 오늘날과 같은 비참하게 된 현순을 본다는 것은 괴로운 일이었다. 그러나 그러한 현순——아무리 제 잘못으로 제 몸을 그르친 현순이라고는 하더라도 이미 죽음을 며칠밖에 남기지 않은, 그나마도 모든 사람이 기피하는 병이라고는 하지마는 그러한 현순을 보고도 못 본 체한다는 것은 그에게는 더 괴로운 일이었다. 벌써 그를 구해줄 힘은 그에게는 없었다. 아니 이 세상의 그 누구에게도 없을 것이었다. 그 앞날도 며칠 안 남은 한 여성을 마음껏 안위시키어 최후의 마지막 시간이나마 행복스러운 마음으로 죽어가게 하자는 것이 그의 위안이었던 것이다.

"오셨어요?"

갈 때마다 현순은 눈물을 머금었다. 그것을 보는 것은 그에게는 너무나 괴로운 일이었다.

"현순이, 왜 나만 보면 우오? 만약 그런다면 나는 내일이라도 서울로 가고 말겁니다. 자, 약속해주시오."

현순은 순진하게 고개를 숙이었다. 그러고는 갈퀴발같이 된 손으로 그의 손을 자그시 쥐는 것이었다.

이튿날은 혼자서 오전에 갔다. 마침 의사가 와 있어서 사생 여부만을 가만히 물었다.

"글쎄요, 병자한테는 못 할 말이지마는 어렵겠지요. 폐란 제삼기를 넘는다면 그만이니까. 혹 산다면 그것은 기적이겠지요. 그러나 병자에게는 절대 그런 말을 말도록 하시는 것이 좋을 겁니다. 워낙 하르빈에서 여기 왔을 때부터 절망이었습네다."

그러나 하얼빈에서 어떠한 생활을 하였는지는 의사도 모르는 모양이었다. 아니 의사뿐이 아니라 A까지도 현순이가 하얼빈에서 왔다는 것만을 알 뿐이요, 하얼빈에서의 그의 생활에 대하여는 아무런 지식도 갖고 있지 못했었다.

그것은 오직 그의 기록만이 알고 있을 뿐이다. 그러나 그 기록은 일찍이 A가 첫 장을 한 번 보았을 뿐, 아직도 그것을 읽어본 사람은 없었다.

뜻하지 않은 현순과의 해후(邂逅)로 한성의 상경은 하루하루 밀리어갔다. 그는 현순의 병석을 떠나지 못했다. 그는 붙박이로 밤낮을 꼬박 새기도 했다.

잠이나 좀 푹 자리라고 A의 하숙으로 온 어떤 날 새벽이었다. A가 허둥지둥 쫓아왔다. A와 그가 병실을 나온 지 세 시간이 못 되어 사람이 왔다는 그것만으로도 그는 모든 것을 깨달을 수 있었다.

"웬일인가?"

그는 바지를 꿰며 물었다.

"아마 몰핀을 먹은 모양이야, 나무랄 수도 없는 일이지만……"

그들이 간 때는 의사도 다녀간 후였다. "현순!" 하고 한성의 부르는 소리에 현순은 겨우 눈을 떠서 한동안 쳐다보더니 다시 눈을 감는다. 그래도 미진했던지 커다란 눈물이 눈물 자신보다도 섧게 천천히 천천히 볼을 흘러내리고 있다.

"선생님, 저언 거미줄을 타고 세상을 건너려던 어리석기 짝이 없는 계집입니다. 그러나 하늘이 도우사 선생님의 품 안에서 죽게 된 것만으로도 그지없는 행복감을 느낍니다……"

혀도 굳어진 지 오래였었다. 현순은 가슴속에 서리고 서린 하소연을 제 입으로 전할 길 없이 간단한, 그러나 너무나 침통한 A와 한성에게 남기는 편지 한 장씩을 남기고 영원히 가고 말았던 것이다—

"이놈! 이놈아! 이 되놈아!"

"아이구머니! 저놈!"

가끔 이렇게 되뇌는 헛소리! 이것만으로도 이 기록이 무엇을 의미하는지는 짐작되는 것이었다.

"죽여라! 죽여!"

이렇게 부르짖을 때마다 현순의 얼굴은 추할 만큼 일그러졌다. 열이 사십 도까지 올라간 후로는 전혀 의식을 잃고 "한성 씨! 한성 씨!"를 되풀이하던 현순은 그 한성이를 옆에 놓고는 그대로 가버리었다.

그러나 공포와 환희의 연쇄인 그의 일생은 끝났다.

가고 만 현순. 저의 말마따나 거미줄을 타고 세상을 건너려다 떨어진 한 여성의 오백 페이지나 되는 그 참회록(懺悔錄)은 장차 소설가인 한성의 주선으로 발표될 것이겠기에 작자는 이 이야기는 여기서 끝맺으려는 것이다.

오직 작자가 바라는 것은 한성과 같은 먹기 위해서 글을 쓰는 작가의 붓끝이 그 여성의 생생한 기록에 너무 많이 그어지기를 기뻐하지 않는다는 것을 그에게 충고해둘 뿐이다.

O형의 인간

1

이로써 모든 것은 끝났는가 봅니다. 이후부터는 당신도 나를 '부양'(당신 말씀대로)할 의무가 없어졌고 나도 당신의 부양을 받지 않으면 안 되는 무거운 짐을 벗었는가 합니다. 당신도 후련하시겠지마는 나도 아주 홀가분합니다.

그렇습니다, O씨. 이 순간부터의 나는 당신의 아내도 아니요, 경남이와 경희 두 남매의 어미도 아닙니다. 따라서 당신도 박선희의 의사를 남편이라는 권위로써 좌우하실 수 없으시게 된 것입니다. 나도 그렇습니다. 벌써 당신의 아내가 아닌 나이고 보니 당신이 나의 뜻을 무시한 그 어떤 명령에도 좇지 않아도 좋게 된 것입니다. 당신과 나는 우리가 고해 같은 인생의 반려로서 손을 맞잡기 전인 그 옛날로 돌아가버리고 말았으니까요— 아니 A박사의 소개로 당신과 내가 백합원이라든가 하는 양식집에서 그 소위 맞선을 보기 전이란다면 당신과 나는 또 그 어떤 인연으로 만나서 남편이 되고 아내가 되고 해볼 기회가 있을 수도 있었겠지마는 오늘 이렇게 헤어진 다음에는 다시는 그런 기적도 영원히 없을 것입니다. 당신도 나도 어린아이가 아닌 바에야 한번 불에 데어보고도 다시 불장난을 하겠습니까? 당신과의 부부 생활이란다면 나도 이에서 신물이 나지마는 나처럼 되양되양한[1] 계집의 남편 노릇이란다면 당신도 되풀이하고 싶어 하지는 않으실 것을 잘 나도 알고 있습니다.

원래는 이런 것을 쓰지 않으려 했었습니다. 새삼스러우니까요. 정말 그래요. 내가 이런 글을 쓰지 않기로서니 당신이 어째서 내가 당신으로부터 떠나는지를 모르기야 하시겠습니까? 그래서 나는 몇 번이나,

'나는 당신으로부터 영원히 떠나기로 했습니다. 박선희.'

이렇게만 써보았던 것입니다.

그러나 어쩐지 미진했습니다. 그렇다고 미련은 아니었습니다. 잘 살았건 구질구질하게 살았건 십이 년 동안이나 고락을 같이해 온 당신한테 이 한 줄로서 작별을 고한다는 것은 어쩐지 서글펐습니다. 당신께 대한 미안한 생각도 있었습니다. 당신이 아직도 나를 사랑하고 있다는 것을 나는 잘 알고 있기 때문입니다. 여기의 이 사랑이란 말은 당신 본위의 사랑임은 말할 것도 없겠지요. 내게 대한 당신의 사랑은 당신이 애지중지하는 담배물부리[2]에 대한 애정과 조금도 다름이 없는 것입니다. 아니 반드시 '나'라고

지적할 필요는 없겠지요. 나라고 지적한 것은 나도 인간 중의 한 사람이기 때문이었습니다. 나 이외의 그 모든 인간에게 대한 당신의 애정이란 파이프나 오메가 시계에 대한 애정과 똑같은 것이었으니까요.

아니 O씨, 좀 수정해도 좋겠습지요. 그렇다면—당신 이외의 인간에게 대한 사랑이니 애정이란 당신에게 소유권이 주어진 파이프나 시계, 라이터, 사진기—이런 것에 대한 애정에 비하여 엄청나게도 차이가 있었습니다. 시계와 사진기는 당신의, 아니 당신만의 소유, 그렇지요, 완전한 소유가 될 수 있었지마는 당신 자신이 아닌 그 어떤 인간도 당신의 완전한 소유가 될 수는 없었기 때문입니다. 내 말이 억설은 아니겠지요? 첫째 당신과 일생을 같이하기로 한 아내인 나도 당신의 완전한 소유물이 못 되고 말지 않았습니까.

2

이 편지를 당신이 읽게 되는 시간은 아마 자정이 지나서거나 그렇지 않으면 필시 내일 아침일 것입니다. 어쨌든 당신은 이 편지를 읽고서,

"더러운 년! 하필 오늘!"

—이렇게 노하실 줄도 잘 압니다.

그리고 당신이 왜 하필 오늘이냐는 노여움을 나도 솔직히 받아

들이겠습니다. 오늘이야말로 당신의 일생을 통해서 가장 찬란한 날이요, 가장 빛나는 날이요, 기쁜 날일 것이니까 그렇게 노하실 만도 한 것입니다. 오늘이야말로 당신의 인생이 가장 호화로운 ──무지개 같은 희망에 오른 날임을 나도 압니다. 그 오매불망하던 미국 유학을 마치고 금의환향한 날! 아니 일 년간 통계학을 연구하고 돌아오신 오성근 씨의 위대한 업적을 찬양하고 휘황찬란할 앞날의 위대한 출세를 축복해주는 환영회 날 밤이 아니오니까? 오늘 밤부터의 당신의 인생은 지금까지 당신이 꿈꾸어온 것 이상으로 찬란한 것일 것입니다. 당신은 늘 과장 소리를 면하고 싶어 하셨습니다. 미국 유학을 떠난 그날부터 당신은 벌써 일개 과장은 아니십니다. 미국까지 가서 우리나라에서는 찾아보려야 찾아볼 수 없던 통계학자가 되어 돌아오셨으니 과장은커녕 국장이 될지도 모르지 않습니까? 또 반드시 국장만 되란 법도 없겠습지요. 인재는 적고 일은 많은 오늘이니 그보다도 더 훌륭한 벼슬을 하실지도 모르지요.

이렇듯 경사스러운 날 하필 요망스럽게도 계집이 튀어나와서 절연장을 메다쳤으니 당신이 노하시는 것도 무리는 아닐 것입니다. 그러나 노염이 풀리실 때까지 노하시고 노염을 풀어주십시오. 내가 오늘을 택한 데는 정말 아무런 타의도 없었습니다. 다만 과장 영감의 사모님이 되기에도 여러 가지 미흡한 내가 국장 각하의 사모님이 된다는 것이 무서웠을 뿐입니다. 고관과 실업가와 학자들이 모인 자리에서 축복을 받으셨겠습니다. 당신의 인덕을 찬양하고 겸손을 추대하며 탁월한 재주를 칭송도 했을 것이요,

당신의 연구가 이 나라에 위대한 기여를 할 것이라고 단정도 했을 것입니다. 집에 와서 술턱을 받아 자신 친구들 중에는 오성근 씨의 이러한 출세는 당자의 덕과 천재에도 있었지만 부인의 내조의 힘도 컸더니라고 나를 끌어낸 사람이 있었을지도 모르지 않습니까? 오늘처럼 영광스러운 날 같이 가야 하지 않느냐고 당신이 권했을 때 내가 가지 않은 이유를 인제는 아셨겠습니다만 그때도 난 그것이 싫었습니다.

정말 그 환영회 청첩장을 받았을 때는 나도 따라갈까도 해보았었습니다. 그렇다고 내가 이렇게 당신으로부터 떠날 것을 결정짓지 못해서는 아닙니다. 모인 사람들이 다 당신과 나와의 인생을 축복해주든 말든 결혼식장처럼 휘황찬란하게 꾸며진 식장에 신랑 신부처럼 나란히 앉아서 축복도 받고 아무리 흔한 요새 돈이라고는 하지마는 일인당 십만 원씩이나 되는 음식이나 먹으면서 나는 나대로 당신으로부터 영원히 떠나가는 마음의 기념식으로나 삼을까 했었던 것입니다. 그런 생각을 하니 한편 통쾌하기도 했습니다. 금의환향한 당신과 나의 사진이 신문에 난 바로 그 이튿날,

'깨어진 원앙몽…… 오성근 씨 부인 환영회 날 돌연 실종!'

이런 기사가 날 것을 생각하니 오성근이가 어떤 인간인 줄도 모르고 덕이 있느니 천재니 하고 거짓말 내기나 하듯 떠들어대던 친구들의 어이없어해하는 얼굴을 보는 것도 통쾌하다 싶었습니다. 당신이 같이 가야 한다고 권했을 때 내가 망설인 것도 그 때문이었습니다.

"그러지 말고 옷을 장만해요. 남의 파티에도 부부가 동반키로

되어 있는데 주빈의 부인이 안 온다면 어떻게들 생각하겠소. 더욱이 그날은 외국 손님들도 많이 올 테니 꼭 가게 해요. 여 보구려. '통계학을 연구하고 돌아오신 오성근 씨 부부를 초청하여—'라고 되어 있지 않소?"

당신의 말도 옳았고 또 그렇게 했어야만 할 것이었어요. 허지만 그때는 벌써 나의 태도는 결정지어져 있었던 때였으니 내게 반응이 있을 리 있었겠습니까.

"뭘 그리 망설이오, 가자면 갈 게지."

당신은 남편으로서의 위엄으로 이렇게 내게 명령하듯 했었습니다. 당신으로 본다면 어디까지나 박선희란 오성근의 소유물인 아내라고 생각하고 계셨으니까 그런 말씀도 할 수 있었고 그렇게 함으로써만 남편의 권위가 선다고도 생각하셨겠지만 그때는 이미 박선희는 오성근의 아내도 그의 자식들인 남매의 어미도 아니라고 결정짓고 있었던 내게다 동문서답이었지 다른 반응이 있었을 리 없지 않습니까. 당신이 지워준 '아내'라는 짐을 벗기로 결심한 것은 당신이 그 갖은 추잡과 그 갖은 모략중상으로 경쟁자들을 쓰러뜨리고 미국 유학이 결정된 바로 그날이었던 것입니다.

아니 좀더 엄밀히 따진다면 훨씬 더 오래전부터일지도 모르지요. 아니, 아니, 정말 위로 거슬러 올라가면서 차근차근 따진다면 오성근과 박선희는 부부가 되지 않았을는지도 모르는 것입니다. 당신과 나는 A박사가 소개하기 전대로의 당신은 W중학교 수학교원대로요, 전 B여학교의 자수 선생인 데서 그치었어야 했던 것일지도 모르지요.

정말 그랬어야 했을 것이었어요.

3

"윗 단추가 잘못 끼워지면 아래 단추는 아무리 잘 끼워도 뒤틀린다!"

O씨.

기억이 나십니까? A박사의 말씀이었습니다. 당신도 기억하실 것입니다. A박사는 당신과 나와의 맞선을 보이고 돌아가시던 길에 바로 종로 종각 앞을 지나시면서 하신 말씀이었습니다. 나는 평범하면서도 명언이라고 생각했었습니다.

그러나 그때의 나는 나이 어렸었습니다. 스물둘이라면 여자로서는 어리다고만 할 수도 없었겠지만 역시 나는 풋내기였습니다. 당신에게 관한 지식을 얻으려 수소문을 하던 끝에 당신이 중학 시대에 동맹 휴학을 약속하고서 그 사실을 밀고하여 봉변을 한 일이 있다는 말을 들은 적이 있었습니다. 그때 비록 견식도 비판력도 없기는 했습니다만 도리어 그랬기 때문에 순수했었다고도 할 수 있었을지도 모릅니다. 그 말에 난 그 자리서 가슴이 서먹했습니다.

'동지를 배반하는 사람!'

A박사한테서 그의 장점만 들어온 내게는 청천의 벽력이었었습니다. 물론 A박사도 나를 속인 것은 아니었습니다. 다만 그런 사

실을 몰랐었을 뿐이었지요.

　그러나 고만 단점쯤이야 뉘겐들 없으랴 했습니다. 그래서 나는
더 추궁도 하지 않았습니다. 잊기로 했었습니다. 그럴 경우가 되
니까 그랬겠거니 했습니다. 나는 박사한테도 그런 말을 하지 않
았었습니다. 그러고 나는 당신과 약혼을 했었습니다. 이것이 내
가 잘못 끼운 인생의 첫 단추였습니다. 당신도 알다시피 당신과
나와의 약혼 기간은 퍽 짧은 동안이었었지요. 달 반가량이었어
요. 이것은 당신보다도 나의 주장이었습니다. 약혼 기간은 짧을
수록 좋다고 생각한 것입니다.

　그 달 반 동안에 우리는 단 세 번 만났었습니다. 한 번은 창경원
이었지요. 벚꽃이 질 무렵이었어요. 당신과 나는 연못가 큰 바위
에 나란히 앉아 있었습니다. 그땝니다. 어린아이가 담배와 과자
를 팔러 왔었습니다. 붉은 잉어를 준다고 과자도 샀고 캐러멜인
가도 샀었다고 기억됩니다. 물론 당신이 돈을 내었었습니다. 그
때 거스름돈이 십 전 더 왔었던 것을 기억하시는지요? 물론 기억
에 없으실 겁니다.

　"이 녀석, 어딜 갔노. 손해 보겠군."

　당신은 꼭 이렇게 말씀하실 줄 알았었습니다. 또 그것을 기대도
했었습니다. 그러나 당신의 말은 정반대였습니다.

　"오늘 재수가 좋군!"

　당신은 이렇게 말했었습니다. 분명히! 그리고 아이 속여먹은
어른인 당신은 거꾸로 어른 속여먹은 아이들처럼 재미있게 웃고
계셨습니다. 나는 마음이 아팠습니다. 십 전이 커서가 아니었습

니다. 값싼 양심도 아니었어요. 나와 여학교 동창이었던 진순이가 당신과 중학 동창이었다는 그의 오빠한테서 들었다던 동맹 휴학 사건이 이 십 전과 연결이 되어 뼈아프게 느껴졌기 때문이었던 것입니다. 그래도 나는 선의로 해석하기로 했습니다.

'가버린 아이를 찾아다니는 것도 일종의 선(善)의 과장일지도 모른다.'

이렇게 생각하고 말았습니다.

——이것이 내가 두번째 잘못 끼운 인생의 단추였던 것입니다. 첫 단추와 둘째 단추가 잘못 끼워진 줄 안 채로 나는 당신과 결혼식을 했습니다. 그날 밤, 온양 온천서 나는 당신의 아내가 되었었습니다. 십 일간의 신혼여행에서 나는 나의 인생의 단추가 세번째 잘못 끼워진 것을 발견했었어요. 정말 그때는 슬펐습니다.

그것은 경주를 구경하고 돌아오던 길이었습니다. 기차 안에서입니다. 찻간은 몹시 붐볐습니다. 마침 이등이 만원이어서 우리는 삼등에 탔습니다. 삼등도 만원이었습니다. 그래도 우리는 자리를 잡았습니다. 변소 옆이기는 했으나 두 걸상을 잡아 짐도 놓고 마주 앉아 있을 때 칠십 노인 부부가 자리를 못 잡고는 우리 옆 길바닥에 쪼그리고 앉아 있었습니다. 할아버지는 어딘지 몹시 아파하시는 기색이었습니다. 나는 몇 번이나 자리를 비켜주려고 애를 썼지만 당신이 옆구리를 찔러 말리는 통에 어쩌지를 못하고 있었습니다.

"짐을 치우고 자리를 줍시다."

나는 일본말로 이렇게 속삭였습니다.

"홋또께요!"[3]

당신은 이렇게 말합니다. 눈을 껌벅하고서. 아니 그 눈은 명령 적이었습니다. 노인은 몹시 앓는 소리를 했습니다. 할머니는 영 감을 붙들고 울고 있었습니다. 할아버지의 끙끙 앓는 소리에 나도 아팠습니다. 가슴이 메어지는 듯했었어요. 그래도 나는 이기었습니다.

'부질없는 감상주의'

나는 이렇게 나 자신을 나무랐습니다.

'다 값싼 인도주의야!'

한번 덧낀 단추가 맞아들어갈 리는 만무했었습니다. 그러나 나는 그래도 그것이 맞을 때가 있겠거니 했던 것입니다.

고학 온 사촌 시동생에게 대한 상식을 벗어난 학대, 이해 없는 친척과 친구 간에는 일전 한 푼에 발발 떨면서도 자기의 교장과 교무주임한테 아첨하기 위해서는 약혼반지까지도 빼어다 잡히어 술을 사다가 진상을 하는 것이며 한번 교무주임인 일인을 집에 청해다가 이십여 원어치나 청요리에 맥주에 먹이고는 같은 조선 사람인 수학 교사를 모해하던 일—이런 일에 내가 뭐라고 의견을 말하면,

"네까짓 것이 뭘 안다구 나서? 세상은 요령이 있게 살아야 하는 게야."

"남을 욕하는 게 요령일까요."

"뭣이? 너 그 윤가 놈하구 사돈의 팔촌이 되느냐? 아니면 옛날 애인인 게로구나!"

당신은 이런 일들을 기억이나 하고 계시는지요?

4

해방되던 날입니다. 그날 밤 당신은 술이 거나하게 취해서 돌아
왔지요. 나는 어쨌든 기뻤습니다. 그래서 당신이 술을 마신 그 심
정도 알 수 있다고 생각했기 때문에,

"이렇게 좋은 날은 나두 술 한잔 사주시우."

이렇게 당신을 맞았을 때 당신은 어떻게 하셨지요? 물론 잘 기
억하시겠습니다마는,

"좋긴 개뿔이 좋아?"

이렇게 고함을 쳤었습니다. 아니 그뿐이었다면 또 좋았게요!
이 호통과 함께 당신은 나의 뺨을 후려쳤던 것입니다! 당신이 그
날 나를 때린 그 동기는 나중에서야 알았었지만. 그것은 알지 않
았더니만도 못한 동기였었습니다. 일인들이 모조리 전쟁에 끌려
가는 것을 기화로 당신이 시학[4] 자리를 노리고 술에 과자에 사가
지고 다니던 것이 그날 아침에야 겨우 탁방이 났던 것을 해방이
되어 깨빡을 쳤다는 것이 나를 때린 동기였다고 보니 모르니만도
못하지 않았겠습니까요?

그러나 이 나라 이 민족의 해방이 확실해지고 군정 세상이 되어
영어가 한몫을 보게 된다는 것이 확정적인 사실이 되자 당신은
신이 나서 좋아했었습니다. 당신은 영어가 통했었습니다. 당신은

신성한 교단에서 통역이 되었었지요. 외국 군인과 같이 다니는 것이 큰 자랑이었습니다. 나는 영어는 모릅니다만 외국 군인을 청해다가 놀면서 주고받는 대화의 뜻만은 짐작이 되기는 했습니다. 교육자이신 당신이 이 나라 이 민족의 철없는 딸들을 몇 개의 깡통과 바꾸는 것도 나는 짐작을 했었고 당신 이외의 모든 이 나라 백성이 거짓말쟁이요 사기꾼이요 모리배라고 일깨워주는 것도 나는 알고 있습니다. 그래서 당신은 일약 군정 정치의 과장이 되었었고 국장을 빨갱이로 음모하여 몰아낸 것이 되레 탄로가 되어 그나마도 쫓겨나지 않았었습니까? 나는 여기서 당신은 자기 눈앞의 이익을 위해서는 신의도 없고 국가도 민족도 없다는 것을 눈으로 역력히 보았던 것입니다. 당신이 중학 시대에 일 년간 월사금 면제라는 조건에 매수되어 악질 교원을 배척하여 교규를 바로 잡자던 동지들을 배반한 그 어릴 때의 사건도 결코 그때로서 그친 것이 아님을 발견했던 것입니다. 일 년간의 월사금 면제를 위해서는 학교도 동지도 신의도 없듯이 한낱 시학 앞에서는 민족의 해방도 저주하였고 지프차를 타고 양담배를 얻어 피우고 껌을 씹는 허영 앞에서는 민족의 명예는커녕 한 개의 깡통을 위해서는 오천 년간 준수해온 민족의 피를 더럽히는 것도 오히려 사양치 않는 내 남편임을 알았던 것입니다.

그러나 남편이시던 O씨시여. 여기까지 읽는 것도 당신의 입에서 무슨 소리가 나오리라는 것도 십이 년 동안이나 당신과 살을 섞어온 나는 짐작을 할 수가 있을 것입니다.

당신은 응당 이렇게 말씀하실 것입니다.

"되잖은 년! 제년이 가장 무슨 큰 애국자인 체하구……"

사실입니다. 사실 나는 아무것도 모릅니다. 황차 내게 애국이니 애족이니 하는 거룩한 사상이 있을 리 만무입니다. 그러나 이렇게는 말할 수 있지 않을까요? 일체의 잘못은 물욕에서 생긴다고요? 그럴진대 나는 오직 하루 세끼 맨밥으로 족한 여성이요 광목 당목으로 조출히 살만 가리면 그것으로 만족하는 여성이라는 것을 십이 년간이나 같이 살아왔으니 당신만은 믿어주실 수 있으시지 않을까요? 그렇기에 나는 당신의 월급으로 근근 목숨을 이어가는 깨끗한 생활에 만족했었고 그렇기 때문에만 당신한테 핀잔과 주장질을 받아가면서도 당신이 시학 자리를 뗄랴고 같은 동포를 중상하고 심지어 사상이 불온하다고까지 모함을 해서 경찰까지를 동케 했을 때 굳이 만류를 했던 것이요 외국 군인한테 깡통과 레이션 통 때문에 남의 처녀를 제물로 바치게 하는 데도 반대를 했던 것이요 내가 뭣이 두드러지게 잘났다고 민족을 쳐들었겠습니까? 내가 당신을 만류할 때도 내가 민족이니 민족의 피니 하는 말을 합디까? 없습니다. 단 한 번도 없었습니다. 나는, 오직 이렇게만 말했습니다.

"그러다가 고수머리에 노랑 눈들이 자꾸 늘면 어쩌겠수?"

아닙니까, 남편이시던 O씨?

5

　당신이 군정청 과장으로 계실 때입니다. 당신은 내게다 시간과 내용까지를 지적해서 전화를 걸도록 한 일이 있었습니다. 당신도 기억하시겠지마는 해방되던 이듬해 바로 크리스마스 날 밤이었습니다.

　당신이 지정한 시간은 밤 열 시였습니다. 보통 전화가 안 될 때라 당신은 미군 전화를 이용하는 방법까지를 내게 일러주었었습니다. 열흘 전부터 당신은 대구에 가서 계시었었습니다.

　"대구에다 어떻게 전화를 해요?"

　"누가 당신더러 직접 하라나. 크리스마스 날 밤 아홉 시 반쯤 미스 김한테 전화만 걸란 말이지. 그러면 미스 김이 오죽 잘해줄까 봐서 그래. 미스 김한테다 부탁을 해두었다니까."

　"뭐라구 전활 해요?"

　"순산했으니 안심하라고만 하라니까."

　"순산? 그게 무슨 소리우?"

　"순산이 순산이지 무슨 소린 무슨 소리여. 글쎄, 잔말 말구 그렇게 미스 김한테 연락만 하라니까 그래."

　나는 통 무슨 영문인지 정말 몰랐어요. 그래서 의아하면서도 나는 미스 김이란 여자한테 지시한 대로 연락을 하지 않았습니까? 그러나 그 전화 한 번이 오백 달러가 될 줄은 몰랐었습니다.

　그것도 당신이 술이 취해서 얘기했으니까 알았었지 안 그랬더면 지금까지도 전화의 이유를 모르고 말았었을지도 모르지요.

그날 밤 당신이 기고만장해서 설명한 이야기란 이랬습니다.

당신은 열흘 동안 미국에서 온 실업가들과 함께 몇몇 공장과 지하자원 안내를 하게 되어 있었습니다. 아마 그 마지막 날 대구에서 크리스마스 파티를 하게 스케줄이 짜여져 있는 것을 미리 알았던 터라, 그 기회를 이용했던 모양입니다.

"한창 술이 취해서 흥겨울 때 보이가 와서 날 찾았거든! '서울 댁에서 급한 전화입니다—' 자, 그러니까 놀던 실업가들이 눈이 뚱그레져서 날 쳐다볼밖에. 나도 쓰윽 상을 찌푸려 보였겠다! 그러고는 뛰어가서 전화를 받았더니 미스 김일밖에. '순산했으니 안심하라고!' 그래서 빙글빙글 웃으며 다시 홀로 나갔더니만 이 얼간 실업가들이 '와—' 몰켜들어서 날 에워싸고는 제각기 무슨 무슨 일이냐고 눈이 뚱그렇지 않던가베! 그래 쓰윽 한마디 했겠다. '아닙니다, 기쁜 소식입니다!' 그랬더니 이치들이 더 몸이 달아서 캐어묻기에 그제서야 못 이기는 체하구서 '기실은 내 아내가 순산을 했으니 안심하라는 전화올시다—' 해두었거든. 그랬더니만 '와—' 함성이 일어나면서 뭘 낳았느냐고 따지잖나? 그래, 아들이라고 그랬더니만 축배가 날르고 '미스터 오 브라보—' 소리가 홀 안을 뒤집어엎으면서 푸레센트가 금세 날아들잖나. 한 친구가—텍사스 주에서 온 광업왕이야. 이치가 우리는 코리아 풍속을 모르니 미스터 오의 새 아들을 위해서 선물을 사주게 하자고 돈을 한 줌 꺼내니까 '와— 나두 나두!' 금세 오백여 불이라. 어때, 내 수완이? 전화 한 통에 일금 오백 달러……"

사랑하던 남편 미스터 O씨시여! 그날 밤 이 이야기에 내가 얼마나 슬퍼했던지를 당신은 모르시리이다. 레이션 한 통을 헐어놓으니까 아이들이야 좋아할밖에 있겠습니까? 어미가 마음이 아파서 눈을 흘기는 것을 힐끔힐끔 치어다보면서도 그 죄의 초콜릿을 좋아라고 먹는 어린것을 보는 나의 가슴은 정말 아팠습니다. 이것은 조금도 과장이 아닙니다. 어린것이 철도 모르고 독약을 먹는 것처럼 가슴이 아팠습니다. 양심이니 정직이니 그런 종류가 아닙니다. 뭔지도 모르나 아팠습니다!

당신이여! 그때 둘째 아이인 경희가 네 살이었고 내 뱃속은 비었었는데 순산을 팔고 그런 사기를 해서 그 뒤 그 사람들을 무슨 낯으로 보셨던가요? 내가 잘났대서는 아닙니다. 정말 이 점 오해치 말아주십시오! 가장 정직해서도 아닙니다. 난 그것이 오직 싫었고 무서웠을 뿐입니다. 당신처럼 기쁘지 않았다 뿐입니다.

그 이야기를 듣고서 나는 가슴이 서먹했었습니다. 당신이란 사람은 어디서 어디까지가 참이요 진실이요 어디서 어디까지가 거짓인지 난 통 분간할 길이 없었습니다. 그때까지는 당신이 남의 궂은일에 잘 쫓아다니는 것을 퍽 좋게 보았고 존경도 해오기도 했었습니다. 사실 초상이 났을 때나 혼사 같은 큰일을 치를 때 돌보아주는 일처럼 고마운 일은 없는 것입니다. 그래서 아무리 바빠도 초상이 났을 때는 며칠씩 가서 밤샘을 해주는 것을 볼 때마다,

"우리 남편도 저런 좋은 데가 있었구나!"

이렇게 기뻐도 했고 존경도 해왔었습니다.

그러면서도 같은 큰일이라도 혼인에는 별로 안 가는 것이 이상은 했었습니다. 그러나 한편 생각하면 기쁠 때는 먹을 것도 많고 하니까 다 모여서 일을 보아주었지만 궂은일에야 누가 가기를 좋아하랴. 우리 집 양반은 남이 가기 싫어하는 궂은일만 보아주노니 얼마나 고마운 사람이냐— 이렇게 감탄한 것도 사실이었습니다.

사실 또 당신은 당신의 입으로 그런 말을 한 적도 여러 번이었으리다.

그러나 나는 거짓이라고 단안을 내렸습니다. 오직 남의 기억에 남도록 하기 위한 수단이라고, 시어머님이 돌아가셨을 때에만 해도 그랬지요. 당신은 사람을 이십여 명이나 풀고 지프차를 네 대나 대어서 부고를 일일이 전인해서 보내지 않으셨댔나요? 그럴 필요가 어디 있었습니까? 그때만 해도 우편이 제대로 갈 때였으니 시내는 아침에 부치면 늦어도 이튿날 아침에는 배달이 되었었고 오일장이었으니 시골도 웬만한 데는 우편으로 족했었을 것이 아니어요? 사람이 부고를 들고 가노니 그대로 보낼 수가 있습니까? 당신은 친절이라구 변명하십디다만 그것은 부의금의 강요였습니다. 조상⁵이나 하고 말 사람이 그래서 부의금을 빼앗겼다면,

"그 자식 제 어미 송장까지 팔아먹지 않나?"

이렇게 욕했을 사람도 없지 않아 있었을는지도 모르지 않습니까? 무서운 일입니다.

이런 것을 십이 년 동안이나 옆에서 보아오는 동안에 나는 밤에 내 품에 기어드는 당신이 정말 사람인지 도깨비인지 헛갈려서 어

리둥절한 적이 한두 번이 아니었습니다. 나의 입술을 요구하고 나와 살을 섞기를 요구할 때도 이 양반이 정말 나를 사랑하고 아내로 아는 것인지 술집 계집으로 생각하고 덤비는 것인지 의심한 때가 한두 번이 아니었습니다. 그래서 언젠가는 거짓말하는 도깨비가 아닌가 하는 생각이 버썩 들면서 소름이 쪽 끼친 일도 있었습니다. 화를 내도 정말 화가 난 것인지 슬퍼해도 정말 슬퍼하는 것인지 분간이 안 갔고 나를 품에 안고서 행행거릴 때도 이렇게 귀엽다고 하고서는 목을 졸라 죽이려는 것이나 아닌가 그런 생각이 든 것도 한두 번이 아니었습니다. 일본에서 어떤 계집이 자기 남편을 토막토막 쳐서 죽여서 고리짝에 넣었다가 강물에 띄웠다는 이야기를 들은 후로는 당신이 나를 꼭 그렇게 죽일 것만 같았습니다. 그렇다고 당신을 꼭 그런 사람으로만 여겼다는 것은 아닙니다. 그렇다면 벌써 달리 요정⁶을 냈을 것이지요. 그렇다는 것이 아니라 가끔 그런 생각이 피뜩 들면 품 안에 들었다가도 진저리가 치어지고 했었다는 말입니다. 나뿐이 아닙니다. 어린애들을 당신이 귀여워하는 것을 옆에서 볼 때마다,

'저 양반이 저게 정말일까?'

이런 생각이 불현듯이 들 때가 있습니다. 경희를 끌어안고 뒹굴기도 하고 입도 맞추고 할 때는 마치 경희를 데리고 노는 것이 저의 아버지가 아니고 당신의 탈을 쓴 호랑이가 잡아먹기 전에 강아지를 놀리는 희롱을 하는 것이 아닌가— 이런 생각이 들었다면 내가 죽일 년이기는 합니다만 그것이 솔직한 심정이었습니다.

내가 만일 당신으로부터 떠난다면 자식들까지도 내가 싹도 모

르게 어디로고 데리고 가리라 결심한 것도 그때입니다. 더욱이 이번 당신이 미국 유학을 가기 위해서 경쟁자인 S씨와 M한테 갖은 모략을 꾸미어 모해를 하고 가장 유력한 후보자가 M이라는 것을 여러 사람이 인정하는 공기를 눈치 채자 사람을 결정할 고 임시에 M씨가 막대한 돈을 공산당에 제공한 것처럼 꾸미어 기어코 두 달 동안이나 고생을 시키는 것을 보았을 때는 정말 진저리가 치어졌습니다. S나 M은 또 덜하다 할 수 있을 것입니다. A박사로 말한다면 우리를 중매해주셨을 뿐 아니라 끝내 당신의 뒤를 돌보아주고 뒤를 받쳐주신 선배요 은인이 아니십니까? 본인은 생각지도 않았지만 그 A박사가 물망에 오르자 미국 유학을 가기 위해서만 그 생불 같으신 어른을 요로[7]에 다니면서 얼마나 중상을 하셨던가요? A박사가 아니었더라면 6·25 때 기술가 동맹인을 그만큼이나 하고서도 당신이 무사했을 줄 아십니까? 그 A박사를 되레 6·25 때 부역이나 하신 듯이 비방을 하다니 정말 당신은 어디서 어디까지가 참이요 어디서 어디까지가 거짓입니까? 그 맑게 생긴 당신의 얼굴이나 후리후리한 키, 성큼한 코──어디로 뜯어보아야 당신이 그런 거짓의 화신은 아닐 겐데 아마 그 야불야불 잘 노는 입술 때문인가 보군요? 계집 이야기만 해도 그렇지요. 당신은 아주 가장 성현인 듯이 내게는 얘기하셨지요? 그렇게 요릿집에를 다니고 나가 자고 해도 여태껏 나 이외의 여성과 입술 한번 대어본 적이 없노라, '정말 나도 다른 여성과 일생에 한 번은 경험해보아야겠다──' 이런 이야기를 들을 때마다 나는 당신이 끔찍해만 보였습니다.

'이것이 오성근이란 내 남편이 아니라 여우가 도섭을 한 것을 내 눈에는 남편처럼 보여지는 것이 아닌가.'

이런 생각이 들구 들구 했었더랍니다.

십이 년간 믿고 살아온 인생의 반역자이시여!

기억하십니까? 언젠가──왜정 땝다. 황국 신민은 피를 나라에 바쳐야 한다고 우리의 피의 형(型)을 검사했을 때 당신은 B형일 게라고 말하셨지요? 그 말을 듣고 내가 당신은 B형이 아니라 O형일 게라고 말한 일이 있었는데 기억하시는지요? 당신은 그때 못 알아들으시는가 봅디다만 내 딴엔 O형이라고 말은 했지만, 알파벳으로는 오─지만 숫자로는 영(零)으로도 읽을 수 있겠고 보니 인간성 내지 진실성이나 참이 영이라는 뜻이 대부분 있었던 것이요 당신의 해석대로 아무리 내가 무식하기로니 성이 오씨라서 O형이리라고 한 줄만 아셨습디까?

O형의 인간이시여.

이만하면 내가 어째서 당신으로부터 떠나가게 되었는지를 알아주실 줄 믿습니다. 아니, 또 한 가지 믿는 것이 있습니다. 그것은 내가 이렇게 당신으로부터 떠나가는 것은 당신이 미국 유학을 가 있는 일 년 동안에 바람이 나서 그런 것이라고 선전하리라는 것도 말씀입니다. 아니 선전뿐이 아니라 당신 자신 그렇게 믿을는지도 모를 일이지요. 당신은 거짓 속에서만 살아온 사람이니까.

그러나 당신이 뭐라고 생각하든, 믿든, 또 세상에 전하든, 내게는 조금도 관심이 없습니다. 나는 오직 당신으로부터 떠나고 싶을 뿐이요 천진난만한 경남이와 경희 남매를 당신의 거짓으로부터 지켜야겠다는 오직 일념뿐입니다.

　그러면 O형의 인간이시여. 길이길이 복되소서. 거짓과 더불어—

　길이길이 위대하소서. 거짓과 더불어—

　그리고 길이길이 출세하소서. 거짓과 더불어—

들메

1

갓 둘레가 깔쪽깔쪽한 오십 전짜리 은전 한 푼이 나의 총재산이
었다. 이 오십 전으로 서울까지의 삼백 리 길 노자를 해야 했고,
이 오십 전으로 백사지[1] 땅이나 진배없는 서울에서 고학을 해야
했다. 아무리 물가가 싼 시절이라 하지마는 정말 터무니없는 공
상이었다. 열세 살 때 일이다.

그때만 해도 집에서는 얼마간의 학비쯤은 보태어줄 수도 있는
형편이기도 했었다. 두 섬지기의 광작이었고 남한테 내어준 땅
섬지기로 텃도지[2] 들어오는 것도 약간 있기도 했었다.

그러나 나는 이 보조도 바랄 수 없이 일을 저지르고 집을 떠났
었다. 서울 공부 가는 것을 방해하는 형을 재떨이로 때리어 머리
를 터뜨렸던 것이다. 아버지한테 붙들리기만 하면 반은 죽는 판

이다. 그날 밤을 메밀묵 장사 하는 복순네 집 벽장 속에서 새우고, 이튿날 새벽 먼동이 트기도 전에 길을 떠났던 것이다. 맨주먹으로라도 떠날 작정이었었다. 그것을 어떻게 아셨는지 어머니가 오십 전 한 푼을 주시면서,

"음성 가서 며칠 있다가 오너라. 끼니 거르지 말구 떡을 사 먹든지 밥을 사 먹든지 해."

이렇게 일러주신다. 아버지 성미를 아시기 때문에 어머니는 나보다도 더 겁이 나시는 눈치시었다. 처음 만져보는 닷 냥짜리다. 그때는 어린 생각에는 이 닷 냥만 가지면 조선 땅이라도 살 수 있을 것처럼 내게는 큰돈으로 여겨졌던 것이다.

그해 설날 양직[3] 분홍 두루마기를 새로 해입었었다. 양직이 우리 시골에 처음으로 들어왔었다. 값이 비싸서 아무도 엄두도 못내는데 어머니가 막내아들이라고 끊어주셨던 것이다. 그것을 입고 이화(모표) 없는 마래기(모자)를 쓰고 나선 것이다.

집에서 이천까지는 백사십 리나 된다. 장원까지는 지름길을 왔으니까 백이십 리 폭이지만 열세 살 난 소년한테는 벅찬 길이었다. 그래도 그날로 이천까지 왔었다. 두 끼 먹고 하루 숙박에 한 냥(십 전)이었다. 음성 외가댁에 가서 며칠 묵은 일은 있었지만, 집을 떠나서 객지에 나오기는 이것이 처음이다. 저녁을 먹고 앉았으려니까 설움이 복받친다. 나는 어린애처럼 엉엉 울고 말았었다. 울다가 곯아떨어졌다. 눈을 뜨니 먼동이 튼다. 나는 아침도 안 먹고 또 길을 떠났었다. 보행 객줏집 할머니가 신통하다고 하시면서 닷 돈(오 전)을 되거슬러 주신다. 서울까지는 아직도 백오

십 리였다. 경안까지 겨우 와서 자고 이튿날 서울에 들어왔다. 지금 생각하니 왕십리다. 서울에는 같이 졸업한 화석이가 먼저 와서 있었다. 화석이는 용산에 고모님이 계시기도 했지만, 집안도 넉넉했다. 내가 터무니없는 고학의 꿈을 꾸게 된 것도 실은 이 화석이 때문이었다. 화석이한테 지기가 싫었다. 화석이가 일번 내가 이번으로 졸업은 했지만 사뭇 일번을 번갈아 다투던 화석이었기 때문이다.

그래도 화석이는 반가워했다. 보름 턱이나 먼저 올라온 화석이는 전차도 탈 줄 알았고, 학교도 혼자서 찾아갈 수 있었던 것이다.

"아니 얘, 저 육중한 것이 어떻게 저렇게 좁다란 쇠길 위로 달리면서도 쓰러지지를 않는다지?"

하고 내가 희한해했을 때도 화석이는,

"에이, 밥통, 그게 왜 쓰러져! 안 쓰러져."

기실 저도 똑똑히는 모르는 눈치였는데도 이렇게 핀잔만 준다.

그래도 학교를 같이 가준 것도 화석이었고 수속하는 법을 가르쳐준 것도 화석이었었다. 휘문의숙이라는 학교였었다. 지금의 휘문중학이다. 백오십 명 모집에 사백 명이나 된다. 그래도 용히 썼다. 상투를 튼 어른들과 같이 다닌 터라 한문도 제법 했느니라 했다. 그러나 방 붙은 것을 보니 내 이름은 없다. 화석이는 있었다. 그 자리에 펄썩 주저앉고 말았다. 눈물이 글썽해 있으려니까,

"너 붙었다"

하고 화석이가 귀띔을 해주었다. 그제야 자세히 보니 맨 끝에 '삼백구십오(?)번은 교장실로 오라.' 이렇게 씌어 있던 것이다. 무슨

일인가 싶어 사무실로 들어가니까,

"네가 삼백구십오번 이용구냐?"

대머리가 확 벗고 키가 늘씬한 선생님이 머리를 쓰다듬으시면서,

"넌 시험엔 합격이 됐지만 너무 어리니까 내년에 오너라, 내년에 오면 무시험으로 넣어주마."

나중에 알고 보니 그 어른이 교장 선생님이셨다. 일어를 잘하시던 임경재 교장이시다.

시험에는 합격이 되었다는 말에 나는 용기를 얻고 떼를 써서 들어갔었다. 어리니 내년에 오란 말은 결국 젖 몇 통 더 먹고 오라는 말과도 같아서 분하기도 했거니와 나는 그대로는 다시 집으로 내려갈 형편이 못 되었던 것이다.

떼가 이기었다.

"허, 그놈! 떼가 대단한데."

이렇게 말씀하시며 겨우 입학을 허락해주시었다.

이때부터 나의 고학생 생활은 시작이 된 것이었다.

2

'설마' 했었다. 입학이 되면 학비만은 보내주겠거니 했었다. 그러나 집에서는 날마다 편지가 왔다. 내려오라는 것이다. 나를 붙들어다가 감농⁴을 시키자는 것이다. 형님은 술도 담배도 안 하시

면서도 노름과 여자를 좋아하셨다. 그래서 늘 빚을 졌고 집에 붙어 있지도 않으시니까 나를 잡아다 앉히자던 것이다. 나도 지지 않았다.

"굶어 죽어도 안 내려갑니다. 죽게 되면 한강에 빠져 죽겠습니다."

나도 이렇게 엇나갔다. 역심이 나기도 했었다. 그래도 어머니가 아버지 몰래 이 원도 보내주시고 어떤 때는 삼 원도 보내주셨다. 식비는 쌀 서 말이었다. 월사금은 이 원 사십 전밖에 안 되었지만 내게는 벅찬 돈이었다. 나는 닥치는 대로 했다. 은단도 팔았고, '겐마이빵' '만주나 호야 호'도 불러보았고, 이공탄도 사러 다니었고, 석탄 구루마 뒤도 밀고 해서 학비를 얻어 쓰고 있었다. 하숙집은 지금의 원효로 종점인 구용산이었다. 전차가 두 구역이어서 남대문까지만 탔고 집에 갈 때는 사뭇 걸었었다. 점심이란 것도 별로 몰랐고, 내복을 입어본 것도 열일곱 되던 해 동경에 가서였다. 남들이 점심 먹는 꼴이 보기 싫기도 했고 회가 동해서 견딜 수가 없다. 그래서 매양 점심시간에는 공받기로 시간을 보내니, 집에 돌아갈 때는 더욱 지친다. 지금 교감으로 계시는 이종서 선생, 외국어대학에 계시는 박규서 선생, 의사이신 김상린 박사, 우리나라 양화계의 이채이신 오지호 선생, 보성중학 교감이시고 서양화의 대가이신 이마동 선생, 이 모두가 그때 공받기 동무였다. 이종서 선생은 '다까보'(高帽) '대갈장군,' 나는 '들메,'[5] 오지호(그때 이름은 오점수다)는 '땅딸보,' 김상린은 '두꺼비,' 모두 이런 별명으로 불리어졌었고 선생님들께도 작고하신 김현장 선생님이

'마리아' 선생, 역시 작고하신 김도태 선생님은 '꿀꿀대감,' 우리
영어학계의 원로이신 이일 선생님은 '도련님'(나중에 와서 '모던
보이') 이렇게 별명이 붙어 있었다. 그중에서도 김현장 선생님은
나의 사 년간 담임선생님이셨다. 말끝마다 하도 '말이야' 소리를
하셔서 우리가 칠판에다 '그랬단 말이야' 이렇게 써놓라치면,

"너희가 날 말이야 선생이라구 그런다지? 오냐, 내 오늘부터는
절대로 말이야 소릴 않을 테란 말이야"

해서 교실 안이 떠나갈 듯싶었었다. 한참 후에야 선생님도 말이
야 소리를 또 했다는 것을 깨달으시고서 하신다는 말씀이,

"난 습관이 돼서 할 수 없단 말이야."

이 여러 선생님 중에서 내게 가장 두려운 선생님이 담임선생님
과 체조 선생님이셨다. 월사금을 제때에 못 내면 담임선생님이
불러내셨고, 훈육 담당이신 체조 선생님이 교문 밖으로 몰아내던
것이다. 대개 조회 시간에 월사금 체납자 이름을 부른다. 그러면
나는 변소에 들어가서 숨어 있다가 '와' 들어갈 때 섭쓸려 들어가
는 것이 보통이었다. 그러다가 '와줘' 선생님한테 몇 번이고 끌려
나왔던 것이다.

'와줘' 선생님이란 체조 선생님이시던 이기동 선생님이시다. 누
가 잘못을 하면,

"아무개 이리 좀 와줘"

하신다. 때리시는 일은 별로 없으셨다. 그 대신 볼따구니를 잡아
당기시는 것이다. 그것이 더 아팠다. 언 볼을 한번 쥐어뜯기고 나
면 눈물이 핑 돌았다. 우리 반 중에서도 가장 많이 볼을 쥐어뜯긴

것이 나였을지 모른다. 교칙을 가장 많이 위반한 것이 나였기 때문이다. 그때 학생들은 구두를 신게 마련이었다.

그러나 일금 사 원이라는 돈은 내게는 대금이었다. 삼십 전짜리 고무신도 미처 댈 수가 없던 나로서는 구두는 감불생심이다. 그래서 나는 체조 시간이면 반드시 '들메'를 했다. 고무신이 벗어지기 때문이었다.

"들메, 이리 좀 나와줘!"

체조 시간이면 으레껏 한 번은 불려 나가서 볼을 꼬집힌다. 그래서 아이들은 체조 선생님이 출석부를 들고 이만큼 오시기만 하면 "들메, 이리 좀 나와줘!" 소리를 하고 나보다도 선생님을 놀렸었다. 그러고 나면 선생님은 들으시고 그러시는지 못 들으시고 이신지는 몰라도 먼저 내 발부터 살펴보시고서 반드시 한마디 하시던 것이다.

"들메, 이리 좀 나와줘!"

3

이학년 때라고 기억한다. 나뿐이 아니라 고학을 하는 학생들에게는 실로 폭탄선언이라 해도 좋을 만한 법령이 선포되었던 것이다.

"우리 휘문학교는 국산 장려를 위해서 오는 오월부터 교복과 각반은 우리나라 본목, 신발은 병정 구두로 통일한다!"

교복과 각반, 구두——이 세 가지를 갖추자면 십 원 오십 전이었
었다. 월사금이 두세 달 치씩 밀리고 그날그날 은단이나 빵을 팔
아 이삼십 전씩 벌어 쓰는 고학생한테는 그야말로 청천벽력과도
같은 교칙이었다. 그것도 한 달 여유를 두고 갖추어야 한다는 것
이다. 여름 동안 갖은 짓을 해서 교복과 각반만은 마련했으나 구
두만은 도리가 없었다. 나는 여전히 '들메'였다. 고무신 뒤축 턱
을 옭아서 발등에다 가새목을 질러 매는 '들메'가 체조 선생님 눈
에는 언제나 거슬렸다. 그도 그럴밖에, 전교에서 병정 구두를 신
지 않은 사람은 똠방 나 하나뿐이었던 터라 눈에 띌밖에는 없다.

"들메, 이리 좀 와줘!"

체조 시간뿐이 아니라 운동장에서도 나만 만나시면 으레껏 이
렇게 불러 세우고 볼을 한 번 잡아 흔드시던 것이다. 인제는 지쳐
서 왜 안 신느냐, 언제까지 신겠느냐를 물으시는 일도 없었다. 그
저 불러 세워놓고는 한 번 흔들어놓을 따름이다. 너처럼 질겨빠
진 녀석하고는 말도 하기 싫다는 식이었었다. 그래서 나는 '와줘'
선생님만 번득하면 솔개미[6] 본 병아리처럼 숨어버린다. 그러다가
딱 마주칠 때는 나는 선생님이 뭐라시기 전에 그 앞에서 기척을
하고 서기로 했었다. 그러면 선생님도 아무 말 없이 한 번 볼을
잡아 흔드시고 그대로 또 아무 말도 없이 가시던 것이다. 나는 이
'와줘' 선생님이 호랑이처럼 무서우면서도 슬며시 정이 붙는 것을
어찌할 수가 없었다. 은사께 이런 용어를 쓰는 것은 예의에 벗어
진 일일지 모르나 선생님은 꼭 메기처럼 큰 입에 카이저수염을
기르고 계셨고, 우리를 꼬집으실 때는 그 꺼칠한 수염의 가닥가

닥이 곤두서면서 제각기 탭댄스를 하던 것이다. 하도 보아 그런
지 아프면서도 우스웠고 또 정까지 드는 심정이었다. 그래도 '이
리 와줘' 선생님은 가장 인정이 많으시기도 했던 것 같다. 월사금
안 낸 학생을 돌려보내는 것이 선생님의 맡으신 직책의 하나였건
만 다른 선생님들이 안 보시는 데서는,

"얼른 섞여 들어가!"

이렇게 관대하기도 하셨다.

그래 그런지 은사들께서 작고하셨다는 소식을 들을 때마다 휘
문 시절이 그리워지지만 '이리 와줘' 선생님께서 실명을 하셨다는
말과 이어 작고하셨다는 소식을 들었을 때만큼 내가 언짢아한 일
이 없다. 나는 지금도 아이들에게 가끔 선생님 추억담을 한다. 옛
이야기는 다 그리워지는지도 모르겠다. 담임선생님이셨던 김현장
선생님만 해도 그렇다. 수학 기초를 잘못 잡아서 갈수록 대수 기
하가 어려웠다. 그래서 결국은 사학년에 과정 낙제를 하고 일본
으로 갔지만 수학 문제를 척척 푸는 선생님과 공받기 친구이던
우리 또래 중에서 수학 문제를 나가서 푸는 아이는 '신'처럼 우러
러보이던 것이다. 수학 이외에는 겁날 것이 없었지만, 그 숫자라
는 것은 지금도 질색이다. 지난봄이다. 광주서 오지호가 올라오
고 김상린을 만나서 삼십오 년 만에 은사 이일 선생님을 조용한
집에 모시고 약주를 대접한 일이 있었다. 여러 가지 그때 이야기
가 났을 때,

"난 그때 자네들이 참 부러웠네. 신처럼 우러러보였었어"

하려니까 김상린과 오지호가 박장대소를 한다.

"아이, 이 사람아! 그래, 자넨 우리가 그렇게 수학을 잘한 줄 아나?"

"자네들 그래두 구십 점씩이나 받지 않았었나?"

"하하하하, 컨닝야! 컨닝! 이 천치야! 우리가 실력으로 구십 점을 딴 줄 알아?"

"뭐야! 이건 정말 억울한데. 저런 것들한테 최대 경의를 표했었으니—"

이렇게 박장대소를 했지마는 그렇게도 쌀쌀하고 깔끔하고 오르내림이 없던 '마리아' 선생님이 지금도 퍼뜩퍼뜩 오십을 넘은 내 마음속에 살아오는 것이다. 수학은 아주 단념을 하고 문학 공부에 전념하기로 결심한 것은 문학이 좋아서보다도 수학에 대한 복수심에서였다 해도 과언이 아니다.

그럴 무렵의 어느 날 체조 시간이었다. 삼학년 이학기 방학을 앞둔, 무던히도 춥던 날 맨 끝 시간이었다. 대개 체조 시간은 끝이어서 이것이 점심을 모르고 사는 나에게는 가장 큰 고통이었다. '와쥐' 선생님의 체조란 그저 한결같이 "앞으로 갓" "뒤로 갓" "좌향좌" "우향우" 하는 것뿐이다. 그렇지 않으면 철봉에 구보였다. 워낙 날이 추워노니까 그랬던지 그날은 풋볼을 갖고 나오셔서 원을 치게 하고 볼 차기를 시키셨다. 그날만은 어찌 되어서였던지 볼을 쥐어뜯긴 기억이 없다. 축구나 야구나 정구나 다 휘문이 세던 시대다. 야구에는 저 유명했던 곰보 피처 김종세 군이며, 축구, 야구, 정구까지 한 '다망고' 이징구 군, '두발당성' 김정식, 명풀백 강희문, 정구에 김필응, 장은진, 조택원 등 제 군이 다 같은 클래스였다.

"앞으로 갓." "뒤로 갓." "좌향좌." "우향우." 입학한 날부터 되풀이되는 이런 체조에 질린 학생들은 신바람이 나서 볼을 찼었다. 그 볼이 나의 앞으로 굴러왔다. "이리 와줘" 할 시간에서 해방이 된 나의 인생은 기쁨 그것이었다. 나는 볼이 오기를 기다리지 않고 몸을 솟구쳐 대여섯 발짝 뛰어나가며 본때 있게 킥을 했다. 선수는 아니었지만 후보는 되었다. 자신이 있었던 것이다.

그러나 완전히 실패였다. 분명히 정통으로 찬 볼은 옆으로 살짝 빠져나가고 나는 헛발질을 하고 말았던 것이다. 워낙 별러 찬 터라 헛발이 되고 보니 반동도 심했다. 나는 핑그르르 돌다가 퍽 쓰러져버리고 말았던 것이다. 웃음이 터졌다. 손뼉을 치고 웃는 패도 있고 허리를 잡고 자지러지는 축도 있다. 나도 따라 웃고 말았다. 너무 열쩍기도 하려니와 창피도 했다. 이 어색과 창피를 얼버무리느라고 나도 껄껄 웃어버렸던 것이다. 그러나 아무리 기다려도 웃음이 그치지 않는다. 옆을 보아도 그저 웃고 있고 앞을 보아도 여전히 배를 끌어안고 웃어댄다. 나는 영문을 알 수 없어 사방을 돌아보았다. 그래도들 웃고만 있다. 더 알 수 없는 것은 나를 보고들 더들 자지러지는 것이다.

'아니, 이것들이 미쳤나?'

나도 어이가 없어 멍청하니 섰으려니까 이번에는 체조 선생님과 나와를 번갈아 보며 웃어댄다. 그제서야 나는 체조 선생님이 볼을 만지고 계신 것을 알았었다.

"이것아, 네 고무신짝이 체조 선생님 볼따귀를 갈겼어!"

"뭐?"

정신이 번쩍 든다. 나는 그제야 모든 것을 깨달았다. 볼을 차는 바람에 들메가 끊어지면서 고무신이 벗겨진 것이다. 벗겨진 것까지도 좋았다. 고무신짝이 붕 떠가서 딴전 팔고 있던 '이리 와줘' 선생님의 언 뺨을 후려쳤다는 것이다. 그러니 웃음판이 되는 것도 무리가 아니다.

그 순간처럼 나는 각다분한[7] 경험을 한 일이 없다. 나는 눈이 다 침침해졌었다. 상기가 된 것이었다. 무슨 벼락이 내릴지 몰라서 나는 조마조마 선생님의 눈치만 보고 있었다. 선생님도 볼에서 손을 떼고 나를 꾹하니 바라보고 계셨다.

드디어 폭발이 되었다. '와줘' 선생님의 그 우람스럽던 소리가 오늘은 더한층 엄숙하게 들려온다.

"들메, 이리 좀 와줘!"

나는 앞으로 나섰다. 다리가 사뭇 떨린다. 웃음소리도 그치어 있었다.

"좀더 다가와줘!"

선생님의 분부대로 앞으로 나서니까 선생님은 전에 늘 하시듯이 나의 언 볼을 꽉 집어 잡아 흔드신다. 눈이 다 그쪽으로 쏠리듯 아팠다. 이런 때는 나는 그저 가만히 서 있는 것을 직책으로 하고 있었다. 얼마를 쥐어 흔드신 뒤에 선생님은 호령하듯 이렇게 명령을 하시던 것이다.

"들메, 오늘 저녁 내 집으로 좀 와줘!"

나뿐이 아니었다. 모두들 눈이 동그래진다. 사무실이 아니라 분명히 당신 집으로 오라고 하신 것이었다.

"알았어?"

"네!"

와들와들 떨면서 이렇게 대답하는 나의 귓전을 선생의 우람한 말소리가 또 한 번 울렸었다.

"집에 가는 길에 와줘. 내 조카 헌 구두가 들메한테두 맞을 거야, 알았어?"

"……"

나는 대답이 나오지 않았다. 울음이 복받치어서였었다. 이기동 선생님께는 아드님이 하나도 없으시었었다.

며느리

1

"애들아, 오늘은 좀 어떨 것 같으냐?"

부엌에서 인기척이 나기만 하면 박 과부는 자리 속에서 이렇게 허공을 대고 물어보는 것이 이 봄 이래로 버릇처럼 되어 있다.

어떨 것 같으냐는 것은 물론 날이 좀 끄무레해졌느냐는[1] 뜻이다. 다른 날도 아닌 바로 한식날 시작을 한 객쩍은 비가 이틀이나 줄기차게 쏟아진 이후로는 복이 내일모레라는데 소나기 한줄기 않던 것이다. 이러다가는 못자리판에서 이삭이 날 지경이다.

여느 해 같으면 지금 한창 이듬매기다. 피사리[2]다, 매미충이 생겼느니 어쩌니 할 판인데 중답[3]들도 아직 모를 내어볼 염량도 못하고 있다.

밭도 그대로 퍽 묵어 자빠졌다. 오이다, 열무다, 목화다, 제철 찾아 심기는 했으나 워낙 내리쪼이기만 하니까 싹이 트다 말고 모두 시들어버린다.

"하늘은 방귀두 안 뀌구 오줌두 안 눌라구? 설마 망종까지야 한 보지락[4] 하겠지."

이 설마가 사람을 죽이는 것이다. 망종이 지나고 하지가 되어도 거짓말처럼 비 한 방울 하지 않는다.

설마를 믿고 호미모[5]를 냈던 사람들도 물을 대다 대다 지쳐서 나자빠지고 말았다.

"아니 그래, 이런 놈의 하늘이 있단 말인가? 칠 년 가뭄에 비 안 오는 날 없다더구면서두 이건 그런 빗방울 한 번두 하질 않으니."

농군들은 어처구니가 없어했다.

"그눔의 원자탄인가 뭔가 때문에 천지조화가 생겼다더니 아마 그게 정말인 모양이지? 그렇잖구서야 요렇게 흐려보지도 못할 수가 있담!"

단오도 휙 지나갔다.

그래도 죽네 사네 하면서도 단오절이면 인조견 나부랭이라도 떨치는 아이들이 보이고, 누가 서둘러서든지 동구 밖 느티나무에 그네라도 매었으련만 아이들이 끙게[6]도 없는 새끼줄 그네를 버드나무 가지에 매고 싸움박질을 할 뿐이다.

그네고 자시고 할 경황이 없는 모양이다.

달걀 노른자위처럼 삼배출[7]짜리로만 속 뽑아 차지한 구장네 빼놓고는 논 묵히지 않은 사람이 없다. 한식 때 한 번 젖어본 채로 가랑비 한번 오지 않았고 보니 논바닥이 아니라 그대로 타작마당

처럼 굳었다. 하불하[8] 네댓 보지락은 와야만 모라고 내어볼 형편
이다.

"다들 굶어 죽었군! 굶어 죽었어! 아마 인제 우리나라에 떼정승
이 날려나 부다!"

굶어 죽기란 정승 하기보다도 어렵다는 말을 빌려 하는 소리다.

물길만 믿고 모를 냈던 논들도 요새는 물 퍼 대기에 온 집안이
논두렁잠을 자지 않으면 안 되었다.

누가 내 배 다치랴 싶게 거드름을 피우던 구장까지가 요새는 아
들이 갖다 준 군대 우장을 뒤집어쓰고 저녁이면 논으로 나간다.

이런 판국이니 온 동리 사람들이 다 고르고 난 찌꺽지만 얻어
차지한 박 과부네야 더할 것도 없다. 순조로워야 마석[9]이나 얻어
먹는 너 마지기가 그대로 쩍 갈라진 채 나자빠져 있던 것이다.

작년 일 년 내 박 과부는 두 며느리에 지금은 무남독녀처럼 되
어버린 복녀까지를 끌고 다니며 극성을 부려서 퇴비를 천 관 가
까이나 장만했었다. 그래서 장려상까지 탔지마는 박 과부의 욕심
은 금년에는 아랫배미 두 마지기에서는 양석[10]을 한번 내어보자던
뱃심이었던 것이다.

그것이 양석은커녕 꽂아보지도 못하게 되었고 보니 기가 찰밖
에는 없다.

하는 수 없이 메밀이라도 뿌려둔다고 군대에 가서 있는 둘째 아
들 창수가 지난 정월달에 벗어 던지고 간 군대 잠바에다 돈도 삼
백 환이나 얹어주고서 메밀 씨를 구해다 놓기는 했으나 아직도
초복 전인지라 미련이 있어서 심지를 않고 아침이면 이렇게 며느

리들보고 그날 일기를 물어보는 것이다.

2

그러나 박 과부가 새벽마다 며느리들한테 그날 일기를 묻는 데
는 또한 딴 이유가 있다. 그날의 날씨도 날씨지만 며느리들의 대
답으로 그날 며느리들의 마음속을 점쳐보기 위해서다. 박 과부
는 아직도 쉰을 둘 넘었을 뿐이요, 자리 잡아 드러누워 있는 병자
도 아니다. 해가 뜨도록 질펀하니 드러누워 있는 그런 성미도 못
된다.

그러고 보니 눈이 뜨이는 길로 문을 활짝 열어젖히고 하늘을 치
어다볼 수도 있건만 반드시 두 며느리한테 그날 일기를 묻는 것
은 며느리들의 대답 소리로 그날 며느리의 기분을 살피자는 수단
인 것이다.

"얘들아, 오늘은 좀 어떨 것 같으냐?"

하는 소리는 비가 옴직하냐는 소리도 되거니와,

"얘들아, 너희들 오늘 기분은 어떠냐?"

하는 질문과도 같다.

"안개만 자옥해요!"

라든가 또,

"틀렸나 봐요!"

또는,

"빈커녕 눈두 안 오겠어요!"

이런 대답 내용으로도 며느리들의 그날 일기가 짐작이 되었지만 말소리로도 며느리들이 부어 있는지, 신푸넝해하는지, 기분이 가라앉았는지가 짐작이 간다.

먼저 부엌에 나온 것이 어떤 며느리인가를 알기 위한 방법도 된다. 원래 따지자면 작은며느리가 먼저 일어나 나와야 한다. 그러나 매양 먼저 대답하는 것은 큰며느리다.

작은며느리가 먼저 일어나와야 할 계제인데 그것이 나중 나오면,

'아니, 저것이 또 딴생각을 하는 것이나 아닌가?'

이런 걱정이 앞서고, 큰며느리가 먼저 나오는 것을 보면 박 과부는 한편,

'그래두 낫살 더 먹은 것이 낫구나.'

이런 생각이 들어 큰며느리가 의젓해 보이다가도 또 한편으로는,

'아니, 큰것이 먼저 나온 걸 보면 간밤 또 잠을 못 잔 게 아닌가? 쓸쓸한 자리 속에 질펀히 들어 있기가 싫으니까 뛰쳐나오는지도 모르리—'

이런 불안이 또 머리를 들고 일어선다.

그렇다고 박 과부가 수다스러운 사람이래서만도 아니다. 남편이 왜정 때 징용으로 일본 야하다 제철소에 끌려갔다가 기계에 치여 죽은 지 십 년이다. 이 십 년간의 중년 과부 생활이 자연 박 과부를 거세게 만들었고, 다심¹¹하게만 했지만 두 며느리한테 신

경을 쓰는 것은 반드시 그의 성격 때문만은 아닌 것이, 두 며느리가 다 요새 와서 마음이 들뜬 것처럼 보여지기 시작한 것이다.

큰며느리는 시어머니와 같은 신세였고, 둘째는 남편이 있기는 하지만 생과부다. 작은아들 창수는 결혼한 지 석 달 만에 군대에 끌려가서 벌써 삼 년째나 되는 것이다. 이달에는 풀린다, 새달에는 풀린다, 편지만 오다 또 꿩 구워 먹은 수작이었고, 부양 책임이 있는 집 자식은 곧 제대를 시킨다는 구장 말만 듣고 면소에도 몇 번이나 쫓아갔었다.

아버지도 없는 두 자식 중에 큰아들 창선이는 휴전이 되기 바로 직전에 전사를 했고, 둘째 아들 창수가 군대에 갔고 보니 그런 법이 생겼다면 응당 창수만은 돌아와야 하느니라 했던 것이다.

그러나 그것도 말뿐이지 또 흐지부지하고 말았다.

진정서를 내면 된다는 바람에 삼백 환이나 들여서 대서를 시켰더니 반장, 구장, 면장의 증명이 없다 해서 무효가 되었다던 것이다.

그래서 또 몇 달째 미적미적 밀려오고 있다.

큰며느리라야 이제 겨우 스물여섯이고 보니 그야말로 청상과부다. 창선이가 전사했다는 소문이 돌자 동리 사람들은,

"글쎄, 창선이 댁이 붙어 있을까? 자식이 있다고는 하지만 그간 계집애 하나—"

이렇게 은근히 걱정을 했었다.

동리 사람뿐만 아니라 박 과부도 그랬다. 아이가 삽삽하고[12] 붙임성도 있고, 워낙 가난한 집에 태어나서 고생을 하고 자란 터라

속도 틔었다지만 나이 이십에 뭣이 미진해서 이런 집에 붙어 있
으랴 했다.

'저것이 머슴애이기나 했더라면—'

박 과부는 손녀를 바라보면서 몇 번이나 이렇게 한탄을 했었다.
아들이었더라면 혹시 그것한테나 마음을 붙이고 붙어 있을지도
모른다 싶었던 것이다.

그래서 장사랍시고 지낸 지 한 두어 달쯤 되어서인가 한번 박
과부가 선손을 써본 적도 있다.

"얘, 애어미야, 너 기나긴 청춘을 어떻게 저것만 바라구 살 수
있겠느냐. 나야 네가 저것한테라두 맘을 붙이고 있기를 바라지만
어디 너한테야—"

이렇게 며느리의 마음을 떠보려니까 며느리는 펄쩍 뛰었었다.

"아니 어머니두, 망측한 말씀을 하시네요! 아마 어머니가 제가
싫어지셨나 봐. 암만 싫다셔두 이 집에서 단 한 발자국두 나가질
않을 테니 그런 줄 아셔요, 어머니."

이렇게 나글나글 웃기까지 했었다.

그런 큰며느리였다.

그래도 말은 그랬지만 어디 그러랴 했다.

그러나 한결같은 며느리였다. 아니 제 남편이 살았을 때보다도
더 자상했다.

"이것 어머니나 잡수셔요, 전 많이 먹구 왔어요."

유가족 위안회에 초대를 받고 여주 읍내에 갔다 온 며느리는 거
기서 주더라는 도시락을 고스란히 싸 들고 왔었다. 박 과부는 정

말인 줄 알고 그 도시락을 둘째 며느리하고 나누어 먹고 말았더니 후에 밖에서 듣고 나니 그것 하나 주고 말았다던 것이다.

그런 며느리였다.

그렇던 며느리가 작년 가을부터 확실히 눈치가 좀 달라진 것이다.

박 과부는 자기가 보낸 십 년 동안을 생각해보고는,

'젊디젊은 것이 사내 생각도 나겠지ㅡ'

이렇게 너그러이 보아주기로 했었지만 올봄 접어들면서부터는 전에 없던 퉁명도 생겼고, 어떤 때는 팩하고 맞서려고도 든다. 한식철만 지나면 농가에서는 눈이 핑핑 돌아간다. 볍씨도 담가야 했고, 못자리판도 마련해야 했고, 온갖 밭곡식도 파종을 해야 했다. 보리밭도 매고 거름도 주어야 했다.

이렇게 한창 달구치는 판에 떡 친정에를 다녀온다고 나서는 며느리기도 했다.

박 과부는 하도 어이가 없어서,

"애야, 네가 정신이 있는 사람이냐? 그래 봄에 온 사둔은 꼴두 보기 싫다는데 이 바쁜 철에 사둔집엘 간다구 나서? 네가 맘이 변해두 이만저만 변한 게 아니로구나!"

그 말을 듣고 나니 방순이는 찔리는 데가 있다. 어려서부터 농가에서 자랐기도 하지만 하루하루 곡식 커가는 데 여간 재미를 붙이던 방순이가 아니다.

시집을 오던 해다. 창선이가 철도 아닌 봄 학질을 앓았었다. 골이 쪼개지는 것 같다고 하며 머리에 물수건을 대어달라던 것이다.

방순이는 물동이를 이고 한데 우물로 찬물을 길으러 간 것이 아무리 기다려도 오지 않는다.

　얼마 만에야 들어온 며느리를 보고 박 과부가,

　"넌 우물을 팠느냐?"

하고 물으니까,

　"밭에 좀 들러 왔어요."

　"병자 위해서 물 길러 간 사람이 밭엔 웬 밭?"

　"외가 싹이 났나 해서요, 간밤 꿈엔 안 났겠지요?"

　"그래 싹이 났던?"

　박 과부도 대견해서 웃었었다. 농갓집 맏며느리는 저래야 하느니라 했던 것이다.

　"요만콤 뽀쪽이 나왔어요, 어머님! 어떻게나 귀엽던지 똑 따주고 싶겠지요!"

　"너 그러다가 네 남편한테 외 싹이 더 중하냐구 쫓겨날라."

　고마워서 한 소리였다.

　"쫓아내면 쫓겨가지요 뭐, 어디 가면 외 싹 없을라구요."

　"저런 망할 것, 그래 남편보다두 외 싹이 더 대단하다는 거야?"

하고 창선이가 방에서 소리를 쳤을 때도,

　"남편 없이는 살겠어두 곡식 기르는 맛 없인 못 살아요!"

　이런 방순이었었다.

　이렇던 며느리가 이 바쁜 봄철에 친정에를 가겠노라는 것이다.

　"오냐, 네 맘 내키는 대루 해라만서두—"

하고 박 과부는 앵동그라졌다.

"아마 봄철에 친정 간다는 사람은 세상을 발칵 뒤집어두 너밖엔 없을 거다! 네가 다 날 업수이 여기구 하는 수작인 줄 나두 안다. 할 대로 해!"

아들이 아직 살아 있었을 때의 박 과부는 며느리를 들볶아대는 시어미는 아니었지만 아직 젊은 과부였더니만큼 그렇게 녹록한 시어머니도 아니었었다. 자식이 며느리 방에 들어간다고 트집을 잡아 죽네 사네 나대기까지는 않았어도 며느리 방에서 나오는 아들을 보는 눈은 어느 때 한번 모질지 않은 때가 없었다.

그러나 자식이 덜컥 죽고 난 다음부터는 자기도 모르게 큰며느리를 바라다보는 눈은 달라졌었고, 말소리에도 가시가 돋지는 않았었다.

"그래, 정말 가겠다는 거냐? 어서 가봐라. 가서 아주 올 것 없다! 지금이 어느 철인데 사둔집엘 간다는 거야!"

아들이 죽은 후로 이렇게 며느리한테 모진 소리를 하기도 처음이었거니와 며느리 또한 시어머니의 뜻을 무시하기도 그것이 처음이었다.

"어디 사둔집인가요? 친정집이지요! 누가 오래나 있겠답니까? 하두 꿈자리가 뒤숭숭하니까 잠깐 다녀만 오겠다구 그러지 않아요!"

"오냐, 맘대루 해! 말리잖을 테니 맘대루 하란 말야. 언젠 네가 어른을 어른으루 알았더냐? 시어미 대접을 했구?"

이런 말다툼을 하고서도 며느리는 기어코 어린것을 끌고 저의 집에를 갔다 왔던 것이다.

생각더니보다는 일찍 돌아왔었다. 그러나 날짜가 문제가 아니다. 가지 말라는데 갔다는 사실이 문제였다.

고부간 사이에 틈이 벌기 시작한 것도 이때부터다. 며느리가 시어미 말을 거역했다는 이 엄연한 사실이 박 과부의 의혹을 샀었고, 그렇게 보고 나면 그럴 만한 일이 없는 것도 아니다. 올 정월달에도 집에를 갔다 왔는데 또 간다는 것도 우습거니와, 요 한 보름 전에는 육촌 오라버니인가 뭔가 된다는 젊은 아이가 다녀갔고 편지도 두 번이나 왔었다.

전에 없던 일이었다.

박 과부는 그 육촌 오라비라는 사나이가 심상치 않으니라 한 것이다. 치마에 바람이 나게 나대어도 미처 손이 안 돌아갈 봄철에 일손을 쥔 채 맥 놓고서 섰기가 일쑤다. 밭을 매다가도 그랬다. 절구질을 하다가도 그랬었다. 그럴 때마다 박 과부는,

"애야! 넌 절구질을 하다 말구서 뭘 그리 섰는 거야!"

하고 쏘아붙일라치면 제라서 질겁을 해서 다시 일손을 잡지만 그때뿐이었다.

"넌 아무래도 탈이 난 사람인가 부다. 일하던 사람이 일엔 정신이 없구 뭔 생각에 팔리는 거냐?"

"……"

"그럴 마련이면 아주 요정을 내자, 너 갈 데 있건 가구."

"……"

어느 뉘 집 개가 짖느냐는 투다.

그러면 박 과부는 속이 왈칵 뒤집혀지고 말던 것이다.

"복녀야, 너 네 큰형이 혹 보따리를 싸는가 잘 보살펴라."

장터에 나가지 않으면 안 될 때는 박 과부는 딸한테 슬며시 귀띔도 한다. 여인네만 살고 있는 터고 보니 사내처럼 나돌아야 할 일도 많던 것이다.

"왜, 어머니?"

"글쎄, 잘 챙겨보란 말이다. 너 두구 봐라. 네 큰형은 맘이 변했어, 인제 제 집으루 간다구 내낼 게니 두구 봐."

"설마!"

하고 아직 열다섯밖에 안 된 복녀한테는 믿어지지가 않았다.

"설마가 뭐야, 잘 살펴봐?"

박 과부는 이렇게 장담도 했지마는 역시 나이를 먹으니만큼 짐작도 빨랐다. 큰며느리 방순이는 첫 정월에 친정에를 다녀온 뒤부터 시집을 떠날 궁리만 해오고 있던 것이다.

이 이상 혼자는 견디기가 어려웠었다.

3

방순이가 기어코 이 집을 나가리라는 결심을 마지막으로 한 것은 단옷날 저녁이었다. 방순이는 저번에 육촌 오라버니라고 시어머니한테 거짓말을 한 춘근이와 그런 약속까지 되어 있었던 것이다. 단오에는 친정에 다녀서 오마 하고 그길로 곧장 영등포로 오라던 것이다.

방순이도 그러마 했었다.

춘근이와는 어려서부터 잘 알던 사이다. 방순이가 국민학교를 졸업했을 때는 춘근이는 서울 상업학교 고등과 1학년이었다. 어려서는 서로 욕지거리도 하던 사이였지만 커갈수록에 길에서 마주치면 외면도 했고, 방순이가 이성이라는 것에 눈을 뜨기 시작했을 무렵 춘근이는 서울 여학생과 결혼을 하고 말았다.

물론 춘근이와 그런 약속을 한 적도 없고, 서로 손 한번 만져본 일도 없기는 했지만 방순이는 꼭 속아 넘어간 것만 같았다. 말하자면 방순이가 짝사랑을 한 셈이었다.

방순이가 열여덟 살 때 일이다.

그 뒤 방순이는 아버지가 시키는 대로 창선이와 결혼을 했고, 춘근이의 이름조차도 잊고 살아왔었다.

그 춘근이를 지난 정월 집에 갔다가 우연히도 만났던 것이다. 춘근이는 아내한테 아이가 없어서 늘 불만이란 이야기는 전에도 들었었지만 지난겨울에 아주 헤어지고 말았다는 것이다.

영등포에서는 자동차 부속품 장사를 조그맣게 차려가지고 먹을 것은 걱정이 없다고도 했다.

바로 보름날 밤이었다. 춘근 누이동생 춘자도 친정에 와 있어서 방순이는 오래간만에 코를 같이 흘리던 동무와 함께 동리 처녀애들과 팔뚝 맞기 화투 장난을 하고 있었다. 거기에 춘근이가 들어오면서,

"나두 한몫 끼자꾸나."

이렇게 달려들었었다.

"아니 오빠두, 남 여자들 노는데 남자 양반이 왜 끼어들까?"
하고 춘자는 나무라면서도 자리를 마련해준다. 방순이도 맞았고
춘근이가 맞기도 했다. 세번째인가 방순이가 졌을 때다. 춘근이
는 방순이의 손을 쥐는 것이 아니라 사뭇 잡던 것이다. 은근한 이
야기를 하듯 손에다 힘을 자그시 주면서,

"울면 안 돼요! 지금까진 사정을 봤지만 아까 방순이가 날 몹시
때렸으니까 나두 사정을 안 볼 테야, 골내지 않지요?"

춘근이는 이런 소리를 했다. 그런 이야기를 하는 동안 방순이의
손가락이 아플 만큼 춘근의 손아귀에는 힘이 주어진다.

방순이의 손을 잡는 기쁨을 연장하기 위해서였던지도 모른다.

방순이도 어쩐 일인지 그것이 싫지가 않았다.

아니 싫기는 고사하고 호젓한 행복에 잠겨지는 것 같은 기쁨이
느껴지는 것이었다.

"걱정 마세요!"

"정말?"

"그럼요. 춘자 오빠쯤한테 맞아선 아프지 않아요!"

방순이도 이 행복된——남편이 출정한 뒤로 그리우고 살아온 남
자의 살결에서 풍기는 황홀한 체취에 잠기는 기쁨을 연장시키고
싶어졌었다.

춘근이한테 맞는 매도 행복일 것만 같다.

살짝보다도 호되게 맞고 싶다.

이것이 인연이 되었다. 남편을 잃은 후로 막은 물처럼 괴었던
남성에게 대한 정열이 터진 물처럼 춘근이를 향하여 쏟아져갔다.

둘은 살짝 두 번이나 만났다. 춘근이는 방순이한테 모든 것을 요구도 했다. 방순이도 그럴 생각이었다. 그러고 싶기도 했었다. 다만 갈 데까지 못 간 것은 그럴 기회와 장소가 없었을 따름이었다.

"방순이, 내 얘기 들었지?"

"들었어요."

"그럼 나하구 서울로 가자구. 서루 모를 사이두 아니구."

"춘자 오빠야 얼마든지 색시장갈[13] 갈 수 있을 텐데 뭘 그래요?"

"색시장가? 그런 것 비린내 나는 것들보다 난 방순이가 좋아, 다 인연이야. 원랜 방순이와 혼인을 했었어야 했을 겐데 사주가 바뀌었던가 봐. 그래노니까 방순인 그렇게 됐구, 난 또 이렇게 된 거야. 사람이란 다 연때가 맞아야 하는 게지."

"아인?"

"떼두고 와요!"

그 짓만은 못 할 것 같았다. 그러나 그것도 처음뿐이었다.

정도 들었지만 춘근이한테까지 남의 씨를 끌고 다닐 수는 없다 싶었던 것이다.

"지금서 얘기지만 나 방순이하구 결혼하구 싶었다오. 결혼을 하구서두 방순일 늘 생각했었어. 정말 방순인 이런 구석에서 썩기가 아까운 사람야."

"괜시리 그러지 뭐."

"괜시리가 다 뭐야, 방순이가 화장이나 하구 옷이나 쪽 빼보라구. 서울 장안에서두 방순이 인물 당할 여자라군 몇 안 돼요!"

춘근이는 이런 소리도 했었다.

친정어머니는 그런 속도 모르고 걸핏하면 춘근이 욕을 한다. 평
평댄다는[14] 것이다. 거짓말도 곧잘 하는 눈치라기도 했었다.

"그 사람 말은 콩으루 메줄 쑨대두 도시 곧이들리지 않더라. 그
저 저 혼자 잘났다지!"

어머니의 이런 험담까지도 귀에 거슬리게쯤 된 방순이었다. 그
래도 친정에서 시집으로 돌아왔을 때는 방순이의 머리도 좀 식었
었다.

'안 될 말이지! 말이 되나!'

이렇게 저 자신의 허벅다리를 꼬집기도 했고, 그런 생각이 들
때마다 어린 딸을 품 안에다 바짝 끌어다가 얼굴을 비벼대기도
했었다.

'안 되구말구! 우리 불쌍한 애길 두구서 어떻게! 내가 환장을
했나 봐!'

그러나 이러한 뉘우침도 사나이에게서 풍기던 살내가 한번 코
로 스며들기 시작만 하면 걷잡을 수가 없이 되는 방순이었다. 오
랫동안 주리며 살아온 살내였다. 한복중이었건만 가슴 한구석에
서 찬바람이 일기 시작만 하면 내장을 그대로 휩쓸어가는 것 같
다. 몸이 비비 뒤틀리며 목 안이 타온다. 그럴 때면 아이고 뭣이
고 다 내던져버릴 수 있을 것 같아지는 것이다.

'그까짓 계집애. 제 자식의 씬데 어련히 잘 기를라구!'

방순이를 이런 애욕의 함정 속에다 잡아넣은 데는 또한 작은며
느리 분녀가 한몫을 보아준 것은 사실이다.

작은며느리는 나이 스물셋이었다. 얼굴이 동그스름한 것이 이

쁘다기보다는 귀여운 얼굴이다. 이 분녀는 그래도 일 년에 한두 번씩은 사내가 다녀가건만 작년 초가을부터 살짝이 자리에서 빠져나가고는 한다.

똑똑히는 몰라도 짐작건대 구장 집 작은아들인 성싶었다. 서울 가서 대학을 다닌다고 논 팔아라, 밭 팔아라 하더니만 구장도 더 댈 수가 없던지 불러내렸다. 하는 일도 없이 빈들거리면서 구장 일을 대신 보기도 한다.

그런 위인이었다.

분녀가 빠져나갔다가 돌아온 이튿날 아침에 볼라치면 얼굴이 밤사이에 불콰해진 것도 같다. 생기까지 돌았다.

"자네 오늘 아침엔 아주 얼굴에 화기가 도네나. 뭐 좋은 일이 있을려나 보지?"

차마 간밤에 좋은 일이 있었느냐고 할 수가 없어서 이렇게 말할 라치면 동서는 얼굴이 홍당무가 되면서도,

"행!"

역시 기쁜 모양이었다.

얄미운 생각도 없지 않았다. 아직도 나이 어린 것이 착살맞게 도[15] 사내한테 바치는 꼴이 곧 쥐어박고도 싶다. 그렇다고 그런 이 야기를 시어머니한테 토설할 수도 없다.

"자네 어딜 갔다 오나?"

한번은 참다못해서 들어오는 동서를 나무란 일도 있다.

"설사병 땜에 큰일 났어요!"

'요 앙큼한 것!'

곧 이런 소리가 나가는 것을 꾹 참았다. 디딤돌 뒷간이고 보니 그런 앙큼한 거짓말도 못 하련만 사내에 눈이 어두워지면 그런 분간도 안 가는지 모른다 싶다.

이 동서가 구장 집 작은아들을 만나고 오는 동안이란 방순이한 테는 정말 견딜 수 없는 시간이었다. 괘씸한 생각, 얄밉고 착살맞은 생각—이런 증오의 감정도 감정이려니와 젊은 사나이의 품안에 안기어 숨을 할딱일 동서를 상상할 때 방순이는 일종 회오리바람 속에 휘갑[16]을 당하던 것이다.

견디기 어려운 고통의 순간이었다. 참기 어려운 격정이기도 했었다.

'동세년이 저 쫀데 나꺼정 가버려?'

이런 생각을 할 때는 방순이도 제정신으로 돌아간 때다.

그러나 그런 반성이란 역시 의지였다. 생리는 아니다.

4

초복을 지난 지 사흘째 되는 날 밤 방순이는 드디어 결심을 했다. 그 전전날 춘근이한테서 편지가 왔던 것이다. 시어머니란 까막눈인지라 편지를 본대도 무슨 그림인지도 모르겠지만, 시누이는 그래도 국민학교 삼학년까지는 다닌 터라 그럭저럭 뜯어볼 줄은 알아 은근히 마음을 졸이었지만, 그날은 마침 들깨밭을 매고 있는데 학교에 갔다 오던 동네 아이가 우체부가 주더라면서 편지

한 장을 주던 것이다.

마침 시어머니는 둑 너머 고추밭에 내려가고 없었다.

유월 유둣날 새벽 장수리 버스 정거장으로 나오라는 것이다.

"……오라비 유둣날 여주 올라간다. 한번 만나고 싶다마는 만날 길이 없구나. 기별할 것이 있거든 네가 그리로 나오든지 사람을 내어보내든지 해라……"

이런 사연이 무슨 뜻인지 방순이는 잘 알고 있다. 나올 때는 아무것도 생각 말고 입은 채로 살짝 나오라는 말은 전부터 해오던 부탁이다.

사실 또 헌 털벵이를 들고 나갔자 서울 바닥에 가서 걸칠 만한 것도 못 된다. 저녁을 먹고 동서가 복녀와 목말을 하러 간다고 나간 틈에 인조견 치마 두 개와 적삼 한 개를 뚜르르 말아서 장 뒤에다 숨겨놓고 빠져나갈 궁리만 하고 있다. 장수리라면 친정 가는 길과 정반대 길인지라 들킨다 해도 잡힐 염려는 없다. 춘근이가 그런 데까지 머리를 쓴 것이 고마웠다.

이제 남은 일이란 과부 시어머니에 어린 자식까지 내던지고 도망을 하는 자기 자신의 행동을 합리화시키는 일뿐이다.

'그런 시어머니하구―'

방순이는 이렇게 트집을 잡아본다. 전에는 흉이 아니었지만, 사실 남편이 있을 때는 뭐니 뭐니 트집을 잡아서 들볶기도 한 시어머니라 했다. 과부치고서는 심한 시어머니도 아니었지만 지금 방순이는 지난날 남편이 살았을 동안 가끔가다가 들거울러 넘기던 심한 시어머니만을 기억에 살려보는 것이다. 아들이 좀 일찌감치 아내 방으로 들어가는 것을 보면 심통이 나서 뭐다 뭐다 자꾸만 불러내던 것이다. 아들도 그런 어머니의 마음속을 들여다보던지라 곧잘 말을 듣다가도 어떤 때는,

"머리가 아파서 그래요! 좀 내버려둬줘요!"

하고 퉁명을 부리기도 했다.

그러면 과부 어머니는 봉당에 털썩 주저앉아서는 푸념을 해대던 것이다. 한번은,

"너 이놈, 네 계집만 아느냐!"

하고 여편네 역성을 한다고 머리를 꺼들고 주먹으로 아들의 등을 펑펑 팬 일도 있다.

'그런 시어머니 밑에서 어떻게……'

방순이는 이렇게 자기를 합리화시켜간다.

'시뉘년이란 것도 그렇지! 여우처럼 눈치만 살살 보구, 있는 말 없는 말 고자질이나……'

하다가 방순이는 멈칫했다. 몸이 달아서 시누이까지 끌고 들어가보려 했지만 아무리 따져보아도 시누이는 그런 시누이가 아니다. 아직 나이 어려도 오라범댁[17]을 불쌍하게 여기었고, 조카도 귀여워했고 먹을 것이 생겨도,

"언니 좀 먹어요. 먹어야 젖이 나지!"

이런 시누이였다.

'죄로 가지! 그 시닐 모함하다니—'

정말 궁했다. 아무리 시어머니를 몹쓸 시어미로 몰아보아도 그랬고, 시뉘를 끌고 들어가보아도 어린 자식에 과부 시어머니를

두고 사내 꽁무니를 따라가는 자기를 떳떳하게 만들어줄 구실은 없었던 것이다.

이렇게 궁지에 빠진 방순이를 건져준 구실이 나섰다.

방순이는 눈이 버언했다. 가난이었다! 거기다가 삼십 년째 처음 볼 가뭄이라는 것이다.

'뭘 먹구 살아?'

사실 작년은 흉년도 아니었건만 겨우내 죽으로 살다시피 했었다. 봄은 더 말할 것도 없다. 질경이죽이 끽이었다.

'지겨워! 난 그런 배 곯군 못 살아! 내가 나가면 나 한 입이라두 덜어주는 셈이지! 사람 한 입이 얼마라구. 나 하나 없어두 그깐 농산 질 게구……'

정말 살길을 찾기나 한 것처럼 눈앞이 훤해온다.

'그래야지! 내가 한 입이라두 덜어주어야지, 서울 가서 돈푼이라두 만지면 얼마씩이라두 보내주지. 그게 더 잘하는 일이지. 진순이년한테만 해두 그렇지, 죽두 못 얻어먹는데 어미가 나가면 그래두 한 입이 주는 셈이구, 거기다 또 돈푼이나 보태준다면—'

사실 방순이는 자기 행동을 싸고돌려서가 아니라 호미모도 못 꽂은 채 나자빠져 있는 논바닥들이 눈앞에 서언했다. 밭곡도 새들새들 말라가고 있었고, 오늘만 해도 땡볕만 내리쪼이어 나뭇잎까지도 후줄근했던 것이다.

어려서부터 곡식과 함께 살아온 방순이다.

어른들한테서 듣고 보고 해서이기도 하지만 가뭄에 타 죽어가는 곡식을 보는 것은 정말 자기 자신이 말라들어가는 것 같은 고통이기도 했다.

사실 비가 푸근히 와서 곡식들이 거무데데하게 부쩍부쩍 자란다면 모든 것을 잊을 수 있었을지도 모른다 싶다.

그러고 또 곡식들이 그렇게 자라기 시작하면 그런 잡념이 생길 틈이 없었을 것이다.

들에 나가보면 논은 묵어 자빠졌고, 수수다, 조다, 심지어 그것도 입에 넣는 곡식이라고 옥수수까지 잎이 새들거린다. 날로 날로 말라비틀어지는 곡식 잎을 보니 사람도 그대로 시드는 것만 같다.

아니 곡식 시들고 농군이 살찐 일도 없다.

"옛날 같았으면 만주 이민으루나 나선다지, 인제 다 굶어 죽었다. 하늘도 인종이 너무 많으니까 좀 인종을 줄이자는 거야."

노인들이 하늘을 쳐다보고 하던 소리들이다.

방순이는 잘 생각했으니까, 하면서도 역시 한편으로는 달아난 뒤에 동리 여편네들이 주고받을 욕지거리를 생각만 해도 진땀이 솟는다. 무섭기까지 하다.

"그런 화냥년, 아무리 사내가 그립기루니 늙은 과부 시어미에 어린 자식까지 내던지구—"

이런 소리가 곧 귓전에서 난다.

그러면 방순이는 또 흉년을 내세운다. 이 흉년에 이렇게 살아야 하느냐 했다. 방순이는 또 같은 말을 되풀이한다.

'진순한테두 그래 어미가 있어 굶기기보다는 하다못해서 옷 한 가지씩을 해 보낸대두—'

벌써 구실이 아니었다. 그것이 도리일 것만 같다.

'시어머니두 그러길 바랄지두 모르지 않나. 한 달에 단돈 몇 푼씩만이라두 보태주면……'

이런 결심이 선 것은 첫닭이 호들갑을 떨며 울어댈 무렵이었다. 간밤에도 살짝 빠져나갔다가 들어온 동서는,

"내가 무슨 걱정, 내 팔자를 봐요!"

하는 듯이 네 활개를 펴고 잠이 들어 있었다.

방순이는 죽은 듯이 자리에 들어 있었다. 닭이 두 홰만 울면 빠져나갈 생각이었다.

시간이 가지 않는 것이 안타깝다. 조바심까지 난다. 장차 저지르려는 일에 대한 공포에 사로잡혀 있으면서도 진땀이 자꾸만 흐른다. 마치 무더운 날씨 같다.

그러다가 깜박 잠이 들고 말았다. 잠시라도 눈을 붙이잔 것이다.

꿈이었다. 벼락 치는 소리가 요란하다. 번개도 났다. 대낮처럼 밝아지더니만 또 '꽈르르 꽈르르' 어디를 내려조진다. 무서운 비였다. 아니 비가 아니라 사뭇 폭포다.

"에이구, 잘 쏟아진다. 며칠이든지 나려 퍼부어라."

꿈속에서도 방순이는 이렇게 부르짖었다. 춤이라도 추고 싶었다. 와지끈와지끈 벼락 소리가 그치지 않는다. 세상을 다 깨어 두드려 부수어도 좋으니라 했다. 세상이 반쪽이 되더라도 비만 오라 했다. 그러다가 방순이는 눈이 번쩍 뜨였다. 꿈속에서 들은 벼락 소리와 빗소리는 아직도 그의 귀에 남아 있었다. 아니 아직도 와지끈거리고 비가 폭포처럼 내리퍼붓고 있다.

'빨리 달아나자!'

꿈이건 생시이건 지금의 방순이한테는 큰 문제가 아니다. 그저 빠져나갈 궁리밖에 없었다. 방순은 눈을 뜨면서 벌떡 일어나서 장 밑을 더듬었다. 손에 잡히는 것은 보퉁이다. 보퉁이를 잡은 방순은 정신이 얼떨떨해졌다. 꿈인지 생시인지도 구별이 나지 않는다. 아직도 비가 퍼붓고 있었다. 벼락 소리도 마찬가지다. 번개도 치고 있었다.

'꿈이다!' 하고 방순은 멍청했다.

'아니다! 생시다!'

꿈도 같았고 생시도 같았다.

'꿈인가?'

'생신가?'

또 한 번 어리둥절하고 나서야 방순이는 그것이 꿈이 아닌 것을 확인할 수 있었다. 역시 생시였다. 빗소리가 우레 같다. 추녀 물이 아니라 물을 쏟는 소리다.

역시 생시였다. 무서운 비였다. 그것이 꿈이 아니고 생시요, 쏟아지는 것이 비라는 것을 깨달은 순간이었다. 방순이는 저도 모르게—정말 자기 자신도 모를 동안에 문을 활짝 열어젖히었다. 역시 비였다. 번갯불이 확 일며 또 '꽈르르' 한다.

"비가 온다!"

문을 열어젖힌 순간 방순의 입에서는 이런 고함 소리가 터져 나왔다. 무서운 환희였다. 그리고 같은 순간에 그는 보퉁이를 내동댕이치면서 봉당으로 뛰어내렸었다.

"어머님, 비가 와요! 비가!"

"어!"

하고 박 과부가 고쟁이 바람으로 뛰어나오기까지에 방순이는 아직도 세상모르고 잠을 자는 동서를 대고 같은 소리를 되풀이하고 있었다.

"여보게, 비가 오네, 어서 일나!"

박 과부도 고쟁이 바람으로 어쩔 줄을 모른다.

"어머님, 웃다랭이 물길을 타야 하잖아요!"

"암 타야지! 타야말구, 젠장, 사람이 있나!"

"우리 네 식구 다 달라붙음 안 돼요? 자네두 어서 챙기게."

방순이는 버스 정거장도 잊고 방으로 뛰어들고 있었다.

마침 쏟아지는 빗줄기를 헤치고 먼동도 터오고 있다.

제1과 제1장

* 『인문평론』 1호(1939년 10월) 발표. 여기서는 『이무영 문학전집 1』(국학자료원, 2000)에 수록된 것을 저본으로 한다.

1 안반짝 '안반'을 강조하여 이르는 말. 떡을 칠 때에 쓰는 두껍고 넓은 나무 판.

2 뜰팡 '뜰' 또는 '토방'의 방언.

3 나쎄 그만한 나이를 속되게 이르는 말.

4 상밥 반찬과 함께 상에 차려서 한 상씩 따로 파는 밥. 상반(床飯).

5 두락 마지기.

6 꼴지게 소나 말이 먹을 꼴을 지어 나르는 지게.

7 인총(人叢) 한곳에 많이 모인 사람의 무리.

8 여북 '얼마나' '오죽' '작히나'의 뜻으로 언짢거나 안타까운 마음을 나타낼 때에 쓰는 말.

9 봉당 안방과 건넌방 사이의 마루를 놓을 자리에 마루를 놓지 아니하고 흙바닥 그대로 둔 곳.

10 트레머리 가르마를 타지 아니하고 뒤통수의 한복판에다 틀어 붙인 여자의 머리.

11 동우 '동이'의 방언. 흔히 물 긷는 데 쓰는 것으로 보통 둥글고 배가 부르고 아가리가 넓으며 양옆으로 손잡이가 달려 있다.

12 삼동(三冬) 겨울의 석 달. 동삼(冬三).

13 폭 '포기'의 방언.

14 새다리 '사다리'의 방언.

15 매대기 반죽이나 진흙 따위를 아무 데나 함부로 뒤바름. 정신을 잃고 아무렇게나 하는 몸짓.

16 이듬매기 논밭을 두번째 갈거나 매는 일. 이듬.

17 다랑이 산골짜기의 비탈진 곳 따위에 있는 계단식으로 된 좁고 긴 논배미. 논다랑이.

18 두덕 '두둑'의 방언. 논이나 밭 가장자리에 경계를 이룰 수 있도록 두두룩하게 만든 것. 두렁.

19 사음 지주를 대리하여 소작권을 관리하는 사람. 마름.

20 땅짐 무거운 물건을 들어 땅에서 뜨게 하는 일. 땅띔.

흙의 노예

* 『인문평론』 7호(1940년 4월) 발표. 여기서는 『이무영 문학전집 1』에 수록된 것을 저본으로 삼는다.

1 타기만하다 게으름이 가득하다.

2 오줌장군 오줌을 담아 나르는 오지나 나무로 된 그릇.

3 황차(況且) 하물며.

4 보리때 보릿가을. 익은 보리를 거두어들이는 철.

5 호세(戶稅) 예전에, 살림살이를 하는 집을 표준으로 하여 집집마다 징수하던 지방세. 호별세(戶別稅).

6 영신환(靈神丸) 계피나무 껍질, 박하유, 대황, 삽주 따위로 만드는 환약. 소화가 잘 안되고 헛배가 부르고 아픈 데 쓴다.

7 볏금 팔고 사는 벼의 시가(市價).

8 마실꾼 '마을꾼'의 방언. 이웃에 놀러 다니는 사람.

9 심 '샘'의 방언.

10 도지(賭地) 도조(賭租). 남의 논밭을 빌려서 부치고 논밭을 빌린 대가로 해마다 내는 벼.

11 제년 '작년'의 방언.

12 대꼬바리 '담배통' '담뱃대'의 방언.

13 야마리 얌통머리. '얌치'를 속되게 이르는 말. 마음이 깨끗하여 부끄러움을 아는 태도.

14 악지 잘 안될 일을 무리하게 해내려는 고집.

15 금시발복(今時發福) 어떤 일을 한 뒤에 이내 복이 돌아와 부귀를 누리게 됨.

16 새경 머슴이 주인에게서 한 해 동안 일한 대가로 받는 돈이나 물건. 사경.

17 연부(年賦) 물건 값이나 빚 따위의 일정한 금액을 해마다 나누어 내는 일. 또는 그런 돈. 연불(年拂).

18 대두박(大豆粕) 콩깻묵.

19 남포질 남포(도화선 장치를 하여 폭발시킬 수 있게 만든 다이너마이트)를 터뜨려 바위 따위의 단단한 물질을 깨뜨리는 일.

20 섭쓸리다 '섭슬리다'의 북한어. 함께 섞여 휩쓸리다.

21 드다루다 들어올려 다루다.

22 두부살 피부가 희고 무른 살. 또는 그런 체질을 가진 사람.

23 주장질하다 몹시 나무라거나 때리다.

24 광작(廣作) 농사를 많이 지음.

25 희영수 다른 사람과 더불어 실없는 말이나 행동을 함. 희롱수.

26 도죠(どうぞ) 상대편에게 무엇을 허락하거나 권하거나 할 때 쓰는 일본말.

27 고엔료나꾸(ごえんりょなく, ご遠慮無く) '사양하지 마시고'라는 뜻의 일본말.

28 모갯돈 액수가 많은 돈.

29 봉놋방 여러 나그네가 한데 모여 자는, 주막집의 가장 큰 방. 봉노, 주막방.

30 장작윷 길고 굵게 만든 윷.

31 조당죽 좁쌀을 물에 불린 다음 갈아서 묽게 쑨 음식. 조당수.

32 된내기 '된서리'의 방언.

33 마초(馬草) 말을 먹이기 위한 풀. 말꼴.

34 잔용 자질구레한 데에 드는 비용(費用). 잔비용.

35 각수(角數) 돈을 '원'이나 '환' 단위로 셀 때, 그 단위 아래에 남는 몇 전이나 몇 십 전을 이르는 말.

36 먼산나무 먼 산에 가서 땔나무를 마련하는 일. 또는 그 땔나무.

37 애이다 빼앗기다.

38 하관(何關) 무슨 관계.

39 등떠리 등때기. '등'을 속되게 이르는 말.

40 오십객(五十客) 나이가 오십 전후인 사람.

41 방세간 방 안에 갖추어놓고 살림하는 데 쓰는 물건.

문 서방

*『국민문학』 5호(1942년 3월) 발표. 여기서는 『이무영 문학전집 1』에 실린 것을 저본으로 삼는다.

1 비알 '비탈'의 방언.

2 버레기 '자배기'의 방언.

3 골통대 나무 따위를 깎거나 흙으로 구워서 만든 담뱃대. 담배통이 굵고 크며 전체의 길이가 짧다.

4 용하다 성질이 순하고 어리석다.

5 푼변 푼으로 계산하는 변리의 단위.

6 바디 베틀, 가마니틀, 방직기 따위에 딸린 기구의 하나. 가늘고 얇은 대오리를 참 빗살같이 세워, 두 끝을 앞뒤로 대오리를 대고 단단하게 실로 얽어 만든다. 살의 틈마다 날실을 꿰어서 베의 날을 고르며 북의 통로를 만들어주고 씨실을 쳐서 베를 짜는 구실을 한다.

7 이면치레 체면이 서도록 일부러 어떤 행동을 함. 또는 그 행동. 면치레.

8 덴뾰(でんぴょう, 錢票) '전표'의 일본말. 가지고 오는 사람에게 적힌 액수만큼의 돈을 주도록 되어 있는 쪽지. 흔히 공사장에서 근로자에게 현금 대신 준다.

9 동곳 상투를 튼 뒤에 그것이 다시 풀어지지 아니하도록 꽂는 물건.

10 간죠(かんじょう, 勘定) '대금 지불, 또는 그 대금'을 뜻하는 일본말.

11 인차 '이내'의 북한어. 지체함이 없이 바로.

12 박가분(朴家粉) 1920년에 상표 등록하여 판매한 화장품. 공산품으로서 제작·판매된 한국 최초의 화장품이다.

13 조기다 마구 두들기거나 패다(북한어).

14 행결 '한결'의 방언.

농부전 초

* 『현대공론』 9호(1954년 9월) 발표. 여기서는 『이무영 문학전집 1』에 실린 것을 저본으로 삼는다.

1 국록(國祿) 나라에서 주는 녹봉.

2 티각 '티격'의 방언. 서로 뜻이 맞지 아니하여 사이가 벌어져 이러니저러니 따지는 일.

3 흰무리 백설기. 멥쌀가루를 켜가 없게 안쳐서 쪄낸 시루떡. 밤, 대추, 검은콩 따위를 섞어서 찌기도 한다.

4 풋바심 채 익기 전의 벼나 보리를 미리 베어 떨거나 훑는 일. 바심.

5 상일 별로 기술이 필요하지 않은 막일.

6 홀앗이 살림살이를 혼자서 맡아 꾸려나가는 처지. 또는 그런 처지에 있는 사람.

7 속한(俗漢) 승려가 아닌 보통 사람을 낮잡아 이르는 말.

8 당판(唐板) 예전에, 중국에서 새긴 책판(冊板)이나 그것으로 박아 낸 책을 이르던 말.

9 빠가(ばか, 馬鹿) '바보, 멍청이'를 뜻하는 일본말.

10 고라(こら) 상대편을 꾸짖거나 하기 위하여 강하게 부르는 일본말. 이놈.

11 곤니찌와(こんにち〔今日〕は) '안녕하십니까'를 뜻하는 일본말(낮에 하는 인사).

12 밥풀눈 눈꺼풀에 밥알 같은 군살이 붙어 있는 눈.

13 제웅 짚으로 만든 사람 모양의 물건.

14 물맞침 두 사람의 말이 서로 어긋날 때, 제삼자를 앞에 두고 전에 한 말을 되풀이하여 옳고 그름을 따짐. 무릎맞춤.

15 시체(時體) 그 시대의 풍습 · 유행을 따르거나 지식 따위를 받음. 또는 그런 풍습이나 유행.

16 둥천 '둑'의 방언.

17 탁방(坼榜) 어떤 일 따위의 결말을 비유적으로 이르는 말.

18 부정선인 불온한 조선 사람.

19 토역장이 흙일을 하는 사람. 토역꾼.

20 질마 '길마'의 방언. 짐을 싣거나 수레를 끌기 위하여 소나 말 따위의 등에 얹는 안장.

21 돼지거름 돼지우리에서 쳐낸 거름.

22 유안(硫安) 황산암모늄. 암모늄 이온의 황산염. 황산과 암모니아를 반응시켜 만든 흰 결정으로, 물에 잘 녹으며, 질소 비료로 쓰인다.

23 어울이 남의 가축을 길러서 가축이 다 자라거나 새끼를 낸 뒤에 주인과 나누어 가지는 제도. 배내.

24 염량(炎凉) 선악과 시비를 분별하는 슬기.

25 동조 도조 히데키(東條英機)를 말함. 일본의 군인 · 정치가(1884~1948). 1938년에 육군 차관, 1941년에 수상이 되어 태평양 전쟁을 주도하였으나 거듭되는 패전으로 1944년에 사직하였다. 전후(戰後) 극동 군사 재판에서 전범으로 사형에 처해졌다.

청개구리

* 『농토』 1호(1940년 6월) 발표. 여기서는 『이무영 문학전집 2』(국학자료원, 2000)에 수록된 것을 저본으로 삼는다.

1 비설거지 비가 오려고 하거나 올 때, 비에 맞으면 안 되는 물건을 치우거나 덮는 일.

2 억설(臆說) 근거도 없이 억지로 고집을 세워서 우겨댐. 또는 그런 말.

3 논다랭이 논두렁.

4 상사발(常沙鉢) 품질이 낮은 사발. 막사발.

5 따비밭 따비로나 갈 만한 좁은 밭. 따비는 풀뿌리를 뽑거나 밭을 가는 데 쓰는 농기구. 쟁기보다 조금 작고 보습이 좁게 생겼다.

6 점직하다 부끄럽고 미안하다.

7 트레방석 나선 모양으로 틀어서 만든 방석. 주로 짚으로 만들어 김칫독 따위를 덮는 데 쓴다.

8 요사(妖邪) 요망하고 간사함.

9 새꽤기 갈대, 띠, 억새, 짚 따위의 껍질을 벗긴 줄기. 꽤기.

10 끌탕 속을 태우는 걱정.

11 찌다 나무나 풀 따위를 베어내다.

12 돌창 지저분하고 더러운 도랑. 도랑은 좁고 작은 개울을 뜻함. 도랑창.

13 우장(雨裝) 비를 맞지 아니하기 위해서 차려 입음. 또는 그런 복장. 우산, 도롱이, 갈삿갓 따위를 이른다.

14 까자빌리다 지껄이다.

15 사품 어떤 동작이나 일이 진행되는 바람이나 겨를.

16 엄벙뗑 얼렁뚱땅.

17 자기황(自起契) 문지르거나 무엇에 부딪히면 불이 일어나도록, 화약에 다른 물질을 섞어서 만든 고체의 황.

18 중병(中病) 일의 중도에서 생기는 뜻밖의 사고나 탈.

모우지도

*『춘추』 26호(1942년 9월) 발표. 여기서는 『이무영 문학전집 2』에 수록된 것을 저본으로 삼는다.

1 안차다 겁이 없고 야무지다.

2 달장간 날짜로 거의 한 달 동안.

3 울부라리다 눈망울을 우악스럽게 굴리며 무섭게 치뜨다.

4 새이 일을 하다가 잠깐 쉬면서 먹는 음식. 새참.

5 돌리다 병의 위험한 고비나 상황을 면하게 하다.

6 짐질 짐을 지어 나르는 일.

7 생입 쓸데없이 놀리는 입.

8 갯밭 갯가의 개흙밭.

9 길반 한 길하고 반.

10 불구다 '불리다'의 방언.

11 칡소 온몸에 칡덩굴 같은 어룽어룽한 무늬가 있는 소.

12 배냇소 주인과 나눠 가지기로 하고 기르는 소.

13 참척(慘慽) 자손이 부모나 조부모보다 먼저 죽는 일.

14 대끼다 애벌 찧은 수수나 보리 따위를 물을 조금 쳐가면서 마지막으로 깨끗이 찧다.

15 불수산(佛手散) 해산 전후에 쓰는 처방.

16 자개품 쥐가 나서 근육이 곧아지는 증세. 자개풍. 자개바람.

17 내려조기다 냅다 두들기거나 때리다. 내리조기다.

18 고깃관 고깃간. 푸줏간.

유모

*『신동아』 57호(1936년 7월) 발표. 여기서는 『이무영 문학전집 3』(국학자료원, 2000)에 수록된 것을 저본으로 삼는다.

1 비영비영 병으로 몸이 야위어 제대로 가누지 못하는 모양.

2 달소수 한 달이 조금 넘는 동안.

3 긴하다 매우 간절하다.

4 빼치다 억지로 빠져나오게 하다.

5 얀정 인정(仁情)을 낮잡아 이르는 말.

6 신푸녕스럽다 신청부같다. 사물이 너무 적거나 모자라서 마음에 차지 아니하다.

7 푼더분하다 생김새가 두툼하고 탐스럽다. 여유가 있고 넉넉하다. 사람의 성품 따위가 옹졸하지 아니하고 활달하다.

8 거취(去就) 어떤 사건이나 문제에 대하여 밝히는 태도.

9 녹두방정 버릇없이 까부는 말이나 행동.

용자 소전

*『신가정』 23~24호(1934년 11~12월) 발표. 여기서는 『이무영 문학전집 3』에 수록된 것을 저본으로 삼는다.

1 정사(情死) 서로 사랑하는 남녀가 그 뜻을 이루지 못하여 함께 자살하는 일.

2 터우리 어머니의 먼저 낳은 아이와 다음에 낳은 아이와의 나이 차이. 터울.

3 동 사물과 사물을 잇는 마디. 또는 사물의 조리(條理). 언제부터 언제까지의 동안. 또는 어디서 어디까지의 사이.

4 간나위 간사한 사람이나 간사한 짓을 낮잡아 이르는 말.

5 개굴창 '개골창'의 방언. 수채 물이 흐르는 작은 도랑.

6 물무당 물맴이. 물맴잇과의 곤충. 몸의 길이는 6~7.5밀리미터이며, 광택이 나는 검은색이고 수염과 다리는 붉은 갈색이다. 물방개와 비슷하게 생겼고 겹눈이 등과 배에 두 쌍으로 나뉘어 있어 공중과 물속을 따로따로 본다. 물 위를 뱅뱅 도는 습성이 있고 연못, 도랑 따위에 산다.

7 상서(上書) 웃어른에게 글을 올림. 또는 그 글.

8 눈등 '눈두덩'의 방언.

9 자리옷 잠옷.

10 기이다 어떤 일을 숨기고 바른대로 말하지 않다.

이단자

* 『현대문학』 6호(1955년 6월) 발표. 여기서는 『이무영 문학전집 4』(국학자료원, 2000)에 수록된 것을 저본으로 삼는다.

1 요순(堯舜) 고대 중국의 요임금과 순임금을 아울러 이르는 말.

2 둔종(臀腫) 볼기짝이나 그 근처에 나는 종기.

3 사루마다(さるまた, 猿股) '남자용 팬티'를 뜻하는 일본말.

4 격검대 검도 연습을 할 때에, 칼 대신 쓰는 참대로 만든 긴 막대기. 격검채.

5 직사하다 (주로 '직사하게' 꼴로 쓰여) '굉장히' '실컷'의 뜻을 나타낸다.

6 격양가(擊壤歌) 풍년이 들어 농부가 태평한 세월을 즐기는 노래. 중국의 요임금 때에, 태평한 생활을 즐거워하여 불렀다고 한다.

7 카이저Kaiser 독일 황제의 칭호. 로마의 장군 카이사르에서 그 명칭이 유래한다.

8 궐녀(厥女) 말하는 이와 듣는 이가 아닌 여자를 이르는 삼인칭 대명사.

9 알 야살스럽게 구는 짓. '야살스럽다'는 보기에 얄망궂고 되바라진 데가 있다는 뜻.

10 간상(奸商) 간사한 방법으로 부당한 이익을 보려는 장사. 또는 그런 장사치.

11 노심(勞心) 마음으로 애를 씀.

12 잔졸하다 몹시 약하고 옹졸하다.

13 말쌀 한 말 정도의 분량이 되는 쌀. 한꺼번에 준비하지 못하고 한 말 정도씩 대어 먹는 쌀.

14 존존하다 피륙의 발 따위가 잘고 곱다.

15 따분하다 몹시 난처하거나 어색하다.

B녀의 소묘

* 『신동아』 32호(1934년 6월) 발표. 여기서는 『이무영 문학전집 4』에 수록된 것을 저본으로 삼는다.

1 초라니 대상 물리듯 언제건 해야 할 일을 미루고 또 미루는 경우를 비유적으로 이르는 말.

2 희떱다 실속은 없어도 마음이 넓고 손이 크다.

3 된불 바로 급소를 맞히는 총알. 호된 타격(打擊).

4 채치다 일을 재촉하여 다그치다.

5 호랑감투 호령관. 예전에, 아이들 장난의 하나. 대님을 끄르지 못하게 하고 바지를 뒤집어 벗긴 다음 상반신을 구부려 머리부터 바지 속으로 집어넣게 한다.

6 혼돌림 단단히 혼냄, 또는 그런 일. 혼띔.

7 삼팔바지 삼팔주(三八紬)로 만든 바지. 삼팔주는 중국에서 생산되는 올이 고운 명주.

8 멋멋하다 아무것도 하는 일이 없어 맨송맨송하다.

9 누에머리 산봉우리 한쪽이 누에 머리 모양으로 쑥 솟은 산꼭대기. 잠두(蠶頭).

10 화촉지전(華燭之典) 결혼식.

11 활무대(活舞臺) 어떤 일을 하기 위하여 힘껏 활동할 수 있는 장소나 분야.

12 흐너지다 포개져 있던 작은 물건들이 낱낱이 허물어지다.

O형의 인간

* 『신천지』 53호(1953년 6월) 발표. 여기서는 『이무영 문학전집 4』에 수록된 것을 저본으로 삼는다.

1 되양되양하다 말이나 하는 짓이 조심성이 없고 가볍다.

2 담배물부리 담뱃대로 담배를 피울 때 입에 물고 빠는 자리에 끼우는 물건. 쇠, 옥, 돌, 경질 고무 따위로 만든다.

3 홋또께요(ほっとけよ) '내버려둬'라는 뜻의 일본말.

4 시학(視學) 학교의 교육이나 경영 따위를 시찰함. 또는 그런 사람.

5 조상(弔喪) 남의 죽음에 대하여 슬퍼하는 뜻을 드러내어 상주(喪主)를 위문함. 또는 그 위문. 조문(弔問).

6 요정(了定) 결판을 내어 끝마침.

7 요로(要路) 영향력이 있는 중요한 자리나 지위. 또는 그 자리나 지위에 있는 사람.

들메

* 게재지 미상(1957). 여기서는 『이무영 문학전집 4』에 수록된 것을 저본으로 삼는다.

1 백사지(白沙地) 의지할 데가 도무지 없는 객지나 타향.

2 텃도지 터를 빌린 값으로 내는 세. 텃도조.

3 양직(洋織) 서양에서 들여온 직물. 또는 서양식으로 짠 직물.

4 감농(監農) 농사짓는 일을 보살피어 감독함.

5 들메 신이 벗어지지 않도록 신을 발에 동여매는 끈. 또는 그렇게 동여매는 일.

6 솔개미 '솔개'의 방언.

7 각다분하다 일을 해나가기가 힘들고 고되다.

며느리

* 게재지 미상(1955). 여기서는 『이무영 문학전집 2』에 수록된 것을 저본으로 삼는다.

1 끄무레하다 날이 흐리고 어두침침하다.

2 피사리 농작물에 섞여 자란 피를 뽑아내는 일.

3 중답(中畓) 토양 조건과 물의 형편이 중간쯤 되는 논.

4 보지락 비가 온 양을 나타내는 단위. 보습이 들어갈 만큼 빗물이 땅에 스며든 정도를 이른다.

5 호미모 강모의 하나. 논에 물이 적어서 흙이 부드럽지 못할 때, 호미로 파서 심는 모.

6 끙게 씨앗을 뿌린 뒤에 씨앗이 흙에 덮이게 하는 농기구. 가마니때기에 두 가닥의 줄을 매고 위에 뗏장을 놓고 끈다.

7 삼배출(三倍出) 한 마지기의 땅에서 석 섬의 곡식을 내는 소출.

8 하불하(下不下) 소불하(少不下). 적게 잡아도.

9 마석 마바리. 논 한 마지기에서 두 섬의 곡식이 나는 것을 이르는 말.

10 양석(兩石) 쌀 네 가마. 한 마지기에서 나는 벼 두 섬을 이르는 말.

11 다심(多心) 조그만 일에도 마음이 안 놓여 여러 가지로 생각하거나 걱정하는 게 많음.

12 삽삽하다 태도나 마음 씀씀이가 마음에 들게 부드럽고 사근사근하다.

13 색시장가 결혼한 일이 없는 젊은 여자에게 장가드는 일.

14 펑펑대다 펑펑거리다. 돈이나 물 따위를 계속 헤프게 마구 쓰다.

15 착살맞다 하는 짓이나 말 따위가 얄밉게 잘고 다랍다.

16 휘갑 더 말하지 못하도록 마무름. 뒤섞여 어지러운 일을 마무름. 휘갑치기.

17 오라범댁 '오라버니댁'의 낮춤말. 새언니.

이단자적 삶의 기록

─ 이무영론

전영태

> 한 소설가란 일평생 자신을 그리다가 죽는 것이 아닌가, 그런
> 생각이 든다. 〔……〕 그것은 마치 서투른 화가의 자화상처럼 자기
> 자신의 변모가 아닐까 싶다.
> ─「나의 문학적 자서전」,『이무영 문학전집 6』

1. 농촌 속으로 뛰어들기

이무영은 1926년 『조선문단』을 통해 등단하고, 1927년 첫 장편
소설을 발표했으나, 그가 주목받기 시작한 것은 1931년 동아일보
신춘문예에 희곡이 당선된 이후였다. 1934년에 동아일보에 입사,
학예부 기자로 일하면서 꾸준히 작품 활동을 전개했으나, 기자
생활의 연륜이 쌓일수록 작품에 전념하지 못했다.

「제1과 제1장」은 1939년 이무영이 동아일보 기자를 그만두고 당시 경성 근교 경기도 군포의 궁말[宮村] 옆 샛말로 이사해, 농사를 지으면서 창작에 정진하는 과정에서 산출한 그의 대표작이다. 신문기자로서 바쁜 나날을 보내면서 소설 한 편 못 쓰는 수택은 「소설 못 쓰는 소설가」라는 단편을 완성하려고 노력했지만 그 소설도 끝끝내 쓰지 못한다. 수택은 창작의 돌파구로서 반필반농(半筆半農)의 생활 설계를 아버지가 사는 고향 샌터에서 펼치기로 작정하는, 비장한 각오의 결단을 내린다.

이무영이 수택의 농촌 생활을 통해서 '농민문학'을 실천하려는 결심 뒤에는 야망이 숨어 있었다. 1924년 노벨상 수상 작가 폴란드의 레이몬트(W. S. Reymont, 1867~1925)의 『농민』과 같은 4부작을 써서 문단을 한번 뒤집어놓을 계획이었다. 레이몬트는 정규 학업을 마치지 못하고 가게 점원, 수도사, 철도 공무원, 배우 등의 직업을 전전하다가 작가로 인정받았다. 이무영 또한 휘문고보를 중퇴하고 일본으로 건너가 세이조 중학교를 중퇴한 뒤, 작가 가토 다케오(加藤武雄)의 문하생으로 작가 수업을 받고 1926년 『조선문단』에 당선되어 작가의 길로 접어들었다. 이무영과 친연감이 있는 굴곡 많은 경력의 레이몬트가 쓴 성공작 『농민』은 1년 사계절 동안의 농민 생활을 지방 사투리의 대화체로 기록한 작가 자신의 연대기이다. 이무영도 그런 작품을 쓰고 싶었을 것이다.

그러나 수택의 농촌 생활은 그의 뜻대로 되지 않았다. 우선 농사일에 익숙하지 않았고, 농민의 마음을 몰랐으며, 농사로 생계를 꾸려가기 어려웠다. 그렇다고 글을 잘 쓸 수 있는 환경도 아니었고 글을 쓰기에는 생활이 너무 고달팠다. 수택은 천신만고의 우여곡절을 거쳐서 농민으로 산다는 것의 뜻을 겨우 헤아리게 된다. 수택은 자기가 농사지은 벼 한 알, 배추 한 포기에까지 그윽한 애정을 느끼면서 그런 애정이 자신이 쓴 "원고지의 글자를 보는 때의 그 애정, 그 감격과도 같은 것"임을 말한다. 농산물을 팔아 보아야 몇 푼 못 받고, 종이 값도 못 되는 원고료이긴 하지만 벼 한 포기, 배추 한 잎과 원고지의 글자에 대한 애정은 이해관계를 초월한다는 것을 깨닫는다. 수택 아버지가 늘 말하던 '흙냄새'와 '된장내'란 결국 이런 이해를 초월한 애정이라는 깨달음을 얻는다.

타작마당에서 벼 한 톨이라도 더 차지할 것을 전제로 한 애정임에는 틀림이 없겠지마는 단지 그러한 이욕만으로 그처럼이나 벼 한 폭, 배추 한 잎을 사랑할 수가 있을까. 그것은 마치 종이 값도 못 되는 원고료를 전제한 작품이기는 하지마는 쓰는 동안에는 그러한 관념이 전혀 없이 그저 맹목적인 정열을 글자 한 자에마다 느끼는 것과 무엇이 다르랴 했다. 애정이란 이해관계를 초월한다는 것을 수택은 또 한 번 생각한다. 이 애정—그것으로 인류는 살아가는 것이요, 이 애정으로 도덕을 삼는 데서만 인류는 행복될 것이다 싶었다. 아버지의 늘 말하던 소위 '흙냄새'와 '된장내'란 결국 이런 애정을 의미한 것이 아닐까. 그렇게도 생각해본다. '대처 사람'들에게서는 흙냄새가 안 난다는 그 말은 곧 이 이해를 초월한 애정이 없다는 말이 아닐까.

"이해를 초월한 애정"이란 타인이나 사물을 욕망의 직접적 대상으로 삼지 않는 애정이다. 글을 써서 명성과 부를 얻겠다고 글을 쓴다면 좋은 글이 나올 수 없다. 농사꾼은 흙에 대한 애정을 통해서 명예와 이득을 얻겠다고 생각하지 않고 농작물에 정성을 쏟는다. 수택은 이러한 농민들의 태도를 글쓰기에 대한 자신의 태도로 바꾼다. 한자 한자 성심껏 쓰다 보면 농부가 풍요로운 결실을 얻듯이 좋은 작품이 나올 것이라는 확신을 얻었다.

수택은 이때부터 창작욕이 척척 늘어갔다. 농촌 생활의 제1장 제1과에서 '제1과'를 겨우 터득한 셈이다. 수택이 아직 제1장 전체를 이해하지 못했다는 것을 제1과의 뒤에 제1장을 붙인 제목으로 표현했다.

농촌 생활 제1장 전체를 이해하려는 작가의 노력은 「흙의 노예」로 이어진다. 이 작품은 농촌의 삶에 대한 구체적 묘사를 자작농 아버지의 생애 소개와 그의 생활 양상, 자식에게 부담을 주지 않기 위해 양잿물을 마시고 자살하는 생의 종막 장면 등을 통해 세밀하게 전개한다. 수택은 "여러 친구들로부터 그의 소설은 언제나 뼈가 너무 앙상하니 드러나는 것이 무엇보다도 큰 결점이라는 평을" 들어왔다. 이 점을 인식해서 작가는 이 작품에 샌터에서 일어났던 여러 삽화를 끌어다가 소설의 살을 붙이려 노력한다.

수택의 아버지는 육십 평생에 흙과 땅을 원망하기도 했고 저주도 해왔다. 그의 극진한 충성을 알아주지 않는 너무도 가혹한 흙의 마음에 걷잡을 수 없는 격분도 했다. 그러나 그는 수택의 서툰 쟁기질을 보고 쟁기를 뺏어들고 땅을 갈아엎으면서 흙에 대한 차고 넘치는 감사의 마음을 느낀다.

육십 평생을 두고 한결같은 충성을 다해왔건만 또 한결같이 육십 년을 두고 모욕하고 혹사(酷使)해온 나머지 핏기 하나 없는 늙은 병든 육체만을 그에게 떠안긴 흙이건마는 그 흙에 대해서 억제할 수 없는 감격을 느끼고 있는 것이었다.

그는 지난 육십 평생에 땅을 치며 울기도 했었다. 원망도 해왔고 저주도 해왔다. 그 극진한 충성에 비해서 너무도 가혹한, 너무도 알아주지 않는 흙의 마음에 걷잡을 수 없는 격분도 느껴왔었다.

〔……〕

그는 그만큼 흙을 사랑했다.

아니 그만큼 그는 흙의 너무나 충실한 노예였다.

수택은 '흙의 노예'인 아버지의 생각과 삶에서 커다란 감동을 받는다. 그런 아버지가 양잿물을 마시고 자살하며 "찾어— 땅—"이라는 비감 어린 유언을 남겼기에 가산을 처분하고 원고료를 보태 땅 찾기에 몰두하면서 농민의 생활 속으로 깊숙이 빠져든다.

이념을 실현하기 위한 농촌 생활, 무지한 농민들을 계몽하기 위한 농촌 활동은 이무영의 농민소설의 진로와 상관이 없다. 농민 그 자체, '흙의 노예'가 되어 농촌 속에서 생을 꾸려가는 것, 이것이 이무영 농민소설의 방향이다. '흙의 노예'는 단순한 노예가 아니다. 흙에 크나큰 충성을 다하지만 자연조건이 허락하지 않으면 좋은 결과를 기대할 수 없다. 그래도 흙에 매달려 또다시 정성을 기울이는, 배반을 모르는 충직한 노예가 '흙의 노예'다.

이무영은 1943년 3월 일문(日文)으로 쓴 『청기와의 집(青瓦の 家)』으로 조선예술상(朝鮮藝術賞) 제4회 수상자가 되었다. 이 상은 조선예술 진흥을 위해서 매번 자금을 제공하겠다는 기쿠치 간(菊池寬)의 확약에 의해서 마해송이 경영하는 모던일본사가 제정한 것으로 1940년 3월에 이광수가 「무명(無明)」으로 제1회 수상자가 되었다. 이무영 역시 일제 말기의 내선일체(內鮮一切)라는 총독부 정치 노선에 휘말릴 수밖에 없었다. 일본에서 문학 수업을 받아 일문 쓰기에 능숙했던 그는 어색한 조선식 일본어를 구사하기도 했지만 일문 소설을 써서 상까지 받았다. 이런 경력이 그가 임종국의 『친일문학론』에 거론되는 까닭이다.

이무영은 「문학의 진실성」(경성일보, 1942년 3월 17~21일)이라는 일문 평론에서 "건전한 국민문학은 건전한 국민 생활에서 탄생하며 건전한 국민 생활은 건전한 국민문학의 모체이다. 여기서 말하는 건전이란 즉 진실이며 국민의 진실성과 문학의 진실성은 서로 연결되는 것이라 생각한다"고 국민문학에 대한 자신의 견해를 밝힌다. 국민문학을 곧 시국문학이라고 해석하는데 그것은 좀 곤란하다는 것이다. 국민의 진실성은 "바르게 아름답게 강하게 살아나가려는 국민의 의욕——생활의 결과일 뿐 다른 것이 아니다." 건강한 문학은 곧 좋은 문학이고 국민적 진실보다 인간적 진실이 이무영에게는 선행하는 문제였다.

국민문학에 대한 작가의 이러한 태도는 「문 서방」(1942년 3월)

에 자연스럽게 노출된다.

만물은 또 그에게 있어서 모두가 하느님의 것이었다. 재물도, 목숨도. 재물이 생기면 하늘이 내리셨다 했고 그것을 진심으로 믿는 사람이었다.

이러한 그의 굳은 신념은 그의 생에 그대로 나타나지는 것이다. 그는 일찍이 단 한 번도 나라에 바치는 세금을 하루도 늦추어본 적이 없다. 언제 한번 많다 적다 논란을 해본 적도 없었다.

두 번이나 상처를 하고 다섯 아이를 키우면서 어렵게 살아가는 형편이지만 사십이 원이라는 거액의 세금 배당과 가마니 백 장을 짜라는 구장의 지시도 그대로 순종하는 문 서방이다. 이무영이 그의 농촌 생활에서 가장 감동 받은 인물이 문 서방같이 법 없어도 착하게 사는 사람이다. 이런 인간적 진실성이 국민문학의 요체라는 이무영의 주장은 정치적 친일 행적과는 거리가 있다. 해방 후 작가 자신은 친일 행적에 대해 부끄러워했지만 소극적 저항마저 시도조차 하지 않는 그의 인물들이 그런 부끄러움을 어느 정도 가려준다. 문 서방의 당국 방침에 대한 순종, 예를 들어 가마니 백 장 짜기 같은 것을 힘들어하면서도 수용하는 행동은, 착하디착한 농부의 조건을 따지지 않는 긍정적 삶의 태도에서 나온다. 문 서방 같은 사람은 친일, 반일의 관념을 애당초 가지고 있지 않다. 그런데 이 작품은 이러한 시국에서 살아남으려면 문 서방같이 무조건 순응의 태도를 보여야 한다는 주장을 담고 있다고 해석할 수도 있다. 물론 이무영의 의도는 그런 것에 있지 않고 착한 농부의 삶의 충실한 기록에 있었을 것이다. 작가는 나중에 그렇게 해석될 여지가 있는 것에 대해 부끄러워했다.

단조로운 농촌의 삶 속에서도 인간과 자연에 대한 농부의 지혜를 보여주는 인물들, 「농부전 초」의 훈의 아버지와 「청개구리」의 최 첨지를 통해서 그들이 피동적 존재에 불과하지 않다는 점을 작가는 역설한다. 훈은 농사짓는 아버지의 단순한 삶이 싫어서 서울과 일본으로 탈출을 시도한다. 이무영의 자전적 체험을 초록으로 발췌한 「농부전 초」에서, 작가는 그런 훈이 아버지의 삶을 결국은 이해하고 농촌으로 돌아가서 살아야겠다는 결심을 굳히게 되는 과정을 그렸다.

「청개구리」의 최 첨지는 그의 아버지가 동리에 뜨내기로 들어왔다가 뱀에 물려 숨을 거둔 뒤, 열세 살의 고아로 풋머슴을 살다가 과부와 결혼한 자수성가형 인물이다. 그가 오 년이라는 세월을 쏟아부어서 일군 노루맥이 다섯 마지기 땅은 그들 부부의 땀과 눈물의 결실이었다. 이 땅에 화약 저장고를 만든다고 보국대가 파헤치는 바람에 노루맥이 땅은 큰물에 취약한 땅이 되었다. 그럼에도 최 첨지는 제방을 새로 쌓고 봇도랑을 정리하는 등 노력을 쏟아부었다. 비만 오면 그 땅이 잘못될까 걱정하여 그의 별명이 '청개구리'가 되었다. 그런 어느 날 비가 그악스럽게 퍼붓는 와중에 최 첨지는 노루맥이 땅에서 필사적으로 방수 작업을 하다가 혼절하고 만다. 그의 그런 노력을 가상스럽게 여겼는지 수마는 노루맥이 땅을 할퀴지 않고 온전하게 남겨놓았다. 「농부전 초」

의 훈의 아버지와 「청개구리」의 최 첨지 모두 땅에 대한 본능적 애정과 애착을 갖는 '흙의 노예'들이다.

2009년 한국 영화계를 흔든 사건 중 하나는 다큐멘터리 독립 영화 「워낭소리」의 흥행 성공이다. 소를 평생 친구처럼 대해온 봉화 노인네의 소와 더불어 산 삶을 3년여에 걸쳐 찍은 필름이 우리에게 잔잔한 파문이 일렁이는 감동을 주었다. 「워낭소리」의 노인처럼 "농군은 소를 자식같이 사랑한다"는 주제를 형상화한 작품이 「모우지도(慕牛之圖)」——소를 애모하는 농군의 마음을 그린 그림——이다.

첨지는 소에 미친 사람이었다. 길을 가다 말고도 실한 황소를 보거나 엉덩판이 팡파짐하게 살이 찐 암소를 보거나 하면 넋 잃은 사람처럼 언제까지나 바라다보고 있는 것이었다.

첨지는 자기 소를 얻기 위해서 십 년의 공덕을 쌓았다. 이 주사집 누렁소의 몸종이 되어 소를 돌본 대가로 송아지를 키우다가 죽이고, 다시 송아지를 키워 겨우 자기 소를 가질 수 있었다. 그런 소이기에 자기 딸 복순이가 병들었는데도 딸보다는 소의 병에 관심과 정성을 더 기울인다. 이 작품은 결말에서 복순이도 병이 나을 조짐이 보이고 죽어가던 소도 살아나고 천수답에 비가 쏟아지는 해피 엔딩으로 끝난다. 갈등이 이렇게 쉽게 해소된다는 것이 이 소설의 약점이며 또한 미덕이다. 이무영의 소에 대한 애착은 황우(黃牛)가 주인공이 되어 자기의 생애를 이야기하는 일인칭 소설 「우심(牛心)」(1934)에 이미 표출된 바 있다.

이무영의 농민소설은 심훈의 『상록수』, 이광수의 『흙』 등의 농촌 계몽소설과 그 궤를 달리한다. 그의 소설은 농민을 계몽의 대상인 무지한 사람, 인텔리겐치아에게서 깨우침을 얻어야 할 사람으로 여기지 않는다. 거꾸로 도시인, 지식인이 농촌 속에서 농민과 더불어 살면서 농민이 체득한 소중한 삶의 진리를 발견하고 깨달아야 한다. 그의 소설에서 지루할 정도로 반복해서 강조하는 것이 농민은 그들의 진실한 삶을 통해서 깨달음을 얻은 현자라는 사실이다. 또한 그의 농민소설은 1930년대의 농민소설론에서 전개했듯이 계급문학의 순화된 형태로 농민과 급진적 지식인의 융합을 모색하지도 않는다. 이무영 농촌소설의 농민은 사상적 정향성과 거리가 있는 자족적 계급이다. 이무영은 때로 동반자 작가로 간주되기도 했지만, 농민소설에 관한 한 계급주의적 시각을 철저히 배제한 작가였다. 그는 계급주의적 진보주의를 거부한 근대 초월주의 작가이다.

1939년 「제1과 제1장」으로 시작하여 「흙의 노예」를 거치면서 자신의 농민소설의 형식과 내용을 수립한 이무영은 장편소설 3부작 『농민』(1950), 『농군』(1953), 『노농』(1954)을 완성한다. 동학혁명기에서 해방에 이르는 농민의 역사를 응집시켜 농민들의 삶의 현장을 생동감 넘치게 역사적으로 재구성해낸다. 이들 작품에는 작가 자신의 자화상이 투영된 인물이 일관되게 출현하고 있다. 이 글의 서두 인용문에 밝힌 바처럼 작가는 끈질기게 저 자신을 그려냈다. 작가는 그 점을 「나의 문학적 자서전」에서 부연하여 밝힌다.

　지금 가만히 앉아서 과거 내가 취급해온 인물을 회상해볼 때 결국 한 소설가란 일평생 자기 자신을 그리다가 죽는 것이 아닌가, 그런 생각이 든다. 내 성격과 생애와 그리고 모든 환경이 나로 하여금 그런 옹졸한 작가를 만들었겠지만 초기작인 「두 훈시」로부터 최근의 「어떤 아내」 「흙의 노예」의 제작(諸作)에 이르기까지의 작중 주인공 격인 인물을 다시 끄집어내어 분석해볼 때 그것은 마치 서투른 화가의 자화상처럼 자기 자신의 변모가 아닐까 싶다.

이무영은 자기 작품을 "서투른 화가의 자화상"이라고 겸손하게 규정하지만, '자기 자신의 변모가 깃든 자화상'을 일관되게 그려온 작가의 자존심이 그 말 속에 녹아 있다. 작가는 이런 말 뒤에 자화상이 투영되지 않는 제3의 인물을 그리려고 노력했다고 덧붙인다. 하지만 그런 인물에도 작가의 그림자는 어김없이 뒤따르고 있다. 플로베르는 자신과 전혀 다른 인물로 여겨지는 보바리 부인을 그렸지만, "보바리 부인, 그녀는 바로 나다!"라고 털어놓은 바 있다. 이무영은 자신의 작중 인물이 결국 자신의 자화상이라는 사실에 대해 답답해하면서도 그것이 자기 작품의 특징이고 장점이라는 자부심도 느꼈을 것이다.

2. 현실의 '꿈'을 찾아서

도스토옙스키의 꿈은 '감추어진 현실'이다. 현재 나타나 있는 현실이 아니라 장차 나타날 현실이다.

——「나의 문학적 자서전」

「유모」의 줄거리는 단순하다. 아기에게 먹일 젖이 모자라서 유모를 구한다. 유모의 건강도 좋고 젖의 양도 많아서 아내와 나는 만족한다. 그런데 유모가 이상한 태도를 보인다. 젖의 양도 줄어들었고 집에 들르는 횟수도 적어진다. 나는 우연히 유모가 아이 셋의 어머니이고 신생아에게 젖을 먹여야 하는 가난한 지게꾼의 아내라는 사실을 알아낸다. 나는 유모의 '감추어진 현실'을 발견하고 그런 사실을 아내에게 알리지 못한다. 유모를 나무랄 용기가 나지 않아서였다.

자식에게 대한 애정으로 아니 남의 것을 일시 맡은 사람으로서의 임무를 다하기 위하여 그 먼 곳을 무릅쓰고 하루에도 몇 차례씩 왕복한 유모가 아니었던가? 삼청동 막바지를 화동이라 속여가며까지 눈이 말똥말똥하니 산 자식들을 죽었노라고 꾸며가면서까지 자기의 맡은 의무를 다하기에 노력한 유모가 아니었던가.

이렇게 생각하자 나는 유모를 나무랄 용기가 다시는 안 났다. 그때 유모에게 대한 나의 감정이라면 동정이었다. 마음속에서 우러나온 정의감이었다.

「유모」는 아이에게 줄 젖 때문에 벌어지는 평범한 줄거리의 소설이다. 이 평범한 내용의 작품을 특별하게 인식하게 하는 주제적 요인은 나의 유모에 대한 동정의 감정, 마음속에서 우러나온 정의감에서 찾을 수 있다. 나는 유모의 '감추어진 현실'을 감지하고 진실성 넘치는 태도로 유모를 이해하고 무엇이 정의인가 깊이 있게 인식하려고 한다. 이무영 소설의 진실성 내지 진지성은 이런 대목에서 유래한다. 유모를 자기만의 작은 이익을 추구하는 사기배와 거짓말쟁이로 매도하지 않고, 그녀의 처지에 대한 동정을 통해 정의감을 회복하려는 진지한 태도가 이 소설을 평범하지 않은 작품으로 이끌고 가는 것이다.

이러한 유모의 숨겨진 사연에 나는 『논단』이라는 잡지를 대중지화하려는 경영자의 변경 계획에 정면으로 맞서 회사를 그만두지 못하는 나의 어정쩡한 태도를 맞물린다. 회사를 사직하면 사십 원의 월급이 사라지는데 돈 때문에 자신의 양심에 거리끼는 행동을 하는 내가 유모보다 나은 점이 무엇인지, 고민에 빠진다. "현재 나타나 있는 현실이 아니라 장차 나타날 현실"을 그리는 것이 도스토옙스키의 꿈이라면, 나에게 펼쳐질 '장차 나타날 현실'은 암담하기만 하다.

아무런 일도 없었던 듯이 아이에게 젖을 먹이는 유모를 보면서 나는 괴로워한다. "내 자신의 생활이 유모의 그 생활과 똑같다는 것을 깨닫는 순간, 내 자신에 대한 증오가 무럭 치밀어 올라왔기 때문"이다. 내가 유모에게 증오를 느끼는 대신 자신에 대한 치밀어 오르는 증오를 느꼈다는 점에서, 이무영 소설의 진실성의 핵심을 파악할 수 있다.

이무영은 자신이 소설을 처음 읽은 것은 15세 때 다야마 가타이(田山花袋)의 「이불」이었다고 회고한다. "지금 보면 아무런 특색도 감격성도 없는 일개 통속소설이지마는 그것을 읽은 때는 혼자 감읍(感泣)했었다"고 한다. 이것이 동기가 되어 그가 동경을 간 것이 17세 봄이었다. 다야마는 「이불」에서 자신을 버린 여제자 방에 들어가 그녀가 덮던 이불 냄새를 맡으며 얼굴을 묻고 우는 중년 작가를 등장시켜 독자에게 충격을 주었다. 일본 소설의 사소설적 경향이 그의 소설에서 전개된다. 1907년 9월 『신소설』에 발표된 「이불」은, 작자 다야마 가타이를 당시 일본 문단의 중심 인물로 만들었으며, 일본 자연주의 문학의 성격을 결정지었다고 일컬어지는 문제작이다. 고독한 중년 작가 다케나카 도키오가 남모르게 연정을 품고 있는 여제자 요코야마 요시코에게 애인이 생기자, 질투로 괴로워하는 심리를 객관적으로 묘사한 이 소설은 발표되자마자 큰 반향을 일으켰다. 이무영은 이런 소설에 감읍했지만, "자유를 모르고 자라온 조선적인 반역심"으로 일본 문학과 갈라선다. "행복스러운 민족의 문학이 불행한 민족에게 문학으로서의 모든 임무를 다해주지 못한다"자각을 했기 때문이다.

「용자 소전」은 용자라는 젊은 처녀의 심리 묘사를 매우 섬세하게 전개했다는 점에서 다야마의 소설을 연상하게 한다. 그러나 용자의 성숙한 변신에 따른 고통과 갈등을 심도 있게 전개하여

'불행한 민족'의 문학이 '행복스러운 민족의 문학'과 다르다는 점을 작품 내용으로 밝힌다.

부유한 집안에서 별나라 선녀처럼 자란 용자는 불란서 인형을 닮은 미의 화신이다. 이런 용자가 문학책을 접하고 B라는 문인과 가깝게 지내면서 사색과 침묵의 여인으로 변신한다. 나는 의사로서 용자의 문학적 감화와 사상적 변모를 걱정스럽게 지켜보며 대화를 시도한다. 나와 용자의 아버지는 동경 유학까지 갔다 온 지식인이지만 "문학이란 하릴없는 위인들의 마작 하는 것과 같은 것"이라고 단정할 정도로 문학을 배격한다. 이런 집안 분위기에 저항하듯이 용자는 문학에 경도되고 내면적 성숙을 갈망하는 과묵한 여인이 되어간다.

10월 20일

결혼은 연애의 무덤이다. 그러나 연애란 밥알이 곤두선 사람들의 손장난이다.

울음! 울음 우는 사람을 보고 울지 말라는 사람처럼 쑥스러운 사람도 없지. 울음이란 인간 생활의 한 토막이니까.

스무 살을 넘은 누이 일기를 들추어본 나는 사생활의 기록이 별로 없는 내용에 놀라면서 용자와 B가 깨졌다는 것을 확인한다. 나는 용자와 대화를 하면서 B와의 관계에 대해 물어본다. 뜻밖에도 용자는 로맨티시즘의 허상을 B와 결혼 못 하는 이유로 설명한다.

단순한 로맨티즘인 것을 아주 진보적인 사상이나 되는 것처럼 과대평가해가지고 자기는 돈을 초월했다든가, 학벌을 초월했다든가 스스로 믿고는 아무 생각 없이 결혼을 했다가 얼마 후에야 그 위대한 무섭게 진보적이라던 사상이 단순한 관념이요 로맨티즘이었다는 것을 발견하고서 허덕허덕하는 것을 여러 번 보았어요. 그런 것을 본 나로서 또 나의 그 무섭게 뛰어났다는 그 사상이 관념이라는 것을 알고도 그런 잘못을 되풀이하고 싶지를 않거든요.

용자는 사회주의 문학운동가 B에게서 사상의 관념적 로맨티시즘을 발견한다. 그래서 B와 거리를 두게 된 것이다. 용자는 자신의 부르주아 근성을 뿌리째 뽑아버리고 싶고, 생활의 걱정 없이 풍족하고 여유 있는 결혼 생활을 누리고 싶기도 하다. 이무영은 「용자 소전」에서 젊은 여성의 심리적 추이를 섬세하고 예리하게 그 음영까지 포착한다. 이무영의 도시인과 여성에 대한 깊이 있는 통찰력은 농민과 남성에 대한 관찰에도 통용되고 그 활용에 넘치는 바가 있다.

용자는 해외에서 들어온 어떤 청년과 관련된 사건으로 종로서에 구치된다. 나는 "이따위 짓을 해가면서까지 B와 결혼을 해야 하는 거냐"고 용자를 다그친다. 나의 힐난에 대한 용자의 대답.

"아녜요, 오빠. B를 떼어버린 지가 언제라구요! 난 B를 따라가려다가 그만에 지나쳐버렸지요. 글 쓴다는 자들은 결국 고짓밖에 못 하겠더군요. 원고지에다가는 엉뚱한 패기를 보이지만…… 딱 큰일을 당하면 자라 모가지처럼 패기가 쑥 들어가나 봐……"

진보적 지식인의 이데올로기적 허상과 글과 행동이 일치하지 않는 문학인에 대한 통렬한 질타가 스무 살을 갓 넘은 여성에 의해 행해지는 경악의 장면이다. 애정과 결혼 문제 같은 사생활적 조건에 몰두할 그 나이의 여성의 판단을 관념적 허위와 대치시키고 그것으로 이념적 허구를 전복시켰다는 점이 이 작품이 지닌 커다란 매력이다.

나이 어린 용자는 그녀가 사랑하는 B의 영향을 받지만, B가 글 속에서만 대담하고 그의 관념도 로맨티시즘적 허상이라는 사실을 알게 된다. 철저한 자기 성찰을 통해 B를 뛰어넘은 지점에 도달한 용자는 이념에 걸맞은 모험적 행동도 불사한다. 용자의 그러한 행동과 앞의 대사는 B와 B 비슷한 인간형들에 대한 통렬한 비판이다.

「이단자」는 작가 자신을 사회와 삶 속에 존재하는 이단자로 규정한 내면의 기록이다. 작가 자신의 내면에 대한 준열한 반성을 촉구하기 위해서 진실한 삶을 위한 노력을 한 순간도 게을리 해서는 안 된다는 것을 이 작품은 우리에게 일깨운다.

작품의 서두는 작가의 분신이라고 할 '준'이 영화 「쿠오바디스」에서 네로의 포악한 행동을 보면서 흥분하고 '잘한다!'를 연발하는 자신을 발견하는 장면으로 시작한다. 준은 네로의 포악성을 지켜보면서 악을 저주하는 것이 아니라 포악과 파괴에서 느끼는 쾌감 때문에 흥분하고 있었다. 준은 그런 자신을 반성한다. 자신을 착하다고 여기지만 그 착함이 자기기만이고 위선일지 모르고, 나 자신의 악을 은폐하기 위한 위장일지도 모른다고 생각한다. 준의 선과 악에 대한 이러한 판단은 선과 악이란 본래 구별하기 어려운 것이라는 견해에 비추어 보면 매우 합당한 판단이다.

악에 대한 형이상학적, 종교적 학설은 세 가지가 있다. 첫째는 힌두교와 불교의 비이원론(非二元論)으로 악과 선을 각각 동전의 한쪽 면으로 본다. 생명이 있으려면 죽음이 있어야 하고, 성장이 있으려면 쇠퇴가 있어야 한다. 따라서 선과 악은 서로 얽혀 있다. 둘째는 악과 선은 구분되지만 악 역시 신의 창조물이라고 보는 견해이다. 신학자 마르틴 부버는 "악은 빵의 누룩이다. 신이 인간의 영혼에 심어놓은 효소다. 악 없이는 인간이라는 빵은 부풀지 않는다"고 말했다. 마지막으로 악은 신의 창조물이 아니고 선에 의해 반드시 제거되어야 할 영역이라고 보는 선악 대립론이다.

「이단자」의 악에 대한 판단은 첫째, 둘째의 견해에 가깝다. 이 것을 「쿠오바디스」라는 영화를 보면서 파악하는 것은 작가의 문학적 이해력에 바탕을 둔 지혜의 소산이다. 준은 왜정 말기에 공습을 하고 날아가는 B29를 보면서 "참, 이쁘군요! 보십시오, 얼마나 아름다운가!" 하고 감탄한 초등학교 교장을 생각한다. '미영 축생'의 비행기를 감격으로 예찬한 자기 말에 켕겨서 "하지만 밉군요!" 하고 덧붙인 교장의 위선을 상기한다. 그리고 일본말로 소설을 썼던 자신의 친일 행적에 대해 반성한다. "왜정 말기에 무엇이 그렇게도 아까운 인생이라고 왜말로 소설을 써서 양심 있는 모든 작가들이 콧물만 초올초올 흘리고 앉았을 때 광화문통이 좁다고 어깨를 젖히고 다니던 그 자신의 보기 추한 꼬락서니"를 떠올린다. 악은 선에 의해서 제거되고 추방할 수 있다는 단순한 논리로는 자신의 내면과 삶 속에 숨어 있는 악을 인식할 수도 없고 그 악에 대해 반성할 수 없다는 성숙한 자각을 준은 이 문맥에서 얻는다.

그러나 이러한 자각을 준이 실생활에 적용할 때 판단 착오가 일어난다. 그것은 극장 안에서 담배를 피운 자를 남산 위에 장작을 쌓아놓고 불태워 죽여야 한다는 망상으로 나타나기도 하고 친한 친구 세 명에게 이러저러한 이유를 들어 절연장을 날리기도 하고, 아내가 자기 모르게 계를 들고 계를 하지 말라는 자기 충고를 무시한다고 아내에게도 절연장을 쓰고 집을 나갈 생각을 한다. 악은 반드시 제거해야 한다는 인식으로 악에 대한 성숙한 인식을 대체한다.

자기 자신의 위선에 대한 결벽증이 악에 대한 성숙한 자각을 이상하게 변형하는 것이다. 이런 생각의 연장에서 준이 쓴 절연장을 받은 세 친구들은 피익피익 웃었다. 그 이야기를 듣고 준은 슬픔을 느꼈다. 아내도 절연장을 받으면 역시 피식 웃을지 모른다. 그래도 준은 아내에 대한 절연장을 썼다. "이런 편지를 쓰는 그 자체가 이단적인 태도인지도 모른다는 생각을 하면서도 쓰지 않을 수 없어 쓴 편지이기도 했던 것이었다." 이무영의 소설은 생활 세계에서는 소설 쓰기가 이단적인 태도로 간주되지만, 그런 생각을 하면서도 쓰지 않을 수 없어 쓴 편지 같은 것이다. 「이단자」는 소설가는 평범한 인간과 구별되는 이단자일 수밖에 없고, 소설은 이단적 태도를 밝히는, 쓰지 않을 수 없어 쓰는 작품이라는 사실을 제시한다.

준은 「선풍」이라는 단편을 읽었었다. 나이 사십이 넘은 중년 부인인 형수가 열다섯 먹은 시동생과 성행위를 향락하는 그런 이야기였다. 그러나 시동생한테는 또 딴 애인이 있었다. 부리는 계집애다. 복희라는 이름이었다. 이 복희를 끼고 자는데 형수가 나타나서 질투를 하는 이야기다. 이런 내용이라야 팔렸고 잡지사에서 좋아했었다. 이런 악도 불살라져야만 한다고 생각한 순간이었다. 준은 확실히 그것을 실은 잡지가 화염 끝에 둔갑을 치며 타는 것을 목격했었다. 정말 후련했다. 기뻤다. 가슴이 뻐근하다. 통쾌한 일이었다.

「선풍」이라는 악에 물든, 아니 악 그 자체인 소설이 있기 때문에 준이 쓰는 건전한 도덕의식의 소설이 돋보이는 것이다. 준은 '악은 선을 부풀리는 누룩이다'라는 성숙한 의식을 가지고 있으면서도 '악은 제거해야 한다'는 선악 대립론에 쉽게 이끌려서 극단적인 환상을 목격한다. 악은 그렇게 쉽게 제거되지 않음을 이미 알고 있는 준이지만, 자신의 내면에 숨어 있는 악에 대한 민감한 의식 때문에 선악 대립론으로 견해를 갑자기 수정하곤 한다. 이러한 이단자적 삶의 태도가 범상하게 살지 못하는 작가 자신의 삶의 양상일 것이다.

이무영은 남녀 간의 애정 문제를 다룰 때에도 항상 건전한 윤리의식이 그 배면에 깔려야 한다고 생각한다. 독자들에게 충격을 주기 위해서 불합리, 부조리, 비정상적인 것에서 제재를 찾는 일은 피해야 한다는 것이다. 가령 "한 소녀가 노장기(老壯期)에 든 백부한테 정욕을 느끼는가 하면 모친한테 추행을 하려 덤비는 친자를 등장시켜보기도 하고 그런가 하면 요새 유행어처럼 되어 있는 반항, 저항의식을 불친절한 남편에 대한 외도로써 대치해 보는 억지" 따위는 "피투성이의 노력에 비할 때 그 성과에 연민까지 느끼게 된다"(「50대 문학의 항변」)는 것이다.

「B녀의 소묘」는 한성이라는 소설가가 자신을 차버리고 떠난 매몰찬 애인 B녀를 다시 만나고, B녀는 결국 폐병으로 죽음을 맞아 서로 사별한다는, 애정의 변화 이야기를 전개한 작품이다. 한성은 B녀라고 지칭되는 현순에게 차인 뒤 『십 년간』이라는 장편소설의 모델로 등장시켜, 싸늘한 현실과 허영이 합치되지 못하는 비극으로 끝나는 내용으로 소설 속에서 그녀에게 복수하려고 한다. 현순은 예뻤지만 한성은 그녀의 미에 끌리기보다 맺고 끊는 듯한 성격에 사로잡혔다. 한성이 파산하자 "불쏘시개도 못 하는 인텔리 룸펜"과 약혼한 기억이 없고, 자기는 "거미줄을 타고 세상을 건너려는 계집"이라고 부르고 전라도 어떤 과부의 아들과 결혼한 여자가 B녀이다.

하숙비도 못 내서 주인에게 시달리던 한성은 자신을 꼭 만나고 싶어 한다는 여성 독자를 만나보는 것이 어떠냐는 친구의 제의에 H시로 떠난다. 그곳에서 신경향문학 운동을 함께하다 급사한 장군의 무덤을 찾는다. 장 군이 죽은 뒤 현순과 이별하고 무기력한 인간이 된 한성으로서는 감회가 각별하다.

한성은 친구의 권유에 따라 자신을 사모한다는 여성 독자의 집에 들른다. 그곳에서 팔 년 전에 헤어진 현순, 병마에 시달려 힘없는 자세로 이불을 싸고 앉아 울고 있는 현순을 만난다. 이튿날 밤 한성은 현순의 집에 다시 찾아가고, 고통을 이기기 위해 모르핀을 먹은 현순은 욕설과 헛소리를 뱉으며 그 앞에서 죽어간다. 한성과 그의 친구 앞에는 "거미줄을 타고 세상을 건너려던 어리석기 짝이 없는 계집"이 "선생님의 품 안에서 죽게 된 것만으로도 그지없는 행복감"을 느낀다는 편지가 놓여 있다. 이무영 소설 속의 남녀 간의 사랑은 대체로 아름답고 아련한 것보다는 무섭고 쓸쓸하고 그래서 사랑 때문에 죄의식을 느끼는 양상으로 전개된다. 「B녀의 소묘」는 신파극적 최루의 장면으로 끝나지만, 사랑이 복수와 화해의 양가감정을 초래하는 인간 정서의 무서운 측면이라는 것을 극적으로 강조했다는 점에서 소기의 성과를 거둔다.

「O형의 인간」은 「이단자」에서 아내에게 절연장을 보내는 남편과 반대로 '나' 박선희가 남편 오성근에게 결별을 통보하는 서간체 소설이다. 나는 오성근이 미국에서 통계학을 전공하고 유학길에서 돌아온 그날, 군정청 과장인 남편이 금의환향하는 환영식날 사라져버리겠다는 편지를 보낸다.

오성근은 칠십 노인에게 기차 자리를 양보하지 않는 일에서 시작해서 교장과 교무주임에게 아첨하기 위해서 약혼반지까지 잡혀서 술을 진상하고 동료 교사를 모함하는 등, 사리사욕을 채우는 일이라면 물불을 가리지 않는 인간이다. 그는 해방이 되었어도 기뻐하지 않는다. "좋긴 개뿔이 좋아?"가 그가 해방을 맞는 감정이다. 오늘날의 장학사인 시학 자리를 노리려고 술수를 부리다가 겨우 선택을 받았는데 해방이 되어 깨빡을 쳤다고 나에게 손찌검을 했던 사람이 나의 남편이다. 군정청 과장 시절에 크리스마스날 밤에 '순산을 했다'고 전화하게 해서 미국에서 온 실업가들에게서 오백여 불을 축하금으로 받은 사람도 그였다. 자신과 나를 중매시켜주고 돌보아준 A박사를 부역자로 몰아 비방한 사람도 오성근이었다. 한마디로 인간 말종이다. 민족도, 자존심도, 의리도 그의 이익 앞에서는 아무 의미가 없다.

나는 그런 남편 오성근의 혈액형이 B형이지만 O형일 것이라고 주장한다.

황국 신민은 피를 나라에 바쳐야 한다고 우리의 피의 형(型)을 검사했을 때 당신은 B형일 게라고 말하셨지요? 그 말을 듣고 내가 당신은 B형이 아니라 O형일 게라고 말한 일이 있었는데 기억하시는지요? 당신은 그때 못 알아들으시는가 봅디다만 내 딴엔 O형이라고 말은 했지만, 알파벳으로는 오―지만 숫자로는 영(零)으로도 읽을 수 있겠고 보니 인간성 내지 진실성이나 참이 영이라는 뜻이 대부분 있었던 것이요 당신의 해석대로 아무리 내가 무식하기로니 성이 오씨라서 O형이리라고 한 줄만 아셨습디까?

나는 절연장의 끝 부분에서 "O형의 인간이시여, 길이길이 복되소서. 거짓과 더불어―"를 반복한다.

「O형의 인간」은 전광용의 「꺼삐딴 리」와 같이 출세를 위해서 카멜레온적 변신을 꾀하는 사리사욕의 추구자를 다루고 있다. 그러나 이 작품은 풍자소설은 아니다. 풍자가 인물이나 사건을 빗대어 공격한다면, 이 작품은 정면으로 인물의 비리와 불의를 고발하고 있다. 그 고발이 남편에게 억압당하는 아내에 의해 이루어지고 있다는 점이 고발의 강도를 높이고 있다. 남편의 비리를 더 참고 견딜 수 없는 아내의 준열한 꾸짖음에도, O형의 인간은 아내가 왜 그런 절연장을 썼는지 끝내 이해하지 못했을 것이다.

이무영의 전기적 사실을 확인하다 보면 그가 어렸을 때부터 패기에 찬 포부의 소년이었다는 점을 알 수 있다. 충청북도 궁벽한 촌에서 소학교도 마치기 어려운 가정에서 아버지의 만류를 무릅쓰고 경성으로 진출해서 휘문고보에 입학했다는 것은 오늘의 관점에서 놀라운 일이다. 그의 소설의 평범하고 성실한 서술의 이면에는 소년 시절부터 지닌 패기가 숨어 있다.

「들메」는 낱말 풀이에 나오듯이 "신이 벗어지지 않도록 신을 발에 동여매는 끈"이다. 병정 구두를 살 수 없어 고무신짝에 끈을 매야 했던 나의 곤궁한 처지를 대변하는 신발 끈이다. 이런 신으로 공을 차다가 끈이 풀어져 신발짝이 무서운 체조 선생의 볼따귀를 갈긴다. 질책을 할 때마다 '와줘'를 부르짖는 그 선생이 조카의 헌 구두를 주겠다고 "집으로 좀 와줘" 부탁하는 인정 어린 장면으로 이 작품은 끝맺는다.

「들메」에서 이무영의 유머러스하고 위트에 찬 성격의 다른 측면을 확인할 수 있다. 진실하고 엄숙한 그의 소설의 일반적 특성

속에는 인간을 따뜻하게 이해하는 해학의 품격이 잠재해 있다. 고학으로 학교 생활을 하면서도 친구들과 활달하게 교유하고, 스포츠 활동에도 적극적으로 참여하며, 가난 속에서 긍지를 찾고 웃음을 모색하는 학창 시절 작가의 건강한 모습이 「들메」라는 소품에서 깔끔하게 펼쳐진다.

일제 말기의 징용, 6·25 전쟁은 이 땅의 여인들에게서 그들의 남편을 앗아가버렸다. 「며느리」에는 십 년간 중년 과부 생활을 한 박 과부와 휴전이 되기 전에 전사해서 남편을 잃은 큰 며느리 방순이, 군인 간 남편을 두고 3년여 생과부 노릇을 하는 작은며느리, 그리고 시누이, 이 네 명의 여자가 가뭄 때문에 시름겨운 농사를 짓는 생활상이 그려진다. 1930년대에 시작한 이무영의 농민 소설은 1950년대 후반까지 이어지는데, 여인들의 농촌 생활 풍속도를 그린 작품은 「며느리」가 유일하다. 굴곡 많은 한국의 근대사는 홀로 살아야 하는 과부들을 양산했고, 그 과부들이 농촌 경제를 지탱해야 한다는 사실은 농촌의 피폐화 현상과 직결된다. 남자가 빠져버린 농촌은 농사로 가업조차 이어갈 수 없을 정도로 궁핍해진 농촌 현실을 반영한다.

작가는 「며느리」에서 농촌 생활의 어려움을 겉으로 내보이면서 그 내면에 젊은 여인들의 못다 한 사랑의 욕정이라는 주제를 곁들인다. 큰며느리 방순이는 한참 농사일이 바쁠 때 친정집에 다녀가 그곳에서 춘근이라는 어린 시절 친구의 오빠를 만난다. 춘근은 육촌 오빠를 가장하여 방순이 집에 들르고 둘은 유월 유둣날 출분하기로 언약을 맺는다. 작은며느리는 구장 집 아들과 연정이 싹터 간혹 밀회를 하는데, 방순이는 이에 자극받지 않을 수 없다. 욕정에 눈이 어두워진 농촌 젊은 여인들의 이러한 행태에 대해 작가는 무덤덤하게 서술한다. 그들이 그럴 수밖에 없지 않은가, 라는 태도이다.

「며느리」는 이무영의 여타 농민소설처럼 긍정적이고 밝은 결말로 끝난다. 오랜 가뭄 끝에 비가 쏟아지기 시작하고, 춘근과 탈출을 꾀하던 방순은 옷 보퉁이를 내던지고 웃다랭이 물길을 터야 한다고 서두른다.

방순이는 그 후 어떻게 되었을까? 춘근과의 연정을 매듭짓고 농사일에만 열중했을까? 이런 의문 따위는 흙을 사랑하는 사람들의 농사에 대한 집착 앞에서 사라져버린다. 이무영의 농민소설은 갈등의 소지를 소설의 결말에서도 여전히 남기는 도시 제재의 소설과 달리, 단순한 농민들의 마음을 반영하여 간결하게 정리된 상태로 마무리된다. 이런 것이 농촌 사람들의 훈훈한 인정의 결과라는 것을 작가는 확신에 차서 독자를 설득한다. 농촌 사람들의 삶이 파국으로 끝난다면 그들에게 희망이란 좀처럼 주어지지 않기 때문이다.

이무영은 도스토옙스키의 꿈이 "현재 나타나 있는 현실이 아니라 장차 나타날 현실"이라고 적시한 바 있다. 그의 작품의 결말이 행복한 마무리로 끝나는 것은 '장차 나타날 현실'이 그렇게 바뀌었으면 하는 작가의 꿈이다. 이무영은 도스토옙스키를 사상가로서 예술가로서 존경하면서 이렇게 그의 작품 세계를 집약한다.

도스토옙스키는 즐기어 '꿈'을 그리고 있다. 진실한 현실이 아니다. 진실한 현실이 될 수 없는 '꿈'에서 즐기어 취재하면서도 그는 단 한 번도 '꿈'으로서 시종한 작품을 쓴 적이 없다. 그는 꿈속에서 생생한 현실을 찾으려 했고 또 이에 성공한 사람이다.

이무영의 도스토옙스키에 대한 평가는 그에게 되돌려져야 한다. 그 역시 즐기어 '꿈'을 그리면서도 '꿈'으로 시종한 작품을 쓴 바 없고 '꿈' 안에서 장차 나타날 현실을 찾으려 했다. 『죄와 벌』을 다섯 번이나 읽은 이무영이 도스토옙스키를 닮은 작품을 쓴 것은 지극히 자연스럽다.

그는 스스로 '이단자'가 되어 도시에서 탈출하여 반농반문(半農半文)의 생활을 하면서 농촌 생활의 꿈을 취재하여 비참한 농촌 형편을 소설 속에 투영하였다. 농촌의 장래가 더 이상 암담해져서는 안 된다는 것이 소설의 주요 메시지이다. 그는 연애를 다룬 소설을 쓰면서도 "고민 없는 연애를 도색적 유희"로 간주하여 고통 없는 애정의 양상을 다루지 않았다. 그 스스로에게도 엄격하여 자신의 사소한 과오와 잘못된 행로에 대해서 지나치다 싶을 정도로 반성하여 '이단자'로서 면모를 보였다. 농촌에서 농사를 지으면서 글을 쓰고, 도시에서 남녀의 연애를 다루면서 그들에게 윤리의식을 강조하고, 평범하게 살기를 바라는 '아내'와 '친구'에게 인간답게 살 수 없다면 '나'와 관계를 끊자는 내용의 절연장을 쓰는, 이무영은 스스로 이단자적 삶을 살았다. 그렇게 사는 것이 작가의 삶이라는 사실을 소설과 문학론 에세이에서 누누이 밝혔다.

중학교 입학 시절에 벌써 문학에 꿈을 두어 죽을 때까지 붓을 놓지 않았던 이무영은 작가의 길이 얼마나 험난한 것인가를 그의 수많은 소설과 글을 통해 우리에게 보여주었다. 그의 문학을 경건주의, 엄숙주의 문학의 표본이라고 규정할 수도 있으나, 그 경건과 엄숙의 내면에는 인간을 바라보는 긍정의 시선과 인간의 부조리한 면을 척결하려는 냉엄한 비판, 가난하게 살면서도 정신적으로는 풍요한 사람만이 누릴 수 있는 자유 등이 자리 잡고 있다.

이무영은 궁극적으로 이단자적 삶의 기록에 성공한, 농촌과 도시를 잇는 길 위의 작가였다.

작가 연보

1908년(1세) 1월 14일 충북 음성군 음성읍 오리골에서 아버지 이덕여(李德汝), 어머니 인(印) 사이에 7남매 중 차남으로 태어남. 본명은 갑룡(甲龍), 아명은 용구(龍九), 본관은 경주(慶州).

1913년(6세) 충북 중원군 신니면 용원리 26번지로 이사하여 이곳이 본적지가 됨. 6·25 때 행방불명된 시인 이흡(李洽, 본명은 李康洽)이 바로 이웃 신의실(信義室) 마을에 살아 오랜 친구가 됨. 서당에서 『천자문』과 『동몽선습(童蒙先習)』 등을 배운 뒤 이곳의 소학교에 다님.

1920년(13세) 소학교를 중퇴하고 서울로 올라와 휘문고등보통학교에 입학. 고향 지인 윤덕섭의 집에서 학교에 다님. 이 학교 2학년 때부터 문학에 뜻을 갖기 시작.

1925년(18세) 문학 수업을 하기 위해 휘문고보를 중퇴하고 일본으로 건너가 세이조(成城) 중학에 입학, 고학을 하다가 중퇴하고 일본의 문학 잡지 『문학시대(文學時代)』(新潮社)의 편집을 맡았던 작가 가토 다케오(加藤武雄)의 문하생으로 들어가 그곳에서 기숙하면서 4년 동안 작가 수업.

1926년(19세) 6월 『조선문단(朝鮮文壇)』에 단편소설 「달순(達順)의 출가(出家)」를 이용구(李龍九)라는 이름으로 투고해 당선.

1927년(20세) 5월 25일 첫 장편소설 『의지할 곳 없는 청춘』(원제는 '의지할 곳 없는 영혼')을 시인 노자영이 경영하는 청조사(靑鳥社)에서 '탄금대인(彈琴臺人)'이라는 필명으로 간행. 이 소설은 1932년 11월 영창서관(永昌書館)에서 재판 발행됨. '탄금대인'은 고향인 충주의 명승 · 유적지 탄금대에서 딴 이름임.

1929년(22세) 일본의 신인 작가들이 모이는 '20일(日)회'에 참가하여 작품 합평회에 일본 식민주의의 첨병인 동양척식주식회사(東洋拓殖株式會社: 東拓)를 '악귀'로 상징한 「악몽(惡夢)」이란 단편을 내놓아 물의를 일으키고 고국에 돌아가기로 결심. 귀국하여 강습소 교원, 출판사 사원, 잡지사 기자 등을 전전함. 장편 『8년간』을 『조선강단(朝鮮講壇)』에 연재, 이때부터 '무영(無影)'이란 아호를 필명으로 쓰기 시작함.

1931년(24세) 동아일보에서 한국 최초로 공모한 희곡 현상 모집에 「한낮에 꿈꾸는 사람들」을 이산(李山)이란 이름으로 응모하여 당선됨. 뒤에 이 작품은 극예술연구회에서 공연됨. 염상섭 · 서항석 · 이은상과 교유.

1934년(27세) 동아일보사에 입사, 학예부 기자로 일하기 시작. 『신동아』의 편집 책임을 맡고 있던 최승만과 사내에서 각별한 사이가 됨. 1932년부터 알게 된 김동인, 채만식과도 가깝게 지냄.

1936년(29세) 동아일보에 함께 근무하던 신영균의 중매로 그의 처제 고일신(高日新)과 6월 11일 동아일보사 강당에서 결혼. 서울 봉래동에 신혼살림을 차림. 8월 베를린 올림픽 마라톤 대회에서 우승한 손기정 선수의 사진에서 일장기를 말소한 사건으로 동아일보 무기 정간. 10개월 후 복간되기까지 실직 상태가 되어 생활고를 겪음. 이 기간에 동향인의 후원으로 친우 이흡과 함께 순문예지 『조선문학』을 창간.

1937년(30세) 동아일보 복간. 장녀 자림(慈林) 출생.

1938년(31세) 희곡 「구두회」를 극예술연구회가 부민관에서 공연.

1939년(32세) 창작 생활에 전념하기 위해 비장한 각오로 동아일보사를 사직하고 친구 이흡이 살고 있는 경기도 군포의 궁말〔宮村〕 옆 샛말(경기도 시흥군 의왕면)로 이사, 이곳에 살면서 창작에 정진. 이곳 군포에서 1951년 1·4 후퇴로 가족이 피난길에 오르기까지 12년간 살면서 창작 생활을 함. 장남 현(玄) 출생. 대표작 「제1과 제1장」을 씀.

1940년(33세) 경성보육학원에서 문학을 강의.

1941년(34세) 차남 민(民) 출생.

1943년(36세) 장편 『청기와의 집』(1942년에 부산일보 연재)이 일본의 신태양사('모던일본'을 개명)에서 간행되고 이 출판사에서 주는 '조선예술상'을 받음.

1945년(38세) 해방 후의 정치적·사회적 혼란이 문단에도 파급되었으나, 군포에서 창작에만 몰두. 차녀 성림(聖林) 출생. 희곡

「논개」를 국악단이 국립극장에서 공연.

1946년(39세) 서울대학교 문리대에 출강. 소설론 강의. 희곡「퀴리 부
　　　　인」 공연(국립극장).

1947년(40세) 연희대학교 문과대에 출강. 삼녀 미림(美林) 출생. 대학
　　　　강의를 통해 소설론 교재의 필요성을 절감하고 『소설 작법』을
　　　　간행. 전국문화단체총연합회(문총) 최고위원으로 피선.

1950년(43세) 6·25 전쟁으로 군에 입대. 손원일 제독에게 소개되어
　　　　12월 소설가 윤백남, 염상섭과 함께 해군에 입대하여 정훈 장
　　　　교(소령)로 특별 임관됨. 사녀 상림(祥林) 출생.

1951년(44세) 1·4 후퇴로 가족들 피난길에 오름. 해군 함정 복무 중
　　　　틈을 내어 충남 당진에 피난 가 있던 가족들과 짧은 해후. 진
　　　　해의 해군 통제부 정훈실장에 취임. 이곳에서 복무하면서 통
　　　　제부 정극모 사령관, 배윤선 헌병대장 등 해군 고위 장교들과
　　　　가까이 지냄.

1952년(45세) 충무공 동상의 제작을 지휘하고 제막에 맞추어 희곡「이
　　　　순신」을 공연(진해 해양극장). 삼남 홍(弘) 출생(3년 후 사망).

1953년(46세) 2월 해군 정훈감에 취임. 부산으로 이사. 숙명여자대학
　　　　교 강사로 출강.

1954년(47세) 서울로 환도하고 2월 국방부 정훈국장에 취임. 성동구
　　　　신당동 344번지에 별세할 때까지 거주. 이웃 장충동에 살던
　　　　구상 시인과 가깝게 지냄.

1955년(48세) 해군 대령으로 예비역 편입. 국방부 정훈국 자문위원
　　　　겸 해군기술연구소 이사에 취임. 문총 최고위원에 다시 피선

되고 펜클럽 한국본부 중앙위원, 자유문학가협회 부회장 등으로 선출됨. 숙명여대 대학원 강사 취임. 희곡「발착점(發着點)에 선 사람들」(원제 '팔각정 있는 집')을 국립극장에서 공연. 이 시기에 특히 시인 모윤숙, 김광섭과 가깝게 지냄.

1956년(49세) 서울시 문화상 수상. 국제 펜클럽 런던 대회에 이헌구, 백철, 이하윤 등과 함께 한국 대표로 참가하고 2개월간 유럽을 여행.

1957년(50세) 단국대학교 국문과 교수에 취임. 대만 정부 초청으로 1개월간 대만 교육 · 문화계를 시찰.

1958년(51세) 단국대학교 대학원 교수 취임.

1960년(53세) 4월 21일 뇌일혈로 별세. 장례식(5일장)은 1960년 4월 25일 오전 10시 반 천주교 명동 성당에서 장례 미사를 올린 후 이곳 성당 문화관에서 '문총장'으로 거행됨. 시신은 도봉산 자락 창동의 천주교 묘지에 안장됨.

작품 목록

1. 중·단편소설

작품명	발표지	발표 연도
달순의 출가	조선문단 17호	1926. 6
착각애	동아일보	1929. 6. 2~6. 8
8년간	조선강단 1호 대중공론 2호	1929. 9 1930. 3
노파	조선일보	1930. 1. 19, 1. 21~1. 26
착각의 질투	〃	1930. 2. 27~3. 12
아내	신여성 24호	1930. 10
미남의 최후	동아일보	1931. 1
구성영감(龜城令監)과 의학박사	신생 27호	〃
오열(嗚咽)	조선일보	1931. 2. 24~2. 28, 3. 4~3. 6
반역자 (중편)	〃	1931. 5. 8~5. 9, 5. 13~5. 22
약혼전말(約婚顚末)	혜성 7~8호	1931. 10~11
반역자(再)(중편)	비판 8~11호, 19호	1931. 12~1932. 12

작품명	발표지	발표 연도
파탄	영화시대 3호	1932. 1
두 훈시(訓示)	동광 33호	1932. 5
세창침(世昌針)	신동아 9호	1932. 7
조그만 반역자	동광 36호	1932. 8
흙을 그리는 마음	신동아 11호	1932. 9
루바슈카	신동아 16호	1933. 2
산장소화(山莊小話)	신가정 6호	1933. 6
지축(地軸)을 돌리는 사람들(중편)	동아일보	1933. 8. 5~9. 22(43회)
오도령	조선문학 3호	1933. 10
궤도	중앙 2호	1933. 12
창백한 얼굴	신동아 28호	1934. 2
아저씨와 그 여인	신가정 15~16호	1934. 3~4
나는 보아 잘 안다	신여성 19호	1934. 4
탈출기	동아일보	1934. 5. 23
거미줄을 타고 세상을 건너려는 B녀(女)의 소묘(素描)	신동아 32호	1934. 6
남해(南海)와 금반지	조선중앙일보	1934. 7. 16
S부인과 그 후 이야기	동아일보	1934. 7. 17~7. 22
우심(牛心)	중앙 9호	1934. 7
댕기 삽화	신인문학 1호	〃
야시(夜市) 삽화	신가정 20호	1934. 8
용자 소전	신가정 23~24호	1934. 11~12
노래를 잊은 사람	중앙 13~14호	〃
취향(醉香)	조선일보	1934. 12. 16~12. 28
아름다운 풍경	신가정 25호	1935. 1
산가(山家)	신동아 40호	1935. 2
타락녀 이야기	신인문학 9~11호	1935. 3~1935. 5
꾸부러진 평행선(중편)	동아일보	1935. 3. 20~4. 14

작품명	발표지	발표 연도
만보(萬甫) 노인	신동아 41호	1935. 3
수인(囚人)의 아내	신가정 28~29호	1935. 4~5
편지	동아일보	1935. 6. 16
우정	신가정 33호	1935. 9
노농(老農)	비판	1935. 11~12
나락(奈落)	삼천리 68호	1935. 12
호반의 전설	『B녀의 소묘』(1935) 수록	연대 미상
타락녀	호남평론 2호	1936. 2
파경(破鏡) (연작소설)	신가정 41~42호	1936. 4~5
유모(乳母)	신동아 57호	1936. 7
오열(嗚咽)	(再)조선문학 8~9호	1936. 8~9
분묘(墳墓)	조선문학 11호	1936. 11
농부	게재지 미상	1936
불사른 정열의 서(書)	동아일보	1938. 3. 25~3. 30
일요일	서해공론 39호 야담 34호	1938. 7 1938. 10
적(敵)	청색지 2호	1938. 8
화경(火鏡)	동아일보	1938. 9. 11~9. 13
9호 병실	광업조선 3권 9호	1938. 9
전설	삼천리 101~102호	1938. 10~11
한 과정(過程)	조선문학 17호	1939. 4
독초	조선일보	1939. 7
도전	문장 9호	1939. 10
제1과 제1장	인문평론 1호	〃
어떤 안해	문장 11호	1939. 12
이름 없는 사나이	조광 53호	1940. 3
흙의 노예—속 제1과 제1장	인문평론 7호	1940. 4
민권(閔權)	인문평론 11호	1940. 8
안달 소전	조광 60호	1940. 10
청개구리	농토 1호	1940. 6

작품명	발표지	발표 연도
누이의 집―어느 여행기	문장 23호	1941. 2
원주댁	춘추 2호	1941. 3
승부(勝負)	인문평론 16호	1941. 4
문 서방	국민문학 5호	1942. 3
모우지도(慕牛之圖)	춘추 20호	1942. 9
귀소(歸巢)	춘추 24호	1943. 1
토룡	국민문학 16호	1943. 4
용답(龍畓)	반도의 광(半島の光) 8월호	1943
역전	조광 95호	1943. 9
대자(代子)	춘추 33호	1943. 11
조그만 일	게재지 미상	1944
슬픈 해결	〃	〃
부주전 상백시(父主前上白是)	〃	〃
서(壻)	『정열의 서』(1944) 수록	연대 미상
초상(肖像)	〃	〃
과원물어(果園物語)	〃	〃
초설(初雪)	〃	〃
법	게재지 미상	1945
금석(今昔)	〃	〃
굉장 소전	백민 6호	1946. 12
수염	신조 4월호	1947
집 이야기	민성 10월호	〃
일년기(중편)	조선교육 7~15호	1947. 12~1949. 2
무사(無邪)	민성 5월호	1948
석전기(石戰記)	현대공론 12월호	〃
구곡동	게재지 미상	1948
사위	『산가』 수록	1949
나랏님 전 상사리	〃	〃
태평관 사람들(중편)	조선일보	1949. 5. 4~6. 4

작품명	발표지	발표 연도
산정(山頂)의 삽화	문예 4호	1949. 11
장화	『이무영대표작전집』(신구 문화사, 1975) 2권 수록	1949
불암(佛庵)	신천지 42호	1950. 1
전기(戰記)	백민 20호	1950. 2
연사봉(戀師峰)	민성 43호	〃
삼 여인	문예 8호	1950. 3
명암	백민 22호	1950. 5
그리운 사람들	서울신문	1950. 6. 1~6. 22 (6·25로 연재 중단)
정상에서	게재지 미상	1950
범선에의 길	신조 2호	1951. 7
어떤 부부	『이무영대표작전집』 5권 수록	1951
소방황(小彷徨)	학도 1호	1951. 12
기우제	『농민소설선집』(대한금융 조합연합회 편) 수록	1952
사랑의 화첩 (중편)	『이무영대표작전집』 4권 수록	〃
ㄷ씨 행장기	문예 15호	1953. 2
초향(草鄕)	연합신문	〃
바다의 대화	전선문학 13호	〃
6·25	군항 2권 2호	1953. 3
사(死)의 행렬	국방 23~24호	1953. 4~5
일야(一夜)	수도평론 1호	1953. 6
창구의 고백	학원 5월호	1953
O형의 인간	신천지 53호	1953. 6
암야행로(暗夜行路) (속 ㄷ씨 행장기)	문예 16~17호	1953. 6, 1953. 9
벽화	(再)문화세계 2호	1953. 8
호반 산장지도	신천지 57호	1953. 11

작품명	발표지	발표 연도
역류(逆流)(중편)	연합신문	1954. 5～8
영전(榮轉)	신천지 64호	1954. 5
농부전 초(農夫傳抄)	현대공론 9호	1954. 9
송 미망인	펜 1호	1954. 10
숙경의 경우	사상계 19호	1955. 2
또 하나의 위선	현대문학 2호	〃
그 전날 밤	새벽 4호	1955. 3
소녀	사상계 22호	1955. 5
이단자(異端者)	현대문학 6호	1955. 6
사진기	학원 6월호	1955
향수(鄕愁)	문학예술 4호	1955. 7
연사봉	(再)숙대학보 1호	1955. 7
창(窓)(중편)	경향신문	1955. 9～12
고추잠자리 뜰 때(중편)	농민생활 4호	〃
광무곡	재정 63호	1955. 12
비련(悲戀)	게재지 미상	1955
며느리	『이무영대표작전집』 2권 수록	1955
아침	〃	〃
숙(淑)	문학예술 14호	1956. 5
작은 반역자	(再)사상계 34호	1956. 5
역류(중편)	(再)자유문학 1호	1956. 6
향수	(再)사상계 40～41호	1956. 11～12
빙화(氷花)	주간 희망	1956
호텔 이타리꼬	신태양 52호	1957. 1
시신(屍身)과의 대화	문학예술 23호	1957. 3
광상(狂像)	현대문학 29호	1957. 5
고독	신태양 59호	1957. 8
맥령(麥嶺)(중편)	사상계 49～51호	1957. 8～10

작품명	발표지	발표 연도
부표(浮漂)	『이무영대표작전집』 2권 수록	1957
들메	『이무영대표작전집』 5권 수록	〃
새벽	게재지 미상	〃
제대병의 소묘	〃	〃
반향(反響)	〃	〃
2·8 전야	자유문학 10호	1958. 1
어떤 부녀	자유문학 16호	1958. 7
숙의 위치	사조 2호	〃
굉장 씨 후일담	게재지 미상	1958
진소저(陳小姐)	『이무영대표작전집』 5권 수록	〃
실제기(失題記)	자유공론 3호	1959. 2
죄와 벌	자유문학 24호	1959. 3
미애	자유문학 30호	1959. 9
두더지	사상계 75호	1959. 10
기차와 박 노인	『이무영 문학전집』(국학자료원, 2000) 2권 수록	1959. 7. 20
애정설화(艾井說話)(유고)	문예	1960. 6
목석부인(木石夫人) (중편, 유고)	사상계	1962. 9~10
원균(元均)의 후예	『이무영대표작전집』 5권 수록	연대 미상
어떤 아들	『이무영대표작전집』 2권 수록	〃

2. 장편소설

작품명	발표지	발표 연도
의지할 곳 없는 청춘 (필명 탄금대인)	청조사	1927. 5(1927. 3. 21 탈고)
폐허의 울음 (필명 이용구 및 탄금대인)	청조사	1928. 4(1926. 3. 3 탈고)
먼동이 틀 때	동아일보	1935. 8 .6~12. 30(133회)
명일의 포도(鋪道)	〃	1937. 6. 3~12. 25
명일의 포도	『현대조선문인전집』 제5권 삼문사	1938. 10
먼동이 틀 때	영창서관	1939. 8
세기의 딸— 퀴리 부인의 일생	동아일보	1939. 10. 10~1940. 8. 11 (190회)
청기와의 집	부산일보	1942
향가(鄕歌)	매일신보	1943. 5. 3~9. 6
청기와의 집(靑瓦の家)	신태양사	1943. 9
삼 년 (원제: 피는 물보다 진하다)	태양신문 (한국일보 전신)	1946
세기의 딸(상권)	동진문화사	1949. 1
향가	『무영농민문학선집』 제2권 민중서관	1949. 3
농민	한성일보	1950. 1. 1~5. 21
젊은 사람들	문연사	1952. 2
농군	서울신문	1953. 10~12
농민	협동문고 2~5 대한금융조합연합회	1954. 5
노농(老農)	대구일보	1954
삼 년	사상계	1956
난류	세계일보	1957. 10. 19~1958. 4. 7
계절의 풍속도	동아일보(255회)	1958. 11. 1~1959. 7. 20

3. 작품집

작품명	발행처	발행 연도
취향	조선문학사 출판부	1937. 3
무영단편집	한성도서주식회사	1938. 10
정열의 서(情熱の書)	동도서적	1944
흙의 노예	조선출판사	1946. 7
B녀의 소묘	미상	1947
벽화	문장사	1948
산가(山家) (『무영농민문학선집』 제1권)	민중서관	1949. 3
B녀의 소묘	희망사(재판)	1953
농민 외 (『한국문학전집』 제10권)	민중서관	1956
해전(海戰)소설집	해군본부 정훈감실	1957. 8
벽화	문장사(재판)	1958. 11

4. 희곡

작품명	발표지	발표 연도
한낮에 꿈꾸는 사람들 〔현상응모 당선작, 필명 이산(李山)〕	동아일보	1932. 1. 2~1. 4
어머니와 아들	조선일보	1932. 5. 28, 5. 31
모는 자 쫓기는 자	신동아 7호	1932. 5
오전 영시	비판 17호	1932. 10
펼쳐진 날개	(再)신가정 1호	1933. 1
어머니와 아들	(再)신동아 20호	1933. 6
아버지와 아들	신동아 23호	1933. 9
파경(현대 여성 기질)	신가정 10호	1933. 10
탈출	신동아 25호	1933. 11

작품명	발표지	발표 연도
반역자	문학타임스 1호	1934. 2
톨스토이	신동아 37~39호	1934. 11~1935. 1
예술광사 사원과 5월	신동아 48호	1935. 10
현대 여성 기질	호남평론 2호	1936. 1
무료 치병술 (일명: 수전노, 구두쇠)	게재지 미상	1936
논개	〃	1945
퀴리 부인	〃	1946
이순신	〃	1952
팔각정 있는 집	문학예술 8호	1955. 11
벽(壁)	신태양 80호	1959. 6

* 연보와 작품 목록은 『이무영 문학전집 6』(국학자료원, 2000)에 수록된 것을 전재함.

▌참고 문헌

1. 단행본

이동희, 『흙과 삶의 미학——농민문학과 이무영 소설』, 단국대 출판부, 1993.

2. 논문

구인환, 「욕망과 애증의 교직도(交織圖)」, 『이무영 문학전집 5』, 국학 자료원, 2000.

김봉군, 「다시 쓰는 이무영론」, 『이무영 문학전집 1』, 국학자료원, 2000.

김종욱, 「이무영의 '농민' 연작에 나타난 소문의 의미」, 『현대소설연 구』 제26호, 2005.

김 준, 「귀농소설과 한국 농민상의 부각——이무영의 「제1과 제1장」 「흙의 노예」를 중심으로」, 『태릉어문연구』 제8집, 1999.

이동희, 「이무영의 초기 작품에 나타난 문학사상 연구――무의지와 폐허에의 투혼」, 『壇國大學校論文集』 제15집, 1981.

――――, 「생의 확대와 증류――이무영 소설에 나타난 소재의 굴절 소고」, 『國文學論集』 제12집, 1985.

――――, 「이무영 소설의 구조와 의식」, 『이무영 문학전집 2』, 국학자료원, 2000.

이종호, 「이무영 『農民』의 서사 전략 연구」, 『한민족문화연구』 제18집, 2006.

이주형, 「일제 강점 시대 이무영 소설 연구――제재 및 작가 의식의 궤적을 중심으로」, 『국어교육연구』 제31집, 1999.

――――, 「해방 이후 이무영 소설의 전개 양상」, 『국어교육연구』 제32집, 2000.

임기현, 「이무영 문학 연구의 성과와 전망」, 『忠北學』 제4호, 2002.

조은파, 「이무영의 1950년대 소설」, 『한양어문연구』 제13집, 1995.

3. 학위 논문

이종호, 「이무영 소설의 서술 기법 연구」, 건국대 대학원 박사학위 논문, 2001.

한국문학전집을 펴내며

   오늘의 한국 문학은 다양한 경험과 자산에서 비롯된 것이지만, 그중에서도 우리 앞선 세대의 문학 작품에서 가장 큰 유산을 물려받고 있다. 그럼에도 우리는 가끔 우리의 문학 유산을 잊거나 도외시한다. 마치 그것 없이는 살아갈 수 없는 소중한 물을 쉽게 잊고 사는 것처럼 그동안 우리는 우리가 이루어놓은 자산들을 너무 쉽게 잊어버리고 있었는지도 모르겠다. 인기 있는 외국 작품들이 거의 동시에 번역 출판되고, 새로운 기획과 번역으로 전 세계의 문학 작품들이 짜임새 있게 출판되고 있는 요즈음, 정작 한국 문학 작품들을 체계적으로 정리하지 못하고 있었다는 점을 최근에 우리는 깊이 반성하게 되었다. 그리고 이러한 때늦은 반성을 곧바로 '한국문학전집'을 기획하는 힘으로 전환하였다.

   오늘의 시점에서 '한국문학전집'을 기획한다는 것은, 우선 그동안 양적으로나 질적으로 괄목할 만한 수준에 이른 한국 문학 연구 수준을 반영하는 새로운 시각이 전제되어야 할 것이다. 그리고 '우리 것을 지키자'는 순진한 의도에서가 아니라, 한국 문학이 바로 세계 문학이 되는 질적 확장을 위해, 세계 문학 속에서의 한국 문학의 정체성을 찾는 일을 간과해서는 안 될 것이다.

이번 기획에서 우리가 가장 크게 신경 썼던 점은 크게 두 가지이다. 하나는, 그동안 거의 관습적으로 굳어져왔던 작품에 대한 천편일률적인 평가를 피하고 그동안의 평가에 대한 비판적 평가와 더불어 새로운 평가로 인한 숨은 작품의 발굴이었다. 그리하여 한국 문학사를 시기별로 구분하여 축적된 연구 성과들 위에서 나름대로 중요한 작품들을 선별하는 목록 작업에 가장 큰 공을 들였다. 나머지 하나는, 그동안 여러 상이한 판본의 난립으로 인해 원전 텍스트가 침해되고 있는 심각한 상황을 고려하여 각각의 작가에게 가장 뛰어난 연구자들을 초빙하여 혼신을 다해 원전 텍스트를 확정하였다는 점이다.

장구한 우리 문학사의 주옥같은 작품들을 한자리에 모아, 세대를 넘고 시대를 넘어 그 이름과 위상에 값할 수 있는 대표적인 한국문학전집을 내놓는다. 이번에 출간되는 한국문학전집은 변화된 상황과 가치를 반영하는 내실 있고 권위를 갖춘 내용으로 꾸며질 것이며, 우리 문학의 정본 전집으로서 자리매김해 한국 문학의 전통을 계승하고 발전시키는 데 기여하고자 한다. 이 기획이 한국 문학의 자산들을 온전하게 되살려, 끊임없이 현재성을 가지는 살아 있는 작품들로, 항상 독자들의 옆에 있게 되기를 기대한다.

(주)문학과지성사

01 감자 김동인 단편선

최시한(숙명여대) 책임 편집 | 값 9,000원

수록 작품 약한 자의 슬픔 / 배따라기 / 태형 / 눈을 겨우 뜰 때 / 감자 / 광염 소나타 / 배회 / 발 가락이 닮았다 / 붉은 산 / 광화사 / 김연실전 / 곰네

극단적인 상황과 비극적 운명에 빠진 인물 군상들을 냉정하게 서술해낸 한국 근대 단 편 문학의 선구자 김동인의 대표 단편 12편 수록. 인간과 환경에 대한 근대적 인식을 빼어난 문체와 서술로 형상화한 김동인의 주옥같은 작품들을 만날 수 있다.

02 탈출기 최서해 단편선

곽근(동국대) 책임 편집 | 값 9,000원

수록 작품 고국 / 탈출기 / 박돌의 죽음 / 기아와 살육 / 큰물 진 뒤 / 백금 / 해돋이 / 그믐밤 / 전 아사 / 홍염 / 갈등 / 먼동이 틀 때 / 무명초

식민 치하 빈궁 문학을 대표하는 최서해의 단편 13편 수록. 식민 치하의 참담한 사회 적 현실을 사실적으로 전해주는 작품들. 우리 민족의 궁핍한 현실에 맞선 인물들의 저항 정신과 민족 감정의 감동과 울림을 전한다.

03 삼대 염상섭 장편소설

정호웅(홍익대) 책임 편집 | 값 10,000원

우리 소설 가운데 서울말을 가장 풍부하게 살려 쓴 작품이자, 복합성·중층성의 세계 를 구축하여 한국 근대 장편소설의 대표작으로 꼽히는 염상섭의 『삼대』. 1930년대 서울의 중산층 가족사를 통해 들여다본 우리 근대의 자화상이다.

04 레디메이드 인생 채만식 단편선

한형구(서울시립대) 책임 편집 | 값 8,500원

수록 작품 논 이야기 / 레디메이드 인생 / 미스터 방 / 민족의 죄인 / 치숙 / 낙조 / 쑥국새 / 당랑 의 전설

역설과 반어의 작가 채만식의 대표 단편 8편 수록. 1920~30년대의 자본주의적 현실 원리와 민중의 삶을 풍자적으로 포착하는 데 탁월했던 채만식. 사실주의와 풍자의 절 묘한 조합으로 완성한 단편 문학의 묘미를 즐길 수 있다.

05 비 오는 길 최명익 단편선

신형기(연세대) 책임 편집 | 값 8,500원

수록 작품 페어인 / 비 오는 길 / 무성격자 / 역설 / 봄과 신작로 / 심문 / 장삼이사 / 맥령

시대를 앞섰던 모더니스트 최명익의 대표 단편 8편 수록. 병과 죽음으로 고통받는 인 물 군상들을 통해 자신이 예감한 황폐한 현대의 징후를 소설화한 작가 최명익. 너무 나 현대적이어서, 당시에는 제대로 평가받을 수 없었던 탁월한 단편소설들을 만난다.

06 사하촌 김정한 단편선

강진호(성신여대) 책임 편집 | 값 9,500원

수록 작품 그물 / 사하촌 / 항진기 / 추산당과 곁사람들 / 모래톱 이야기 / 제3병동 / 수라도 / 인간단지 / 위치 / 오끼나와에서 온 편지 / 슬픈 해후

리얼리즘 문학과 민족 문학을 대표하는 김정한의 대표 단편 11편 수록. 민중들의 삶을 통해 누구보다 먼저 '근대화의 문제'를 문학적으로 제기하고 예리하게 포착한 작가 김정한의 진면목을 본다.

07 무녀도 김동리 단편선

이동하(서울시립대) 책임 편집 | 값 8,000원

수록 작품 화랑의 후예 / 산화 / 바위 / 무녀도 / 황토기 / 찔레꽃 / 동구 앞길 / 혼구 / 혈거부족 / 달 / 역마 / 광풍 속에서

한국적이고 토착적인 전통 세계의 소설화에 앞장선 김동리의 초기 대표작 12편 수록. 민중의 삶 속에 뿌리 내린 토착적 전통의 세계를 정확한 묘사와 풍부한 서정으로 형상화했던 김동리 문학 세계를 엿본다.

08 독 짓는 늙은이 황순원 단편선

박혜경(인하대) 책임 편집 | 값 9,000원

수록 작품 소나기 / 별 / 겨울 개나리 / 산골 아이 / 목넘이마을의 개 / 황소들 / 집 / 사마귀 / 소리 / 닭제 / 학 / 필묵장수 / 뿌리 / 내 고향 사람들 / 원색오뚝이 / 곡예사 / 독 짓는 늙은이 / 황노인 / 늪 / 허수아비

한국 산문 문체의 모범으로 평가되는 황순원의 대표 단편 20편 수록. 엄격한 지적 절제와 미학적 균형으로 함축적인 소설 미학을 완성시킨 작가 황순원. 극적인 사건 전개 대신 정적이고 서정적인 울림의 미학으로 깊은 감동을 전한다.

09 만세전 염상섭 중편선

김경수(서강대) 책임 편집 | 값 9,500원

수록 작품 만세전 / 해바라기 / 미해결 / 두 출발

한국 근대 소설의 기념비적 작품인 「만세전」, 조선 최초의 여류화가인 나혜석의 삶을 소설화한 「해바라기」, 그리고 식민지 조선의 현실을 담아내고 나름의 저항의식을 형상화하기 위한 소설적 수련의 과정을 단적으로 보여주는 「미해결」과 「두 출발」 수록. 장편소설의 작가로만 알려진 염상섭의 독특한 소설 미학의 세계를 감상한다.

10 천변풍경 박태원 장편소설

장수익(한남대) 책임 편집 | 값 9,500원

모더니스트 박태원이 펼쳐 보이는 1930년대 서울의 파노라마식 풍경화. 근대 자본주의 사회의 이데올로기와 일상성에 대한 비판에 몰두하던 박태원 초기 작품의 모더니즘 경향과 리얼리즘 미학의 경계를 넘나드는 역작. 식민지라는 파행적 상황에서 기형적으로 실현되던 근대화의 양상을 기층 민중의 생활에 초점을 맞춰 본격화한 작품이다.

11 태평천하 채만식 장편소설

이주형(경북대) 책임 편집 | 값 8,000원

부정적인 상황들이 난무하는 시대 현실을 독자적인 문학적 기법과 비판의식으로 그려냄으로써 '문학적 미'를 추구했던 채만식의 대표작. 판소리 사설의 반어, 자기 폭로, 비유, 과장, 희화화 등의 표현법에 사투리까지 섞은 요소로, 창을 듣는 듯한 느낌과 재미를 선사하는 작품. 세태풍자소설의 장을 열었던 채만식이 쓴 가족사소설의 전형에 해당한다.

12 비 오는 날 손창섭 단편선

조현일(홍익대) 책임 편집 | 값 9,500원

수록 작품 공휴일 / 사연기 / 비 오는 날 / 생활적 / 혈서 / 피해자 / 미해결의 장 / 인간동물원초 / 유실몽 / 설중행 / 광야 / 희생 / 잉여인간 / 신의 희작

가장 문제적인 전후 소설가 손창섭의 대표 단편 14작품 수록. 병적이고 불구적인 인간 군상들을 통해 전후 사회 현실에서의 '절망'의 표현에 주력했던 손창섭. 전쟁 그리고 전쟁 이후의 비일상적 사태를 가장 근원적인 차원에서 표현한 빼어난 작품들을 선별했다.

13 등신불 김동리 단편선

이동하(서울시립대) 책임 편집 | 값 8,000원

수록 작품 인간동의 / 흥남철수 / 밀다원시대 / 용 / 목공 요셉 / 등신불 / 송추에서 / 까치 소리 / 저승새

「무녀도」의 작가 김동리가 1950년대 이후에 내놓은 단편 9편 수록. 전기 작품에 이어서 탁월한 문체의 매력, 빈틈없는 구성의 묘미, 인상적인 인물상의 창조, 인간에 대한 깊이 있는 통찰이라는 김동리 단편의 미학을 다시 한 번 경험할 수 있는 기회이다.

14 동백꽃 김유정 단편선

유인순(강원대) 책임 편집 | 값 9,500원

수록 작품 심청 / 산골 나그네 / 총각과 맹꽁이 / 소낙비 / 솥 / 만무방 / 노다지 / 금 / 금 따는 콩밭 / 떡 / 산골 / 봄·봄 / 안해 / 봄과 따라지 / 따라지 / 가을 / 두꺼비 / 동백꽃 / 야앵 / 옥토끼 / 정조 / 땡볕 / 형

고단한 삶을 살아가는 순박한 촌부에서 사기꾼에 이르기까지 다양한 삶의 모습을 문학 속에 그대로 재현한 김유정의 주옥같은 단편 23편 수록. 인물의 토속성과 해학성, 생생한 삶의 언어와 우리 소리, 그 속에 충만한 생명감을 불어넣은 김유정 문학의 정수를 맛본다.

15 소설가 구보씨의 일일 박태원 단편선

천정환(성균관대) 책임 편집 | 값 9,500원

수록 작품 수염 / 낙조 / 소설가 구보씨의 일일 / 애욕 / 길은 어둡고 / 거리 / 방란장 주인 / 비량 / 진통 / 성탄제 / 골목 안 / 음우 / 재운

한국 소설사상 가장 두드러진 모더니즘 작품으로 인정받는 「소설가 구보씨의 일일」을 비롯한 박태원의 대표 단편 13편 수록. 한글로 씌어진 가장 파격적이고 실험적인 작품으로 주목 받은 박태원. 서울 주변부 중산층의 삶이라는 자기만의 튼실한 현실 공간을 구축하여 새로운 소설 기법과 예술가소설로서의 보편성을 획득한 작품들이다.

16 날개 이상 단편선

김주현(경북대) 책임 편집 | 값 9,000원

수록 작품 12월 12일 / 지도의 암실 / 지팡이 역사 / 황소와 도깨비 / 공포의 기록 / 지주회시 /
동해 / 날개 / 봉별기 / 실화 / 종생기

근대와 맞닥뜨린 당대 식민지 조선의 기념비요 자화상 역할을 하는 이상의 대표 단편
11편 수록. '천재'와 '광인'이라는 꼬리표와 함께 전위적이고 해체적인 글쓰기로 한국
의 모더니즘 문학사를 개척한 작가 이상. 자유연상, 내적 독백 등의 실험적 구성과 문체
로 식민지 근대와 그것에 촉발된 당대인의 내면을 예리하게 포착해낸 이상의 문제작들
을 한데 모았다.

17 흙 이광수 장편소설

이경훈(연세대) 책임 편집 | 값 12,000원

한국 최초의 근대 장편소설 『무정』을 발표하면서 한국 소설 문학의 역사를 새롭게 쓴
이광수. 『흙』은 이광수의 계몽 사상이 가장 짙게 깔린 작품으로 심훈의 『상록수』와
함께 한국 농촌계몽소설의 전위에 속한다. 한국 근대 문학사상 가장 많이 연구되고
있는 작가의 대표작답게 『흙』은 민족주의, 계몽주의, 농민문학, 친일문학, 등장인물
론, 작가론, 문학사 등의 학문적·비평적 논의의 중심에 있는 작품이다.

18 상록수 심훈 장편소설

박헌호(성균관대) 책임 편집 | 값 9,500원

이광수의 장편 『흙』과 더불어 한국 농촌계몽소설의 쌍벽을 이루는 『상록수』. 심훈의
문명(文名)을 크게 떨치게 한 대표작이다. 1930년대 당시 지식인의 관념적 농촌 운동
과 일제의 경제 침탈사를 고발·비판함으로써, 문학이 취할 수 있는 현실 정세에 대
한 직접적인 대응 그리고 극복의 상상력이란 두 가지 요소를 나름의 한계 속에서 실
천해냈고, 대중적으로도 큰 호응을 불러일으킨 작품이다.

19 무정 이광수 장편소설

김철(연세대) 책임 편집 | 값 9,000원

20세기 이래 한국인이 가장 많이 읽고 가장 자주 출간돼온 작품, 그리고 근현대 문학
가운데 가장 많이 연구의 대상이 된 작가 이광수의 대표작 『무정』. 씌어진 지 한 세기
가 가까워지도록 여전히 읽히고 있고 또 학문적 논쟁의 중심에 서 있는 『무정』을 책
임 편집자의 교정을 충실하게 반영한 최고의 선본(善本)으로 만난다.

20 고향 이기영 장편소설

이상경(KAIST) 책임 편집 | 값 11,000원

'프로문학의 정점'이자 우리 근대 문학사의 리얼리즘의 확립을 결정적으로 보여주는
이기영의 『고향』. 이기영은 1920년대 중반 원터라는 충청도의 한 농촌 마을을 배경
으로 봉건 사회의 잔재를 지닌 채 식민지 자본주의화가 진행되어가는 우리 근대 초기
를 뛰어난 관찰로 묘파한다. 일제 식민 치하 근대화에 대한 문학적·비판적 성찰과 지
식인의 고뇌를 반영한 수작이다.

21 까마귀 이태준 단편선

김윤식(명지대) 책임 편집 | 값 8,000원

수록 작품 불우 선생 / 달밤 / 까마귀 / 장마 / 복덕방 / 패강랭 / 농군 / 밤길 / 토끼 이야기 / 해방 전후

'한국 근대소설의 완성자' '단편문학'의 명수. 이태준은 우리 근대 문학의 전개 과정에서 결코 간과할 수 없는 역할을 담당했던 작가 가운데 한 사람이다. 문학의 자율성과 예술성을 상실하지 않으면서도 현실 문제에 각별한 관심을 보여주었던 그의 단편은 한국소설사에서 1930년대를 대표하는 것으로 인정받고 있다.

22 두 파산 염상섭 단편선

김경수(서강대) 책임 편집 | 값 9,500원

수록 작품 표본실의 청개구리 / 암야 / 제야 / E선생 / 윤전기 / 숙박기 / 해방의 아들 / 양과자갑 / 두 파산 / 절곡 / 얼룩진 시대 풍경

한국 근대사를 증언하고 있는 횡보 염상섭의 단편소설 11편 수록. 지식인 망국민으로서의 허무적인 자기 진단, 구체적인 사회 인식, 해방 후와 전후 시기에 대한 사실적 증언과 문제 제기를 포함한 대표작들을 통해 횡보의 단편 미학을 감상한다.

23 카인의 후예 황순원 소설선

김종회(경희대) 책임 편집 | 값 10,000원

수록 작품 카인의 후예 / 너와 나만의 시간 / 나무들 비탈에 서다

인간의 정신적 순수성과 고귀한 존엄성을 문학의 제일 원칙으로 삼았던 작가 황순원. 그의 대표작 가운데 독자들의 가장 많은 사랑을 받은 장편소설들을 모았다. 한국전쟁을 온몸으로 체득하면서 특유의 절제되고 간결한 문장으로 예술적 서사성을 완성한 황순원은 단편에서와 마찬가지로 변함없는 감동의 세계를 열어놓는다.

24 소년의 비애 이광수 단편선

김영민(연세대) 책임 편집 | 값 9,000원

수록 작품 무정 / 소년의 비애 / 어린 벗에게 / 방황 / 가실 / 거룩한 죽음 / 무명 / 꿈

한국 근대소설사와 이광수 개인의 문학 세계에서 중요한 의미를 갖는 단편 8편 수록. 이광수가 우리말로 쓴 최초의 창작 단편「무정」, 당시 사회의 인습과 제도를 비판한 「소년의 비애」, 우리나라 최초의 서간체 소설인「어린 벗에게」, 지식인의 내면적 갈등과 자아 탐구의 과정을 담은「방황」, 춘원의 옥중 체험을 바탕으로 씌어진「무명」 등한국 근대문학의 장르와 소재, 주제 탐구 면에서 꼼꼼히 고찰해야 할 작품들이다.

25 불꽃 선우휘 단편선

이익성(충북대) 책임 편집 | 값 9,000원

수록 작품 테러리스트 / 불꽃 / 거울 / 오리와 계급장 / 단독강화 / 깃발 없는 기수 / 망향

8·15 해방과 분단, 6·25전쟁으로 이어지는 한국 근현대사의 열병을 깊이 있게 고찰한 선우휘의 대표작 7편 수록. 평판작「불꽃」과「깃발 없는 기수」를 비롯해 한국 근현대사의 역동성과 이를 바라보는 냉철한 작가의식이 빚어낸 수작들을 한데 모았다.

26 맥 김남천 단편선

채호석(한국외대) 책임 편집 | 값 9,000원

수록 작품 공장 신문 / 공우회 / 남편 그의 동지 / 물 / 남매 / 소년행 / 처를 때리고 / 무자리 / 녹성당 / 길 위에서 / 경영 / 맥 / 등불 / 꿀

카프와 명맥을 같이하며 창작과 비평에서 두드러진 족적을 남긴 작가 김남천. 1930년 대 초, 예술운동의 볼세비키화론 주장과 궤를 같이하는 「공장 신문」「공우회」, 카프 해산 직후 그의 고발문학론을 담은 「처를 때리고」「소년행」「남매」, 전향문학의 백미로 꼽히는 「경영」「맥」 등 그의 치열했던 문학 세계의 변화를 일별할 수 있는 대표작 14편 수록.

27 인간 문제 강경애 장편소설

최원식(인하대) 책임 편집 | 값 9,000원

한국 근대 여성문학의 제일선에 위치하는 강경애의 대표작. 일제 치하의 1930년대 조선, 자본가와 농민·노동자의 대립 구조 속에서 농민과 도시노동자가 현실의 문제를 해결하고자 하는 주체로 성장하는 과정과 그들의 조직적 투쟁을 현실성 있게 그려낸 작품. 이기영의 『고향』과 더불어 우리 근대 소설사에서 리얼리즘 소설의 수작으로 꼽힌다.

28 민촌 이기영 단편선

조남현(서울대) 책임 편집 | 값 9,500원

수록 작품 농부 정도룡 / 민촌 / 아사 / 호외 / 해후 / 종이 뜨는 사람들 / 부역 / 김군과 나와 그의 아내 / 변절자의 아내 / 서화 / 맥추 / 수석 / 봉황산

카프와 프로문학의 대표 작가 이기영. 그가 발표한 수십 편의 단편소설들 가운데 사회사나 사상운동사로서의 자료적 가치가 높으면서 또 소설 양식으로서의 구조미를 제대로 보여주는 14편을 선별했다.

29 혈의 누 이인직 소설선

권영민(서울대) 책임 편집 | 값 9,500원

수록 작품 혈의 누 / 귀의 성 / 은세계

급진적이고 충동적인 한국 근대의 풍경 속에 신소설이라는 새로운 서사 양식을 창조해낸 이인직. 책임 편집자의 꼼꼼한 텍스트 확정과 자세한 비평적 해설을 통해, 신소설의 서사 구조와 그 담론적 특성을 밝히고 당시 개화·계몽 시대를 대표하는 서사양식에 내재화된 일본적 식민주의 담론을 꼬집는다.

30 추월색 이해조 안국선 최찬식 소설선

권영민(서울대) 책임 편집 | 값 8,500원

수록 작품 금수회의록 / 자유종 / 구마검 / 추월색

개화·계몽시대의 대표적인 신소설 작가 3인의 대표작. 여성과 신교육으로 집약되는 토론의 모습을 서사 방식으로 활용한 「자유종」, 구시대적 인습을 신랄하게 비판한 「구마검」, 가장 대중적인 신소설 가운데 하나로 꼽히는 「추월색」, 그리고 '꿈'이라는 우화적 공간을 설정하여 현실 비판의 풍자적 색채가 강한 「금수회의록」까지 당대의 사회적 풍속과 세태의 변화를 민감하게 반영한 작품들을 수록했다.

31 젊은 느티나무 강신재 소설선

김미현(이화여대) 책임 편집 | 값 9,500원

수록 작품 안개 / 해방촌 가는 길 / 절벽 / 젊은 느티나무 / 양관 / 황량한 날의 동화 / 파도 / 이브 변신 / 강물이 있는 풍경 / 점액질

1950, 60년대를 대표하는 여성 작가 강신재의 중단편 10편을 엄선했다. 특유의 서정적인 문체와 관조적 시선, 지적인 분석력으로 '비누 냄새' 나는 풋풋한 사랑 이야기에서 끈끈한 '점액질'의 어두운 욕망에 이르기까지, 운명의 폭력성과 존재론적 한계를 줄기차게 탐문한 강신재 소설의 여정을 한눈에 볼 수 있는 기회다.

32 오발탄 이범선 단편선

김외곤(서원대) 책임 편집 | 값 8,500원

수록 작품 일요일 / 학마을 사람들 / 사망 보류 / 몸 전체로 / 갈매기 / 오발탄 / 자살당한 개 / 살모사 / 천당 간 사나이 / 청대문집 개 / 표구된 휴지 / 고장난 문 / 두메의 어벙이 / 미친 녀석

손창섭·장용학 등과 함께 대표적인 전후 작가로 꼽히는 이범선의 대표작 14편 수록. 한국 현대사의 비극에 대한 묘사를 바탕으로 하면서도 잃어버린 고향, 동양적 이상향에 대한 동경을 담았던 초기작들과 전후의 물질적 궁핍상을 전통적 사실주의에 기초해 그리면서 현실 비판적 성격을 강하게 드러낸 문제작들을 고루 수록했다.

33 메밀꽃 필 무렵 이효석 단편선

서준섭(강원대) 책임 편집 | 값 10,000원

수록 작품 도시와 유령 / 깨뜨려지는 홍등 / 마작철학 / 프레류드 / 돈 / 계절 / 산 / 들 / 석류 / 메밀꽃 필 무렵 / 삽화 / 개살구 / 장미 병들다 / 공상구락부 / 해바라기 / 여수 / 하얼빈산협 / 풀잎 / 낙엽을 태우면서

근대 작가의 문화적 정체성이 끊임없이 흔들렸던 식민지 시대, 경성제대 출신의 지식인 작가로서 그 문화적 혼란기를 소설 언어를 통해 구성하고 지속적으로 모색했던 이효석의 대표작 20편 수록.

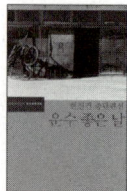

34 운수 좋은 날 현진건 중단편선

김동식(인하대) 책임 편집 | 값 9,000원

수록 작품 희생화 / 빈처 / 술 권하는 사회 / 유린 / 피아노 / 할머니의 죽음 / 우편국에서 / 까막잡기 / 그리운 흘긴 눈 / 운수 좋은 날 / 발 / 불 / B사감과 러브 레터 / 사립정신병원장 / 고향 / 동정 / 정조와 약가 / 신문지와 철창 / 서투른 도적 / 연애의 청산 / 타락자

한국 근대 단편소설의 형식적 미학을 구축하고 근대적 사실주의 문학의 머릿돌을 놓은 작가 현진건의 대표작 21편 수록. 서구 중심의 근대성과 조선 사회의 식민성 사이에서 방황하는 지식인의 내면 풍경뿐만 아니라, 식민지 조선의 일상을 예리하게 관찰함으로써 '조선의 얼굴'을 담아낸 작가 현진건의 면모를 두루 살폈다.

35 사랑 이광수 장편소설

한승옥(숭실대) 책임 편집 | 값 12,000원

춘원의 첫 전작 장편소설. 신문 연재물의 제약에서 벗어나 좀더 자유롭고 솔직한 그의 인생관이 담겨 있다. 이른바 그의 어떤 장편소설보다도 나아간 자유 연애, 사랑에 관한 작가의 생각을 엿볼 수 있는 작품. 작가의 나이 지천명에 이르러 불교와 『주역』 등 동양고전에 심취하여 우주의 철리와 종교적 깨달음에 가닿은 시점에서 집필된, 춘원의 모든 것.

36 화수분 전영택 중단편선

김만수(인하대) 책임 편집

수록 작품 천치? 천재?/운명/생명의 봄/독약을 마시는 여인/화수분/후회/여자도 사람인가/하늘을 바라보는 여인/소/김탄실과 그 아들/금붕어/차돌멩이/크리스마스 전야의 풍경/말 없는 사람

1920년대 초반 자연주의, 사실주의적 색채가 강한 작품 세계로 주목받았던 작가 전영택의 대표작선. 이들 작품에서 작가는, 일제 초기의 만세운동, 일제 강점기하의 극심한 궁핍, 해방 직후의 사회적 혼돈, 산업화 초창기의 사회적 퇴폐상에 대한 자신의 경험을 소박한 형식 속에 담고 있다.

37 유예 오상원 중단편선

한수영(동아대) 책임 편집

수록 작품 황선지대/유예/균열/죽어살이/모반/부동기/보수/현실/훈장/실기

한국 전후 세대 문학의 대표 작가 오상원의 주요작 10편을 묶었다. '실존'과 '행동'에 초점을 맞춘 그의 작품은, 한결같이 극한 상황에 처한 인간 존재의 의미를 묻는 데 천착하면서 효과적인 주제 전달을 위해 낯설고 다양한 소설적 실험을 보여준다.

38 제1과 제1장 이무영 단편선

전영태(중앙대) 책임 편집

수록 작품 제1과 제1장/흙의 노예/문 서방/농부전 초/청개구리/모우지도/유모/용자소전/이단자/B녀의 소묘/O형의 인간/들메/며느리

한국 농민문학의 선구자로 평가받는 이무영의 주요 단편 13편 수록. 이들 작품에서 작가는, 농민을 계몽의 대상이 아닌, 흙을 일구는 그들의 삶을 통해서 진실한 깨달음을 얻는 자족적 대상으로 바라본다. 이무영의 농민소설은 인간을 향한 긍정적 시선과 삶의 부조리한 면을 파헤치는 지식인의 냉엄한 비판 의식이 공존하고 있다.

39 꺼삐딴 리 전광용 단편선

김종욱(세종대) 책임 편집

수록 작품 흑산도/진개권/지층/해도초/GMC/사수/크라운장/충매화/초혼곡/면허장/꺼삐딴 리/곽 서방/남궁 박사/죽음의 자세/세끼미

1950년대 전후 사회와 60년대의 척박한 삶의 리얼리티를 '구도의 치밀성'과 '묘사의 정확성'을 통해 형상화한 작가 전광용의 대표 단편 15편 모음집. 휴머니즘적 주제 의식, 전통적인 서사 형식, 객관적이고 냉철한 묘사 태도, 짧고 건조한 문체 등으로 집약되는 전광용의 작품 세계를 한눈에 살필 수 있는 계기.

40 과도기 한설야 단편선

서경석(한양대) 책임 편집

수록 작품 동경/그릇된 동경/합숙소의 밤/과도기/씨름/사방공사/교차선/추수 후/태양/임금/딸/철로 교차점/부역/산촌/이녕/모자/혈로

식민지 시대 신경향파·카프 계열 작가로서 사회주의 리얼리즘 문학을 추구한 작가 한설야의 문학적 특징을 잘 드러내는 단편 17편을 수록했다. 시대적 대세에 편승하며 작품의 경향을 바꾸었던 다른 카프 작가들과는 달리 한설야는, 주체적인 노동자로서의 삶을 택한 「과도기」의 '창선'이 그러하듯, 이 주제를 자신의 평생 과제로 삼아 창작에 몰두했다.

41 사랑손님과 어머니 주요섭 중단편선

장영우(동국대) 책임 편집

수록 작품 추운 밤/인력거꾼/살인/첫사랑 값/개밥/사랑손님과 어머니/아네모네의 마담/북소리 두둥둥/봉천역 식당/낙랑고분의 비밀

주요섭이 남녀 간의 애정 문제를 주로 다룬 통속 작가로 인식되어온 것은 교정되어야 마땅하다. 그는 빈민 계층의 고단하고 무망(無望)한 삶을 사실적으로 재현하는 데 탁월한 기량을 보였으며, 날카로운 현실인식과 객관적 묘사의 한 전범을 보여주었고 환상성을 수용함으로써 보다 탄력적인 소설미학을 실험하기도 하였다.

42 탁류 채만식 장편소설

우찬제(서강대) 책임 편집

채만식은 시대의 어둠을 문학의 빛으로 밝히며 일제 강점기와 해방기의 우리 소설 사를 빛낸 작가다. 그는 작품활동 전반에 걸쳐 열정적인 창작열과 리얼리즘 정신으로 당대의 현실상을 매우 예리하게 형상화했다. 특히 『탁류』는 여주인공 봉의 기구한 운명의 족적을 금강 물이 점점 탁해지는 현상에 비유하면서 타락한 당대의 세계상을 여실하게 드러내주고 있다.

43 벙어리 삼룡이 나도향 중단편선

우찬제(서강대) 책임 편집

수록 작품 젊은이의 시절/별을 안거든 우지나 말걸/옛날 꿈은 창백하더이다/여이발사/행랑 자식/벙어리 삼룡이/물레방아/꿈/뽕/지형근/청춘

위험한 시대에 매우 불안하게 살았던 작가. 그러나 나도향은 불안에 강박되기보다 불안한 자유의 상태를 즐기는 방식으로 소설을 택한 작가였다. 낭만적 환멸의 풍경이나 낭만적 동경의 형식 등은 불안에 대한 나도향 식 문학적 향유의 풍경으로 다가온다.

44 잔등 허준 중단편선

권성우(숙명여대) 책임 편집

수록 작품 탁류/습작실에서/잔등/속습작실에서/평대저울

한국 근대소설사에서 허준만큼 진보적 지식인의 진지한 자기 성찰을 깊이 형상화한 작가는 없었다. 혁명의 연성을 기꺼이 인정하면서도 혁명과 해방으로 인해 궁지와 비참에 몰린 사람들에 대해 깊은 연민과 따뜻한 공감의 눈길을 던진 그의 대표작 다섯 편을 한데 모았다.

45 한국 현대희곡선

김우진 김명순 유치진 함세덕 오영진 차범석 최인훈 이현화 이강백

이상우(고려대) 책임 편집

수록 작품 산돼지/두 애인/토막/산허구리/살아 있는 이중생 각하/불모지/옛날 옛적에 훠어이 훠이/카덴자/봄날

한국 현대희곡 100년사를 대표하는 작품 아홉 편. 1920년대부터 1980년까지 각 시기의 시대 정신과 연극 경향을 대표할 만한 희곡들을 골고루 선별하였고, 사실주의 희곡과 비사실주의희곡의 균형을 맞추어 안배하였다.

46 혼명에서 백신애 중단편선

서영인 책임 편집

수록 작품 나의 어머니/꺼래이/복선이/채색교/적빈/낙오/악부자/정현수/학사/호도/어느 전원의 풍경—일명·법률/광인수기/소독부/일여인/혼명에서/아름다운 노을

일제강점기 한국문학을 대표하는 여성 작가이자 사회운동가인 백신애의 주요 작품 16편을 묶었다. 극심한 가난과 봉건적 인습의 굴레에 갇힌 여성들의 비극, 또는 그로부터 벗어나고자 하는 의지를 섬세한 필치와 치열한 문제의식으로 그려냈다. 그의 소설을 통해 '봉건적 가족제도와 여성의 욕망'이라는 해묵은 주제가 오늘날에도 여전히 풀리지 않는 과제로 존재하고 있음을 알게 된다.

47 근대여성작가선

김명순 나혜석 김일엽 이선희 임순득

이상경(KAIST) 책임 편집

수록 작품 의심의 소녀/선례/돌아다볼 때/탄실이와 주영이/경희/현숙/어머니와 딸/청상의 생활—희생된 일생/자각/계산서/매소부/탕자/일요일/이름 짓기/딸과 어머니와

일제강점기 한국문학을 대표하는 여성 작가들의 주요 작품 15편을 한 권에 묶었다. 근대 여성의 목소리로서 여성문학은 봉건적 가부장제에서 벗어나고자 개인으로서 여성의 자유로운 선택을 가로막는 온갖 질곡에 저항해왔다. 여성이 봉건적 공동체를 벗어나 개성을 찾아 나서는 길은 많은 경우 가출, 자살, 일탈 등으로 귀결되었지만, 그럼에도 여성 자신의 힘을 믿으면서 공동체의 인습에 저항하고 새로운 공동체를 지향하는 노력이 있었다. 여기에 식민지라는 조건 속에서 민족의 해방은 더 큰 과제이기도 했다. 이 책에 실린 여성 작가의 작품들은 신여성의 이러한 꿈과 현실, 한계를 여실히 드러내 보여준다.

48 불신시대 박경리 중단편선

강지희(한신대) 책임 편집

수록 작품 계산/흑흑백백/암흑시대/불신시대/벽지/환상의 시기/약으로도 못 고치는 병

여성의 전쟁 수난사를 가장 탁월하게 그려낸 작가 박경리의 대표 중단편 7편 수록. 고독과 절망의 시대를 살아내면서도 현실과 타협하지 못하는 결벽성으로 인간의 존엄을 고민했던 작가의 흔적이 역력한 수작들이 담겼다.